Die Autorin

Bianca Iosivoni studierte Sozialwissenschaften und arbeitete jahrelang in einer Online-Redaktion. Seit frühester Kindheit ist sie von Geschichten fasziniert und begann bereits als Teenager aktiv mit dem Schreiben, was heute nicht mehr aus ihrem Leben wegzudenken ist. Ob unterwegs oder zu Hause – ihr Notizblock, Schokolade und jede Menge Kaffee sind ihre ständigen Begleiter.

2012 gehörte sie zu den Gewinnern des LYX-Schreibwettbewerbs und veröffentlichte ihre erste Kurzgeschichte in der Anthologie »5 Jahre – 5 Geschichten«, 2014 erscheint der erste Teil ihrer neuen Romantic Suspense Serie bei Romance Edition. Neben dem Schreiben eigener Projekte betreibt sie zusammen mit befreundeten Autoren das Online-Magazin »Schreibwahnsinn«, wo fleißig über verschiedene Schreibthemen gebloggt wird. Die Autorin lebt und arbeitet in Hannover.

Mehr Informationen unter www.bianca-iosivoni.de.

BIANCA IOSIVONI

DAUGHTERS *of* DARKNESS

SCARLETT

ROMANTIC SUSPENSE

ROMANCE EDITION

SCARLETT

☆

BIANCA IOSIVONI

1. Auflage

8712 Niklasdorf, Austria

Covergestaltung: © Sturmmöwen
Titelabbildung: © grafvision
Korrektorat: Dietlind Koch, www.dkagentur-gt.de

ISBN-Taschenbuch: 978-3-902972-86-6
ISBN-EPUB: 978-3-902972-93-4

www.romance-edition.com

1. KAPITEL

Die besten Nächte begannen mit einem Martini – und endeten mit dem Tod eines Mannes. In diesem Fall war der Martini erstklassig und bei dem Mann, der heute sterben würde, handelte es sich um niemand Geringeren als Senator Coldwell. Nur ein paar Hocker weiter unterhielten sich zwei Männer darüber, wie viele neue Wählerstimmen der Senator durch seinen Besuch auf der Kinderstation des San Francisco General Hospitals dazugewonnen hatte. Ja sicher. Die großzügige Spende des Politikers hatte nichts damit zu tun.

»Showtime ...« Scarlett leerte ihren Drink in einem Zug, fischte die verbliebene Olive aus dem Glas und schob sie sich in den Mund. Dann zwinkerte sie dem attraktiven Barkeeper zu, bevor sie von ihrem Stuhl rutschte und sich unter die Partygäste mischte.

Der süße Geruch verschiedener Parfums und Aftershaves hing ebenso in der Luft wie der Duft des köstlichen Buffets, das am anderen Ende des Saals aufgebaut war. Die Cremetörtchen waren zum Sterben gut. Man konnte dem Senator vorwerfen, was man wollte, aber der Mann wusste, wie man seine Gäste auf einer Feier verwöhnte.

Ein Kellner schwebte mit einem Tablett voller Champagnergläser an ihr vorbei und Scarlett schnappte sich eins davon. Während sie an der perlenden Flüssigkeit nippte, ließ sie ihren Blick über die Anwesenden wandern. Politiker und Unterstützer des Senators versammelten sich hier mit ihren Begleiterinnen, aber auch Professoren, Wissenschaftler, Anwälte, Sportler und Schauspieler hatten sich zusammengefunden. Die Veranstaltung war für jeden, der Senator Coldwell seine Stimme gab – und natürlich einen Beruf mit entsprechendem Prestige und Einkommen ausübte.

Nichts davon traf auf Scarlett zu, aber an diesem Abend hieß sie auch nicht Scarlett, sondern Lydia Stilinski und spazierte als Tochter eines IT-Giganten durch die Hallen des Fünfsternehotels in San Francisco. Sie und ihre Kolleginnen hatten den Senator schon eine Weile auf dem Schirm, aber nach den jüngsten Todesdrohungen, die Coldwell erhalten hatte, war es praktisch unmöglich, ihn irgendwo allein zu erwischen. Sein Sicherheitspersonal klebte vierundzwanzig Stunden am Tag, sieben Tage die Woche an ihm. So auch an diesem Abend, doch hielten sie nun wenigstens einen gebührenden Abstand zu dem Politiker, der von einem Grüppchen zum nächsten schlenderte, fleißig Hände schüttelte und für seine neue Kampagne warb. Seine Wiederwahl stand kurz bevor und Coldwell setzte alles an Charme und Vermögen ein, um seinen Sitz im Senat zu behalten. Zu dumm, dass er nie erfahren würde, ob seine Bemühungen ihm den begehrten Posten einbrachten oder nicht.

Mit der Champagnerflöte in der Hand gesellte sich Scarlett zu einer Gruppe von Leuten, zu denen der Senator bei seinem Rundgang noch stoßen würde. Sie kannte nur zwei Personen davon – die versnobte, aber freundliche Ehefrau irgendeines kleinen Politikers und einen Mann, der als Anwalt im Vermögensrecht tätig war. Er erzählte gerade die Geschichte eines Mandanten und bezog Scarlett sofort in das Gespräch mit ein, wofür sie ihm ein dankbares Lächeln zuwarf.

In Gedanken zählte sie bereits die Sekunden, bis Coldwell endlich bei ihnen sein würde und sie ihren Job zu Ende bringen konnte. Nach außen hin ließ sie sich jedoch nichts davon anmerken. Nicht einmal dann, als sich ein brennendes Kribbeln in ihrem Nacken bemerkbar machte und eine langsame Spur über ihre Wirbelsäule hinunterzog. Ihre Muskeln verkrampften sich instinktiv, waren so sprungbereit wie die einer Katze, aber sie zwang sich dazu, ruhig stehen zu bleiben und an diesem Gespräch teilzunehmen. Den ganzen Abend über hatte sie sich beobachtet gefühlt, und wenn sie genauer darüber nachdachte, ging das schon seit ein paar Tagen so. Aber wenn sie sich umgesehen hatte, hatte sie nichts Auffälliges entdecken können. Vermutlich wurde sie einfach etwas verschroben und paranoid. Vermutlich gehörte das zu ihrem Beruf dazu.

Sie nippte an ihrem Glas und genoss das Prickeln des Champagners in ihrem Mund, doch das Gefühl wurde sie damit nicht los. Als würde sie jemand mit seinem Blick durchbohren. Scarlett konnte nur hoffen, dass derjenige männlich, Single und nur daran interessiert war, sie aus ihrem Outfit zu schälen und die wildesten verruchtesten Dinge mit ihr anzustellen. Kein Wunder bei dem Mörderkleid, das sie trug. Es war schulterfrei und der brombeerfarbene Stoff schloss sich wie eine zweite Haut um ihre Brüste. Ab der Taille fiel es locker herab und gab ihrem Auftritt etwas Verspieltes – und Tödliches, da sie bei jeder Bewegung die Sicherheit der Messerklinge spüren konnte, die um ihren Oberschenkel geschnallt war. Das Cocktailkleid war teuer genug, um in diese Gruppe kultivierter Herrschaften zu passen, aber nicht so teuer, um damit aufzufallen. Außer dem einen oder anderen Mann vielleicht. Zu schade, dass sie nicht zum Vergnügen hier war.

»... und dann hat er doch tatsächlich gesagt: ›Wenn Sie mich nicht vertreten wollen, suche ich mir einen günstigeren Anwalt.‹« Die Gruppe um sie herum brach in Gelächter aus und Scarlett fiel wie selbstverständlich mit ein.

»Erzählt Smith wieder die Geschichte von dem knausrigen Mandanten?« Senator Coldwell schlug dem Mann wie einem alten Freund auf die Schulter.

Die anwesenden Damen lächelten und die Herren prosteten dem Politiker zu oder schüttelten ihm die Hand. Namen und Floskeln wurden ausgetauscht, dann richtete sich Coldwells Aufmerksamkeit auf sie.

Scarletts Herz polterte los, aber sie schenkte dem Mann ein Lächeln. »Was für eine wunderbare Party, Senator.« Sie ließ einen polnischen Akzent in ihre Worte einfließen. »Vielen Dank für die Einladung.«

»Aber sicher doch, Miss ...«

»Stilinski«, half sie ihm aus und ergriff seine dargebotene Hand, um sie zu schütteln. Sein fester Händedruck quetschte ihre mehrfach beringten Finger zusammen und presste den letzten Tropfen Gift aus dem schlichten Silberring an ihrem Mittelfinger. Senator Coldwell zuckte mit keiner Wimper. Die Nadel war so dünn, dass er das Eindringen in seinen Handballen nicht einmal spürte.

»Es ist mir eine Freude, Sie hier zu haben. Richten Sie Ihrem Vater meine Grüße aus.« Er legte seine zweite Hand auf ihre und drückte diese noch einmal, dann wandte er sich Miranda, der jungen Frau neben Scarlett zu. Auch hier versprühte er seinen herzlichen Charme und nahm sich die Zeit, sie nach dem Befinden ihres Ehemanns zu fragen – ein Staranwalt, der nach einer Herzattacke im Krankenhaus lag. So ging es weiter, bis er mit jedem Anwesenden ein paar Worte gewechselt hatte, dann verabschiedete er sich und schlenderte zur nächsten Gruppe.

Scarlett sah ihm einen Moment lang unbewegt nach, bis Miranda durch ein leises Seufzen auf sich aufmerksam machte. »Er ist so ein gütiger und netter Mensch«, schwärmte sie. »Als Charles letzte Woche in die Notaufnahme eingeliefert wurde, hat sich Senator Coldwell als einer der Ersten nach ihm erkundigt. Die beiden sind alte Collegefreunde, müsst ihr wissen. Er ist sogar der Patenonkel unseres jüngsten Sohnes.«

Zustimmende Worte ertönten, nur Scarlett hielt sich bis auf ein

Nicken zurück. Während sie dem Gespräch folgte und auf die Wirkung des Giftes wartete, sah sie sich unauffällig um. Fünf Sicherheitskameras allein in diesem Bereich. An den Ausgängen standen drei von vier Sicherheitsmännern. Einem von ihnen würde innerhalb der nächsten Minuten ziemlich übel werden und um den vierten kümmerte sich ihre Kollegin Raiden gerade. Die verbliebenen zwei sollten kein Problem darstellen. Bei der Massenhysterie, die die Gäste gleich erfassen würde, hätten sie ohnehin alle Hände voll zu tun.

Gerade als sich Scarlett in einer interessanten Unterhaltung über die besten Hotspots einer Europareise wiederfand, beendete ein schriller Schrei das Gespräch. Köpfe fuhren herum, auch Scarlett und die Männer und Frauen, die bei ihr standen, sahen sich suchend um. Nach und nach ebbten die Konversationen ab, bis sich zum ersten Schrei weitere gesellten. Senator Coldwell lag auf dem teuren Parkettboden und hielt sich die Brust. Scarlett erhaschte einen kurzen Blick auf das kalkweiße Gesicht des Politikers, dann wurde ihr die Sicht versperrt.

Chaos brach aus. Panik. Dann ging der Feueralarm los und der Lärm reichte aus, um die Menge wie eine Meute wild gewordener Pferde auseinanderzutreiben. Insgeheim dankte Scarlett ihren Kolleginnen für das Ablenkungsmanöver, das ihr zur Flucht verhalf. Die Leute rannten schreiend durcheinander und steuerten die Ausgänge an. Die zwei verbliebenen Sicherheitskräfte schienen völlig überfordert zu sein. Irgendjemand in der Nähe von Coldwell verlangte nach einem Rettungswagen, während sich ein anderer meldete und meinte, er wäre Arzt.

Zu spät, Baby. Ihre detaillierten Planungen und Berechnungen waren perfekt. Sie hatten den Job schnell, sauber und unauffällig erledigt. Bei so vielen Händen, die der Senator an diesem Abend geschüttelt hatte, würde niemand auf die Idee kommen, dass sie dahintersteckten. Falls die Cops überhaupt so weit dachten, das Ganze einem Attentat zuzuschieben und nicht einfach von einer Herzattacke ausgingen. Menschen in stressigen Berufen passierte das ständig. Die liebe Miranda konnte ein Lied davon singen.

Ganz bewusst ließ sich Scarlett mit der Masse Richtung Hinterausgang tragen. Die Leute fluteten den Flur, als wäre im Saal hinter ihnen die Pest ausgebrochen. Auf der linken Seite wurde eine Tür aufgerissen und einer der Wachtposten stolperte heraus. Seine Schutzweste lugte unter seinem falsch zugeknöpften Hemd hervor und seine Krawatte hing schief. An seinem Hals entdeckte Scarlett einen Knutschfleck und sie biss sich auf die Unterlippe, um ihr Grinsen zu unterdrücken. Raiden hatte ganze Arbeit bei dem armen Kerl geleistet.

Allerdings blieb ihr keine Zeit, sich nach ihrer Kollegin umzusehen. Die Menschen zogen sie mit sich und drängten ins Treppenhaus, um so schnell wie möglich aus dem Gebäude zu kommen. Aus der Ferne erklangen bereits die ersten Sirenen und übertönten die aufgeregten Stimmen um sie herum.

Sie erreichten die Eingangshalle und Scarlett stürmte zusammen mit den anderen Gästen nach draußen. Die Nachtluft streifte ihr Gesicht und legte sich wie ein kühler Balsam auf ihre erhitzten Wangen. Sie rang nach Atem, als wäre sie gerade aus dem Meer gewatet und nicht aus einem Saal voller Menschen. Doch die Erleichterung war die gleiche. Ein Gefühl von Freiheit. Sieg. Es rauschte so schnell durch ihre Adern, dass ihr fast schwindelig davon wurde. Geschafft. Auftrag ausgeführt.

Im Schutz der Menschenmasse ließ sich Scarlett ein Stück zurückfallen und achtete darauf, weder vom Hotelpersonal gesehen, noch von den Sicherheitskameras erfasst zu werden. Nur ein paar Schritte entfernt war die kleine Gasse, die sie bereits einige Tage zuvor während der Vorbereitungen auf den Job entdeckt hatte. In diese verschwand Scarlett jetzt, wohl wissend, dass ihr Wagen nur wenige Straßen weiter auf sie wartete. Der Champagner, den sie auf dieser Feier getrunken hatte, war zwar gut gewesen, aber nichts ging über den süßen Geschmack von Sieg. Oder den teuren Whiskey, den Lara in der schicken Minibar im Büro bunkerte.

Ein Geräusch unterbrach ihre Gedanken. Wieder spürte Scarlett diesen brennenden Blick auf sich und diesmal war sie sicher, dass es nicht darum ging, sie ins Bett zu kriegen. Zumindest nicht nur. Eine Hand packte ihre Schulter von hinten. Scarlett wich instinktiv aus, versuchte sich loszureißen, aber der Griff war unerbittlich. Sie wirbelte herum und rammte dem Angreifer ihren Ellbogen in den Magen. Ein tiefes Ächzen erklang. Scarlett riss sich los und holte aus. Nicht das Gesicht des Mannes war ihr Ziel, sondern der Solarplexus. Ein simpler harter Schlag an die richtige Stelle genügte, um jeden Angreifer außer Gefecht zu setzen – aber sie kam nie so weit.

Ihr Handgelenk wurde gepackt, sie wurde herumgedreht und mit dem Gesicht voran gegen eine Mauer gestoßen. Ihre Schulter schrie in Protest auf, als der Fremde ihr den Arm auf dem Rücken verdrehte, so wie Cops es taten. Jeder Muskel in Scarletts Körper verkrampfte sich. In diesem Moment wäre ihr ein wild gewordener Taschendieb eindeutig lieber. Ein Serienmörder mit Vorliebe für Messerspielchen ginge auch in Ordnung. Nur kein Polizist. Alles, nur kein Polizist.

Die alte Panik keimte in ihr auf und drohte sie zu verschlingen, aber Scarlett zwang sie mit eisernem Willen zurück. Nein. Sie war nicht mehr das Mädchen von früher. Über zehn Jahre lagen zwischen damals und heute, doch für einen Moment verschmolzen Vergangenheit und Gegenwart miteinander. Hastig schob sie die aufkeimenden Bilder beiseite, doch die Erinnerungen schrillten wie die Polizei- und Feuerwehrsirenen in ihren Ohren nach. Die Schreie. Das Flehen. Die klatschenden Geräusche, wenn eine Hand, ein Gürtel oder ein Baseballschläger auf Haut und Muskeln traf.

Instinktiv trat sie um sich, bis ihr Verstand über ihre Furcht gewann und sie sich der Waffen an ihrem Körper wieder bewusst wurde. So fest sie konnte, rammte sie dem Angreifer den spitzen Absatz ihres High Heels in den Fuß. Mit der freien Hand tastete sie nach dem Messer und zog es aus der Lederscheide an ihrem Oberschenkel. Hastig drehte sie sich um, doch der Fremde sprang zurück, schlug ihr die Klinge in einer geübten Bewegung aus der Hand und drängte sie gegen die Wand zurück. Fast direkt über ihnen blinkte eine einsame Leuchtreklame in der Gasse und ließ Scarlett erkennen, wer ihr Angreifer war. Sie starrte geradewegs in das Gesicht des Mannes, den sie unter keinen Umständen hier erwartet hätte. Oder sonst irgendwo in dieser Stadt. Sein dunkelbraunes Haar war an den Seiten kurz, im Deckhaar aber lang genug, um den Wunsch in einer Frau zu wecken, mit den Fingern hindurchzufahren. Oder sich darin festzukrallen. Das letzte Mal, als sie es gesehen hatte, war es blutverschmiert gewesen, genau wie sein Gesicht. Damals, in dieser abgelegenen Bibliothek am Rande von Seattle, hatte Scarlett seine Augenfarbe nicht erkennen können, dafür nahm sie diese jetzt umso deutlicher wahr. Ein Blau, so klar und scharf, als würden sich Eissplitter in ihr Innerstes bohren.

Garrett Winter.

Sie hätte nicht geglaubt, ihn je wiederzusehen. Anders als bei ihrer letzten Begegnung hatte er sich nicht rasiert und die Stoppeln in seinem Gesicht verliehen ihm etwas Wildes. Raues. Wie ein Colin O'Donoghue ohne den dazugehörigen Charme eines Killian Jones aka Captain Hook. Seine Schultern waren breiter, als sie es in Erinnerung hatte, und er war groß. Trotz ihrer ein Meter sechsundsechzig und den Zehn-Zentimeter-Absätzen musste sie den Kopf in den

Nacken legen, um ihm in die Augen sehen zu können. Augen, die misstrauisch zusammengekniffen waren und sie statt mit Dankbarkeit voller Argwohn musterten. Natürlich. Dankbarkeit dafür zu zeigen, wenn dir jemand das Leben gerettet hatte, war ja auch so was von out.

Gänsehaut breitete sich auf ihren Armen aus, auch wenn sich alles in ihr dagegen sträubte, eine Reaktion auf das unerwartete Auftauchen dieses Mannes zu zeigen. Wiedererkennen zum Beispiel oder die tausend unbeantworteten Fragen, die ihr seit jener Nacht durch den Kopf schwirrten.

Stattdessen versuchte sie sich lässig zu geben. »Sorry, kein Interesse. Dieses Kleid ist nicht für einen schnellen Quickie in einer dunklen Gasse gemacht.«

Er reagierte nicht, zeigte nicht mal ein winziges Zucken seiner Mundwinkel. Verdammt. Verlor man etwa jeden Sinn für Humor, wenn man als Agent für die Regierung arbeitete? »Wer bist du?«

Seine Frage traf sie hart und unvorbereitet. Viel erschreckender war jedoch die Wirkung, die seine Stimme auf sie ausübte. Warm und üppig wie das Aroma eines guten Whiskeys, gleichzeitig mit einem stählernen Unterton, der deutlich machte, dass nicht mit ihm zu spaßen war. Und wenn sie nicht genau dieser Gegensatz anmachte ...

»Wie bitte?« Scarlett stieß ein humorloses Lachen aus. »Du bist derjenige, der mir hier aufgelauert hat. Und dein raubeiniger Charme hat mich nicht gerade vom Hocker gerissen.«

Seine Finger gruben sich in ihre Oberarme. Er hielt sie noch immer so fest gegen die Wand gedrückt, als befürchtete er, sie könnte sich jeden Moment wie ein Geist in Luft auflösen. »Wie ist dein Name? Und damit meine ich deinen richtigen Namen, nicht die ganzen Tarnidentitäten, die du so gern benutzt.«

Kälte breitete sich in ihr aus. »Rotlöckchen. Siehst du doch. Oder war es Ariel? Hm ...«

Sein frustriertes Schnauben weckte ein irrwitziges Kitzeln in ihrer Magengrube. Ach? Ließ sich der knallharte Exsoldat so leicht aus der Ruhe bringen? Interessant. Sehr interessant. Wenn sie mehr Zeit hätten, würde sie dieses neu erworbene Wissen schamlos ausnutzen.

Stattdessen schob sie seine Hände von sich, als würde es sich dabei um lästige Staubkörner handeln. »Wenn du mich jetzt entschuldigst? Meine Kutsche wartet.«

Sie rechnete nicht damit, so einfach davonzukommen. Manche Menschen konnte sie mit ein paar dahingeworfenen Sätzen sprachlos zurücklassen, aber nicht Garrett Winter. Er packte sie erneut und drückte sie gegen die Hauswand, diesmal eine Spur kräftiger. Ungeduldiger. Ihr oberer Rücken brannte dort, wo er mit dem groben Stein kollidierte, aber das war nichts gegen das Brennen von Garretts Händen auf ihren nackten Schultern. Sie gab keinen Laut von sich, zeigte keine Reaktion. Wenn sie eines bis zur Perfektion beherrschte, dann war es ein Pokerface.

»Verkauf mich nicht für dumm«, knurrte er. »Ich weiß, dass du etwas mit dem Tod des Senators zu tun hattest.«

Oh, er war bereits für tot erklärt worden? Gut möglich, dass sie ein, zwei Tropfen zu viel des Gifts in ihren Ring geträufelt hatte. Ups.

»Du weißt, wer ich bin«, fuhr Garrett gnadenlos fort. »Du warst in der Bibliothek. In Seattle. Du hast mir befohlen, ruhig liegen zu bleiben, und hast meine Wunden versorgt.«

Scheiße. Er erinnerte sich daran? Wie war das möglich? Er war ein Stockwerk tief gefallen, hatte sich den Kopf angeschlagen, war angeschossen worden und hatte genügend Blut verloren, um einen ganzen Pool damit zu füllen. Wie zum Teufel konnte er sich noch daran erinnern? Und an sie?

Scarlett zuckte mit keiner Wimper, obwohl die Fragen in ihrem Kopf explodierten. Sie sah ihm in die Augen, als sie mit ruhiger Stimme antwortete. »Keine Ahnung, wovon du redest. Du musst mich verwechseln.«

Etwas flackerte über sein Gesicht. Misstrauen? Unsicherheit? Zweifelte er an seinen eigenen Worten? An seinem Gedächtnis? Wenn es so wäre, käme das Scarlett nur recht. Sie war nicht scharf darauf, in das Visier dieses Mannes zu geraten, nur weil sie so dumm gewesen war, ihn zu retten, statt ihn zum Sterben zurückzulassen. Noch weniger wollte sie etwas mit den Leuten zu tun haben, für die er arbeitete. Die HUNTERS. Die Hunting Unit for National Terrorism and Endangerment RiskS war eine Spezialeinheit, deren Mitglieder überaus gut ausgebildet waren und aus allen möglichen Militäreinheiten und Agencys stammten. Sie jagten hauptsächlich die großen Fische, wodurch sich ihre Wege nie gekreuzt hatten. Bis jetzt.

»Lass mich los«, verlangte sie.

Garrett reagierte nicht darauf, schien ihren Befehl geradezu absichtlich zu ignorieren. Wut flammte in ihr auf und breitete sich mit der Geschwindigkeit einer Leuchtrakete ihren Adern aus. Er wollte also nicht? Fein. Sie hatte lang genug die Jungfrau in Nöten gespielt.

Scarlett befeuchtete sich die Lippen, was seinen Blick automatisch auf ihren Mund lenkte. Männer waren ja so berechenbar. Sie nutzte den unaufmerksamen Moment aus, um Garretts Hände von ihren Schultern zu schieben. Dann holte sie aus, aber er wich in letzter Sekunde aus, indem er zurücksprang. Schlag um Schlag drängte sie ihn rückwärts, doch er tat nichts, außer ihr auszuweichen. Er griff nicht an. Mistkerl.

Um sich nicht noch mehr zu blamieren, stoppte Scarlett ihre Attacke und straffte die Schultern. Genug gespielt. Es wurde Zeit, von hier zu verschwinden. Dieser Mann wusste bereits zu viel über sie, und wenn sie eines nicht gebrauchen konnte, dann war das jemand, der in ihrem Leben herumschnüffelte.

»So aufregend das auch war, ich muss jetzt los. Ich bin sicher, die nächste Frau, der du hier auflauerst, wirst du mit deiner charmanten Art umhauen.« Oder schreiend in die Flucht schlagen. Eher Letzteres. Scarlett wandte ihm den Rücken zu, in der Absicht, ihn stehen zu lassen, wie sie es schon vor Monaten hätte tun sollen.

»Senecio Nemorensis.«

Sie taten es schon wieder. Ihre Muskeln verkrampften sich in Reaktion auf den bekannten Namen. Sie musste dringend an ihrer Körperspannung arbeiten. Mit einem scheinbar verwirrten Lächeln auf dem Gesicht drehte sie sich zu ihm um. »Netter Versuch. Aber ich glaube, die korrekte Bezeichnung lautet: Sectumsempra. Und du brauchst einen Zauberstab dafür.«

»Du weißt genau, was das ist. Und wer ich bin.« Garrett kam einen Schritt näher und verströmte dabei so viel Gefahr, dass sie sie beinah riechen konnte. Dieser Mann war niemand, den man herausfordern oder mit dem man sich anlegen wollte. Zu dumm, dass Scarlett weder vor solchen Kerlen noch vor solchen Auftritten Respekt hatte.

Ungeduldig warf sie ihr schulterlanges rotbraunes Haar zurück. »Ich sage es noch mal ganz langsam, damit das in deinen Dickschädel reingeht. Ich weiß nicht, wer du bist. Alles klar? Ja? Gut, dann kann ich ja ...«

Er packte ihr Handgelenk und zog sie mit einem Ruck zu sich heran. Gegen ihren Willen empfand sie einen Hauch Respekt. Einem Mann seiner Größe hätte sie so viel Wendigkeit nicht zugetraut.

»Wenn du nicht die bist, für die ich dich halte ...« Seine Stimme senkte sich zu einem gefährlichen Raunen. »Warum bleibst du dann so cool? Jede andere Frau wäre in Panik geraten und hätte die Cops gerufen.«

Ihr Herzschlag beschleunigte sich und in ihrer Mitte zog sich alles auf kribbelnde Weise zusammen. Wer hätte gedacht, dass der blutige verletzte Kerl aus Seattle so sexy sein könnte? In Gedanken klopfte sich Scarlett selbst auf die Schulter. Es wäre eine Schande gewesen, ein solches Exemplar Mann einfach draufgehen zu lassen. Nur leider hatte sie ihn dafür jetzt am Hals – und das nicht auf die erotische Art und Weise, die sich gerade in ihrem Kopf abspielte.

»Vielleicht, weil ich mich nicht von Möchtegernbösewichten einschüchtern lasse?«

»Woher willst du wissen, dass ich nicht zu den Bösen gehöre?« Er kam noch einen Schritt näher, bis ihre Front seinen Oberkörper berührte und sich sein Geruch auf ihre Sinne legte. Samtig-warm und würzig wie das Sandelholz, das sie auf ihrer letzten Reise in den Oman gekauft hatte. Aber da war noch mehr. Eine feine fruchtige Note wie von reifen Grapefruits, die der Kombination etwas Leichtes, Spielerisches verlieh, was so gar nicht zu dem ernsten Auftreten dieses Mannes passen wollte. Und doch weckte es den Wunsch in ihr, herauszufinden, ob sich auch in Garrett Winter eine leichtere und verspielte Seite verbarg.

Ihr Puls schoss in die Höhe, was er ohne Zweifel unter seinen Fingern an ihrem Handgelenk spüren dürfte. Im Gegenzug sah sie trotz der schlechten Beleuchtung sehr genau, wie sich seine Pupillen weiteten, je länger sie so nah voreinander standen. Scarlett lächelte langsam, doch sie kam nicht dazu, seine Frage zu beantworten.

Reifen quietschten. Dann nahm sie das vertraute Schnurren eines Motors wahr. Der schwarze Maserati hielt keine zwei Meter neben ihnen an. Die Fahrertür öffnete sich und eine attraktive Blondine mit einer Miene, die entschlossener nicht sein könnte, stieg aus. In ihren Händen eine Pistole, die direkt auf den Kopf von Garrett Winter zielte. Wenn es jemanden gab, der immer und überall einen denkwürdigen Auftritt hinlegen konnte, dann war es Sydney Pierce.

»Lass sie los und tritt schön langsam zurück.« Im Gegensatz zu Scarletts lässig dahingeworfenen Worten duldete Sydneys Stimme keine Widerrede.

Und tatsächlich. Garrett ließ ihr Handgelenk los und machte einen Schritt zurück. Seine Finger zuckten in Richtung seiner Jacke und nur das Klicken, als Sydney ihre Pistole entsicherte, ließ ihn mitten in der Bewegung erstarren.

»Das würde ich an deiner Stelle nicht tun, Kumpel.« Ohne ihn aus den Augen zu lassen, wandte sie sich an Scarlett und nickte in Richtung Wagen. »Steig ein.«

Nichts lieber als das. Scarlett ließ ihren unfreiwilligen neuen Freund stehen, der ihr mit seinem Blick folgte, als würde nicht gerade eine Waffe auf seinen Kopf zielen. Zwar rührte er sich nicht von der Stelle, doch der Ausdruck in seinen Augen sagte alles aus. *Wir sind noch nicht fertig miteinander.*

Oh doch, und wie sie das waren.

Scarlett ließ sich auf den Beifahrersitz fallen und zog die Tür hinter sich zu. Noch bevor sie sich angeschnallt hatte, saß Sydney neben ihr und lenkte den Sportwagen aus der Gasse heraus. Erst als sie auf offener Straße waren und in den abendlichen Verkehr von San Francisco eintauchten, wandte ihre Kollegin sich an sie. »Wie ist es gelaufen?«

Im Gegensatz zum restlichen Team war Sydney nicht Teil der Mission gewesen. Bis eben hatte Scarlett noch geglaubt, dass sie nicht einmal in der Stadt war. Ein Glück, dass sie rechtzeitig aufgetaucht war, sonst würde sie noch immer mit Garrett Winter herumdiskutieren. Oder andere Dinge tun, denn entgegen ihrer Worte eignete sich dieses Kleid ganz hervorragend für eine schnelle Nummer in einer dunklen Seitenstraße.

Scarlett schlüpfte aus den High Heels und streckte die schmerzenden Füße aus. »Auftrag sauber ausgeführt.«

»Gut.« Sydney schaltete in einen höheren Gang und drückte aufs Gas. »Ich konnte Politiker mit einer krankhaften Vorliebe für kleine Jungs noch nie leiden.«

☆

Sydney stellte keine Fragen während der Fahrt, aber das musste sie auch nicht. Vor ein paar Monaten war sie schließlich dabei gewesen. Zusammen mit Phoenix hatten sie sich auf den Weg nach Seattle gemacht, um Garrett Winter zu töten. Es sollte nur ein weiterer Auftrag sein. Einer von vielen. Bis Phoenix die Wahrheit herausgefunden hatte. Winter war unschuldig und ihn aus dem Weg zu räumen würde gegen die wichtigste Regel der Daughters of Darkness verstoßen: *Töte niemals einen Unschuldigen.*

Der Maserati kam mit quietschenden Reifen zum Stehen und Scarlett stellte fest, dass sie angekommen waren. Sie stieg mit klopfendem Herzen aus und schloss die Tür sanft, wohl wissend, wie empfindlich Sydney bei ihren Autos reagierte. Gemeinsam durchschritten sie die abgeriegelte Tiefgarage. Der Geruch von Motoröl, Benzin und Gefahr hing schwer in der Luft. Nur ein paar Schritte entfernt stand der schnittige schwarze Ferrari von Lara, den sie quer über zwei der eingezeichneten Parkflächen abgestellt hatte. Es gab nur wenig, was die Anführerin und Gründerin der Daughters of Darkness nicht konnte. Einparken fiel eindeutig in diese Kategorie.

Der verspiegelte Fahrstuhl brachte sie nach oben. Die dezente Pianomusik verstummte, als sie das oberste Stockwerk erreichten und ausstiegen. Ein weiteres Mal schlüpfte Scarlett aus ihren High Heels und seufzte wohlig auf, als ihre nackten Zehen in dem weichen Teppich versanken. Sydney warf ihr einen amüsierten Blick zu, ließ die Aktion jedoch unkommentiert und schwebte in kniehohen Stiefeln, mit deren Absätzen man jemanden töten könnte, an ihr vorbei. Mit beiden Händen stieß sie die schwere Doppeltür auf, die ins Herz ihres Büros führte.

Scarlett folgte ihr mit den Schuhen in der Hand und ließ diese neben der Sitzgruppe fallen, die aus mehreren teuren Ledersofas bestand. Flauschige Decken lagen ordentlich gefaltet auf den Armlehnen, während das schneeweiße Tierfell auf dem Boden nicht weniger einladend wirkte. Die Wand daneben wurde sowohl von Bücherregalen als auch von einer Bar eingenommen. Der Gedanke an einen aromatischen Whiskey breitete sich in Scarletts Kopf aus und erinnerte sie im selben Atemzug an einen gewissen Mann, den sie in dieser Gasse zurückgelassen hatten. So schnell, wie der Wunsch nach einem Whiskey aufgeflammt war, erlosch er wieder in ihr.

Sie befanden sich inmitten eines riesigen Lofts mit einer Glasfront, die die gesamte gegenüberliegende Seite einnahm und einen atemberaubenden Blick über San Francisco bot. Von hier aus konnte man sogar bis zur Golden Gate Bridge sehen, sofern sie nicht wieder mal im Nebel versank. In der Mitte des Raumes standen mehrere Schreibtische, antik und aus dunklem Holz, dessen Geruch ebenso in der Luft hing wie die Mischung verschiedener Parfums. Ein üppiger Perserteppich füllte die Fläche zwischen den u-förmig angeordneten Tischen. Hinter dem größten davon lugten türkisblaue Haarspitzen über den Rand der Monitore hervor. Sie gehörten zum platinblonden Pixie-Cut von Phoenix. Ihres Zeichens Hackerin, ein Ass im Umgang mit Scharfschützengewehren und die Jüngste der Truppe. Mit ihren zwanzig Jahren war sie sogar ein ganzes Stück jünger als Scarlett selbst, auch wenn sie es hasste, das Küken im Team zu sein.

»Hey Phoe.« Sydney schlenderte zur Bar hinüber, während Phoenix wortlos die Hand zum Gruß hob. »Sind die anderen noch nicht zurück?«

Wie aufs Stichwort flogen die Doppeltüren ein weiteres Mal auf und Raiden betrat den Raum. Groß, in ihrem typischen Bikerlook und mit glatten schwarzen Haaren. »Bin ich zu spät?« Sie ließ sich auf eines der Ledersofas fallen und schlug die langen Beine übereinander.

»Gerade richtig«, erwiderte Scarlett und setzte sich auf die gegenüberliegende Couch. Jetzt, da der Job erledigt war, begann sich eine angenehme Müdigkeit in ihren Gliedmaßen auszubreiten. Die bequemen Polster und das Knistern des Feuers im Kamin neben den Türen trugen ein Übriges dazu bei.

Raiden strich mit den Fingerspitzen über ihre Armlehne. »Hatte eine von euch eigentlich jemals Sex hier drin?«

Ein Schnauben war von den Tischen her zu hören und Phoenix lugte an einem ihrer drei Monitore vorbei. »Sex und Gewalt. Du bist ein wandelndes Klischee, Rai.«

Raiden öffnete den Mund, um etwas darauf zu erwidern, als Lara das Büro durch eine Seitentür betrat. »Ja«, beantwortete sie die Frage ohne jegliche Regung im Gesicht. Ihr beinah hüftlanges blondes Haar war zu einem Zopf geflochten und in dem dunkelblauen Kostüm, das ihre schmale Taille betonte, wirkte sie, als würde sie von einem Meeting kommen und nicht von einem perfekt organisierten Mordanschlag. »Vor zwei Wochen. Genau dort, wo du jetzt sitzt.«

Scarlett presste die Lippen aufeinander, um nicht laut loszulachen, als Raiden mit angewidertem Gesicht aufstand. »Du hast einen Fremden hierher gebracht?«

Wenn es tatsächlich so war, hätte Lara damit gegen die zweitwichtigste Regel der DoD verstoßen. Niemand durfte von ihrer wahren Identität erfahren, erst recht nicht, indem er das Hauptquartier und Heiligtum der Frauen betrat.

»Was hast du danach mit ihm angestellt?«, fragte Raiden, während sie zur Bar hinüberschlenderte und sich ein Bier aus dem Kühlschrank holte. »Oder anders gefragt: Wie hast du ihn zum Schweigen gebracht?«

Lara zuckte mit den Schultern. »Ihn getötet natürlich.« Ihr Blick fiel auf die Monitore, hinter denen sich Phoenix auffällig still verhielt. »Suchst du gerade nach den Aufnahmen der Sicherheitskameras?«

Die Angesprochene hob den Kopf und sah mit einer Unschuldsmiene in die Runde. »Nein ...?«

Sydney machte sich mit einem Räuspern bemerkbar. »Warum

sprechen wir statt über Laras Sexleben nicht über den Kerl, der Scarlett nach der Party des Senators aufgelauert hat?«

Alle Blicke richteten sich auf sie. Typisch Sydney. Taktgefühl war etwas, das sie nur vom Hörensagen kannte. Immerhin händigte sie ihr ein Glas mit einer karamellfarbenen Flüssigkeit aus, das Scarlett schweigend nahm. Den frostigen Blick warf sie ihrer Kollegin trotzdem zu. Kein Wort über das Thema zu verlieren war nicht deutlich genug gewesen, dass sie nicht darüber reden wollte, oder?

»Was für ein Kerl?«, fragte Raiden und setzte sich mit ihrer Bierflasche in der Hand wieder auf das Sofa gegenüber.

Scarlett schloss für einen kurzen Moment die Augen und seufzte tief. Sie hatte gehofft, das hier vermeiden zu können, aber nicht wirklich damit gerechnet, also konnte sie auch gleich mit der Wahrheit herausrücken. »Garrett Winter.«

Phoenix stieß einen leisen Pfiff aus. »Der Air-Force-Typ, der vor ein paar Monaten auf unserer Abschussliste stand?«

»Der unschuldige Air-Force-Typ«, korrigierte Sydney sie mit hochgezogenen Brauen. »Wir haben ihn am Leben gelassen, schon vergessen?«

Selbst wenn Scarlett es aus ihrem Gedächtnis hätte streichen wollen, die Narbe an ihrem rechten Oberarm erinnerte sie tagtäglich an die Ereignisse in Seattle. Eine Narbe, die sie Garretts Partner zu verdanken hatte, der in jener Nacht auf sie geschossen hatte. Zugegeben, sie hätte nicht wie eine Kriminelle wegrennen müssen, aber das Mitbringsel in Form eines Streifschusses war immer noch besser, als sich mit diesen Leuten auseinanderzusetzen. Auch die Agenten der HUNTERS arbeiteten verdeckt, doch im Gegensatz zu ihnen agierten Scarlett und ihre Kolleginnen in den Schatten. Sie hätte den Männern wohl kaum weismachen können, dass sie zwar eine Auftragskillerin war, es sich aber anders überlegt hatte – und statt Garrett zu töten, ihn vor dem Verbluten gerettet hatte. Zumal sein Zustand zu jenem Zeitpunkt noch zu kritisch gewesen war, um überhaupt zu wissen, ob er die Nacht überstehen würde oder nicht.

»Psst ...!« Phoenix lehnte sich von ihrem Schreibtischstuhl aus weit in Raidens Richtung und flüsterte ihr die nächsten Worte zu. »Augenbinde. Lara hat ihm die Augen verbunden.«

»Und ihn gefesselt«, beendete diese ihren Satz, doch das amüsierte Zucken in ihren Mundwinkeln entging Scarlett nicht. Lara war die Begründerin der Daughters of Darkness und hatte sie alle nach und nach rekrutiert. Niemand schien so genau zu wissen, was sie dazu bewogen hatte, eine Karriere in diesem Metier anzustreben, wo sie tagsüber doch als Dozentin für Kunstgeschichte an der Universität lehrte, aber keiner von ihnen stellte ihre Absichten infrage. So kühl und ruhig sie sich stets nach außen hin gab, machte sie dem Sprichwort *Stille Wasser sind tief* doch alle Ehre. Vermutlich hatte Lara mehr Leichen im Keller als sie alle zusammen. »Zurück zum Thema. Wie hat Winter dich gefunden?«

»Brace yourself …«, murmelte Raiden trocken. »Winter is coming.«

Scarlett schnaubte und sog die Unterlippe zwischen ihre Zähne. Soweit sie sich erinnern konnte, hatte sie keine Spuren am Tatort zurückgelassen, abgesehen von ...

»Verdammt.« Sie sprang auf die Beine. Ihr Herz polterte aufgeregt los, während sie sich in Gedanken eine Idiotin schalt. Wieso war ihr das nicht schon früher aufgefallen?

»Was ist?«, hakte Sydney nach und nahm ihr das Whiskeyglas aus der Hand, als wollte sie es vor ihr in Sicherheit bringen.

»Er kannte den Namen des Pflanzengifts, mit dem ich seine Wunde behandelt habe.«

Phoenix zog die Nase kraus. »Und weiter?«

»Es gibt nur eine Person, die ihm das gesagt haben kann.«

Lara presste die Lippen zu einem dünnen Strich zusammen. »Dr. Fox.«

Die Ärztin lebte in Seattle und wusste bestens über sie Bescheid. Genau genommen wusste Dr. Hailey Fox viele Dinge über viele Leute, darunter sowohl Cops und Agenten als auch Kriminelle und Mafiosi. Sie behandelte jeden, völlig egal, was der- oder diejenige getan hatte, und behielt jedes Geheimnis für sich. Bis jetzt.

Lara deutete auf die Monitore, die Phoenix umgaben. »Überprüf das bitte.«

»Bin schon dabei.« Das Klackern der Tastatur erfüllte den Raum.

»Wenn sie es wirklich war, müssen wir unsere Allianz mit ihr noch einmal überdenken.«

»Sie hat mir das Leben gerettet«, wandte Sydney ruhig, aber bestimmt ein. »Und Raiden auch.«

»Wofür sie auch sehr gut bezahlt wurde. Aber sollte sie Informationen über uns oder unsere Vorgehensweise an jemanden wie Winter weitergegeben haben, ändert das alles.«

Scarlett wechselte einen Blick mit Sydney, schwieg jedoch. Auch Raiden, die für ihr ungestümes Temperament bekannt war, hielt sich zurück und betrachtete scheinbar interessiert ihre dunkelblau lackierten Fingernägel.

Schließlich war es Phoenix, die mit einem Räuspern auf sich aufmerksam machte. »Laut Videoüberwachung war Garrett Winter nach seiner Entlassung noch mal bei ihr. Exakt zehn Tage später.«

»Eine Nachbehandlung?«, fragte Sydney, aber Phoenix schüttelte den Kopf.

»Keine Behandlung, keine Medikamente. Nur ein Gespräch, leider ohne Ton.«

Raiden erhob sich und stakste zu ihr rüber. »Geh mal zur Seite.« Mit gerunzelter Stirn beugte sie sich näher zum Bildschirm, als versuchte sie anhand der Lippenbewegungen zu erkennen, worüber der Agent und die Ärztin vor so vielen Wochen miteinander gesprochen hatten.

Ein Vibrieren unterbrach die Stille um sie herum. Handys wurden gezückt, aber niemand ging ran. Scarlett sah zu der teuren Céline-Handtasche, die neben ihren Schuhen auf dem Boden lag. Lara folgte ihrem Blick und zog eine Braue in die Höhe. Ups. Die Tasche kostete ein Vermögen und gehörte nicht Scarlett selbst, sondern in die Kollektion der Ladys. Sie selbst würde nie so viel Geld für etwas so Sinnloses ausgeben – auch wenn sie zugeben musste, dass sich das weiche Leder himmlisch unter ihren Fingern anfühlte, als sie die Tasche aufhob. Doch der Name auf dem Display ließ jedes wohlige Gefühl in ihrem Inneren erstarren.

»Wer ist das?«, fragte Sydney, als das Vibrieren nicht aufhören wollte.

Es ging immer weiter und hallte von den Wänden wider wie ein Schlagbohrer namens Vergangenheit. Scarlett starrte auf das Display ihres Smartphones, bis es erlosch und die plötzliche Stille ihr die Kehle zuschnürte. »Mein Erzeuger.«

Der einzige Grund, aus dem sie seine Nummer in ihren Kontakten gespeichert hatte, war der, dass sie es vorher wissen wollte, sollte er es tatsächlich wagen, sie zu kontaktieren. Nichts wäre schlimmer, als ahnungslos ans Telefon zu gehen und seine Stimme zu hören.

»Warum ruft er ausgerechnet jetzt an? Nach all den Jahren?«

»Keine Ahnung.« Scarlett schob das Handy mit mehr Gewalt als nötig zurück in die Tasche und hob auch die Schuhe auf. »Aber ich muss hinfahren.«

Aus dem Augenwinkel bemerkte sie, wie Lara und Sydney einen besorgten Blick wechselten. »Hältst du das für eine gute Idee?«, fragte Lara. In ihrer Stimme lag eine ungewohnte Sanftheit, eine Wärme, die nur wenige Menschen von ihr zu spüren bekamen.

»Nein.« Scarlett straffte die Schultern, auch wenn ihr plötzlich jeder Muskel in ihrem Körper wehtat. Als würde sich alles in ihr dagegen wehren, zurück an den Ort ihrer Albträume zu fahren. Zurück in das Haus, in dem sie aufgewachsen war. »Aber wenn ich ständig darauf gewartet hätte, bis ich für etwas bereit bin, würde ich noch heute in diesem Wandschrank hausen und mir vor Angst in die Hosen machen.«

Und damit war die Diskussion beendet. Sie machte auf dem Absatz kehrt und marschierte aus der Halle. Statt der Flügeltüren nahm sie die unscheinbare Tür auf der anderen Seite, die direkt in den Ankleideraum mitsamt begehbarem Kleiderschrank führte. Höchste Zeit, dieses lächerliche Cocktailkleid loszuwerden. Ihre Finger zitterten, als sie den Reißverschluss öffnete. Der brombeerfarbene Stoff fiel zu Boden und bauschte sich um ihre Knöchel. Nur in Unterwäsche marschierte sie zu dem Stapel Kleidung auf der langen Mahagonikommode und zog ihre eigenen Sachen wieder an. Eng anliegende kakifarbene Cargohose, flache Stiefel, ein dunkelblaues Spitzentop und ihre Cargojacke in derselben Farbe wie ihre Hose. Simpel, bequem und weiblich dank des Dekolletés, das ihr Top frei ließ.

Niemand störte sie, während sie sich umzog, und auch beim Hinausgehen hielt niemand sie auf. Scarlett fokussierte ihre Gedanken auf die Aufgaben, die vor ihr lagen. Umziehen – check. In die Tiefgarage hinunterfahren – check. Sich hinter das Steuer ihres eigenen Autos setzen und das Navigationsgerät einschalten, obwohl sie es nicht brauchte, da sie den Weg dorthin ohnehin finden würde. Sie schaffte es gerade mal bis vor ihren Wagen, als sie abrupt stehen blieb.

Sydney lehnte mit dem Rücken an der Fahrertür, die Hände in den Taschen ihrer Skinny Jeans, obwohl dort überhaupt kein Platz mehr sein sollte, so eng wie diese Hose war. »Wolltest du etwa abhauen, ohne dich zu verabschieden?«

Scarlett antwortete nicht darauf, aber das musste sie auch nicht. Trotz der unterschiedlichen Erfahrungen, die sie beide in ihrem Leben gemacht hatten, verband sie etwas Dunkles in ihrer Vergangenheit. In einer Nacht mit zu viel Rotwein und Pizza hatte Scarlett ihr davon erzählt. Im Gegenzug hatte Sydney ihr vom Tod ihrer Eltern und ihrer Zeit bei der CIA berichtet. Und auch, was sie dafür hatte aufgeben müssen. Obgleich so verschieden, hatten sie den Schmerz in den Augen der anderen erkannt – und akzeptiert.

»Soll ich mitkommen?«, fragte Sydney und stieß sich von der Tür ab. Sorge lag in ihrer Stimme und sie gab sich keine Mühe, sie zu verbergen.

Hatte Scarlett seit dem Anruf alle Emotionen ausgeblendet, drohten diese jetzt wieder aus der Dunkelheit hervorzukriechen und sie zu verschlingen. Hastig schüttelte sie den Kopf. »Nicht nötig. Das kriege ich allein hin.«

»Brauchst du ein Alibi?«

Trotz der Kälte in ihrem Inneren zauberte diese Frage ein Lächeln auf Scarletts Gesicht. Eines der ehrlichen Sorte, die sie für besondere Anlässe und besondere Menschen reservierte. »Gut möglich.«

2. KAPITEL

Sie hatte gelogen. Lange, nachdem die Frau verschwunden war, stand Garrett noch immer in dieser Gasse und starrte ihr nach. Als jemand, dessen gesamtes Leben nur noch aus einem fein gewebten Netz aus Lügen bestand, erkannte er eine Lüge als solche. Und diese Frau hatte ihm eindeutig etwas vorgemacht. Oh, sie war gut. Der Blick aus ihren glasklaren grauen Augen war direkt auf ihn gerichtet gewesen. Ihre Gesichtsmuskeln waren entspannt, der Mund in ehrlichem Erstaunen verzogen. Fast hätte er an seinem Gedächtnis gezweifelt. Fast hätte er ihr geglaubt. Wäre da nicht diese Stimme gewesen. Dieser Duft, der unter dem teuren Parfum schwelte und so frisch und würzig wie ein Herbstmorgen war. Die Bilder in seinem Gedächtnis mochten aufgrund der Umstände etwas verschwommen sein, aber er hatte instinktiv gewusst, dass er die richtige Frau vor sich hatte.

Obwohl er sie gegen die Wand drückte, war sie ihm nicht ausgewichen, sondern hatte ihm eine Floskel nach der anderen an den Kopf geworfen. Am liebsten hätte er sie vor lauter Frustration geschüttelt, aber diesen Sieg hatte er ihr nicht überlassen wollen. Er war so weit gekommen und würde jetzt nicht aufgeben, nur weil diese Frau meinte, eine Amnesie vortäuschen zu müssen.

Er hatte sie ein weiteres Mal fragen wollen, um sie endlich zum Reden zu bringen, doch bevor er auch nur ein Wort sagen konnte, war ein pechschwarzer Sportwagen aufgetaucht und eine fremde Frau zielte mit einer Pistole auf ihn. Die Art, wie die Blondine neben ihrem Wagen gestanden hatte, breitbeinig und die Tür als Deckung benutzend, während ihre Hände die Waffe geübt festhielten, verriet ihm mehr, als eine von ihnen preisgeben wollte. Im Gegensatz zu ihrer Kollegin hatte diese Frau eine professionelle Ausbildung hinter sich. Polizei? SWAT? Etwas anderes? Offensichtlich arbeitete sie mit seiner Retterin zusammen – und keine von ihnen wollte, dass er tiefer grub und mehr herausfand. Aber genau das würde er tun, das schwor er sich in dem Moment, in dem er dem Wagen nachsah, bis dieser am Ende der Gasse abbog und verschwand. Garrett mochte mit diesem Schachzug kein Glück gehabt haben, aber das Spiel hatte gerade erst begonnen. Ein Spiel, bei dem es um nichts Geringeres als um sein Leben ging. Und das würde Garrett nicht noch einmal verlieren.

Hinter ihm ertönten Schritte, hallten in der leeren Gasse wider und rissen ihn aus seinen Grübeleien. Garrett schloss die Augen und fluchte in Gedanken. Das hatte ihm gerade noch gefehlt. Er hatte sich schon gefragt, wie viel Zeit ihm blieb, bevor einer seiner Teamkameraden hier auftauchen würde.

»Nette Aktion.«

Garrett drehte sich zu der bekannten Stimme um. Der Tonfall war ebenso lässig wie sein gesamtes Auftreten. Jeans, eine dünne Jacke und ein schwarzes Shirt mit dem geschwungenen Aufdruck *Team Peeniss.*

»Nicht gerade die Ecke, die ich mir fürs Sightseeing ausgesucht hätte, aber hey, wenn du auf Kisten, Müllcontainer und Ratten stehst, nur zu. Tob dich aus.«

»Was willst du hier, Ryder?«

»Du glaubst doch nicht, dass ich dich das allein durchziehen lasse, oder?« Logan Ryder wippte auf den Fersen vor und zurück, als hätte er nicht die geringste Sorge der Welt. Diesen Eindruck konnte er sogar während einer Mission oder mitten in einem Kugelhagel vermitteln. »Wir sind Partner, schon vergessen?«

»Partner im Dienst, nicht privat, und das hier ist Privatsache.« Unwillig fuhr sich Garrett durch das Haar. Wie hatte der Kerl ihn überhaupt gefunden? Er hatte niemandem erzählt, wohin er fahren würde. Oder warum. Dann kam ihm ein Verdacht und ließ ihn misstrauisch die Augen zusammenkneifen. »Hat Riley dich geschickt?«

Riley Beckett war der brillante Verstand hinter dem Team, der ihnen allen regelmäßig den Hintern rettete. Sie wusste über jeden von ihnen Bescheid – und falls nicht, konnte sie es aufgrund ihrer Hackerkenntnisse innerhalb weniger Minuten herausfinden. Es grenzte an ein Wunder, dass sie nicht schon längst seine wahre Identität kannte. Aber vielleicht tat sie das bereits und ließ es ihn nur nicht wissen. Der Mann, der er einmal gewesen war, war schon lang tot. Es war besser, ihn begraben zu lassen.

Logan schnaubte. »Denkst du wirklich, ich wäre hier, wenn ich stattdessen bei ihr sein könnte?«

»Was machst du dann hier?«, hakte er nach. Einen Babysitter konnte er nicht gebrauchen. Er war so kurz davor, die Leute aufzuspüren, die es auf ihn abgesehen hatten.

»Ich hab gehört, hier gibt es ein paar gute Straßenrennen.«

»Normalerweise ist doch L.A. deine Spielwiese.«

Logan zuckte mit den Schultern. »Dann wollte ich eben Valerie besuchen. Du weißt, dass sie auch in der Stadt ist.«

Valerie Reed, Ex-CIA-Agentin und genau wie Logan und Garrett selbst ein Mitglied der HUNTERS. Wenn sie nicht im Dienst war, verbrachte sie die meiste Zeit bei ihrem Verlobten Adam Blackbourne in San Francisco. Garrett wusste, dass sie sich in der Nähe aufhielt, hatte es aber vermieden, sie zu kontaktieren. Das hier war keine Mission, bei der sie zusammenarbeiten mussten. Er empfand den höchsten Respekt vor seinen Kameraden, aber er würde einen Teufel tun und sie in seine persönlichen Angelegenheiten hineinziehen. Ganz besonders wenn diese Angelegenheiten rothaarig, vorlaut und verflucht sexy waren.

»Okay. Schön«, murmelte Logan und hob die Hände in einer abwehrenden Geste. »Aber ich war dabei, falls du es vergessen haben solltest. Vor einem halben Jahr war ich es, der dich aus dieser verdammten Bibliothek getragen und zu Dr. Fox gebracht hat, als du kurz vor dem Krepieren warst. Du hast mir vom Zeugenschutzprogramm erzählt, erinnerst du dich? Oder hat dein Dickschädel doch einen längerfristigen Schaden genommen?«

Garrett biss die Zähne zusammen und wandte sich ab. Er zweifelte nicht an Logans guten Absichten, doch selbst wenn er behauptete, so viel zu wissen, wusste er im Grunde überhaupt nichts. Wie auch? Garrett hatte niemandem etwas von seinem früheren Leben erzählt oder welche Umstände dazu geführt hatten, dass das FBI ihn ins Zeugenschutzprogramm gesteckt hatte. Die letzten Jahre hatten ihn zum Einzelkämpfer werden lassen und er war zufrieden damit gewesen. Nicht glücklich, aber als ein Mann, der nur zu gut wusste, wie schnell dir jemand jedes Glück nehmen konnte, begnügte er sich mit Zufriedenheit.

Hinter ihm stieß Logan einen Fluch aus. »Ich habe schon mal einen guten Partner verloren, weil ich nicht zur Stelle war, um ihm den Rücken zu decken. Glaub ja nicht, dass ich zulasse, dass das noch mal passiert.«

Fuck. Garrett rieb sich über den Nacken, dann drehte er sich wieder zu seinem Teamkameraden um. »Das hier ist kein Auftrag, bei dem du versagen könntest, Ryder.«

»Nein, aber es ist etwas, bei dem ich dir trotzdem helfen kann.«

»Wie stellst du dir das vor, hm?« Es war nicht Wut, die ihn in diesem Moment explodieren ließ, sondern Sorge und eine Anspannung, die er viel zu lang mit sich herumgeschleppt hatte. »Willst du die Datenbank in der Zentrale anzapfen und nach diesen Frauen suchen? Zu spät, schon versucht. Denkst du daran, noch mal in diese Bibliothek zu fahren und dich dort nach irgendwelchen Spuren umzusehen? Auch schon erledigt. Genau wie das Gespräch mit Dr. Fox und eine Überprüfung ihrer Praxis. Es gibt nichts, wobei du mir helfen könntest.«

Scheinbar gelangweilt zog Logan sein Smartphone hervor, tippte darauf und drehte es herum, damit Garrett einen Blick auf das Display werfen konnte. »Während du mit Ariel geflirtet hast, habe ich ein Foto vom Nummernschild des Maseratis geschossen.«

Dieser verdammte Mistkerl. War er etwa die ganze Zeit hier gewesen und hatte ihn beobachtet?

»Interessiert?« Logan winkte mit dem Handy. »Wenn wir das an die Zentrale schicken, kann Riley ...«

»Nein«, unterbrach Garrett ihn bestimmt.

Logan riss die Brauen in die Höhe. »Nein?«

»Das hier ist kein Fall für die HUNTERS.«

»Schon klar«, erwiderte er gedehnt. »Du machst das in deiner Freizeit. Aber das heißt nicht, dass Riley uns nicht aushelfen könnte. Du weißt schon, dass sie innerhalb von ein paar Minuten alles über den Wagen und seine Fahrerin herausfinden könnte, oder?«

Und damit selbst auch noch in diese Sache involviert wäre? Nachdem sie vor wenigen Monaten beinah draufgegangen war? Auf keinen Fall. Es waren schon genug Menschen seinetwegen gestorben. Garrett würde nicht zulassen, dass seine Kollegen bei den HUNTERS bald dazugehörten.

»Ich will deine Hilfe nicht, Ryder.«

»Pech für dich, denn du bekommst sie. Also kannst du mich entweder gleich mitspielen lassen oder ich hänge mich an deine Fersen und hetze obendrein auch noch Riley auf dich. Und Valerie. Du weißt, wie sie sein kann, wenn sie sich etwas in den Kopf gesetzt hat.«

Diesmal hielt sich Garrett mit dem Fluch, der ihm auf der Zunge lag, nicht zurück. Er sprach ihn aus, hart und wüst, aber Logan zuckte nicht mal zusammen. Es schien vielmehr, als hätte er genau damit gerechnet.

Sein Gesicht wurde so ernst, wie Garrett es nur selten bei ihm gesehen hatte. »Ich bin ein ziemlich großes Risiko eingegangen, dir damals das Leben zu retten, *Partner*. Ich glaube, du schuldest mir etwas dafür.«

»Ich schulde es dir, dich in Gefahr zu bringen?« Garrett schnaubte. »Eine seltsame Art von Dankbarkeit ist das.«

»Scheiß auf Dankbarkeit. Du kommst in dieser Sache nicht weiter und ich kann dir helfen. Warum diskutieren wir überhaupt noch?«

Garrett schüttelte den Kopf. Er wollte seine Kollegen nicht in diese Sache hineinziehen. Er hatte schon zu viele Menschen verloren, die ihm wichtig waren. Aber die harte Wahrheit war, dass er etwas Hilfe durchaus gebrauchen könnte. Denn in einem hatte Logan recht: Er war in einer Sackgasse angelangt und kam allein nicht weiter. Zwar wusste er dank seiner Recherchen inzwischen allerhand über die verschiedenen Identitäten seiner Retterin und auch, wo sie zumindest zeitweise in San Francisco wohnte, aber bevor er sie noch einmal stellte, musste er mehr erfahren. Sonst wäre es nur eine Wiederholung des Gesprächs von vorhin. Er würde nachhaken und sie so tun, als würde sie ihn nicht kennen.

»Also gut«, gab er mit zusammengebissenen Zähnen nach. »Aber halt Riley und die anderen da raus.«

»Wie du willst. Dann machen wir das Ganze eben auf die altmodische Weise.«

»Die da wäre?«

Das lockere Grinsen kehrte in Logans Gesicht zurück. »Zufällig weiß ich, dass die Fahrerin des Maseratis eine Schwäche für Autorennen hat. Und ich weiß auch, wo heute Nacht eines stattfindet.«

Das hier war eine miese Idee. Vier verschieden farbige Autos rollten an die auf den Asphalt gesprühte Startlinie. Eines davon war Logans grauer Plymouth Barracuda, direkt daneben der schwarze Maserati, den er vor wenigen Stunden schon einmal gesehen hatte. Aber handelte es sich dabei auch um denselben Wagen? Garrett kam nicht dazu, das Nummernschild genauer unter die Lupe zu nehmen oder den Gedanken fortzuführen, denn in diesem Moment ertönte das Startzeichen und die Autos schossen nach vorn. Die Menge jubelte und erweckte die Straße neben dem verlassenen Fabrikgebäude zu neuem Leben. Trotz der kühlen Temperaturen in dieser Märznacht in San Francisco sah Garrett jede Menge nackte Haut bei den anwesenden Damen. Zwar waren eine Handvoll rothaarig, aber bei keiner von ihnen handelte es sich um die Frau, nach der er seit Monaten suchte.

Garrett stand am Rande der Fahrbahn und beobachtete das Rennen aus zusammengekniffenen Augen. Bei dieser Sache musste er sich völlig auf seinen Partner verlassen. Auch wenn er ihm im Job vertraute, hielt er das hier noch immer für eine beschissene Idee. Zu dumm, dass ihm keine andere Wahl blieb. Er fühlte sich wie jemand, der kopfüber in einen reißenden Fluss gesprungen war – ohne Sicherheitsweste, ohne Rettungsring. Jetzt klammerte er sich nur noch an einen Strohhalm, und wenn dieser riss, müsste er seine Suche nach dem Mann, der ihn schon seit Jahren tot sehen wollte, wieder von vorn beginnen. Oder sich einfach finden lassen, aber in dem Fall könnte er sich auch gleich selbst eine Kugel in den Kopf jagen.

Sogar aus der Ferne erkannte Garrett, dass Logan die Führung im Rennen übernommen hatte. Natürlich. Er zuckte mit den Mundwinkeln. Etwas anderes hätte er seinem Partner auch nicht zugetraut. Was ihn mehr überraschte, war die Tatsache, dass der Maserati ihm dicht auf war. Kurz vor der Ziellinie, eine Viertelmeile vom Start entfernt, lieferten sie sich ein Kopf-an-Kopf-Rennen. Unwillkürlich hielt er den Atem an. Wer dieses Rennen auch gewann, um ein kurzes Gespräch mit ihnen würde die Fahrerin des Maseratis nicht herumkommen. Und wenn sie nicht freiwillig kooperierte, müssten sie die Frau unter Androhung körperlicher Gewalt dazu bringen, mit ihnen zu reden. Ein bitterer Geschmack breitete sich in Garretts Mund aus und alles in ihm sträubte sich gegen diesen Gedanken. In seinem alten Leben hatte er zu viel von dieser Gewalt gesehen. Gegen Frauen. Gegen Kinder. Manchmal hatte er etwas dagegen unternehmen können. Manchmal ... nicht. Diese Momente waren es, die ihn noch immer bis in seine Träume verfolgten. Erinnerungen, in denen ihm die Hände gebunden waren und er nichts anderes tun konnte, als zuzusehen, um seine Tarnung nicht zu gefährden. Er hasste es, wenn er von diesen Erlebnissen heimgesucht wurde. Aber noch viel mehr hasste er seine eigene Machtlosigkeit.

Die beiden Sportwagen fuhren dicht nebeneinander über die Ziellinie. Jubelschreie ertönten. Musik schallte in die Nacht, als hätten sie nicht die geringste Sorge, dass die Polizei sie bei diesem illegalen Rennen aufgreifen könnte. Wildfremde Menschen liefen an Garrett vorbei, um die Fahrer zu begrüßen, als diese zurückkehrten. Es brauchte nur einen Blick in Logans Gesicht, um zu erkennen, dass er der Sieger war. Männer gratulierten ihm und klopften ihm auf die Schulter, während sich ein paar Frauen in besonders knappen Röcken an ihn zu schmiegen versuchten. Zu dumm, dass Logan nicht mal einen Blick für sie übrig hatte. Eindeutig Rileys Einfluss.

»Gratuliere.« Die langbeinige Blondine stieg aus ihrem Maserati aus und warf ein flüchtiges Lächeln in Logans Richtung. »Saubere Leistung.«

Er zwinkerte ihr zu. »Und das ganz ohne miese Tricks.«

Sie sagte irgendetwas, das Garrett über die anderen Stimmen hinweg nicht verstand, aber das musste er auch nicht. Er kämpfte sich an den Leuten vorbei, bis er neben der Frau stand, als diese sich abwenden wollte.

»Hallo. Ich glaube, wir zwei hatten noch nicht die Gelegenheit, uns einander vorzustellen«, begrüßte er sie, als würden sie sich zufällig hier über den Weg laufen. »Garrett Winter.«

Ein Schatten huschte über ihr Gesicht. Er hatte kaum ausgesprochen, als sie ihm bereits auswich und sich umdrehte, doch genau in diesem Moment stellte sich ihr ein selbstzufrieden aussehender Logan in den Weg. Sie war eingekesselt.

Garrett rechnete mit einem Fluchen oder sogar damit, dass sie trotzdem eine Flucht versuchte. Stattdessen bekam er ein honigsüßes Lächeln und eine warme Hand, die seine mit festem Griff schüttelte. »Sydney.«

Natürlich nannte sie ihm keinen Nachnamen. Alles andere hätte ihn auch verwundert. Aber so leicht kam sie ihm nicht davon.

»Wir wollen nur reden.«

Ein wütendes Funkeln trat in ihre Augen, aber Sydneys Stimme blieb völlig ruhig, beinah freundlich. »Wenn ihr Clowns glaubt, mich einschüchtern zu können, irrt ihr euch. Ihr wollt sicher nicht, dass all diese Leute erfahren, wer ihr wirklich seid. Oder besser gesagt, für wen ihr arbeitet.«

Logan riss die Brauen hoch und auch Garrett war nicht schlecht überrascht. Damit hatte er nicht gerechnet. Dummerweise zweifelte er nicht daran, dass sie ihre Drohung wahr machen würde.

Abwehrend hob er die Hände. »Nur reden, das ist alles.«

»Ich nehme an, ich werde euch nicht los, wenn ich Nein sage?«

Logan grinste. »Absolut richtig.«

Sie seufzte, nickte dann jedoch. »Na schön, aber nicht hier. Ein paar Straßen weiter ist ein Coffeeshop, der noch offen hat. Folgt mir.« Sie ließ ihnen weder eine Wahl noch die Zeit, um Einspruch einzulegen. In einer fließenden Bewegung stieg Sydney wieder in ihr Auto und startete den Motor.

Keine fünf Minuten später hielt Logan seinen Sportwagen auf einem verlassen wirkenden Parkplatz. Ihnen gegenüber befand sich ein mehrstöckiges Gebäude, das sich nahtlos und unauffällig ins

Stadtbild einfügte. Eine Feuertreppe führte bis zur obersten Etage hinauf. Während dort vermutlich nur Wohnungen waren, befand sich besagter Coffeeshop im Erdgeschoss. Ein Schild über dem Eingang verkündete in grellgrüner Leuchtschrift, dass sie vierundzwanzig Stunden lang geöffnet hatten. Selbst von außen schien das nicht die Art Schuppen zu sein, in dem sich Touristen versammelten, um einen Kaffee zu trinken, bevor sie zur nächsten Sehenswürdigkeit weiterhuschten.

»Sie war auch da«, kam es plötzlich von Logan.

»In Seattle?«

Er nickte und sein Gesichtsausdruck war ungewöhnlich ernst. »Wir sind bei einem Straßenrennen gegeneinander angetreten und später war sie bei der Bibliothek und hat ihrer rothaarigen Freundin bei der Flucht geholfen. Gut möglich, dass du gar nicht an Ariel ranmusst, sondern Sydney dir alle Informationen liefern kann.«

Garrett nickte ihm dankbar zu. Diese Möglichkeit würde er auf jeden Fall im Hinterkopf behalten. Schweigend stiegen sie aus und marschierten über den Parkplatz.

»Ich sehe mir die Umgebung an, um sicherzustellen, dass es keine Falle ist.« Kaum ausgesprochen bog Logan in eine kleine Gasse ab und verschwand in der Dunkelheit.

Garrett ging indes auf den Eingang zu. Sie mussten näher an der Küste sein, denn Nebel kroch wie ein lebendes atmendes Wesen über den Boden. Garrett fühlte sich, als wäre er in einen alten Hitchcock-Film hineinkatapultiert worden. Das Geräusch des nächtlichen Verkehrs war viel zu weit weg, und wenn er nicht hier und da einen schlafenden Penner am Straßenrand gesehen hätte, hätte er vielleicht tatsächlich geglaubt, eine Zeitreise hinter sich zu haben. Doch als er die Tür zum Coffeeshop öffnete und ihm Justin Bieber entgegenplärrte, wurde er eines Besseren belehrt. Er war noch immer in der Gegenwart. Leider – in Anbetracht des zweifelhaften Musikgeschmacks des Personals.

Die schwarzhaarige Frau hinter der Theke sah auf, machte sich aber nicht die Mühe, ihn mit einem Lächeln zu begrüßen. Hinter ihr standen jede Menge Kaffeekannen, Automaten und Dosen mit diversen Bohnensorten, aber die Tafel, die über ihr an der Wand hing, war bis auf ein paar magere Angebote traurig leer. Der Geruch von Kaffee und etwas Angebranntem hing in der Luft, was nicht gerade für diesen Laden sprach. Die Reihe von Hockern vor der Theke war bis auf einen einzigen leer. An diesem saß ein Mann in gebeugter Haltung und blätterte mit vom Alter zittrigen Händen in seiner Zeitung.

Garrett ließ seinen Blick weiter wandern und entdeckte Sydney, die am anderen Ende des Coffeeshops an einem der kleinen Tische saß. Den Rücken zur Wand und den gesamten Raum vor sich. Nein, sie war definitiv keine Amateurin. An ihrer Stelle hätte sich Garrett exakt denselben Platz ausgesucht. Im Vorbeigehen bestellte er bei der Frau hinter dem Tresen einen Kaffee. Sie wirkte südländisch, vielleicht mexikanisch, und nickte ihm wortlos zu.

Er ging zu dem einzigen besetzten Tisch hinüber und ließ sich auf dem Stuhl gegenüber von Sydney nieder. Damit machte er sich verwundbar, denn er hatte nicht die geringste Ahnung, was hinter ihm geschah, aber er vertraute auf seine Instinkte. Abgesehen davon war der Gedanke an den Tod für einen Mann, der offiziell schon einmal gestorben war, längst nicht mehr so erschreckend.

»Also ...?« Sydney zog eine schmale Braue in die Höhe und schlug die langen Beine übereinander.

Wie von selbst folgte sein Blick dieser Bewegung. Sie trug eine enge schwarze Lederhose, die jede ihrer Kurven betonte – und das wusste Sydney nur zu gut. Genauso wie sie sich bewusst auf den Ellbogen abstützte und zu ihm vorlehnte. Allerdings nicht, um ihr Dekolleté zu entblößen, denn das war von einem schwarzen Rollkragenpullover bedeckt. Stattdessen drang ihm ein Hauch ihres Parfums in die Nase. Beinah hätte er geschmunzelt. Sie war subtil, aber er hatte keinen Zweifel daran, dass sie ihre weiblichen Vorzüge einzusetzen wusste – und das auch gnadenlos tun würde, um zu bekommen, was sie wollte. Erstaunlicherweise hatte ihre Nähe nicht den gleichen Effekt auf ihn wie das Zusammentreffen mit seiner Lebensretterin.

Er lehnte sich zurück und verschränkte die Arme vor der Brust. »Ich will mit deiner Freundin sprechen.«

»Welche meinst du?« Scheinbar gedankenverloren rührte Sydney in ihrem Cappuccino. »Ich habe viele Freunde. Du musst schon etwas konkreter werden.«

»Die Rothaarige, die du vor ein paar Stunden in dieser Gasse aufgegabelt hast. Dieselbe Frau, mit der du vor sechs Monaten in Seattle warst.«

»Wirklich?« Sie führte ihre Tasse zum Mund und trank einen Schluck. »Was, wenn ich dir sage, dass ich allein in Seattle war?«

»Dann würde ich wissen, dass du lügst.«

Ihr Lächeln traf einen Nerv und fachte eine schwelende Wut in ihm an, gepaart mit nagender Ungeduld. Was sollten diese Spielchen? Was versuchten Sydney und ihre Kollegin vor ihm zu verheimlichen?

Als sie weitersprach, sah sie ihn direkt an. »Ich bin Streetracerin, wie dein Kumpel dir sicher bestätigen kann. Ich fahre von Stadt zu Stadt und trete bei Rennen an. In dieser Gasse habe ich gesehen, wie du eine junge Frau bedrängt hast, und bin ihr zu Hilfe gekommen. Das ist alles. Ich kenne weder sie, noch weiß ich, was du von ihr willst. Oder von mir, um genau zu sein.« Ihre grünen Augen waren klar. Nichts deutete darauf hin, dass sie ihm etwas vormachte, aber er wusste, dass dem so war. Er wusste es einfach.

»Du kommst ganz schön oft Fremden zu Hilfe, was? Hier ... in Seattle ...« Garrett sah auf, als sein Kaffee an den Tisch gebracht wurde. Die Frau lächelte zurückhaltend. Ein Akzent begleitete ihre Frage an Sydney, ob diese noch etwas wünschte. Also doch mexikanisch. Auf ihr Kopfschütteln hin, zog sie sich zurück und verschwand wieder hinter der Theke. »Lass uns Klartext reden.«

Mit einem amüsierten Ausdruck im Gesicht lehnte sich Sydney zurück. »Lass hören.«

»Ich weiß, wie die Sache läuft. Du wirst mir nichts geben, wenn du im Gegenzug nichts von mir bekommst, richtig? Also, was willst du? Geld kann es nicht sein.« Ein einziger Blick auf ihr Outfit und auf ihren Wagen genügte, um zu wissen, dass sich diese Frau keine Sorgen um ihren Lebensstandard machen musste.

Zum ersten Mal zögerte sie und er meinte, für einen winzigen Moment hinter ihre Maske sehen zu können. Sie zog sein Angebot in Erwägung und er konnte nur hoffen, dass sie es auch annahm. Bei Gott, er würde so gut wie alles tun, um an denjenigen zu gelangen, der hinter ihm her war. Derjenige, der für den Tod von Karen und Ben verantwortlich war. Die Bilder, die er so lang verdrängt hatte, tauchten mit der Geschwindigkeit eines Faustschlags in seinen Gedanken auf. Seine Kehle wurde eng und der vertraute Schmerz explodierte in seiner Brust. Unwirsch schob er ihn beiseite. Nicht hier. Nicht jetzt. Er würde die Verantwortlichen finden und erst dann, erst wenn die Gerechtigkeit wiederhergestellt war, würde er es sich erlauben, um sie zu trauern.

»Es gibt tatsächlich etwas, das ich gebrauchen könnte«, sagte Sydney schließlich.

Fragend zog er die Brauen in die Höhe und wartete ab.

»Quid pro quo«, sprach sie weiter. »Informationen für Informationen. Allerdings kann ich dir nichts erzählen, das mein oder das Leben anderer gefährden könnte.«

»Ich bin nicht hinter ihr her, um ihr zu schaden«, warf er ein und wandte sich zum ersten Mal der dampfenden Tasse vor sich zu. Der Kaffee war so heiß, dass er sich fast die Zunge daran verbrannte. Das Aroma war intensiv, aber überraschend gut.

»Warum dann?«

Er zuckte mit den Schultern. »Sie hat mir das Leben gerettet. Ich will herausfinden, warum.«

Sydney schnaubte ungläubig. »Das ist alles?«

»Nein. Ich muss wissen, warum sie in jener Nacht dort war.«

Ein undeutbarer Ausdruck legte sich auf das Gesicht seines Gegenübers. Oh, sie war gut darin, ihre Gedanken und Gefühle für sich zu behalten, aber nicht so gut wie die Frau, die er heute in dieser Gasse gestellt hatte. Im Vergleich zu ihrer blanken Miene konnte er in der von Sydney ein wahres Feuerwerk an unterschiedlichen Emotionen lesen. Misstrauen dominierte alle anderen.

»Warum werde ich das Gefühl nicht los, dass du sehr genau weißt, was in jener Nacht passiert ist und weshalb sie dort war?«

Er griff erneut nach seinem Kaffee. »Vielleicht tue ich das. Vielleicht suche ich auch nur die Bestätigung für meinen Verdacht.«

»Gut. Dann lass mich diesen Verdacht bestätigen – oder entkräften.« Seelenruhig nippte sie an ihrem Cappuccino. »Nachdem du mir ein paar Informationen über die Ärztin gegeben hast, die dich behandelt hat.«

Diesmal war es an ihm, überrascht zu sein. Woher zum Teufel hatte sie diese Information? Man musste nur eins und eins zusammenzählen, um zu wissen, dass er irgendwo wieder zusammengeflickt worden war. Aber dass es ausgerechnet eine Ärztin gewesen war?

Nachdenklich tippte er mit dem Zeigefinger gegen seine Tasse. »Ihr Name ist Dr. Fox und sie hat mir nichts über euch verraten. Das ist es doch, was du wissen wolltest, nicht wahr?«

Sydneys Augen weiteten sich beinah unmerklich. Sie versuchte es zu verbergen, aber ihre Verblüffung war dennoch nicht zu übersehen, wenn man sie so genau studierte wie Garrett in diesem Moment. Bemüht entspannt lehnte sie sich in ihrem Stuhl zurück. »Du bist gut. Das muss ich dir lassen.«

Er zuckte mit den Mundwinkeln. »Gleichfalls. FBI? CIA? Polizei?«

Ihr Körper versteifte sich. Treffer. Sie erwiderte nichts auf seine scheinbar nebensächliche Frage, aber das musste sie auch nicht. Er hatte seine Antwort. Womit auch immer Sydney nun ihr Geld verdiente, sie hatte ihr früheres Leben genau wie er hinter sich gelassen.

»Wie hast du meine Freundin aufgespürt, wenn nicht durch Dr. Fox?«, hakte sie jetzt nach.

»War nicht besonders schwer.« Lüge. In Wahrheit hatte es ihn Wochen an Kleinstarbeit gekostet, um überhaupt an einen Hinweis heranzukommen, den er weiterverfolgen konnte. »Meine Schusswunde wurde mit zwei Giftpflanzen behandelt, *Senecio Nemorensis* und *Agrostemma githago*. Erstere stammt nicht aus den Vereinigten Staaten, also muss jemand sie aus Europa eingeführt haben. Und siehe da, vor rund acht Monaten hat das tatsächlich jemand beim Zoll angegeben. Eine junge Wissenschaftlerin namens Emma Jones. Anhand der Videoüberwachung am Flughafen war es nicht sonderlich schwer, ihre Spur bis nach San Francisco zu verfolgen. Eine Frau kann zwar ihren Namen, ihre Haar- und Augenfarbe verändern, aber ihr Gesicht bleibt immer dasselbe.«

Und wenn er nicht genau wusste, wovon er da sprach. Das Zeugenschutzprogramm hatte ihn nicht nur sein altes Leben gekostet, sondern auch seine Identität. Aber egal wie er sich heute nannte und welchen Lebenslauf er sich ausdachte, ein Blick in den Spiegel genügte, um ihm zu zeigen, dass er noch immer derselbe war. Das war der Gedanke, an den er sich in seinen dunkelsten Stunden festgehalten hatte.

»Beeindruckend. Du bist nicht zufällig mit einer gewissen Samira Winter verwandt?« Sie winkte ab, noch bevor er verneinen konnte. »Schon gut, war nur ein Gedanke. Aber da ich dir deine Fragen beantworten werde, brauchst du nicht länger nach Emma Jones zu suchen.«

Theoretisch – vielleicht. Praktisch – nein. Wenigstens ein einziges Mal musste er mit ihr reden, und das nicht nur, weil ihr Geruch und ihre Stimme ihn nach der heutigen Begegnung noch viel länger bis in seine Träume verfolgen würden. Garrett brauchte sie, damit sie die Lücken in seiner Erinnerung füllte. Er musste herausfinden, was in jener Nacht wirklich geschehen war und warum sie ihm geholfen hatte. Nach dem, was er auf der Party von Senator Coldwell beobachtet hatte, lag die Vermutung nah, dass weder Sydney noch die geheimnisvolle Rothaarige auf Seiten des Gesetzes arbeiteten, aber das kümmerte ihn im Moment nicht. Er war nicht dienstlich hier. Außerdem wollte er diese Frau nicht heiraten, sondern lediglich ein paar Antworten von ihr.

Garrett trank den inzwischen nur noch lauwarmen Kaffee in

einem Zug aus. »Schieß los.«

»Dass du in diese verlassene Bibliothek gelockt wurdest, war kein Zufall«, begann sie. »Jemand wollte dich tot sehen. Und er will es vermutlich noch immer.«

Er schnaubte. »Erzähl mir etwas Neues. Weiter.«

»Wer auch immer dahintersteckt, scheint viel Macht und verdammt weitreichende Verbindungen zu haben. Damals war nicht nur ein Killer hinter dir her – es waren zwei. Und glaub mir, wenn ich dir sage, dass sie nicht gerade erfreut über die Konkurrenz waren.«

Garrett betrachtete den verbliebenen Kaffeesatz in seiner Tasse, um Sydney keine Reaktion zu zeigen. Doch in Wahrheit schoss sein Puls in die Höhe. Zwei bezahlte Auftragskiller? Das war neu. Das hatte er nicht geahnt. Seine Erinnerungen an jene Nacht waren noch immer so frustrierend neblig. Er wusste noch, dass er sich auf den Weg zu dieser Bibliothek am Rande Seattles gemacht hatte, aber nicht mehr, warum. Genauso wenig wie er wusste, was danach geschehen war. Schüsse. Hektische Atemzüge. Ein Brennen in seiner Lunge und das unleugbare Wissen, dass er um sein Leben rannte. Schmerz. Ein Aufprall. Und dann ihr Gesicht ... Emma oder Ariel oder wie auch immer sie sich nennen mochte. In seiner Erinnerung war es verschwommen gewesen, doch heute Abend hatte es sich in sein Bewusstsein gebrannt. Sie war dort gewesen. Sie hatte ihn vor dem Verbluten gerettet und er würde nicht eher ruhen, bis er alles herausfand, was sie wusste.

Selbst wenn Sydney ihm alles verriet – wovon er nicht ausging –, war sie Logan zufolge erst später dazugekommen. Sie war nicht vor Ort gewesen und er musste mit jemandem sprechen, der dort gewesen war. Jemandem, dessen Gedächtnis nicht vom Kampf und Blutverlust mitgenommen war.

Er hob den Kopf und sah die Frau ihm gegenüber direkt an. Ohne Zweifel war sie schön mit den intensiven grünen Augen und dem blonden Haar, das mit einem dunklen Ansatz begann und dann mit jedem Zentimeter heller wurde, bis es hinter ihren Schultern verschwand. Aber sie war nicht die Frau, nach der er monatelang gesucht hatte.

»Danke« war das Einzige, was er sagte, bevor er aufstand, ein paar Dollarscheine auf den Tisch warf und sich abwandte.

Hinter ihm kratzten Stuhlbeine über den Boden, als Sydney aufsprang. »Willst du nicht wissen, wer diese Leute beauftragt hat?«

»Das weiß ich schon.« Er warf ihr einen letzten Blick über die

Schulter zu. »Zumindest habe ich einen Verdacht.« Genau wie er einen Verdacht bezüglich dieser Rothaarigen gehabt hatte. Ein Verdacht, den Sydney ihm unfreiwillig bestätigt hatte.

Sie war nicht dort gewesen, um ihm das Leben zu retten – sondern um ihn zu töten.

3. KAPITEL

Scarlett drückte das Gaspedal durch und holte alles aus dem Jeep heraus, der schon ein paar Jahre auf dem Buckel hatte. Der Wagen hatte ihr immer gute Dienste geleistet und würde sie auch jetzt sicher an den Ort bringen, an den sie nie mehr hatte zurückkehren wollen. Nur zwei Stunden von der Küste San Franciscos entfernt und in einem anderen County befand sich das kleine Städtchen, in dem sie aufgewachsen war. Obwohl die Klimaanlage im Auto lief, meinte Scarlett, die trockene sandige Luft schmecken zu können, die sich wie eine Decke auf ihre Sinne legte und sie zu ersticken drohte. Ein Gefühl, das ihr nur zu vertraut war.

Sie hielt den Wagen hinter dem einstöckigen Haus mit der grauen Fassade an und stellte den Motor ab. Ihr Herz pochte wild in ihrer Brust, bereit, rauszuspringen und davonzurennen, wenn es ihre Beine schon nicht konnten. Scarlett schluckte gegen den bitteren Geschmack von Galle an, der in ihrer Kehle aufstieg, und zwang sich dazu, tief durchzuatmen. Als sie das letzte Mal hier gewesen war, hatte man sie in Handschellen aus dem Haus geführt. Es war nur eine Frage der Zeit gewesen, bis sie zurückgekehrt wäre, aber sie hätte nie geglaubt, dass es schon so früh sein würde. Entgegen der toughen Maske, die sie ihren Kolleginnen gegenüber aufgesetzt hatte, fühlte sie sich nicht im Geringsten bereit dazu, sich dem Mann zu stellen, dessen Wutausbrüche und Grausamkeit ihre Kindheit bestimmt hatten.

Aber er hatte sie angerufen, und das sicher nicht ohne Grund. Vielleicht war etwas mit ihrer Mutter, die Scarlett noch länger nicht mehr gesehen hatte als den Mann, der ihr seine Gene vererbt hatte. Gene, die sie mit jedem Tag ein bisschen mehr verabscheute.

Sie atmete ein weiteres Mal durch, dann stieg sie aus und drückte die Fahrertür leise zu. In ihrem Stiefelschaft befanden sich zwei Messer, aber es waren ihre Autoschlüssel, die sie wie eine Waffe in der Hand hielt, während sie durch den verwitterten Garten hinter dem Haus marschierte. Selbst in der Dunkelheit der Nacht registrierte sie die fehlende Pflege. Nicht dass es ein neuer Anblick für sie gewesen wäre.

Als sie die Hintertür auf der Veranda erreichte, klopfte ihr das Herz bis zum Hals. Ruhig atmen. Sie würde das hier durchziehen und dann nie wieder zurücksehen. Eine letzte Reise in die Vergangenheit und dann würde sie diese für immer begraben. Selbst wenn das bedeutete, dass sie dieses ganze gottverdammte Haus anzünden musste.

Die Tür öffnete sich mit einem leisen Knarren. Alarmglocken schrillten in ihrem Hinterkopf los. So paranoid wie dieser Mann stets gewesen war, passte es überhaupt nicht zu ihm, die Hintertür nicht abzuschließen. Außer er hatte sie absichtlich offen gelassen. Für sie. Weil er sie erwartete. Kälte kroch mit eisigen Fingern ihre Wirbelsäule hinab und brachte sie zum Schaudern. Nein. Sie würde keinen Rückzieher machen. Sie war lang genug davongelaufen. Es war an der Zeit, sich ihrer Vergangenheit zu stellen.

Scarlett betrat das Haus. Die Küche lag im Dunkeln, aber der vertraute Geruch von Holz und Zigarettenasche traf sie mit voller Wucht. Ihr Magen krampfte sich zusammen, aber sie weigerte sich, stehen zu bleiben. Schritt für Schritt ging sie weiter, ließ die Küche hinter sich und folgte dem Flur ins unbeleuchtete Wohnzimmer. Inzwischen war ein ganzes Orchester an Alarmglocken in ihrem Kopf losgegangen. Anders als die jahrelang ausgebildete Sydney oder Lara, die diverse Kampfsportarten gelernt und deren Philosophien verinnerlicht hatte, verfügte Scarlett nur über ein begrenztes Repertoire an Fähigkeiten und Techniken. Stattdessen ließ sie sich von ihrem Instinkt leiten – und in diesem Moment brüllte dieser sie an, dass das hier eine Falle war. Das makabre Spiel eines Mannes, der viel zu lang über ihr Leben geherrscht hatte.

Glas knirschte unter ihren Stiefeln. Scarlett erstarrte mitten in der Bewegung. Hastig ließ sie ihren Blick über die schmerzhaft vertraute Inneneinrichtung wandern. Altes löchriges Sofa vor einem Couchtisch, der bei Tageslicht sicher noch genauso fleckig und zerkratzt war wie früher. Der Ledersessel mit Hocker war hingegen neu, genau wie der Fernseher. Daneben befand sich die Waffenvitrine, an die sie sich noch bestens erinnern konnte. Ob das Schloss noch immer kaputt war, nachdem sie es vor so vielen Jahren mithilfe des Feuerlöschers aufgebrochen hatte? Lag die SIG-Sauer-Pistole dort oder hatte die Polizei sie als Tatwaffe einbehalten?

Ein leises Ächzen unterbrach ihre Gedanken. Scarlett hatte nicht einmal gemerkt, dass sie den Atem angehalten hatte, bis dieser aus ihr herausbrach. Sie musste sich nur in einem knappen Fünfundvierzig-Grad-Winkel drehen, um etwas zu erkennen, das nicht hierhergehörte. Genau genommen gehörte er hierher, aber nicht auf dem Boden liegend. Nicht vom schmalen Streifen des hereinfallenden Lichts einer Straßenlampe in Szene gesetzt. Nicht in seinem eigenen Blut liegend.

Mit zwei Schritten war Scarlett bei ihm und ging neben seinem massigen Körper in die Hocke. Obwohl sie inzwischen erwachsen war und ein Leben nach ihren eigenen Regeln führte, kam sie sich in diesem Moment wieder wie das kleine Mädchen vor. Nur dass damals ihre Positionen vertauscht gewesen waren – sie hatte auf dem Boden gelegen und er über ihr aufgeragt.

»Du bist ... zu spät.« Sein Lachen klang hohl und leer. Kein Wunder, zierte doch ein Schnitt seinen Hals, der wie ein gruseliges Grinsen aussah. Nicht tief genug, um ihn sofort zu töten, sondern um ihn langsam und qualvoll verbluten zu lassen. Um ihn herum hatte sich eine Lache gebildet und es war nur noch eine Frage von Minuten, bis jedes Leben aus seinen grauen Augen verschwinden würde. Vielleicht auch nur Sekunden.

Scarlett rührte sich nicht. Sie empfand kein Mitleid mit dem Mann, der ihre Kindheit in die Hölle auf Erden verwandelt hatte. Aber da war auch keine Erleichterung darüber, dass dieser Albtraum endlich vorbei war. Alles, was sie fühlte, war unzähmbarer Zorn. Eine Wut auf denjenigen, der sie der Möglichkeit beraubt hatte, es selbst zu Ende zu bringen. In ihrem eigenen Tempo und zu ihren eigenen Bedingungen. Jetzt war es zu spät. Sie würde nie Rache üben, sich diesem Mann nie entgegenstellen und mit ihrer Vergangenheit abschließen können. Das Einzige, was sie tun konnte, war, ihm beim Sterben zuzusehen.

Aus dem Augenwinkel bemerkte sie, wie seine Finger im schmalen Lichtstreifen zuckten. Nicht nach seiner Dienstwaffe, die mehrere Schritte von ihm entfernt auf dem Holzfußboden lag, sondern nach seiner Dienstmarke. Dem Stern, der ihm den Status eines Sheriffs verlieh. Ein Status, den er bis zu seinem letzten Atemzug missbraucht hatte. Er verdiente es nicht, als Sheriff zu sterben, sondern als der Feigling, der er in Wahrheit war.

Scarlett hob das Stück Metall auf und hielt es in die Höhe, damit er es sehen konnte. »Du hast sicher nichts dagegen, wenn ich mir ein Souvenir mitnehme, *Dad.*« Sie verzog die Lippen zu einem Lächeln, das sich kalt und leblos anfühlte. »Immerhin brauchst du es nicht länger.«

Er bewegte den Mund, aber nur ein Röcheln kam hervor. Seine Augen waren geweitet und zum ersten Mal, seit sie denken konnte, erkannte Scarlett nackte Angst darin. Panik. Sosehr sie das befriedigen sollte, hinterließ es jetzt nur ein Gefühl der Leere in ihrem Inneren. Sie sollte diejenige sein, die ihn an diesen Punkt brachte – nicht nur eine Zuschauerin. Sie sollte diejenige sein, die das Messer in seinen Körper bohrte und ihm all das heimzahlte, was er ihr angetan hatte, aber den Job hatte bereits jemand anderes erledigt. Jemand, der kein Recht dazu hatte, denn das gehörte allein ihr. Wer nahm es sich heraus, ihr das vorzuenthalten?

Ein weiteres Röcheln kam ihm über die Lippen und sie glaubte, ein Wort darin herauszuhören, war sich aber nicht sicher. Dann wurde es still und der Blick aus seinen Augen starr. Das schwere Ticken der alten Standuhr im Flur war das einzige Geräusch im Haus. Sheriff Morrington war tot. Scarlett rührte sich nicht vom Fleck. Ihr Körper schien festgefroren zu sein, genauso wie ihr Blick, der sich nicht von seinem ausdruckslosen Gesicht lösen konnte. Gleichzeitig liefen ihre Sinne auf Hochtouren. Befand sich der Mörder noch im Haus? Hatte er abgewartet, bis sein Opfer tot war? Oder bis Scarlett hier auftauchte? Und was hatte es mit diesem Anruf auf sich? Warum hatte ihr Erzeuger sie zwei Stunden vor seinem Tod auf dem Handy angerufen? Sie war bei Weitem keine Ermittlerin oder Privatdetektivin, aber selbst ein Amateur würde erkennen, dass hier irgendetwas nicht stimmte.

Langsam erhob sie sich, schaltete die Taschenlampen-App in ihrem Handy ein und begann sich in dem Haus umzusehen, in dem sie den größten Teil ihres Lebens verbracht hatte. Glasscherben bedeckten den Boden. Das Sofa war etwas verschoben, die Kissen waren heruntergefallen, die Ecke des Läufers war umgeknickt. Anscheinend hatte es einen Kampf gegeben. Nicht weiter überraschend. Wenn dieser Mann so leicht zu töten wäre, hätte sie es selbst schon vor Jahren erfolgreich getan.

Scarlett ging vor der Haustür in die Hocke. Sie war verschlossen und schien auch nicht aufgebrochen worden zu sein. Hatte dieser Mistkerl seinem Mörder etwa aufgemacht und ihn hereingebeten? Oder war es die unverschlossene Hintertür gewesen, durch die sie selbst reingekommen war? Ein dunkler Verdacht begann sich in einem trommelnden Rhythmus in ihrem Körper auszubreiten. Morrington hatte sich schon immer schmieren lassen. Als kleines Mädchen hatte sie gesehen, wie die Scheine von Fremden in den Händen ihres Vaters landeten. Damals hatte sie es noch nicht verstanden, hatte geglaubt, er würde Extralohn bekommen oder irgendeinen anderen Blödsinn. Doch die Unschuld war ihr schnell abhandengekommen.

Gut möglich, dass er sich in Schwierigkeiten gebracht oder mit jemandem angelegt hatte. Oder dass er Schulden hatte. Es wäre nicht das erste Mal, dass er sein gesamtes Monatsgehalt als Sheriff innerhalb weniger Nächte ausgab. Scarlett erinnerte sich gut an die Streitereien zu Hause, als ihre Mutter noch den Mut gehabt hatte, den Mund aufzumachen. Nicht dass es ihr viel genutzt hatte.

Sie ging zurück in die Küche, konnte hier auf die Schnelle jedoch keine Hinweise auf einen Kampf finden. Alles war an seinem Platz. Eine Gänsehaut breitete sich auf ihren Armen aus. Es war erschreckend, wie gut sie sich nach all den Jahren noch hier auskannte und wusste, wohin was gehörte. Auch das war eine Erinnerung, die sie am liebsten aus ihrem Kopf herausoperiert hätte. Ein Geräusch ließ sie mitten in der Bewegung erstarren. Mit angehaltenem Atem lauschte sie in die Finsternis. War es nur das knarzende Holz in dem alten Haus gewesen? Oder das Knarren einer Diele, weil jemand darauf getreten war?

Ihre Gedanken rasten, tauchten so schnell in ihrem Kopf auf und verschwanden wieder, dass es unmöglich schien, sie festzuhalten. Gleichzeitig wurde der Druck in ihrer Brust von Sekunde zu Sekunde stärker. Sie atmete langsam aus und zwang sich zur Ruhe. Alles in ihr drängte danach, etwas zu zerschmettern und in Stücke zu reißen. Das Andenken dieses Mannes zu zerstören, dem niemandem eine Träne nachweinen sollte. Aber sie zügelte ihren Zorn, auch wenn sie ihre Fingernägel dafür tief in ihre Handflächen bohren musste, bis der Schmerz durch ihren vernebelten Verstand drang und ihre Gedanken klärte. Später. Später konnte sie noch immer die Fassung verlieren und jeden Gegenstand an die Wand werfen, den sie in die Finger bekam, aber nicht jetzt.

Sie musste hier raus. Wer wusste, wie viele Spuren sie bereits hinterlassen hatte? Dieser Kerl war ein Sheriff gewesen. Seine Kollegen würden der Suche nach seinem Mörder die höchste Priorität geben und sie war besser nicht hier, wenn die Autos mit den rot-blauen Lichtern vor dem Haus anhielten. Ein böser Verdacht tauchte in ihrem Kopf auf. Was, wenn der Täter absichtlich dafür gesorgt hatte, dass Morrington sie anrief? Was, wenn er bereits die Cops benachrichtigt hatte, damit man sie am Tatort vorfand – das Mädchen, das bereits vor elf Jahren versucht hatte, ihren Vater zu töten? Der Richter und die Geschworenen würden keinen zweiten Blick in ihre Akte werfen, sondern sie sofort schuldig sprechen.

Fuck.

Sie musste weg. Sofort.

Scarlett verschwendete keine Zeit. Scheiß auf Spurensuche. Es gab genügend Leute da draußen, von denen sich der Sheriff hatte schmieren lassen und fast genauso viele, denen er Geld schuldete. Scarlett würde sie alle durchgehen müssen, aber sie würde denjenigen finden, der für das hier verantwortlich war. Koste es, was es wolle.

Als sie in ihren Jeep stieg, hörte sie die ersten Sirenen. Doch statt zurückzusehen, drückte sie aufs Gas und verschwand im Schutz der Nacht.

Sie wusste nicht, wie lang sie durch die Gegend gefahren war, immer darauf bedacht, potenzielle Verfolger um jeden Preis abzuhängen. Mit etwas Glück hatte niemand sie dabei beobachtet, wie sie Haus und Grundstück verlassen hatte und davongefahren war. Aber wenn sie Pech hatte ... Scarlett entfernte diesen Gedanken genauso kalkuliert aus ihrem Kopf, wie sie ein schlechtes Blatt bei einem Kartenspiel loswurde. Es brachte nichts, sich über etwas Sorgen zu machen, auf das sie keinerlei Einfluss hatte. Wenn die Katastrophe eintraf, würde sie damit umgehen, so wie sie es immer tat. Aber bis es so weit war, hatte sie etwas Wichtiges zu erledigen.

Ihr Handy summte zum wiederholten Mal, diesmal holte sie es jedoch aus ihrer Tasche, schob es in die Halterung am Armaturenbrett und drückte auf den Lautsprecher.

»Was gibt's?«, beantwortete sie den Anruf, um direkten Fragen sofort auszuweichen.

»Wo steckst du?«

So viel zu ihrem Plan. Natürlich würde sie damit keine Chance bei Sydney Pierce haben. Entgegen ihrer sonstigen lässigen Art klang die Stimme ihrer Kollegin angespannt. Fast schon besorgt.

»Unterwegs«, antwortete Scarlett vage und fuhr von der Interstate runter. »Warum?«

»Garrett Winter ist auf der Suche nach dir.«

Reflexartig drückte sie auf die Bremse, riss das Lenkrad herum und steuerte den Wagen an den Fahrbahnrand. Das hatte ihr gerade noch gefehlt.

»Woher weißt du das?«

»Er und sein Kumpel haben mich beim Straßenrennen aufgespürt. Winter hat ein paar interessante Fragen gestellt.« Ihre Stimme senkte sich um ein paar Nuancen. »Er weiß zu viel, Scar. Was hast du angestellt?«

Sie biss die Zähne zusammen. »Ihn am Leben gelassen. Anscheinend hätte ich das nicht tun sollen ...«

»Vielleicht nicht. Zumindest hätten wir dann jetzt nicht dieses Problem. Aber du hast richtig gehandelt, das wissen wir alle.«

Nur brachte sie dieses richtige Handeln jetzt nicht weiter. Im Gegenteil. Es schien sie nur noch mehr in Schwierigkeiten zu bringen.

»Er hat mir bestätigt, dass er seine Informationen nicht von Dr. Fox hat, aber Phoenix und Lara werden das noch mal überprüfen. Ich habe keine Ahnung, warum er so versessen darauf ist, dich zu finden, aber du musst ihn loswerden. Speis ihn mit irgendetwas ab, nimm ihn mit ins Bett oder jag ihm eine Kugel ins Bein – mir egal, solang er von hier verschwindet.«

Obwohl die Situation verflucht ernst war, musste Scarlett grinsen. Im Rückspiegel bemerkte sie einen anderen Wagen und lenkte ihren Jeep zurück auf die Straße. »Ich lasse mir etwas einfallen.« Damit beendete sie das Gespräch.

Winter war ihr Problem und Sydney hatte ihr schon zu oft in dieser Sache geholfen. Sie würde es allein zu Ende bringen.

Während sie ziellos durch das Auf und Ab der Straßen San Franciscos fuhr, rasten ihre Gedanken. Zu viele Eindrücke an einem einzigen Abend, gepaart mit zu vielen offenen Fragen ergaben keine gute Kombination. Ein Pochen machte sich in ihren Schläfen bemerkbar und erinnerte sie daran, dass sie seit Stunden nichts mehr gegessen hatte. Ein kurzer Blick auf ihr Handy verriet ihr, dass es bereits kurz nach drei Uhr morgens war. Sie musste schlafen und neue Kraft tanken, aber bevor sie das tun konnte, musste sie die einzige Quelle anzapfen, die so gut wie alles über die Unterwelt San Franciscos und der umliegenden Countys wusste.

Tenderloin war nicht gerade der schönste Bezirk der Stadt. Mit seinen drei- bis vierstöckigen Bauten, den winzigen Apartments und den ganzen Obdachlosen, die in den Hauseingängen und Gassen schliefen, gehörte es sogar zum verpöntesten Stadtteil. Bars und Stripclubs dominierten die Szene ebenso wie der typische Hehler oder die leicht bekleidete Prostituierte an der Ecke. Aber Tenderloin hatte auch seine guten Seiten.

Der Geruch von exotischen Gewürzen drang Scarlett in die Nase, als sie aus ihrem Wagen stieg und die Tür abschloss. Glücklicherweise war ihr Jeep alt und abgenutzt genug, dass er sich problemlos in die Szenerie einfügte und sie nicht damit rechnen musste, dass er geklaut wurde, wenn sie ihm nur kurz den Rücken zuwandte. Sie schob die Hände in ihre Jackentaschen und überquerte die Straße. Bei jedem Schritt spürte sie ihre Pistole, die im Schulterholster unter der Jacke dicht an ihren Rippen anlag. Zusätzlich dazu und zu den Messern in ihrem Stiefelschaft hatte sie drei Ampullen in Betäubungspfeilen an ihrem Gürtel und von ihrem Shirt verdeckt befestigt. Nur zur Sicherheit. Manchmal gab es hier besonders aufdringliche Gesellen, die sie auf diese Weise mit einem kurzen Einstich ruhigstellen konnte, ohne sie zu töten. Nach der Polizei schrie man hier vergebens. Nicht dass sie das je tun würde.

Der Sheriffstern brannte in ihrer Hosentasche, während sie an einem vietnamesischen Restaurant vorbei in eine Seitenstraße ging. Fast wäre sie über einen Obdachlosen gestolpert, der nach ihrem Knöchel griff, und sie fluchte leise. Im letzten Moment wich sie aus und marschierte weiter. Sie war schon an schlimmeren Orten auf der Welt gewesen, trotzdem würde sie sich in dieser Gegend nie wohlfühlen.

Neben dem Eingang eines unauffälligen Hauses stand eine stark geschminkte Prostituierte und rauchte ihre Zigarette danach. Sie nannte sich Kiki und nickte ihr zur Begrüßung zu.

»Scarlett ... So schnell schon wieder hier?« Ihre Stimme könnte die einer Soulsängerin sein, aber in ihren Augen waren nur die Scherben zerbrochener Träume zu sehen.

»Ist er da?« Scarlett nickte in Richtung Gebäude.

Kiki trat die halb aufgerauchte Zigarette mit einem ihrer Plateauschuhe aus. »Gehört ganz dir. Bin gerade mit ihm fertig geworden. Er sollte gut drauf sein.« Ein heiseres Lachen verließ ihre Kehle, aber es wirkte ebenso künstlich wie das Make-up in ihrem Gesicht.

»Danke.« Scarlett zog einen Schein aus ihrer Hosentasche und drückte ihn der anderen Frau in die Hand. »Nimm dir den Rest der Nacht frei.«

Zum ersten Mal war da so etwas wie ein Funkeln in Kikis trüben Augen zu sehen, doch sie verdunkelten sich beinah im selben Atemzug vor Misstrauen. »Wieso? Was hast du mit ihm vor?«

Scarlett verzog die Lippen zu einem lockeren Lächeln. »Ihn

umbringen, was sonst?«

Kiki reagierte nicht. Sie schien hin- und hergerissen zwischen ihrer Skepsis und dem Wunsch, so schnell wie möglich von hier zu verschwinden. Letzteres gewann. Sie knüllte den Schein zusammen und schob ihn sich in den tief sitzenden Bund ihres Rocks. »Danke.«

Ihre trippelnden Schritte verklangen in der Gasse und Scarlett betrat das Gebäude. Tapetenfetzen hingen im Treppenhaus von den Wänden herab und in der Luft lag ein drückender muffiger Geruch. Sie kämpfte sich bis ganz nach oben. Früher hatte es hier mehrere einzelne Apartments gegeben, bis Warner die Zwischenwände eingerissen und sich sein eigenes Reich errichtet hatte. Bei dem Geld und der Macht, die dieser Kerl besaß, war es ein Wunder, dass er noch immer im Tenderloin lebte und nicht in eines der reicheren und schöneren Viertel San Franciscos umgezogen war. Andererseits war er damit genau dort, wo seine Kundschaft war.

Scarlett hämmerte gegen die Tür. Einmal. Zweimal. Als sie kurz davor war, das verdammte Schloss aufzubrechen, wurde die Tür aufgerissen und Warner starrte sie mit vor Wut funkelnden Augen an. »Hast du eine Ahnung, wie spät es ist? Oh ... du.«

Sein Haar war feucht und er trug einen knallroten Bademantel, der seinen fülligen Körper bedeckte. Scheinbar hatte sie ihn beim Duschen gestört. Oder bei anderen Aktivitäten. Scarlett schob den Gedanken daran ebenso beiseite, wie sie sich an Warner vorbei in seine Wohnung drängte.

»Wir müssen reden.«

»Von *wir* kann keine Rede sein.« Er schlug die Tür so fest hinter ihr zu, dass Putz von der Decke rieselte. »*Ich* muss gar nichts, außer mich meinem Schönheitsschlaf widmen.«

Mitten im Raum blieb Scarlett stehen und drehte sich zu ihm um. Bei ihrem ersten Besuch hatte sie ihn für schwul, oberflächlich und ungefährlich gehalten. Oh, wie sie sich getäuscht hatte. Warner besaß einen Masterabschluss einer elitären Universität und allen Oberflächlichkeiten zum Trotz konnte ein Blick aus seinen Augen rasiermesserscharf sein. Er registrierte jedes Detail und sog alles in sich auf wie ein Schwamm. Eine genaue Berufsbezeichnung hatte er nicht, aber wenn, würde er sich selbst wohl als Dealer bezeichnen. Doch im Gegensatz zu den meisten Leuten in diesem Metier dealte er nicht mit Drogen, sondern mit Informationen. Man konnte ihn zwar mit Geld bezahlen oder ihm Dinge wie Waffen, Drogen, Gift und technisches Spielzeug anbieten, aber die wertvollsten Hinweise bekam man nur, wenn man ihm im Gegenzug interessante Informationen anbot. Im besten Fall ein wohl gehütetes Geheimnis. Abgesehen von ihrem Auftraggeber, dem Mittelsmann und den Daughters of Darkness selbst war Warner der Einzige, der vom Attentat auf Senator Coldwell gewusst hatte. Wie auch nicht? Seinen weitreichenden Kontakten und Phoenix' Computerkenntnissen war es zu verdanken, dass Scarlett es überhaupt als Gast auf diese Party geschafft hatte.

Und sie würde ihren Jeep darauf verwetten, dass auch Garrett Winter seine Informationen von ihm erhalten hatte. Wenn man sich nur ein bisschen in der Unterwelt dieser Stadt auskannte, fand man den Weg zu Warner. Alle Wege führten früher oder später zu ihm. Allein bei dem Gedanken an diese Möglichkeit knurrte Scarlett leise.

»Was hast du ihm gesagt?« Es gab keinen Grund, nicht gleich mit der Tür ins Haus zu fallen. Small Talk hatte ohnehin noch nie zu ihren Lieblingsbeschäftigungen gehört.

Warner zog die dunklen Brauen in die Höhe. Sie waren voll und wirkten absolut natürlich, aber kein Mann bekam einen solchen Schwung hin, ohne ein bisschen nachzuhelfen. Seine Augenbrauen waren ebenso in Form gebracht wie seine Hände manikürt. Er genoss Geld, was man ihm auch ansah.

»Erstens: Weißt du eigentlich, wie spät es ist, Mädchen? Und zweitens: Wem? Du musst mir schon mehr geben als das.« Er wanderte zu seiner offenen Küche hinüber die fast so groß war wie das Büro der Daughters of Darkness, öffnete den Kühlschrank und goss sich einen giftgrünen Smoothie ein. Dann griff er nach einer Zigarre und zündete sie an.

»Der Kerl, der hier war und Informationen über mich haben wollte. Groß, dunkelhaarig, geheimnisvoll. Sein richtiger Name ist Garrett Winter.«

»Oh, ich kenne seinen Namen«, sagte Warner zwischen zwei Zügen von seinem Glimmstängel. »Im Gegensatz zu anderen Leuten war er während meiner Geschäftszeiten hier und hatte genügend Anstand, um sich vorzustellen.«

Scarlett biss die Zähne zusammen, zwang sich aber dazu, sich nicht von ihrem Temperament kontrollieren zu lassen. Mit Gewaltandrohungen kam man bei Warner nicht weiter. Leider. Nicht dass sie es nicht schon versucht hätte.

»Was hast du ihm gesagt?«

Er zuckte mit den Schultern und nahm einen großen Schluck von seinem Smoothie. Vermutlich eine seiner üblichen Kohl-und-Algen-

Kreationen zur Entgiftung des Körpers. Igitt. Scarlett würde eher sterben, als auch nur einen Schluck davon zu trinken. »Du weißt, wie es läuft, Liebling.«

Scarlett zögerte einen Herzschlag lang, dann gab sie ihm das einzig Wertvolle, das sie bei sich trug und warf ihm den Metallstern zu. »Ein Sheriff wurde heute Nacht ermordet. Drüben in Mono County.«

»Ah ...« Begeistert drehte und wendete er die Dienstmarke in seinen Händen wie ein kleiner Junge sein Weihnachtsgeschenk. Ein aufgeregtes Funkeln trat in seine Augen. »Dein Werk?«

Scarlett versteifte sich – und wusste im selben Moment, dass sie ihm die Antwort darauf verraten hatte.

»Verstehe«, erwiderte er gedehnt. »Du wärst es gern gewesen. Interessant.«

»Was weißt du über Garrett Winter?«

»Hm.« Versuchsweise hielt er sich den Stern gegen den grellroten Stoff seines Bademantels, als würde es sich dabei um eine kostbare Brosche handeln, die er anprobierte. »Ich mache dir einen Vorschlag. Du erzählst mir mehr über den toten Sheriff und ich verrate dir alles über deinen neuen Bewunderer.«

»Vergiss es. Du weißt bereits, dass es heute Nacht einen Toten gab.«

»Aber ich weiß noch längst nicht genug!« Seine Stimme überschlug sich, wurde fast schon trotzig. »Ich brauche mehr Details, um mir ein Gesamtbild zu machen. Es sind noch zu wenig ... Puzzlestücke.«

Lara hatte mal gesagt, Warner würde einen außergewöhnlich hohen IQ gepaart mit ein paar soziopathischen Zügen besitzen und deshalb so extravagant wirken. Für Scarlett war er einfach nur durchgeknallt. Eine Hilfe, was wichtige oder dringende Informationen und Kontakte anging, aber trotzdem saßen bei diesem Kerl eine ganze Reihe von Schrauben locker.

»Gegenvorschlag.« Sie stellte sich breitbeinig hin und verschränkte die Arme vor der Brust. Höchste Zeit, die Kontrolle zurückzugewinnen. Ein paar Informationen über Garrett Winter wären zwar ganz nett, aber er war nicht der Grund, aus dem sie hier war. Zumindest nicht der einzige. »Ich verrate dir mehr über den Sheriff, dafür findest du für mich heraus, wer dahintersteckt, und berichtest mir alles, was du Winter erzählt hast. Wie klingt das?«

Ein schelmisches Lächeln erschien auf seinem glatten Gesicht. Zu glatt für einen Mann in seinen Vierzigern oder Fünfzigern. »Du willst verhandeln, liebe Scarlett? Wie wäre es mit ... Nein?«

Sie blinzelte perplex. »Wie bitte?«

»Nein.« Achtlos warf er den Stern auf die Kücheninsel und widmete sich wieder seiner Zigarre. »Ich brauche deine Infos nicht, um mehr über den Mord zu erfahren, und was deinen kleinen Freund angeht ... na, sagen wir, er wird dich früher oder später sowieso finden. Er ist gut.«

Daran zweifelte sie nicht. Das Problem an der Sache war, dass sie sich nicht noch einmal überraschen und gegen eine Wand drängen lassen wollte – im wahrsten Sinne des Wortes. Sydney hatte recht. Garrett Winter musste von der Bildfläche verschwinden. Sie hatte genügend andere Dinge, um die sie sich kümmern musste.

»Und wenn ich dir ein paar Tropfen deines Lieblingsgifts anbiete?«

Interesse flackerte in Warners grauen Augen auf, auch wenn er keine Miene verzog. Aber Scarlett wusste um seine geheime Vorliebe. Sie griff an ihren Gürtel, zog zwei der drei Ampullen hervor und hielt sie in die Höhe. »Das reicht, um einen Elefanten lahmzulegen.«

Warner wiegte den Kopf hin und her. »Verlockend, meine Liebe. Ich mache dir ein Freundschaftsangebot: Das Gift und die Infos über den Sheriff und ich finde für dich heraus, wer den armen Kerl umgelegt hat.«

»Was ist mit Winter?«

Er wedelte mit der Hand, als würde er eine lästige Fliege verscheuchen. »Ist dein Problem. Ich erzähle dir entweder etwas über ihn oder suche nach Hinweisen zum Sheriff. Du hast die Wahl.«

Scarlett presste die Lippen aufeinander, um ihn nicht anzufauchen. Sie hasste diesen verdammten Mistkerl. Ihre Gedanken liefen auf Hochtouren, rasten durch ihren Kopf und spielten jede Möglichkeit durch. Es würde ewig dauern, herauszufinden, wer Sheriff Morrington erledigt hatte. Dafür hatte er sich im Laufe der Zeit zu viele Feinde gemacht und sie hatte etwas mehr als zehn Jahre Abwesenheit aufzuholen. Warner hingegen könnte mit einem Fingerschnippen herausfinden, wer der Mörder war. Oder ihr zumindest eine Spur besorgen. Ja, sie musste Garrett loswerden ... aber das hier war wichtiger. Hier ging es um etwas Persönliches.

»Einverstanden. Ich will den Killer.«

☆

Als sie Warners Wohnung verließ, fühlte sich Scarlett, als hätte sie eine stundenlange Therapiesitzung hinter sich. Nur dass Warner ihr keine hilfreichen Tipps zur Selbstheilung mitgegeben hatte, sondern ihrer Geschichte mit der Gier eines Sensationsreporters gelauscht hatte. Fehlte nur noch, dass er sich Notizen machte, aber das hatte er glücklicherweise unterlassen.

Es war noch dunkel draußen, als sie nach Hause fuhr, doch die Stadt erwachte bereits wieder zum Leben und bereitete sich auf den neuen Tag vor. Die ersten Zeitungsausträger waren auf den Straßen, ebenso wie die Lieferanten mit frischem Fisch, Obst und Gemüse auf dem Weg zum Markt. Scarlett unterdrückte ein Gähnen und parkte den Jeep in der Auffahrt eines hübschen, aber etwas heruntergekommenen einstöckigen Hauses, das sie zurzeit bewohnte. Es mochte keines der bunt bemalten Painted Ladies sein, wie man sie auf so gut wie allen Postkarten von San Francisco sah, aber es war eine bessere Gegend als das Tenderloin. Zumindest musste sie hier keine Angst haben, mitten in der Nacht überfallen zu werden.

Sie stieg aus und schlug die Tür zu. Die Lichter ihres Jeeps blinkten einmal auf, als sie den Wagen abschloss. Allein ihrer Müdigkeit war es geschuldet, dass Scarlett die beiden Gestalten nicht früher wahrnahm. Sie gaben keinen Laut von sich, bewegten sich nicht, aber Scarlett spürte, dass sie nicht länger allein war, und blieb instinktiv stehen. Irgendwie war sie nicht überrascht, ihn hier anzutreffen. Garrett Winter wirkte nicht wie ein Mann, der allzu schnell aufgab, zumal Sydney sie gewarnt hatte. Er trat aus der Dunkelheit hervor und sie bemerkte, dass auch er sich inzwischen umgezogen und das förmliche Outfit aus schwarzem Hemd und Hose gegen eine verwaschene Jeans, ein schwarzes T-Shirt und eine braune Lederjacke getauscht hatte. Lässig und unauffällig. Was sie jedoch deutlich mehr überraschte, war die Tatsache, dass er nicht allein gekommen war.

Wenn sie ihren Instinkten vertrauen konnte, war hinter ihr eine zweite Person. Sie warf einen kurzen Blick zurück und ihre Vermutung bestätigte sich. Ein weiterer Mann stand dort, Typ Sonnyboy, dessen kurzes blondes Haar im Schein der Straßenlampe wie eine Fackel aufleuchtete. Scarlett kannte seinen Namen nicht, aber die Narbe an ihrem rechten Oberarm begann zu brennen, als würde sich ihr Körper genau daran erinnern, wem er diesen Streifschuss zu verdanken hatte.

»Das hat ja ganz schön lang gedauert«, kommentierte sie das Auftauchen der beiden trocken. »Ihr werdet doch wohl nicht alt?«

Während sie sich nach außen hin lässig gab, nahm sie ihre Umgebung genauestens unter die Lupe. Sie waren allein, gefangen zwischen den einstöckigen Häusern, deren Bewohner noch schliefen, und einer offenen Straße. Keine Menschenseele war zu sehen. Sie könnte schreien, doch das würde ihnen nur ungewollte Aufmerksamkeit einbringen. Vielleicht rief einer ihrer Nachbarn sogar die Polizei und das war das Letzte, was Scarlett gebrauchen könnte. Sie könnte rennen, aber irgendetwas sagte ihr, dass das nur zu einem weiteren Streifschuss führen würde, um sie zu stoppen. Kampf war die letzte Option, allerdings standen ihre Chancen gegen zwei ausgebildete Agenten der HUNTERS verhältnismäßig schlecht. Sie war zwar gut, aber nicht *so* gut.

»Erinnerst du dich inzwischen wieder an mich?« Garrett rührte sich nicht von der Stelle, doch die Art, wie er breitbeinig dastand und die ganze Auffahrt für sich einzunehmen schien, machte deutlich, dass er sie diesmal nicht so leicht davonkommen lassen würde.

»Allerdings.« Scarlett legte eine Hand in die Taille. Mit dem Daumen tastete sie nach dem letzten Betäubungspfeil in ihrem Gürtel. »Du bist der Kerl, der mir nach der Party des Senators aufgelauert hat. Du stehst auf dunkle Ecken, kann das sein?«

Ein Schnauben hinter ihr deutete darauf hin, dass wenigstens Garretts Partner Sinn für Humor hatte. Immerhin einer, denn Garretts Miene blieb völlig ernst. Geradezu ausdruckslos.

»Ich hatte ein nettes Gespräch mit deiner Freundin Sydney.« Er machte einen Schritt auf sie zu. »Und jetzt würde ich gern dir ein paar Fragen stellen.«

»Und wenn ich Nein sage?« Verdammt, sie kam nicht dagegen an, ihn zu provozieren. Irgendetwas an diesem Mann forderte sie geradezu dazu heraus, ihm die Stirn zu bieten und es ihm so schwer wie möglich zu machen.

»Dann haben wir ein Problem«, erklang es von hinten. Sonnyboy setzte sich in Bewegung, aber der warnende Blick von Garrett ließ ihn umgehend innehalten.

Sie nutzte seine kurze Unaufmerksamkeit, um die Ampulle aus ihrem Gürtel zu ziehen, dann drehte sie sich zum Sonnyboy um. »Kein Interesse.«

Ihre Bewegung war blitzschnell. Sie holte aus, visierte an und warf den Betäubungspfeil auf Garretts Partner. Die Nadel bohrte sich in seinen Hals und die Injektion schoss automatisch in seinen Körper. Er schwankte einen Moment lang, dann verdrehten sich seine Augen

gen Himmel und er sackte in sich zusammen. Ein dumpfes Geräusch ertönte, als er der Länge nach auf den Asphalt fiel.

»Fuck.« Sofort war Garrett beim blonden Sonnyboy, der da unten eigentlich ganz niedlich aussah, und zog den Pfeil aus seinem Hals. Dann tastete er nach seinem Puls. »Was hast du mit ihm angestellt?«

Scarlett verdrehte die Augen. »Entspann dich. Er wird nur ein paar Stunden schlafen, das ist alles.«

Etwas Gefährliches legte sich in Garretts Blick. »Das ist also deine Art, mit Leuten zu reden?«

»Nein, das ist meine Antwort auf Kerle, die mir jetzt schon zum zweiten Mal auflauern.« Sie schloss ihr Auto per Fernbedienung wieder auf. »Halt dich von mir fern. Sonst wird der nächste Pfeil in *deinem* Hals landen und dann wird es nicht bloß ein Betäubungsmittel sein.«

»Hiergeblieben!« Er bewegte sich schneller, als sie blinzeln konnte. Mit einem Mal stand er neben ihr und packte ihr linkes Handgelenk so fest, dass ein scharfer Schmerz durch ihren Arm schoss.

Scarlett dachte nicht nach, sie reagierte nur. Ehe sie sich versah hatte sie ihre Pistole aus dem Holster gezogen und zielte damit auf seinen Kopf. Er zuckte nicht zurück, das musste sie ihm lassen. Aber er ließ sie auch nicht los.

»Ich gebe dir einen guten Rat, Garrett.« Sie zögerte keine Sekunde, wankte nicht einen Moment in ihrer Entschlossenheit. Vielleicht war es Müdigkeit, vielleicht auch Wahnsinn, der sie jede gesunde Vorsicht vergessen ließ. »Halt dich von mir und meinen Leuten fern. Verschwinde aus der Stadt. Einmal habe ich dir das Leben gerettet. Zwing mich nicht dazu, es dir beim nächsten Mal zu nehmen.«

Sein Blick war so hart und unnachgiebig wie Stein. Sekunden tickten vorbei, in denen Scarlett unwillkürlich den Atem anhielt. Die Waffe war entsichert und ihr Finger lag am Abzug. Sie hatte ein volles Magazin. Ein falsches Wort, eine falsche Bewegung und der Mann, den sie vor einem halben Jahr gerettet hatte, wäre der Mann, den sie getötet hatte. Ihre Hand mochte nicht zittern, aber ihr Puls schoss in die Höhe und pumpte jede Menge Adrenalin durch ihre Adern.

Sie wusste nicht, was in Garrett vor sich ging, denn seine Miene war unlesbar. Scheinbar hatte sie hier jemanden vor sich, der ihr das Wasser reichen konnte, was das Pokerface anging. Nach einer gefühlten Ewigkeit löste er erst einen Finger von ihrem Arm, dann folgten nacheinander die anderen. Er trat einen Schritt zurück, hob aber nicht die Hände und wirkte auch nicht so, als hätte er Angst vor ihrer

Drohung. Vielmehr schien er noch entschlossener zu sein als zuvor. Scarlett fluchte innerlich. Gab es denn nichts, was diesen Mann von seinem Ziel abbringen konnte?

Mit einem Klicken sicherte sie ihre Pistole und öffnete die Fahrertür, dann glitt sie hinters Lenkrad. Ohne ihn aus den Augen zu lassen, mit der Waffe in ihrem Schoß, startete sie den Motor und fuhr los. So weit weg wie möglich.

4. KAPITEL

Ein Stöhnen drang an Garretts Ohren. Er drehte sich in dem unbequemen Holzstuhl um und sah auf das schmale Bett im Motelzimmer, das an der Wand stand. Zum ersten Mal seit Stunden rührte sich Logan und schaffte es sogar, sich auf die Seite zu drehen, ohne mit dem Gesicht voran auf dem löchrigen Teppichboden zu landen. Garrett stand auf und ging ins angrenzende Badezimmer von der Größe einer Streichholzschachtel, um ein Glas Wasser einzugießen. Dieses stellte er zusammen mit einer Packung Aspirin auf den Nachttisch neben Logans Kopf. Seit ihn dieser Giftpfeil getroffen hatte, hatte sein Partner fast schon komatös geschlafen. Wäre da nicht das stete Heben und Senken seiner Brust gewesen, hätte man ihn für tot halten können. Was auch immer diese Frau ihm gespritzt hatte, die Wirkung war beeindruckend. Vermutlich reichte nur die halbe Dosis, um ein Dutzend Leute lahmzulegen, und Logan hatte die volle Dröhnung abbekommen.

Seufzend ließ sich Garrett wieder auf den Stuhl fallen, rutschte etwas tiefer und streckte die Beine aus, um sie an den Knöcheln zu überkreuzen. Seine Muskeln schmerzten gleichermaßen von zu langem Sitzen wie von zu wenig Schlaf. Inzwischen war es Sonntagnachmittag und die letzte Begegnung mit der mysteriösen Rothaarigen rund vierunddreißig Stunden her. Der einzige Grund, aus dem er seinen Partner nicht sofort in ein Krankenhaus gebracht hatte, war Dr. Fox. Er hatte die Ärztin angerufen, noch bevor er Logan überhaupt vom Boden aufgelesen und in seinen Wagen verfrachtet hatte. Ihr zufolge musste es sich dabei um ein hochwirksames, aber ungefährliches Betäubungsmittel handeln. Solang sich Logans Zustand nicht veränderte, sollte Garrett auf ihn achten und sich im Zweifelsfall sofort wieder bei ihr melden. An Schlaf war also kaum zu denken gewesen.

Zusätzlich hatte er die Zeit genutzt, um die Informationen zu sortieren, die ihm bisher vorlagen, und um noch etwas tiefer zu graben. Die Wand gegenüber der beiden Einzelbetten hatte er kurzerhand zu einer Pinnwand umfunktioniert. Dort klebten jetzt Notizen in seiner unleserlichen Handschrift zusammen mit Zeitungsausschnitten, dem Foto der Überwachungskamera vom Flughafen und einem durchgestrichenen Bild von Senator Coldwell. Er konnte es drehen und wenden, wie er wollte, die Fakten sprachen für sich.

Die Frau, die ihm das Leben gerettet hatte, war eine Auftragsmörderin. Genau wie Sydney, die ihren teuren Maserati sicher nicht nur durch ein paar Siege beim Streetracing finanziert hatte. So bitter ihm diese Tatsache aufstieß, konnte er sie zumindest in gewisser Weise begreifen. Was er nicht begriff, war die Frage, warum eine bezahlte Killerin Erste Hilfe leistete, wenn sie doch den Auftrag gehabt hatte, ihn zu töten. Selbst wenn das in Seattle nur ein Versehen gewesen wäre, hatten die beiden Frauen inzwischen mehr als genug Möglichkeiten gehabt, seinem Leben ein Ende zu setzen.

Keine von ihnen hatte es getan. Aber warum nicht, verdammt?

»Bin ich tot?«, kam es dumpf von Logan, der mit allen vieren von sich gestreckt auf der harten Matratze lag.

Garrett blickte über die Schulter zu seinem Partner. »Noch nicht.«

Langsam, als würde ihm jede Bewegung Schmerzen verursachen, setzte sich Logan auf. Seine sonnengebräunte Haut wirkte blass und unter seinen Augen lagen dunkle Ringe. »Was ist passiert?«

»Ariel, wie du sie nennst, hat dich mit einem Betäubungspfeil aus dem Verkehr gezogen.«

»Gott ...«, brummte er, während er nach dem Wasserglas und den Tabletten tastete. »Ich hasse dieses Miststück.«

Kein Wunder. Wären die Rollen vertauscht, würde Garrett ihr auch nicht besonders viel Sympathie entgegenbringen. »Du warst über dreißig Stunden ausgeknockt«, informierte er ihn. »Eigentlich müsstest du fitter sein als je zuvor.«

Statt einer Antwort knurrte Logan nur und warf sich gleich zwei Aspirin ein. »Hoffentlich hast du ihr dafür eins mit deiner Knarre übergezogen ...«

»Nicht ganz.« Garrett wandte sich wieder seiner improvisierten Recherchewand zu.

Er könnte es sein lassen. Er könnte ihren Rat befolgen, die Stadt verlassen und sich von ihr und ihren Leuten fernhalten. Es gab andere Wege, an die Hintermänner ranzukommen. Andere Quellen, die er anzapfen könnte. Alte Bekannte, denen er einen Besuch abstatten könnte. Zwar müsste er dafür seine Identität als Garrett Winter aufgeben und wieder in sein früheres Ich schlüpfen, aber das sollte kein Problem darstellen. Er hatte nichts zu verlieren. Er hatte im wahrsten Sinne des Wortes nichts mehr.

Aber es würde zu lang dauern. Seine Suche würde Wellen schlagen und diejenigen, hinter denen er her war, würden wissen, dass er wieder auf der Bildfläche erschienen war. Nein. Er wollte nicht gefunden werden, sondern selbst finden. Ein einziges verdammtes Mal wollte er der Jäger sein, statt der Gejagte. Er musste es. Und dafür brauchte er die Hilfe der Frau, die ihm bei ihrer letzten Begegnung damit gedroht hatte, ihn eigenhändig aus dem Weg zu räumen.

Gute Aussichten. Wirklich gute Aussichten.

»Was dann?« Logan rutschte an den Rand des Bettes und schob die Beine darüber. »Schmort sie schon im Knast?«

»Ich habe sie gehen lassen.«

»Was?« Sein Kopf ruckte hoch. »Du verarschst mich doch, oder? Wir haben diesen ganzen Aufwand auf uns genommen, nur damit du sie laufen lässt? Die Frau hat mich vergiftet!«

»Betäubt«, korrigierte Garrett automatisch und schalt sich im selben Atemzug in Gedanken. Seit wann war er dazu übergegangen, sie zu verteidigen? Kopfschüttelnd stand er auf. »Ich habe sie laufen lassen, weil ich kein Frage-Antwort-Spiel mit ihr spielen konnte, während du mit dem Gesicht nach unten auf dem Asphalt liegst und schnarchst.«

»Witzig«, knurrte Logan und rieb sich über besagtes Gesicht, nur um zusammenzuzucken, als er die Schürfwunden auf seiner Wange und Stirn ertastete. »Hättest du mich nicht auffangen können?« Vorsichtig stand er auf und ging, mit einer Hand an der Wand gestützt, Richtung Badezimmer.

»Sie wird nicht weit kommen«, murmelte Garrett, bevor sich die Tür hinter Logan schloss.

Er riss ein weiteres Blatt von dem Block ab, den er in der Schreibtischschublade des Motelzimmers gefunden hatte, und begann alle Namen zusammenzutragen, die er bisher von ihr wusste. Emma Jones, die schwarzhaarige Wissenschaftlerin mit braunen Augen und Brille. Ein Allerweltsname, der sich hervorragend als Tarnidentität eignete, um ins Land einzureisen. Lydia Stilinski, die unverheiratete Tochter eines IT-Milliardärs, den es nur auf dem Papier gab. Ein ungewöhnlicher Name, der ihn zu einer TV-Serie statt zu verwertbaren Informationen geführt hatte. War das Zufall? Oder doch genau kalkulierte Absicht? Mit dem dritten Namen hatte sie das Haus gemietet, wo Logan und er sie aufgespürt hatten. Ruby Whale. Schon wieder eine Kombination aus einer Fernsehserie. Offenbar bevorzugte jemand ein ganz bestimmtes Muster, wenn es um die Namenswahl ging.

Die Tür ging wieder auf und Logan trottete heraus. Er wirkte nur einen Hauch wacher als wenige Minuten zuvor. »Warum kommt sie nicht weit? Bitte sag mir, du hast Name, Adresse und Sozialversicherungsnummer aus ihr rausgeprügelt.«

»Fast.« Garrett klebte den Zettel mit den Decknamen an die Wand. »Ich habe einen Peilsender an ihrer Jacke befestigt.«

»Du hast ... was?« Logan blieb so abrupt stehen, dass er gegen das Fußende des Bettes prallte. Trotzdem hellte sich seine Miene auf. »Scheiße, Winter, so viel Hinterhältigkeit hätte ich dir gar nicht zugetraut. Das gefällt mir.«

In seinem alten Leben hatte Garrett mehr als genug Peilsender, Wanzen, Abhörgeräte und andere zweifelhafte Methoden benutzt, um an die Informationen heranzukommen, die er brauchte. Damals hatte das zu seinem Job gehört. Er hätte nicht gedacht, eines Tages wieder auf diese Methoden zurückgreifen zu müssen.

Wie auf Kommando gab sein aufgeklappter Laptop ein leises Piepen von sich. Garrett ging zum Tisch hinüber und klickte die Karte an. Der rote Punkt darauf war Scarlett und sie bewegte sich. In den vergangenen Stunden war sie größtenteils am selben Ort geblieben, doch jetzt schien sie wieder mit ihrem Jeep unterwegs zu sein.

»Ich muss los«, informierte er Logan und griff nach seiner Jacke.

»Alles klar.« Logan ließ sich aufs Bett zurückfallen. »Sag Bescheid, wenn du Rückendeckung brauchst.«

»Du willst nicht mit?«

»Um mir noch eine Ladung Gift abzuholen?« Er zog eine Grimasse. »Nein danke. Ich sehe lieber, was ich von hier aus machen kann, um deinen Hintern zu retten.«

Kopfschüttelnd wandte sich Garrett ab. Seinen Partner bei den HUNTERS würde er wohl genauso wenig begreifen können wie dieser ihn. Aber solang sie ein gutes Team ergaben, spielte das keine Rolle.

»Winter!«, rief Logan, als er schon fast zur Tür raus war.

»Ja?«

Er nickte ihm zu. »Pass auf dich auf.«

☆

Entgegen seiner Vermutung fuhr seine Zielperson weder zurück zu ihrer Wohnung noch wieder ins Tenderloin zu ihrem Informanten. Etwas in Garrett brannte darauf, ihren richtigen Namen zu erfahren.

Nicht Emma Jones, auch nicht Lydia Stilinski oder Ruby Whale. Obwohl ihm Warner für ein paar seiner eigenen Geheimnisse allerhand über seine Lebensretterin verraten hatte, gehörte ihr echter Name nicht dazu. Es war mehr als bloße Neugier, die ihn antrieb, und er unterdrückte den Impuls ebenso schnell, wie er aufgekommen war.

An der nächsten Kreuzung bog er ab und folgte seiner Zielperson weiter mit einem Abstand von mehreren Straßen. Der rot blinkende Punkt auf der Karte in seinem Smartphone führte ihn tiefer in San Francisco hinein und über ein paar Umwege in den Mission District. Scheinbar wollte jemand sichergehen, dass sie nicht verfolgt wurde. Zu spät. Er nahm den Fuß vom Gas, als sie anhielt, dann wartete er, bis sie ausgestiegen und im gegenüberliegenden Haus verschwunden war, ehe er in dieselbe Straße einbog und seinen Wagen hinter ihrem Jeep abstellte.

Die Gebäude um ihn herum hatten schon deutlich bessere Tage erlebt. Dafür erstrahlten ihre Fassaden mit den buntesten Graffiti. Als hätte jemand versucht, etwas Farbe in den grauen Alltag zu bringen. Am Ende der Straße stand ein Dealer alles andere als unauffällig herum, während sich neben einem Eingang eine in Lumpen gehüllte Gestalt zusammengekauert hatte. Garrett setzte seine Sonnenbrille auf, schnappte sich sein Handy und stieg aus. Er war umgeben von verschiedenen Geschäften, die von Schuhen über Outlet-Kleidung und Lebensmittel bis hin zu Alkohol alles Mögliche anboten.

Zunächst interessierte ihn jedoch nur dieser Jeep vor ihm. Zur Sicherheit brachte er auch an der Stoßstange ihres Autos einen Peilsender an. Diese Frau hatte immerhin die unschöne Eigenart, ständig vor ihm wegzulaufen. Dann folgte Garrett dem Punkt auf seinem Smartphone über die Straße zu einem sandsteinfarbenen Haus mit mehreren Balkonen und einer Feuerleiter. Im Erdgeschoss befand sich ein lateinamerikanisches Restaurant, aus dem Stimmengewirr und Musik drangen. Neben der riesigen Palme vor dem Gebäude standen ein paar Autos und ein unscheinbarer Laster. Garrett wählte den Nebeneingang in der Hoffnung, dass dieser ins Haupthaus führen würde.

Er hatte Glück. Neben der Tür waren vier Schilder mit den Namen der Bewohner zu sehen. Er drückte die Klingeln nacheinander, bis jemand die Tür für ihn öffnete. Das Treppenhaus war dunkel, aber wesentlich besser instand gehalten als das, was er bei Warner gesehen hatte. Er warf einen Blick auf sein Handy. Jetzt befand sich der grüne Punkt, der seinen Standort darstellte, exakt auf dem roten. Dummerweise konnte ihm die Karte nicht verraten, in welchem Stockwerk sich die gesuchte Person befand, also schob er das Smartphone zurück in seine Jackentasche und machte es auf die altmodische Weise.

Hinter der ersten Tür war kein Laut zu hören. Weder Stimmen noch ein Fernseher oder andere Geräusche, die darauf hindeuteten, dass jemand zu Hause war. Auch das Schloss schien unversehrt zu sein. Hinter der zweiten Tür hatte er mehr Glück. Ein Mann und eine Frau diskutierten lautstark auf Spanisch miteinander. Dann flog etwas gegen die Wand. Stille. Sekunden später ertönten die Stimmen erneut, weicher und ruhiger. Garrett wandte sich ab, bevor er unfreiwilliger Zeuge vom Versöhnungssex des Pärchens wurde.

Langsam, auf alles gefasst, nahm er die Stufen in die erste Etage. Hier fand er eine Tür vor, die schon mehrere Male eingetreten worden sein musste und mit jeder Menge Duct Tape zusammengehalten wurde, jedoch verschlossen war. Dahinter hörte er ein lautes Schnarchen. In der nächsten Wohnung schrie ein Kleinkind, also blieb Garrett gar nicht erst stehen.

Mit jedem Schritt schoss sein Puls etwas mehr in die Höhe. Er wusste, dass sie sich ganz in der Nähe aufhielt. Jetzt musste er sie nur noch erwischen. Garrett zog seine Pistole aus dem Schulterholster unter seiner Jacke, entsicherte sie jedoch nicht, während er der Treppe ins oberste Stockwerk folgte. Noch mal würde er dieser Frau nicht unbewaffnet entgegentreten – und schon gar nicht, ohne mit allem zu rechnen.

Als er oben ankam und um die Ecke spähte, entdeckte er sie – im Würgegriff eines bulligen Kerls. Der Typ wirkte doppelt so groß und dreifach so breit wie sie, hielt sie mit dem Rücken voran gegen seine massige Brust gepresst und drückte ihr mit dem Arm die Luft ab. Sie rang nach Atem und schlug ihrem Angreifer den Ellbogen in die Rippen, doch unter all den Muskeln und dem Fett fühlte sich das für ihn vermutlich nur wie ein zärtliches Tätscheln an. Selbst ihr Betäubungspfeil, den sie ihm jetzt durch die Kleidung in den Arm rammte, erzielte nicht die gewünschte Wirkung.

»Echt jetzt?«, keuchte sie und riss gleich darauf die Augen auf, als sie Garrett entdeckte.

Mitten im Flur blieb er stehen und senkte seine Waffe. Sein erster Impuls war es, einzugreifen und sie aus den Fängen dieses Kerls zu befreien, aber nach dem, was sie ihm bei ihrer letzten Begegnung an den Kopf geworfen hatte? Zum Teufel, nein. Solang sie nicht blau anlief und vor seinen Füßen zusammenbrach, würde er keinen Finger rühren, um ihr in irgendeiner Form beizustehen.

»Hi... Hilfe!«, krächzte sie und bohrte erneut ihren Ellbogen in den voluminösen Körper ihres Angreifers. Dieser hob den Kopf und bemerkte Garrett. Einen Moment lang wirkte der Mann unentschlossen, während sein Blick zwischen Garretts Gesicht und seiner Pistole hin- und herwanderte, doch dann ließ er sich nicht dabei stören, sein Opfer weiter zu erwürgen. Offenbar hatte diese Frau ein Talent dafür, sich Feinde zu machen.

»Hilfe ... verdammt!« Ihre Stimme war nur noch ein heiseres Raunen, aber in ihrem Blick lagen weder Panik noch Furcht. Wut dominierte das Grau ihrer Augen.

Garrett zog die Brauen in die Höhe. »Ach so, jetzt willst du also meine Hilfe? Sicher, dass ich mich nicht doch lieber von dir fernhalten soll?«

»Hilf mir, du Arschloch!«

Er zuckte mit den Mundwinkeln. »Na gut, aber nur, weil du mich so nett darum bittest.« Kaum ausgesprochen, riss er seine Pistole wieder hoch und zielte damit auf den Kopf des bulligen Kerls. Der bemerkte die Bedrohung erst nach zwei, drei Sekunden, doch als er es tat, hielt er zumindest in seinen Würgebewegungen inne. »Loslassen.«

Zögern. Sein Blick huschte von links nach rechts auf der Suche nach einem Fluchtweg. Doch um zur Treppe zu gelangen, müsste er erst mal an Garrett vorbei. Blieb nur noch die Feuerleiter. Als hätte der Typ denselben Gedanken gehabt, stieß er sein Opfer zu Boden und damit Garrett direkt vor die Füße. Dann machte er auf dem Absatz kehrt und hechtete in die entgegengesetzte Richtung.

»Fuck.« Instinktiv ging Garrett neben der jungen Frau in die Hocke, um ihr hochzuhelfen, aber sie stieß seine Hand beiseite und sprang auf. Gemeinsam rannten sie dem Flüchtenden hinterher, kletterten aus dem Fenster und sprangen nacheinander auf die Feuerleiter, die unter ihrem Gewicht ächzte. Garrett erkannte den Mann fast zwei Stockwerke tiefer, weigerte sich aber, auf ihn zu schießen. Abgesehen davon, fast den Rotschopf zu erwürgen, hatte er nichts getan und vermutlich hätte Garrett an seiner Stelle nicht viel anders gehandelt.

Auf der Straße vor dem Restaurant angekommen, verloren sie seine Spur. Garrett sah nach links, rechts und geradeaus auf die andere Straßenseite, aber von dem Kerl war nichts mehr zu sehen. Hier gab es einfach zu viele kleine Läden und zu viele Seitenstraßen, die eine Verfolgung unmöglich machten. Seine Begleiterin schien das ähnlich zu sehen, denn in diesem Moment stieß sie einen wüsten Fluch aus.

»Gern geschehen«, kommentierte Garrett trocken und schob seine Pistole wieder in sein Holster. In einer Gegend, die vor allem von Lateinamerikanern und Dunkelhäutigen dominiert wurde und als Brennpunkt galt, wollte er nicht mit einer Waffe auffallen. Noch dazu als Agent der Regierung. Auf diese Konfrontation konnte er getrost verzichten.

Statt einer Antwort marschierte der Rotschopf an ihm vorbei und kletterte die Feuerleiter wieder hinauf. Doch wenn sie glaubte, ihn so leicht loswerden zu können, hatte sie sich getäuscht. Wieder im obersten Stockwerk angekommen, packte er ihren Arm und drehte sie zu sich herum.

»Glaub nicht, dass ich mich bei dir bedanke«, zischte sie. »Deinetwegen ist er entkommen.«

»Darum geht es mir auch nicht.« Seine Stimme war so kühl und schneidend wie eine Messerklinge. Sein Blick fiel auf ihren Hals. Ihre helle Haut wies dunkelrote Flecken auf und sein schlechtes Gewissen meldete sich. Vielleicht hätte er doch früher eingreifen sollen, denn die Male sahen übel aus.

Sie riss sich von ihm los und wich zwei, drei Meter vor ihm zurück. »Was willst du dann? Wie hast du mich überhaupt gefunden?«

Anders als bei ihrer letzten Begegnung setzte sie diesmal keine lässige Miene auf, sondern zeigte leise Besorgnis. Beinah hätte er darüber gelächelt. Endlich eine ehrliche Reaktion von ihr. Keine Maske, die sie sich vors Gesicht hielt, um ihm etwas weiszumachen, das nicht da war. Kein Pokerface, das sie aufsetzte, um nichts von ihren Gedanken und Gefühlen preiszugeben. Nur eine reine unverfälschte Reaktion auf sein unerwartetes Auftauchen.

Garrett ließ sich Zeit mit seiner Antwort, genauso wie er sich Zeit damit ließ, sie zu betrachten. Ihr Haar wirkte wie ein Leuchtfeuer im dunklen Flur und fiel ihr in weichen Wellen auf die Schultern. Ähnlich wie Freitagnacht trug sie heute etwas, das bequem und praktisch war. Und verflucht sexy. Die schwarze Hose schmiegte sich eng an ihren Hintern und ihre langen Beine endeten in flachen Halbstiefeln. Dazu hatte sie ein weinrotes Oberteil, dieselbe Jacke wie letztes Mal und schwarze fingerlose Lederhandschuhe an. Das i-Tüpfelchen bildete der knallrote Nagellack, der ihm verriet, dass sie die letzten anderthalb Tage nicht damit verbracht hatte, herumzusitzen und ihre nächsten Morde zu planen. Zumindest nicht nur.

Ihre Blicke trafen sich mit einer Wucht, die ihm den Atem raubte und etwas in seiner Brust dazu brachte, seine Funktion für kurze Zeit einzustellen. Sie tastete im selben Moment nach ihrer Waffe, in dem er seine hochriss und auf sie zielte. Ihre Augen weiteten sich, aber sie hielt in der Bewegung inne. Statt sich zu ergeben, ließ sie die Arme fallen und funkelte ihn wütend an.

»Wie?«, hakte sie erneut nach und diesmal merkte er, dass sie nicht zischte, sondern ihre Stimme durch die Gewalteinwirkung rau und heiser klang. Vermutlich brannte ihr Hals höllisch, aber sie ließ sich nichts davon anmerken, zeigte keine Schwäche, sondern beobachtete ihn misstrauisch dabei, wie er sich ihr mit bedächtigen Schritten näherte.

»Hiermit.« Er zupfte am Ärmel ihrer Jacke und hielt den Peilsender in die Höhe.

Sie schnaubte. »Clever.«

»Danke«, erwiderte er so nonchalant, als würden sie sich bei Wein und gutem Essen miteinander unterhalten. »Was wolltest du hier?«

»Sollte das nicht meine Frage sein?«

»Sollte es.« Garrett setzte alles auf eine Karte, indem er seine Pistole senkte und zurück ins Schulterholster schob. Wie zum Zeichen des Friedens hob er beide Hände, um ihr zu zeigen, dass er unbewaffnet war.

Statt Erleichterung oder Beruhigung zu zeigen, schmälerte sie die dunkel geschminkten Augen. »Was willst du von mir?«

»Es wird dich überraschen, aber ich brauche deine Hilfe«, erwiderte er schlicht und nutzte ihr Schweigen aus, um fortzufahren. »Ich will die Leute, die hinter mir her sind. Die Leute, die deine Kolleginnen und dich vor mehr als einem halben Jahr beauftragt haben, mich in Seattle zu finden und zu töten. Ja, ich weiß, was ihr tut, und es interessiert mich nicht. Zumindest nicht genug, um euch an die Cops oder das FBI zu verpfeifen. Ich will deinen Auftraggeber. Du weißt, wo ich ihn finden kann.«

Sie legte den Kopf auf die Seite, als wüsste sie nicht, was sie von dieser Flut an neuen Informationen halten sollte. »Selbst wenn es so wäre – warum sollte ich dir irgendetwas verraten?«

»Vielleicht, weil ich dir gerade das Leben gerettet habe?«

»Ich weiß, du hattest eine Kopfverletzung und so«, sie deutete auf ihren eigenen Kopf, »aber ich habe dich zuerst gerettet. Genau genommen schuldest du also mir etwas und nicht andersrum.«

»Ist das so?« Fast hätte er bei ihrer kecken Antwort aufgelacht, unterdrückte den Impuls jedoch gerade rechtzeitig. Immerhin ging es hier um Leben und Tod. »In dem Fall würde ich sagen, wir sind quitt. Bis auf eine Sache.«

Sie verschränkte die Arme vor der Brust. »Die da wäre?«

»Dein Name.«

»Wie bitte?«

»Wie heißt du wirklich? Ich kenne dich als Ariel, als Emma Jones, Lydia Stilinski und Ruby Whale. Was ich nicht weiß, ist, wie dein richtiger Name lautet.«

Ihre Lippen verzogen sich zu einem langsamen Lächeln. »Wenn du schon so viel über mich weißt, dürfte es ein Klacks sein, meinen echten Namen herauszufinden, Agent Winter.«

Ein Bild blitzte vor seinem inneren Auge auf. Eines, in dem er sie an der schmalen Taille packte, gegen die Wand drückte und auf andere Weise dazu brachte, ihm ihren Namen zu verraten. Auf eine verruchte verbotene Weise, die weder hier in diesem Flur noch in seinen Gedanken etwas zu suchen hatte. Energisch schob er die Vorstellung beiseite.

Sie zog eine Braue hoch, als wüsste sie genau, was in seinem Kopf vor sich ging – oder welche Wirkung sie auf ihn hatte. Und das ganz ohne Abendkleid, das jede Menge verführerische Haut frei ließ. Garrett schluckte, um seine trockene Kehle zu befeuchten, und versuchte seine Aufmerksamkeit wieder auf das Wesentliche zu lenken, doch sie kam ihm zuvor.

»Scarlett«, sagte sie in ihrer rauen Stimme. »Mein Name ist Scarlett.«

Erleichterung durchflutete ihn mit einer Heftigkeit, die in Anbetracht der Situation und Information, die er soeben erhalten hatte, völlig unangemessen war. Was war es nur, das ihn dazu brachte, so auf sie fokussiert zu sein? Die Tatsache, dass sie ihm das Leben gerettet hatte? Dass ihr Gesicht und ihre Stimme das Einzige gewesen war, was ihn vor so vielen Monaten bei Bewusstsein gehalten hatte, als er hatte aufgeben wollen? Oder dass er so gut wie nichts über sie wusste und das ändern wollte? Das Gefühl hatte, es ändern zu *müssen.* Er wusste es nicht. Aber was es auch war, es würde ihn nicht von seinem eigentlichen Ziel ablenken.

»Gut, Scarlett«, fuhr er ruhig fort. »Was oder wen hast du hier gesucht?« Abgesehen davon, dass ihn die Antworten auf diese Frage tatsächlich interessierten, fügte es sich wunderbar in seinen Plan ein, endlich die benötigten Informationen von ihr zu erhalten. Mit Nachfragen und Gewaltanwendung kam man bei ihr nicht weiter, das hatte er gelernt. Doch so wie bei Sydney musste es auch bei Scarlett etwas geben, das sie haben oder wissen wollte. Quid pro quo.

Wieder legte sich dieses Misstrauen auf ihre Miene, als gäbe es nur wenige Menschen, die ihres Vertrauens würdig waren. Oder als hätten zu viele sie enttäuscht. »Warum? Willst du Polizist, dein Freund und Helfer, spielen und mir zur Seite stehen?«

Wenn sie wüsste, wie nah sie der Wahrheit damit kam ...

»Vielleicht.«

Sie schnaubte abfällig. »Nein danke. Kein Bedarf. Wenn du jetzt also wieder dahin gehen würdest, wo du hergekommen bist?«

Er ignorierte ihren Wunsch und machte einen Schritt nach vorn, dicht vor sie. Aber statt zurückzuweichen, legte sie den Kopf in den Nacken und hielt seinem Blick stand. »Und wenn nicht?«, murmelte er. »Erschießt du mich dann? Betäubst du mich mit einem deiner Giftpfeile?«

»Nein, das wäre zu schade.«

»Um die Munition?«

»Um dein hübsches Gesicht. Und um den Rest von dir auch.«

Diesmal tat er nichts, um sein Grinsen zu unterdrücken. Diese Frau hatte etwas an sich, das diese Reaktion aus ihm herauskitzelte. Erstaunlich, wenn man bedachte, wie reserviert er sich allen anderen Menschen gegenüber gab. Nicht weil er so scharf darauf war, sie auf Distanz zu halten, sondern weil es ihrer eigenen Sicherheit diente. Ihm nahezustehen konnte tödlich enden. Der Gedanke ließ sein Grinsen verblassen, bis es ganz aus seinem Gesicht verschwand. An seine Stelle traten Schuldgefühle. Er musste nach dem Mörder von Karen und Ben suchen, nach dem Mann, dem er all das zu verdanken hatte – und stattdessen flirtete er mit einer wildfremden Frau? Die Schuld traf ihn wie eine Faust in seine Magengrube.

»Sieht so aus, als wäre ich nicht die Einzige mit Geheimnissen«, stellte Scarlett nach einem Moment leise fest.

Garrett presste die Lippen aufeinander und schwieg. Nicht einmal sein Team oder sein Partner bei den HUNTERS wussten um seine Vergangenheit, da würde er sie nicht ausgerechnet mit einer Fremden ausdiskutieren. Schon gar nicht mit einer Fremden, die ihr Geld damit verdiente, Leute zu töten.

»Warum hast du es getan?« Die Worte kamen ihm über die Lippen, bevor er sie aufhalten konnte. Diese Frage war es, die ihn seit Monaten beschäftigt hatte – und noch viel mehr, seit er wusste, dass sie ihn eigentlich hätte töten sollen.

Sie zögerte. Ihr Gesicht mochte nichts von dem verraten, was in ihrem Kopf vor sich ging, aber ihre Bewegungen taten es. Das Reiben ihrer Finger aneinander wie bei einem nervösen Tick – oder Unsicherheit. Sie wich seinem Blick nicht aus, sondern erwiderte ihn ohne Furcht, und als sie ihm antwortete, erkannte er die Wahrheit darin. »Weil du unschuldig bist.«

Sekunden vergingen, in denen Garrett die Frau vor sich anstarrte. Sie war ein ganzes Stück kleiner als er, war aber noch nie vor ihm zurückgewichen, sondern hatte sich ihm immer entgegengestellt. Aus der Nähe bemerkte er die feinen Sommersprossen auf ihrem Nasenrücken, die ihm zuvor nicht aufgefallen waren. Sie war nicht schön im klassischen Sinn, aber sie strahlte eine Stärke aus, die man nicht vorspielen konnte. Diese Stärke kam aus ihrem Inneren, aus ihrem bloßen Kern – und er ahnte instinktiv, dass es ein langer, schmerzhafter Weg gewesen sein musste, um dorthin zu kommen. Er wusste es, denn er hatte einen ähnlichen Weg hinter sich und glaubte, etwas von sich selbst in ihr wiederzuerkennen.

Was völliger Blödsinn war. Schließlich kannte er diese Frau so gut wie gar nicht, dennoch hatte sie etwas an sich, das seine Sinne auf Hochtouren laufen ließ. Und ihre Aussage schickte auch seine Gedanken auf ein Karussell. Mit seinen fünfunddreißig Jahren hatte Garrett mehr erlebt, als in ein einziges Leben passen konnte. Er hatte mehr gesehen und getan, als er es sich je zu Anfang seiner Karriere hatte ausmalen können. Er mochte vieles sein, aber unschuldig zählte nicht dazu.

»Du irrst dich«, stieß er rau hervor und schüttelte den Kopf. »Ich bin nicht unschuldig.«

Genau genommen war er das genaue Gegenteil davon. Nur seinetwegen waren Menschen gestorben. Gute unschuldige Menschen, die ihn geliebt hatten. Deren Leben nur deshalb ein jähes Ende gefunden hatte, weil sie ihn gekannt hatten.

Scarlett betrachtete ihn so aufmerksam, als versuchte sie, in ihm zu lesen. Er sollte es nicht zulassen. Die meisten Leute konnte er mit seiner distanzierten verschlossenen Art abblocken, aber sie schien schon jetzt zu viel über ihn zu wissen. Zu viel zu sehen. Wieder glaubte er diese innere Stärke in ihren Augen zu erkennen. Auch sie schien mehr erlebt zu haben, als andere Frauen in ihrem Alter.

»Niemand von uns ist wirklich unschuldig.« Eine nachdenkliche

Note lag in ihrer Stimme, die jetzt weniger heiser klang als wenige Minuten zuvor. »Aber solang du nicht absichtlich etwas tust, um anderen zu schaden, bist du zumindest für unsere Verhältnisse unschuldig.«

Als würde das alles erklären, obwohl es nur noch mehr Fragen aufwarf, wandte sie sich ab. Mit zwei langen Schritten war sie vor der Tür, wo er sie im Würgegriff dieses Kerls gefunden hatte, und rüttelte am Türgriff. Garrett meinte, sie fluchen zu hören.

»Was soll das heißen?« Bevor er sich davon abhalten konnte, trat er zu ihr und tastete automatisch nach dem schmalen Dietrich-Set in seiner Jackentasche. Als ihm bewusst wurde, was er da gerade tat, schüttelte er über sich selbst den Kopf. Wollte er dieser Frau wirklich gerade dabei helfen, einen Einbruch zu begehen?

»Wir töten keine Unschuldigen.« Kaum ausgesprochen bewies sie ihm, dass sie seine Hilfe nicht nötig hatte. Denn statt das Schloss zu knacken, trat sie gegen die Tür. Das Holz gab ächzend nach und die Tür flog auf.

Beeindruckend.

»Wie bitte? Rennt ihr etwa durch die Gegend und knallt nur Kriminelle ab?« Widerwillig folgte Garrett ihr ins Innere, wohl wissend, dass er damit gegen gleich mehrere Gesetze verstieß. Einbruch. Beihilfe. Zerstörung fremden Eigentums. Verletzung der Persönlichkeitsrechte. Die Liste könnte noch eine ganze Weile so weitergehen. Und das alles nur, um einen Weg zu finden, wie er an diese verdammten Informationen herankommen konnte.

In der Wohnung roch es nach Staub und vor Kurzem gerauchten Gras. Die Jalousien waren hinuntergelassen, sodass nur das fahle Licht aus dem Flur einen kleinen Teil des Raumes beleuchtete. Automatisch tastete Garrett nach dem Lichtschalter und zog gleichzeitig seine Pistole. Nach dem Zusammentreffen mit dem bulligen Kerl im Flur wollte er jede weitere Überraschung vermeiden.

Eine Glühbirne hing in der Mitte des Raumes von der Decke und ging flackernd an. Viel gab es allerdings nicht zu erhellen. Die Wohnung bestand aus einem einzigen Raum, der nicht viel größer als das Motelzimmer war, in dem Logan und er vorübergehend untergekommen waren. In der Ecke rechts von ihm stand etwas, das die Bezeichnung Kochnische nicht mal verdient hätte. Gleich daneben führte eine offene Tür ins Badezimmer. Garrett reckte den Kopf, nur um einen Stapel dreckigen Geschirrs im Waschbecken zu entdecken. Gespickt mit dem Summen einiger Fliegen, die sich über das Festmahl hermachten. Im Raum selbst lag eine breite Matratze zusammen mit Kissen und Decke auf dem Boden. Das Sofa wies Löcher auf, durch die man die Sprungfedern sehen konnte. Gegenüber stand ein alter Röhrenfernseher auf einem Karton. Home, sweet home.

Während er sich einen ersten Überblick verschaffte, riss Scarlett bereits die Schubladen einer schiefen Kommode auf und durchsuchte den schmalen Wandschrank auf der linken Seite. »Woher das plötzliche Interesse an meinem Job?«, fragte sie abgelenkt und stieß eine Schublade mit mehr Gewalt als nötig wieder zu.

»Kein Interesse. Ich will Informationen, schon vergessen?« Aber mit den Fragen zu ihrem Job brachte er sie wenigstens zum Reden.

Garrett schob seine Pistole zurück ins Holster. Hier drinnen drohte ihnen keine Gefahr, höchstens ein Erstickungsanfall, wenn sie zu viel Staub, Gras und Schimmelsporen einatmeten.

»Also geht es euch um Selbstjustiz? Dafür gibt es Gesetze und ausgebildete Personen, die dafür sorgen, dass diese auch eingehalten werden.«

Ihr Auflachen unterbrach ihn. Es war kurz, höhnisch und härter, als er es ihr zugetraut hätte. Als sie sich zu ihm umdrehte, lag ein gefährliches Funkeln in ihren Augen. »Glaubst du das wirklich? Wow, ich hätte dich nicht für so naiv gehalten.«

Eine Alarmglocke schrillte in seinem Inneren los. Nicht aufgrund ihrer Aussage, sondern wegen der Bitterkeit, mit der sie diese Worte aussprach. Als hätte sie die schlechtesten Seiten seines Jobs gesehen und keine einzige der guten. Offensichtlich ein wunder Punkt.

»Hör mal«, fuhr sie fort, ehe er etwas darauf erwidern konnte. »Ich weiß, du suchst nach dem Kerl, der dich tot sehen will, aber hier wirst du ihn nicht finden. Also tu dir selbst einen Gefallen, sei froh, dass du noch lebst, und sorg dafür, dass es auch so bleibt.«

Mit hochgezogenen Brauen beobachtete Garrett sie dabei, wie sie die Kiste durchsuchte, die als eine Art Couchtisch dienen sollte. Dass sie dabei ein paar leere Bierflaschen umstieß, die auf dem Boden zersprangen, schien sie nicht weiter zu stören. Sie entdeckte etwas Kleines, das er nicht genau erkennen konnte, und steckte es ein. Dann sprang sie wieder auf die Beine, doch als sie die Wohnung verlassen wollte, stellte er sich ihr in den Weg. Genug Small Talk.

»Kannst du es mir nicht sagen oder willst du nicht?«

Scarlett reckte das Kinn vor. »Beides.«

»Du weißt, dass ich dich dazu zwingen kann, oder?«

»Tatsächlich?« Sie kam ihm so nah, dass ihm ihr Duft in die Nase kroch. Dieser Duft, der ihn so lang verfolgt hatte und jetzt seine Sinne zu benebeln drohte.

»Ja«, brachte er hervor und räusperte sich. »Du weißt, für wen ich arbeite. Es braucht nur einen kurzen Anruf und ...«

»Und was? Hetzt du deinen Partner auf mich? Hat er sich inzwischen ausgeschlafen?« Ein amüsiertes Lächeln umspielte ihre Mundwinkel. »Oder beorderst du dein ganzes Team für eine persönliche Sache hierher? Dabei soll New York zu dieser Jahreszeit doch am schönsten sein.«

Garrett fluchte innerlich. Sie war besser informiert, als er angenommen hatte. Offenbar war ihr Auftrag nicht einfach damit erledigt gewesen, ihm das Leben zu retten. Nein, diese Frauen hatten die HUNTERS weiterhin im Auge behalten. Er wollte lieber nicht wissen, wie sie an die höchst geheime Information gekommen waren, wohin ihr neuer Stützpunkt verlegt worden war, nachdem der letzte in die Luft geflogen war.

Fragend legte Scarlett den Kopf schief. »Oder willst du mich kidnappen und durch Folter an die Infos kommen? Weil es ja so wichtig für die nationale Sicherheit ist ...« Sie trat noch dichter heran, bis ihre Lippen sein Ohr bei jedem Wort streiften und ihr Atem über seine Haut tanzte. Es kostete ihn all seine Willenskraft, der Versuchung zu widerstehen, die sie gerade für ihn bot. »Wir wissen beide, dass du das nicht tun wirst.«

Etwas schnappte in ihm über. Wie ein Seil, an dem man zu lang gezogen – oder ein Ast, den man zu sehr verbogen hatte, bis er brach. Grob packte er sie bei den Oberarmen und drückte sie so weit zurück, bis er ihr ins Gesicht sehen konnte. Aber nicht weit genug, damit ihr verführerischer Duft von seinen Sinnen abließ.

»Was willst du?«, knurrte er.

Fragend zog sie die Brauen hoch.

»Was willst du für die Informationen? Geld? Waffen? Geheimnisse?«

Wieder zeigte sie dieses Lächeln, das die widersprüchlichsten Reaktionen in ihm auslöste. Ein Teil von ihm wollte sie an den Schultern packen und durchschütteln, bis es aus ihrem Gesicht verschwand. Ein anderer wollte sie küssen, bis sie damit aufhörte, ihn auf diese Weise um den Verstand zu bringen.

»Gar nichts«, hauchte sie und schob seine Hände mit der gleichen Selbstverständlichkeit beiseite wie an jenem Abend in dieser Gasse. »Und genau aus diesem Grund wirst du auch nichts erfahren.«

Sie ging an ihm vorbei aus der Wohnung und ließ ihn stehen. Diese Frau ließ ihn einfach stehen. Oh nein, nicht mit ihm. Er war nicht so weit gekommen und hatte so lang überlebt, um jetzt klein beizugeben. Garrett wirbelte auf dem Absatz herum und folgte ihr in großen Schritten.

»Jeder will etwas. Du hast hier nach jemandem gesucht«, rief er, kaum dass sie das Treppengeländer erreichten und die Stufen nach unten nahmen. »Ich kann dir dabei helfen.«

Im ersten Stock angekommen warf Scarlett nur einen kurzen Blick zurück, aber ihre Stirn war gerunzelt und in ihrer Miene lag ein Hauch von Irritation. »Bezweifle ich. Ein ehemaliger Air-Force-Offizier bringt mich nicht weiter, sondern höchstens in Schwierigkeiten.«

»Abwarten«, murmelte er, während er ihr ins Erdgeschoss folgte. »Ich konnte dich aufspüren, oder nicht? Und das mehr als einmal. Ich kann dir auch dabei helfen, die Person zu finden, die du suchst.«

Unten angekommen drehte sie sich so schnell zu ihm um, dass er fast gegen sie geprallt wäre. Wieder drang ihm ein Hauch ihres Dufts in die Nase und er verfluchte sich im Stillen, dass er so empfänglich dafür war.

»Und wenn ich diese Person nur suche, um sie zu töten?«, warf sie ihm entgegen. »Wie vereinbarst du das mit deinem Gewissen, Agent Winter?«

»Ich muss deinen Auftraggeber finden – und zwar, bevor er mich findet. Es ist mir egal, was ich dafür tun muss, damit du mir diese Information gibst.« Zum ersten Mal sprach er die harte Wahrheit aus. Wochenlang hatte sie tief in seinem Inneren geschwelt und vor sich hin geköchelt, immer auf den Moment wartend, in dem sie aus ihm herausbrechen konnte. Seine Kollegen würden das nicht verstehen. Sie hatten zu viel von der guten, der richtigen Seite des Gesetzes gesehen und zu wenig von der anderen. Von der Dunkelheit, den dreckigen Geheimnissen und den Dingen, die man tun und die man opfern musste, um eine Mission zu Ende zu bringen. Aber sie hatte es gesehen. Scarlett schien jede Facette dieser Dunkelheit zu kennen, und wenn er ihr dabei helfen musste, ihre nächste Zielperson aufzuspüren, damit er seine eigene fand, würde er das tun. Er hatte sich lang genug versteckt. Diesmal würde er es zu Ende bringen, selbst wenn es ihn sein eigenes Leben kostete.

»Nein.« Ihre Antwort war schlicht, klar und deutlich.

Er schmälerte die Augen. »Ist das dein letztes Wort?«

»Allerdings. Mach's gut, Garrett.«

Diesmal folgte er ihr nicht, sondern sah ihr nach, wie sie die Straße überquerte und in ihren Jeep einstieg. Das Nummernschild hatte er sich längst eingeprägt, und nun, da er ihr den Peilsender an ihrer Jacke gezeigt hatte, rechnete sie vermutlich nicht damit, dass er auch einen an ihrem Wagen angebracht haben könnte. Sollte Scarlett sich ruhig in Sicherheit wiegen – er gab noch lang nicht auf.

5. KAPITEL

Als Frau in einen Stripclub zu gehen, erregte Aufmerksamkeit. Als Frau allein dort zu sein, umso mehr. Aber Scarlett hatte schon ganz andere Nachtclubs in San Francisco gesehen, um von diesem hier eingeschüchtert zu sein. Zum Beispiel das *Gentleman's Dreams* nur ein paar Straßen weiter, in dem sich gerne korrupte Cops herumtrieben und das sie nicht noch mal von innen sehen wollte. Beim Betreten musste sie den Impuls unterdrücken, ihr schulterfreies schwarzes Kleid glatt zu streichen, das wie eine zweite Haut an ihrem Körper klebte – und nicht allzu viel davon bedeckte. Gott sei Dank hatte sie noch eine Lederjacke in derselben Farbe an, die sie trotz der Wärme hier drinnen nicht so schnell ausziehen würde.

Bereits im Flur warfen ihr die Männer verlangende Blicke zu, als würde sie in dieses Etablissement gehören und jeden Moment damit beginnen, sich die Kleider vom Leib zu reißen. Na klar. *Träumt weiter, Jungs.* Sie betrat den eigentlichen Clubbereich und wurde umgehend von der Musik, den Gerüchen und dem vielen Geblinke erschlagen. Hier eine kleine Bühne mit Poledance-Stange, dort eine andere. Die runden Tische für die Gäste waren mit irgendeinem fluoreszierenden Stoff bezogen und auf mehr als einem davon rekelte sich eine nur in Unterwäsche bekleidete Frau. Die Kerle um sie herum beobachteten sie mit gierigen Augen, steckten ihr Scheinchen zu oder gaben ihr einen Klaps auf den Hintern. Ja, darüber freuten sich die Stripperinnen sicher am meisten. Welche Frau stand nicht darauf, von wildfremden Männern betatscht zu werden?

An der Bar, die fast die gesamte Wandlänge einnahm, war wenig los, aber vermutlich war das nicht weiter verwunderlich, da auf der Hauptbühne gerade eine Show lief. Zu Scarletts Überraschung entdeckte sie auch Frauen unter den Gästen. Entweder standen sie ebenfalls auf Frauen oder waren mit ihren Partnern hier, um ihrer eingeschlafenen Beziehung neuen Schwung zu verleihen. Während ihr Blick über die Anwesenden wanderte, bahnte sich Scarlett einen Weg zur Bar. Bisher war keine Spur von Carlos zu sehen, aber das musste nichts heißen. Solang der Waffendealer sie in ihrem Outfit mitsamt schwarzer Perücke nicht erkannte und sofort wieder auf sie losging oder vor ihr weglief, konnte sie das Warten hinnehmen. Vielleicht lernte sie hier sogar noch etwas, denn dieser Handstand, den eines der Mädchen gerade an der Poledance-Stange machte, war wirklich beeindruckend.

»Interessant«, erklang auf einmal eine viel zu bekannte Stimme hinter ihr. »Ich hätte dich nicht für den Typ Frau gehalten, der in Stripclubs geht.«

Scarlett erstarrte. Gleichzeitig explodierte eine Reihe von Flüchen in ihrem Kopf. Langsam, damit ihr nicht aus Versehen die Hand ausrutschte und sie ihm ihr Glas Wasser ins Gesicht schüttete, drehte sie sich auf dem Barhocker um. Garrett Winter lehnte neben ihr am Tresen. Lässig in eine Jeans und ein schwarzes Hemd gekleidet, dessen oberste Knöpfe geöffnet waren. Die Ärmel hatte er sich bis zu den Ellbogen hochgekrempelt, was den Blick auf seine gebräunten Unterarme freigab. Und auf ein Tattoo direkt unterhalb seiner Ellenbeuge, das sie aufgrund der schlechten Beleuchtung nicht genau erkennen konnte. Scarlett riss ihren Blick davon los und lenkte ihn zurück in sein Gesicht. Ein träges Lächeln umspielte seine Lippen, aber seine Augen blieben eiskalt. Von wegen Aufgeben. Vermutlich hatte er sich nur zurückgezogen, um sie in Sicherheit zu wiegen, aber in Wahrheit war er die ganze Zeit an ihr drangeblieben. Und sie war so dumm gewesen, wie eine Anfängerin darauf hereinzufallen.

»Ich hole mir nur ein bisschen Inspiration.« Mit einem Nicken deutete Scarlett Richtung Bühne. »Was führt dich hierher?«

»Du.«

Die simple Antwort sollte sie nicht berühren und schon gar nicht dieses Summen in ihrem Inneren entfachen, das seinen Weg bis tief in ihren Unterleib fand. Garrett war nicht ihretwegen hier, sondern wegen der Informationen, die er von ihr wollte. Sie war nur das Mittel zum Zweck. Ein sexy Mittel zum Zweck, das ohne Zweifel eine gewisse Wirkung auf ihn hatte, aber das war es auch schon.

Sie lächelte langsam, wohl wissend, dass sich der mörderisch teure rote Lippenstift spätestens jetzt gelohnt hatte. Es sollte sie nicht überraschen, dass Garrett sie so leicht verfolgt und auch hier drinnen erkannt hatte. Ein anderes Outfit und eine schwarze Perücke hatten ihn auch früher nicht getäuscht, sonst hätte er sie nie in San Francisco aufspüren können.

»Zu schade. Mit der entsprechenden Anzahl an Scheinchen kannst du sicher mit jeder der anwesenden Ladys in einen der Privaträume verschwinden«, gab sie honigsüß zurück. »Außer mit mir. Ich bin nicht käuflich.«

Er zuckte mit keiner Wimper. »Ich habe da etwas anderes gehört.«

Mistkerl. Sie biss die Zähne zusammen und zwang sich dazu, einen Schluck von ihrem Wasser zu trinken, bevor sie in ruhigem Ton antwortete. »Wenn du jemanden aus dem Weg haben willst, bin ich die Richtige für dich. Für alles andere – nicht.«

»Zu schade«, wiederholte er im gleichen Tonfall wie sie und maß sie auf eine Weise von oben bis unten, dass ihr schlagartig heiß wurde. Dann lenkte er den Blick aus seinen eisblauen Augen zurück in ihr Gesicht. »Wie viel muss man dir für ein paar Informationen zahlen?«

»Mehr, als du je verdienen wirst.«

Sie glaubte, ein Zucken seiner Mundwinkel zu sehen, war sich aufgrund der minimalen Beleuchtung hier drin aber nicht sicher. Besaß da jemand etwa doch einen Funken Humor?

»Warum gibst du nicht endlich auf?«, hakte sie einen Moment später nach. »Du wirst nichts von mir erfahren.«

»Weil ich nichts zu verlieren habe.« Garrett ließ seinen Blick über die Anwesenden wandern. Nicht nur über die fast nackten Frauen, sondern auch über die Männer, die sich wie die Geier um ihre Beute scharten. »Ich habe überhaupt nichts mehr.«

»Du bist noch am Leben«, erinnerte sie ihn leise.

Er drehte den Kopf zu ihr und der Ausdruck in seinen Augen traf sie bis ins Mark. Denn er sagte die Wahrheit. Vor ihr stand ein Mann, der bereits alles verloren hatte. Ein Mann, der alles tun würde, um sein Ziel zu erreichen, weil ihm nichts anderes geblieben war. Und genau das machte ihn so gefährlich.

Bevor er etwas darauf erwidern konnte, ertönte Lärm im Eingangsbereich, der nicht hierhergehörte. Vermutlich handelte es sich dabei nur zwei, drei betrunkene Typen, die sich prügelten ... Oder um einen koreanischen Gangsterboss, dessen Geld sie genommen hatte, ohne den Job auszuführen, und der seither ziemlich schlecht auf sie zu sprechen war. Verflucht. Scarlett drehte sich so schnell wieder um, dass sie fast von ihrem Stuhl fiel. Im letzten Moment legten sich zwei große Hände an ihre Taille und hielten sie fest. Als sie den Kopf hob, sah sie in Garretts Gesicht. Ein misstrauischer Ausdruck lag darin, aber die Kälte in seinen Augen war geschmolzen und von unverfälschter Hitze ersetzt worden. Eine Hitze, die sie ebenfalls spürte, wenn er sie so forsch packte wie jetzt.

»Was ist los?« Seine Stimme war ruhig, aber ein alarmierter Unterton lag darin.

In ihrem Kopf arbeitete es fieberhaft. Sie musste an Carlos ran, der seit ihrem Zusammentreffen nicht mehr in seine Wohnung zurückgekehrt war. Aber wenn der Koreaner sie bemerkte, würde er sie einen Kopf kürzer machen. Dass diese Leute aber auch immer so nachtragend sein mussten ...

»Komm mit.« In einem Impuls packte sie Garrett am Arm, rutschte von ihrem Hocker und zog ihn mit sich. Tiefer in den Raum hinein und so weit vom Eingangsbereich entfernt wie möglich. Direkt neben der Bar und vor den Blicken der Anwesenden geschützt, grenzte ein schwerer Samtvorhang den hinteren Teil des Clubs vom offiziellen ab. Dort befand sich ein langer Flur, der zu den Privaträumen führte, in denen sich die Gäste ein paar Stunden mit den Stripperinnen vergnügen konnten. Natürlich nur für das entsprechende Entgelt.

Scarlett drückte Garrett in die dunkle Ecke neben dem Vorhang und sah sich unauffällig um. Gott sei Dank hatte sie so schnell reagiert, denn der Koreaner steuerte in ebendiesem Moment die Bar an, dicht gefolgt von seinem Trupp Leibwächter. Genau dort, wo sie bis eben noch gesessen hatte, lehnte er sich jetzt über den Tresen und rief dem Barkeeper etwas zu. Sein schwarzes Haar klebte glatt an seinem Kopf und ließ die hohe Stirn mit den Falten frei, die sich im Laufe der Jahre darin eingegraben hatten. Der kleine Schnurrbart über seinem schmalen Mund ließ ihn älter wirken, aber Scarletts Informationen zufolge war er relativ jung zu so viel Macht gekommen. Mit Anfang zwanzig hatte er sie einfach an sich gerissen und seinen eigenen Boss exekutiert. Jetzt herrschte er über das koreanische Viertel wie ein zweiter Kim Jong-un. Nur ein paar Jährchen älter und wesentlich attraktiver.

»Wer ist der Kerl?« Garretts Stimme war so nah, dass sie zusammenzuckte.

Mühsam löste Scarlett den Blick von den Männern an der Bar und sah zu Garrett zurück. »Jemand, der nicht besonders gut auf mich zu sprechen ist.«

»Das scheint bei dir eher die Regel als die Ausnahme zu sein. Was ist passiert? Hat er seine Frau betrogen und sie wollte ihn tot sehen?«

Sein Sarkasmus sollte an ihr abprallen, doch er fand einen Weg in sie hinein und weckte eine brennende Wut in ihrem Bauch. Dieser Kerl wusste überhaupt nichts von ihrer Arbeit oder ihren Prinzipien.

»Nein, du Idiot!«, fauchte sie. »Er hatte einen Maulwurf in seinen Reihen und wollte, dass er stirbt. Dummerweise hat es sich dabei um einen Undercovercop gehandelt, der Beweise gesammelt hat, um ihm das Handwerk zu legen. Also haben wir den Auftrag nicht ausgeführt.«

Garrett starrte sie an, als würde er sie zum ersten Mal sehen. »Du hast einen Undercovercop am Leben gelassen?«

»Schh!«, zischte sie. Wenn jemand sie hörte, würde sie diesen Schuppen nur noch in einem Leichensack verlassen. Oder in Scheibchen geschnitten. »Ich sagte doch, wir töten keine Unschuldigen.«

Wie selbstverständlich legte Garrett seine Hände an ihre Taille und zog sie an sich, als der Trupp Männer in ihre Richtung sah. Scarlett versteifte sich, ohne zu wissen, ob es an den Kerlen lag, die nur wenige Schritte von ihr entfernt an der Bar standen und sie tot sehen wollten. Oder an der Intimität dieser Geste. Garretts Finger waren unter ihre Lederjacke geschlüpft und sie spürte die Wärme durch den Stoff ihres Kleids hindurch.

»Was ist mit ihm passiert?«

»Mit wem?«, fragte sie abgelenkt. Alles in ihr drängte danach, sich umzudrehen, aber sie zwang sich dazu, es nicht zu tun. Das Prickeln von Gefahr kitzelte in ihrem Nacken und in ihrer Magengrube.

»Mit dem Maulwurf. Offensichtlich ist der Koreaner noch auf freiem Fuß und dick im Geschäft.«

Sie zuckte mit einer Schulter. »Zwei Tage später hat man seine Leiche in einer Gasse gefunden. Er hatte Stacheldraht um Kopf und Mund gewickelt und es dauerte etwas, bis man ihn identifizieren konnte.«

Ein Muskel zuckte in seinem Kiefer, als er die Zähne zusammenbiss, aber er sagte kein Wort. Sie konnte die stumme Reaktion nur deshalb erkennen, weil sie einander noch immer so nah waren. Unter anderen Umständen hätte sie das genießen können – allerdings nicht, wenn jeden Moment ein Wurfmesser in ihrem Rücken landen konnte, ohne dass sie den Angriff je herannahen sehen würde.

»Sie kommen her«, raunte Garrett plötzlich und fügte etwas hinzu, bevor sie auch nur einen klaren Gedanken fassen konnte. »Wir müssen weg.«

»Machst du Witze? Da vorn ist der einzige Ausgang.« Und die Typen verstellten ihnen den Weg. Bei der Realisation schoss ihr Puls in die Höhe. Es gab keinen Ausweg. Kein Entrinnen.

»Scarlett ...« Seine Stimme verlor sich, wurde leiser und ein nachdenklicher Ausdruck legte sich auf sein Gesicht.

Sie las es in seinen Augen, erkannte die Absicht darin. Oh nein, das würde er nicht tun. Ihr Herz begann zu hämmern, aber ob vor Protest oder Aufregung, wusste Scarlett nicht. Garrett zog sie noch dichter heran, bis sich ihre Brust gegen seine harte Front drückte. Ein heißes Kribbeln wanderte durch ihren Körper und ließ sie erschauern. Insgeheim verfluchte sie sich für diese Reaktion, die ihm nicht entgangen sein konnte. Aber vielleicht ja doch, denn sein Mund befand sich auf einmal nur noch ein paar Zentimeter von ihrem entfernt. Unwillkürlich hielt sie den Atem an und wartete. Auf das Unausweichliche, auf das Gefühl seiner Lippen auf ihren, auf das Messer in ihrem Rücken. Irgendetwas. Aber nichts davon trat ein.

Garretts Blick zuckte an ihr vorbei und etwas von der Anspannung verschwand aus seinen Muskeln. »Sie haben sich hingesetzt. Auf zwei Uhr, direkt vor der Hauptbühne.«

Erleichterung brach über sie herein, aber darunter mischte sich auch eine Spur von ... Bedauern? Nanu? Seltsam. Hastig löste sie sich von Garrett und brachte wenigstens eine Armlänge Sicherheitsabstand zwischen sie. Wenn er sie so festhielt wie bis eben, konnte sie nicht vernünftig denken, dabei brauchte sie gerade jetzt ihren gesunden Menschenverstand. Unauffällig drehte sie den Kopf in die von ihm genannte Richtung und erkannte den Trupp Männer an einem der samtüberzogenen Tische. Keiner von ihnen schien sie bemerkt zu haben, da sie alle zu sehr von der Show und der vielen nackten Haut eingenommen zu sein schienen. Sehr gut. Scarlett war noch nie so dankbar für ein paar Stripperinnen gewesen. Dennoch wusste sie, dass ihr die Zeit davonlief. Sie konnte nicht ewig in diesem Club bleiben, wenn ein Mann, der sie tot sehen wollte, nur wenige Schritte von ihr entfernt war. Er müsste sich nur kurz umdrehen oder mit einer der Frauen in die Privaträume verschwinden wollen, schon würde er sie entdecken. Das Risiko war zu groß, aber Scarlett war nicht bereit, einfach aufzugeben. Wahnwitzige Aktionen gehörten schließlich ebenso zu ihr wie das Gift in ihren Pfeilen.

Warner zufolge würde Carlos sie zum Mörder des Sheriffs führen. Dumm nur, dass der Kerl seither nicht mehr in seiner Wohnung aufgetaucht oder sonst irgendwo auf ihrem Radar erschienen war. Er musste untergetaucht sein, also blieb dieser Club ihre einzige Chance. So leicht würde ihr der fette Mistkerl kein zweites Mal entkommen.

Langsam und auf jede Bewegung bedacht ging Scarlett zurück zur Bar, an der noch immer nur wenige Leute saßen. Hinter ihr spürte sie Garretts Präsenz viel mehr, als dass sie ihn hörte. Wie konnte sich jemand mit seiner Größe so schnell und lautlos bewegen?

»Bist du lebensmüde?«, zischte er, als sie wieder ihren Platz an der Theke einnahm. Trotz seiner Worte stellte er sich seitlich vor sie und verdeckte sie auf diese Weise mit seinem größeren Körper.

»Ja.« Es war die Wahrheit. Von allen Daughters of Darkness waren Sydney und sie selbst diejenigen mit der größten Todessehnsucht. Sie übernahmen die brisantesten Fälle, und während Sydney ihr Leben nur zum Spaß bei irgendwelchen Straßenrennen riskierte, kletterte Scarlett ungesichert an Steilwänden hinauf oder ging in Australien auf der Suche nach den tödlichsten Quallen der Welt tauchen. Ein paar Nahtoderfahrungen gehörten wohl zum Job dazu.

»Wehe, du gehst drauf, bevor du mir erzählt hast, was ich wissen will«, knurrte Garrett.

Trotz seiner harschen Worte musste sie schmunzeln. »Ich bin gerührt, wie sehr du um meine Sicherheit besorgt bist.«

Bevor er antworten konnte, betrat ein neuer Gast den Stripclub. Groß, breit, mit ein paar Kilos zu viel und der karamellfarbenen Haut eines Kolumbianers. Carlos. Als er sie erblickte, erstarrte der Mann und zögerte einen Moment lang. Dann machte er auf dem Absatz kehrt und verließ hastig den Club.

»Verdammt!« Scarlett schob Garrett beiseite und sprang von ihrem Hocker. Ohne auf ihre Umgebung zu achten, hetzte sie Carlos hinterher und verfluchte sich im Stillen für die schwarzen High Heels, die sie heute Abend angezogen hatte. In diesen Dingern zu rennen war unmöglich, wenn man sich nicht den Hals brechen wollte.

Die Nachtluft hatte denselben Effekt, als ob sie einen Kühlraum betreten hätte. Gänsehaut breitete sich auf ihrem Körper aus, aber sie ignorierte es und blickte sich hektisch nach links und rechts um. Gerade rechtzeitig sah sie Carlos zwischen zwei Gebäuden verschwinden und setzte hinterher.

»Ich will nur reden!«, rief sie, als sie die schmale Gasse erreichte. Kaum ausgesprochen, flog eine Kugel an ihr vorbei. Verdammt noch mal. »Du willst es also auf die harte Tour, Carlos?«

Statt einer Antwort schoss eine weitere Kugel an ihr vorbei und prallte in die Wand nur wenige Zentimeter neben Garrett, der ihr natürlich gefolgt war. Sogar Herpes wurde man leichter los als diesen Kerl. Doch so hartnäckig er auch war, tot wollte sie ihn nicht sehen, also gab sie ihm lautlos zu verstehen, dass er stehen bleiben sollte. Gegen die Wand gedrückt schlich sie vorwärts, bis sie Carlos bei einem großen Müllcontainer entdeckte, hinter dem er Schutz gesucht hatte.

Abwehrend hob Scarlett die Hände. »Nur reden«, wiederholte sie.

Natürlich hörte Carlos nicht. Nie hörten diese Leute auf sie. Mit zwei schnellen Schritten war sie bei ihm und trat ihm die Pistole aus der Hand. Ein weiterer Schuss löste sich und verhallte in der Nacht. Mit zwei gezielten Kicks gegen seinen Knöchel und seine Kniekehle schickte sie ihn zu Boden. Scarlett hatte aus ihrer letzten Begegnung gelernt. Bevor man nicht die Oberhand hatte, durfte man diesem Kerl nicht zu nah kommen, außer man wollte wie ein nasser Sack im Schwitzkasten enden. Jetzt zog sie ihn an den Haaren hoch und hielt ihm ihr Messer an die Kehle. So ungern sie Kleider und Röcke trug, musste sie doch zugeben, dass diese unheimlich praktisch waren, um einen Dolch oder eine Pistole darunter zu verstecken.

»Was willst du?«, fragte er schwer atmend. »Wenn du mich töten willst, bring es hinter dich, ángel de la muerte.«

»Ich bin nicht hier, um dich umzulegen.« Trotz ihrer Worte drückte sie die Klinge eine Spur fester gegen seinen dicken Hals. Nur für den Fall, dass er wieder auf die Idee kam, sie erwürgen zu wollen. »Ich will Informationen.«

»Ich verkaufe Waffen, keine Informationen«, stieß Carlos schwer atmend hervor.

Wieder hörte Scarlett sein Näherkommen nicht, sondern spürte seine Gegenwart. Sie musste nur den Kopf heben, um Garrett Winter direkt ins Gesicht zu sehen. Er stand nur ein paar Schritte von ihnen entfernt mit dem Rücken zur Hausmauer und beobachtete sie mit hochgezogenen Brauen. Vermutlich verurteilte er sie gerade auf hundertfache Weise, aber wenigstens mischte er sich nicht in ihre Angelegenheiten ein. Guter Junge.

Scarlett wandte ihre Aufmerksamkeit wieder Carlos zu. »Vor Kurzem hast du jemandem ein Kampfmesser verkauft. Stahlklinge, doppelreihige Kerbung, beidseitig geschliffen, mit einer Dicke von fünf bis sechs Millimetern.«

»Ich verkaufe jede Woche solche Messer.«

Scarlett riss seinen Kopf zurück, dann nahm sie die Klinge von seinem Hals und trat vor ihn. Sie holte ihr Handy hervor, suchte das letzte Foto heraus, das sie geschossen hatte und hielt es ihm unter die Nase. Carlos mochte jede Waffe besorgen können, die man haben wollte, aber er hasste es zu sehen, was damit angerichtet wurde. Auch jetzt verzog er das Gesicht, als sie ihm das Bild des leblosen Sheriffs unter die Nase hielt, der mit einer Schnittwunde an seinem Hals in seinem eigenen Blut lag.

»Sieh genau hin«, zischte Scarlett. »Der Einschnittwinkel und die Tiefe verraten ebenso viel über das Messer, das der Mörder verwendet hat, wie die anderen Verteidigungswunden am Körper. Wem hast du es verkauft? Rede, oder ich schwöre bei Gott ...«

»Schon gut! Schon gut!« Carlos sank in sich zusammen und kämpfte gegen seinen Würgereiz an. Unter anderen Umständen hätte er ihr vielleicht leidgetan, aber wer sich auf den Handel mit Waffen einließ, sollte auch mit den Konsequenzen leben können, die daraus entstanden. »Da war so ein Kerl ... Zum ersten Mal bei mir. Er hat gesagt, er arbeitet für Sutton und hat ein paar Knarren und dieses Messer gekauft. Bezahlt hat Sutton. Mehr weiß ich nicht, das schwöre ich.«

»Wie sah er aus?«

»Weiß nicht ...« Carlos zuckte mit den breiten Schultern, wagte es jedoch nicht, wieder aufzustehen. »Schwarze Haare, nicht ganz so groß wie der da.« Mit einem Nicken deutete er auf Garrett. Damit hatte er etwa ein Viertel der Weltbevölkerung beschrieben.

»Was noch?«, hakte Scarlett nach. »Besondere Merkmale? Narben? Ein Akzent? Was hatte er an?«

Carlos rieb sich über den Schädel, während er nachdachte. Und noch länger nachdachte. Als sie kurz davor war, ihm das Messer ins Bein zu rammen, öffnete er endlich wieder den Mund. »Er hatte so eine lange Narbe am Hals, sah aber sonst ganz normal aus.«

Scarlett studierte ihn einen Moment lang, dann nickte sie und stand auf. Mehr würde sie nicht aus ihm rausbekommen. »Das ist besser die Wahrheit, sonst komme ich nächstes Mal nicht nur zum Reden vorbei.« Sie machte auf dem Absatz kehrt und hörte ihn hinter sich fluchen. Vielleicht war es auch eine Beleidigung, die er ihr nachrief, so gut waren ihre Spanischkenntnisse leider nicht.

Leise Schritte erklangen hinter ihr und sie musste sich nicht umdrehen, um zu wissen, dass es sich dabei um ihren Schatten, korrigiere, um Garrett Winter handelte. Noch während sie durch die Gasse zurück in Richtung Straße gingen, riss sich Scarlett die schwarze Perücke vom Kopf und löste ihre zusammengebundenen Haare, bis ihr diese in lockeren Wellen auf die Schultern fielen.

»Besser ...«, kam es im Murmelton von hinten. »Viel besser.«

Scarlett blieb stehen und warf ihm einen fragenden Blick über die Schulter zu. Aber in Garretts Gesicht war kein Anzeichen von Sarkasmus oder dergleichen zu lesen, was darauf hindeuten würde, dass er seine Worte nicht ernst meinte. Im Gegenteil. Er musterte sie mit einer Eindringlichkeit, die ein Prickeln über ihre Haut sandte und seine Aussage nur noch unterstrich. Hatte ihr der gerechtigkeitsliebende Agent etwa gerade ein Kompliment gemacht? Ausgerechnet ihr, der Auftragskillerin? Statt ihm eine kesse Antwort darauf zu geben, ertappte sie sich dabei, wie sie ihn anlächelte – und er es erwiderte.

»Also ...«, begann er und räusperte sich. »Warum dachte der Kerl, du hättest es auf ihn abgesehen?«

Vorbei war der Moment. Sie waren zurück auf der Geschäftsebene.

Scarlett zuckte mit den Schultern und setzte sich wieder in Bewegung. »Irgendein dämlicher Aberglaube, von wegen der ángel de la muerte, der Todesengel, würde ihn holen kommen.« Vermutlich hatte Raiden dem armen Kerl ein bisschen zu viel Angst eingejagt, denn seit sie bei ihm gewesen war, war Carlos ziemlich nervös geworden.

»Hm. Und ich wette, ihr habt nichts getan, um diesen Aberglauben zu bestärken«, kommentierte Garrett trocken, während er ihr an den heruntergekommenen Häusern vorbei folgte.

»Wir haben seinen Vorgänger aus dem Weg geräumt. Im Grunde könnte er uns also dankbar sein, denn ohne uns wäre er nie an diesen Job gekommen.«

»Verstehe ich das richtig? Ihr tötet nur die bösen Jungs? Erschwert ihr euch damit nicht selbst die Arbeit? Wer soll euch noch anheuern, wenn alle Kriminellen tot oder hinter Gittern sind?«

Scarlett holte Luft, um darauf zu antworten, während sie gleichzeitig aus der Gasse zurück auf den Gehweg trat. Direkt neben dem Eingang des Stripclubs. Direkt neben den koreanischen Gangsterboss, der sie am liebsten öffentlich hinrichten lassen würde. *Fuck.*

Sie stolperte zurück in die Gasse und zog Garrett mit sich, aber es war bereits zu spät. Der Mistkerl hatte in ihre Richtung gesehen. Vielleicht, nur vielleicht, hatte er sie nicht erkannt, aber wenn sie jetzt losrannte, hätte Scarlett eine halbe koreanische Armee auf den Fersen. Fieberhaft suchte sie nach einem Ausweg. Ihr blieben nur Sekunden, bis sie entweder flüchten oder kämpfen musste. Zwei gegen sieben war kein besonders fairer Kampf, noch dazu, wo sie nicht einmal sicher sein konnte, dass Winter wirklich auf ihrer Seite stand.

Winter. Eine Erinnerung blitzte in ihren Gedanken auf, ein kurzer Moment in dieser dunklen Ecke im Stripclub, als sie gedacht hatte, eine ganz bestimmte Absicht in seinen Augen erkennen zu können. Scarlett verschwendete keine Zeit, erlaubte sich keine Zweifel. Sie packte ihn an seinem Hemd, zog ihn mit einem Ruck zu sich hinunter – und küsste ihn.

Es begann als eine Tarnung, wie ein Chamäleon, das sich optisch an seine Umgebung anpasste, um zu überleben. Nichts anderes war diese Aktion. Eine Farce. Ein Spiel. Eine Notwendigkeit. Nicht mehr und nicht weniger.

Garretts Überraschung, sein Zögern und seine Selbstbeherrschung waren beinah greifbar. Seine Lippen waren weich auf ihren, während seine Bartstoppeln in ihrem Gesicht kratzten, aber er verharrte bewegungslos. Doch je mehr Sekunden verstrichen, desto tiefer wurde der Riss in seiner Maske und er begann ihren Kuss mit einem Hunger zu erwidern, der ihr den Atem raubte. Scarlett hatte sich schon zu vielen Männern hingezogen gefühlt, aber noch nie hatte ein Mann sie so geküsst wie Garrett. Genauso ruckartig wie sie zuvor ihn zog er jetzt sie an sich und ein paar Zentimeter höher, bis sie trotz ihrer High Heels auf den Zehenspitzen stand und jeden einzelnen harten Muskel seines Körpers an ihrem spürte. Das Blut rauschte in ihren Ohren und ihr Herz hämmerte mit einer Heftigkeit, die nicht zu einem Kuss passen wollte, der nur Mittel zum Zweck war. Welcher Zweck genau hatte sie bereits vergessen, sie wusste noch, dass es wichtig gewesen war. Lebenswichtig sogar ...

Ein leises Stöhnen entkam ihr, als Garretts Hände unter ihrer Jacke ihren Rücken hinauf strichen, bis sie nackte Haut ertasteten. Er nutzte diesen Moment der Schwäche aus, um ihren Mund mit seiner Zunge einzunehmen. Instinktiv schlang sie die Arme um seinen Hals und presste sich noch etwas mehr an ihn, wollte mehr spüren, mehr von dieser Hitze und diesem Hunger, den sie nie bei ihm erwartet hätte. Vom ersten Moment an hatte er wie der typische steife Geheimagent gewirkt, der seine Gedanken und Gefühle hinter einer undurchdringlichen Fassade verbarg. Aber hier und jetzt lernte sie einen anderen Garrett Winter kennen. Einen Mann, der leidenschaftlich und dominant war und der eine Frau auf eine Weise küssen konnte, dass ihr die Knie weich wurden.

Wie durch einen Nebelschleier drangen Stimmen an Scarletts Ohr, aber sie schienen sich zu entfernen und mit ihnen auch die Gefahr, entdeckt zu werden. Was nicht hieß, dass sie schon bereit dazu war, diesen Moment zu beenden. Im Gegenteil. Frech knabberte sie an Garretts Unterlippe, bis sie ihm ein Keuchen entlockte und seine Hände noch eine Spur fester zupackten. Diesmal wanderten sie ihren Rücken hinab und griffen an ihrem Hintern zu. *Verdammt.* Sie liebte es, wenn ein Mann seine Hände einzusetzen wusste und keine Scheu davor hatte, dies auch zu tun. Gleichzeitig weckte es den unwiderstehlichen Drang in ihr, herauszufinden, welche Geheimnisse sich noch hinter Garretts Maske verbargen. Wenn dieser Mann sie schon mit einem einzigen Kuss um den Verstand bringen konnte, wozu wäre er dann erst im Bett in der Lage? Oder auf dem Schreibtisch, dem Fußboden, an der Wand ...? Die Möglichkeiten waren endlos und Scarlett wollte jede einzelne davon erkunden.

Nur mühsam lösten sie sich voneinander, ließen einander aber nicht los. Sie war ihm noch immer so nah, dass sie seinen unsteten Atem auf ihren Lippen fühlen konnte, während sich der Blick aus seinen eisblauen Augen in ihren brannte. Es gab keinen Zweifel daran, dass er genauso überrascht war wie sie – oder genauso von dieser Erfahrung angetan. Der Beweis dafür drückte sich hart und heiß gegen ihren unteren Bauch. Trotzdem rührte sich keiner von ihnen oder ging einen Schritt weiter. Das hier war weder der richtige Ort noch die richtige Zeit.

Garrett war der Erste, der seine Sprache wiederfand. »Wofür war das ...?« Seine Stimme klang rau und heiser und sandte allein durch ihren Klang einen weiteren prickelnden Schauer über Scarletts Haut.

»Ich wollte schon immer wissen, wie es ist, einen Agenten zu küssen«, brachte sie hervor, aber sie wussten beide, dass es geflunkert war. Er las es ihr vermutlich an der Nasenspitze ab und sie war sich dessen bewusst, weil dieser Mann der erste Agent war, zu dem sie sich auf diese Weise hingezogen fühlte. Normalerweise machte sie um Gesetzeshüter den größtmöglichen Bogen.

»Und wie war es?«

»Gut.« Gegen ihren Willen breitete sich ein Lächeln auf ihrem Gesicht aus. »Sehr gut sogar.«

Seine Mundwinkel wanderten in die Höhe und sie entdeckte erstmals ein kleines Grübchen an seiner Wange. Das Verlangen, das sie durchströmte, war nach einem solchen Kuss nicht verwunderlich. Das leichte, fast unmerkliche Ziehen in ihrer Brust hingegen schon. Es war diese ungewohnte Empfindung, die sie in die Realität zurückholte.

Sie sank auf ihre Fersen zurück. »Außerdem wollte ich nicht mit Stacheldraht im Gesicht enden«, fügte sie schnell hinzu. Aber warum fühlte sich der wahre Grund für diesen Kuss auf einmal wie eine Lüge an?

Kopfschüttelnd löste sie sich von Garrett und spähte um die Ecke in Richtung Clubeingang, aber bis auf den Türsteher war niemand zu sehen. Kein Koreaner und seine Leibwächter, die sie ihm in Scheibchen geschnitten überbringen wollten. Zur Sicherheit ließ sie ihren Blick auch in die andere Richtung und zur anderen Straßenseite wandern. Nichts. Auch die Fenster und Dächer über ihnen waren leer. Keine Scharfschützen, die in ihrem Versteck darauf warteten, sie auszulöschen, sobald sie einen Fuß auf den Gehweg setzte. Sie hatte es tatsächlich geschafft. Sie hatte den Mistkerl getäuscht und zusätzlich noch mit dem sexy Agenten herumknutschen können. Wenn das kein erfolgreicher Abend war, was dann?

»Deine koreanischen Freunde sind weg«, bemerkte Garrett hinter ihr. Trotz seiner Worte sah auch er sich prüfend um, bevor er aus der Gasse trat. Sie konnten wohl beide nicht aus ihrer Haut. »Das heißt, jetzt steht es zwei zu eins, was das Retten angeht.«

Scarlett gab es zwar nicht gern zu, aber er hatte recht. Und sie hasste es, jemandem etwas schuldig zu sein. »Warum verschwinden wir nicht von hier, bevor sie zurückkommen, und finden heraus, wie ich mich am besten bei dir revanchieren kann?«

Zweideutig? Auf jeden Fall. Pure Absicht? Oh ja.

Das schien auch Garrett nicht zu entgehen, wenn sie das kurze Zucken seiner Mundwinkel richtig deutete. Statt einer Antwort nickte er nur und vergrub die Hände in den Taschen seiner Hose, als müsste er gegen die Versuchung ankämpfen, sie erneut zu berühren. Der Gedanke zauberte ein Lächeln auf Scarletts Lippen.

Gemeinsam ließen sie den Stripclub hinter sich und gingen zu der Stelle eine Straße weiter, wo sie ihren Jeep geparkt hatte. Natürlich stand sein Wagen direkt dahinter wie eine stumme Mahnung, dass er sie nicht so einfach davonkommen lassen würde. Nun, vielleicht wollte sie ihm in dieser Nacht auch gar nicht mehr entkommen.

6. KAPITEL

Er musste wahnsinnig sein, sie erst zu küssen und dann auch noch in das Motel zu bringen, in dem er ein Zimmer gemietet hatte. Zumindest war es das, was Garrett sich selbst einzureden versuchte. Es war Wahnsinn und nicht Lust, die ihn dazu antrieb, so unbesonnen zu handeln.

Scarlett hatte darauf bestanden, selbst zu fahren, statt bei ihm einzusteigen. Vermutlich, um im Zweifelsfall schnell wieder verschwinden zu können. Ihm mochte nicht gefallen, womit sie ihren Lebensunterhalt verdiente und genau genommen verachtete er es sogar. Aber er verstand den Drang, sich jederzeit einen Fluchtweg frei halten zu müssen, besser als jeder andere. Genau aus diesem Grund sah er immer wieder in den Rückspiegel, um sicherzugehen, dass ihr schwarzer Jeep noch hinter ihm war, wenn er irgendwo abbog oder an einer Kreuzung stoppte. An das Auf und Ab der Straßen San Franciscos würde er sich nie gewöhnen können. Es machte das Autofahren so viel anstrengender und das unbemerkte Fliehen so viel leichter. Aber entgegen seiner Zweifel blieb Scarlett an ihm dran, bis er den Wagen auf dem Parkplatz anhielt und den Motor ausschaltete.

Im Gegensatz zu den Motels am Rande der Stadt und entlang der Interstates, in denen hauptsächlich Truckfahrer und Durchreisende übernachteten, befand sich dieses im Herzen San Franciscos. Die alte Dame am Empfang hatte ihm sogar einige Prospekte mit Sehenswürdigkeiten in die Hand gedrückt und ihm Richtungsanweisungen gegeben, als er das Zimmer bezahlt hatte. Als ob er die Zeit dafür hatte ...

Garrett atmete tief durch, bevor er ausstieg und die Fahrertür hinter sich zuschlug. Inzwischen hatte sich sein Körper wieder beruhigt, aber ein einziger Gedanke an den Kuss vorhin genügte, um ein drängendes Ziehen in seiner Hose zu verursachen. Es war nicht so, dass er in den vergangenen Jahren wie ein Mönch gelebt hatte, aber allzu oft erlaubte er es sich nicht, alles um sich herum zu vergessen, damit seine körperlichen Bedürfnisse befriedigt werden konnten. Vermutlich reagierte er nur deshalb so heftig auf diese Frau. Es war einfach zu lang her, seit er zuletzt Sex gehabt hatte.

Sie parkte neben ihm ein und öffnete die Tür. Wie von selbst heftete sich sein Blick erst auf das eine lange nackte Bein, dann auf das andere, als Scarlett ausstieg und ihr Kleid glatt strich, das ein paar Zentimeter nach oben gerutscht war. Garrett schluckte hart, wurde das trockene Gefühl in seiner Kehle aber nicht los. Er hätte sich mit ihr in einen Coffeeshop setzen sollen, wie mit Sydney auch, aber der Gedanke war ihm bei Scarlett überhaupt nicht gekommen. Jetzt standen sie auf dem Parkplatz vor seinem Motel, in dem ein unbequemes Bett nur darauf wartete, von ihnen benutzt zu werden. Gott, er konnte nur hoffen, dass Logan noch da war und jede Chance zerstörte, mehr zu tun, als nur zu reden.

Keine Minute später wurde Garretts Hoffnung zerstört: Er war natürlich nicht da. Als er die Tür im ersten Stock aufschloss, fand er das kleine Zimmer leer vor. Wo auch immer sich sein Partner gerade herumtrieb, hier war er nicht. In Gedanken fluchend tastete Garrett nach dem Lichtschalter. Kurz darauf ging die einzige Glühbirne im Raum flackernd an und warf ihr kaltes Licht auf die spartanische Einrichtung. Zwei Einzelbetten, ein Nachttisch dazwischen, ein Schreibtisch mit Stuhl, ein Fernseher aus dem letzten Jahrhundert und ein kleiner Kühlschrank. Mehr gab es hier nicht zu entdecken – abgesehen von der Wand voller Fotos, Zeitungsausschnitte und Notizen links von ihnen.

»Nett«, murmelte Scarlett, sobald sie das Zimmer betrat, aber der Sarkasmus in ihrer Stimme war nicht zu überhören.

»Nicht jeder verdient so viel Geld, um sich eine Luxussuite leisten zu können.«

»Ich wohne in keiner Luxussuite.« Scarletts Blick kehrte mit einer erstaunlichen Ehrlichkeit darin zu ihm zurück. »Glaub mir, im Vergleich zu den Orten, an denen ich schon geschlafen habe, gehört das hier zur Oberklasse.«

Warum sollte sie in miesen Zimmern unterkommen, wenn ihr Job mehr als genug Geld abwarf? Zumindest hatte er diesen Schluss bei Sydney anhand ihres Sportwagens und ihrer Kleidung gezogen. Scarlett wirkte hingegen sehr viel bodenständiger mit ihrem alten Jeep und den praktischen Outfits, sofern sie sich nicht für einen Undercoverjob in Kleider warf, die so kurz waren, dass sie verboten sein sollten. Und warum interessierte ihn das überhaupt?

»Also ...?« Sie lehnte sich gegen den Schreibtisch und musterte ihn auffordernd. Die mit Notizen und Bildern vollgepinnte Wand ließ sie vermutlich in voller Absicht unkommentiert. »Wie kann ich mich für deine kleine Hilfe vorhin revanchieren?«

»Klein?« Er zog die Brauen in die Höhe. Ihm würden alle möglichen Begriffe einfallen, um diesen Kuss zu beschreiben. *Klein* war keiner davon.

Sie lächelte, als hätte sie mit genau dieser Reaktion gerechnet. »Was willst du, Garrett?«

»Ich glaube, wir wissen beide sehr genau, was ich will.«

Ihr Lächeln vertiefte sich und in ihre Augen trat ein triumphierendes Funkeln. Verdammt. In diese Falle war er mit offenen Augen hineingetappt. Die Zweideutigkeit hing schwer zwischen ihnen und schien sich mit jeder Sekunde noch mehr zu verdichten.

Er räusperte sich. »Willst du etwas trinken? Bier? Wein? Wasser?« Zwar hatte er keine Ahnung, was davon er überhaupt vorrätig hatte, aber so wie er Logan kannte, hatte dieser bereits für Essen und Getränke gesorgt.

Scarlett ließ sich nicht aus der Ruhe bringen, genauso wenig wie sie ihn aus den Augen ließ. »Whiskey. Hast du den auch da, Agent Winter?«

Er schnaubte. Sie sah nicht einmal alt genug aus, um überhaupt zu wissen, was ein Whiskey war, geschweige denn, um ihn zu mögen, aber während Coldwells Party hatte er sie einen Dirty Martini trinken sehen. Sofern sie ihren Ausweis nicht gefälscht hatte – was er ihr jederzeit zutrauen würde –, war sie eindeutig über einundzwanzig. Wenn auch nicht sehr viel darüber.

Statt ihr zu antworten, marschierte er zu dem kleinen Kühlschrank hinüber, der in der Ecke neben der Badezimmertür stand, und öffnete ihn. Tatsächlich. Logan hatte ihre Vorräte aufgestockt, aber einen Whiskey konnte er nicht darunter entdecken, nur jede Menge Energydrinks, Bier, eingepackte Schokodonuts und anderes ungesundes Zeug. Garrett nahm zwei Bierflaschen heraus, drehte den Deckel ab und überreichte Scarlett eine davon.

»Sorry, die Bar ist gerade etwas gering bestückt.«

»Das würde ich so nicht sagen.« Ihr Blick wanderte an ihm hinab und er stieß ein kurzes heiseres Lachen aus. Scheiß auf Fettnäpfchen, er nahm gleich die Zweideutigkeiten.

Sie nippte an ihrem Bier, nur um die Flasche neben seinen Laptop auf dem Tisch abzustellen und sich aus ihrer Lederjacke zu schälen. Beim Anblick von so viel weicher nackter Haut atmete er unweigerlich scharf ein. Ihr Kleid hatte weder Ärmel noch Träger, sondern war bloß ein schwarzes Stück Stoff, das viel zu wenig von ihrem Körper bedeckte. Seine Finger verkrampften sich um den Flaschenhals, während es gleichzeitig ziemlich eng in seiner Hose wurde.

»Was wird das ...?«, brachte er hervor und fragte sich im selben Atemzug, warum seine Stimme so rau klang.

»Wonach sieht es denn aus?« Scarlett nahm ihm sein Bier aus der Hand und stellte es neben ihrer Flasche ab. Dann strich sie seinen Oberkörper bis zu seinen Schultern hinauf. »Ich revanchiere mich.«

Es kostete Garrett jeden Funken Selbstbeherrschung, um sie nicht zu packen und an sich zu ziehen. Seine Hände zitterten an seinen Seiten, weil er sie so fest zu Fäusten geballt hatte, um der Versuchung zu widerstehen. »So war das nicht gemeint«, stieß er heiser hervor, ohne sie auch nur eine Sekunde aus den Augen zu lassen.

»Du hast es vielleicht nicht gesagt, aber du kannst mir nicht weismachen, dass du nicht darüber nachgedacht hast.« Sie stellte sich auf die Zehenspitzen und kam ihm dabei so nah, dass ihr verführerischer Duft in seine Nase drang und ihm ganz automatisch die Augen zufielen.

Dieser Duft und diese Stimme waren es, an die er sich geklammert hatte, als er fast verblutet wäre. Ihr harscher Befehl hatte ihn zurückgeholt, als er dabei gewesen war, in die Bewusstlosigkeit abzudriften. Dieselben Hände, die sein Gesicht damals gepackt hatten, strichen jetzt über seinen Nacken und schoben sich in sein Haar.

»Oder dass du es nicht willst«, fügte sie im Flüsterton dicht an seinem Ohr hinzu.

Und sie hatte recht. Alles in ihm drängte danach, jeden Zweifel, jedes Hindernis und alles, was zwischen ihnen stand, beiseitezuschieben und ihnen das zu geben, wonach sie sich beide sehnten. Hier und jetzt. Aber derselbe Grund, der ihn dazu drängte, war auch der Grund, aus dem er aufhören musste. Weil er sie wollte. Er wollte diese Frau mit einer Heftigkeit, die ihn bis in seine Grundfesten erschütterte. Nicht nur, dass es lang her war, seit er sich das letzte Mal mit einer Frau in den Laken gewälzt hatte. Wenn er ganz ehrlich mit sich selbst war, musste er sich eingestehen, dieses Verlangen noch nie in dieser Intensität gespürt zu haben. Mal ganz davon abgesehen, dass Scarlett alles repräsentierte, was gegen seine Vorstellungen von Moral, Gesetz und Gerechtigkeit verstieß. Und das wiederum ließ nur eine Schlussfolgerung zu: Er konnte sich nicht auf sie einlassen. Nicht hier, nicht heute, niemals.

Garrett packte ihre Handgelenke und hielt sie fest, bevor sie ihm noch näher kommen konnte. Ihre Blicke trafen sich und zwischen ihren Brauen bildeten sich kleine Fältchen, die sich vertieften, als er sie behutsam, aber energisch zurückschob. »Ich bin nicht an einer schnellen Nummer interessiert.«

Sie zuckte nicht mal zusammen. »Warum nicht? Du bist Single, ich bin Single und wir sind beide erwachsen.« Wie um ihre Worte zu unterstreichen, sah sie zu der Ausbuchtung in seiner Jeans hinunter.

Garrett biss die Zähne zusammen, schob sie auf Armeslänge von sich und ließ ihre Handgelenke los. Seine Reaktion war die eines gesunden Mannes, durch dessen Adern noch Blut floss. Nicht mehr und nicht weniger.

»Erwachsen? Du bist ... was? Anfang zwanzig?«

Einen Moment lang starrte sie ihn an, als hätte sie sich verhört, dann kniff sie die Augen zusammen und musterte ihn misstrauisch. »Fünfundzwanzig.«

Er stieß einen Fluch aus. »Damit bist du locker zehn Jahre jünger als ich. Du könntest meine kleine Schwester sein.«

»Hast du eine kleine Schwester?«

»Nein, aber ...«

»Ernsthaft?«, fiel sie ihm ins Wort. »Das ist dein Problem? Der Altersunterschied? Nicht die Tatsache, dass ich eine Mörderin bin?«

»Du bist keine Mörderin.« Seine Worte klangen so fest und überzeugt, dass es ihn selbst überraschte. Noch mehr irritierte ihn ihr plötzliches Auflachen.

»So ungern ich dein Weltbild zerstöre, aber in meinen Job kommt man nicht einfach rein, indem man an die richtige Tür klopft und nett darum bittet.«

»Du bist keine Mörderin«, wiederholte er und überbrückte die Distanz, die er gerade eben noch selbst zwischen sie gebracht hatte. »Ich kenne genug Menschen, die andere getötet haben. Sie sind kaltblütig, ohne Emotion, ohne Reue. Im schlimmsten Fall genießen sie es sogar. Bei dir sehe ich nichts davon.«

Bis zu diesem Zeitpunkt hatte er nicht darüber nachgedacht, doch jetzt, da er diese Worte laut aussprach, wusste er, dass sie der Wahrheit entsprachen. Sie waren der Grund, warum er es überhaupt so weit hatte kommen lassen. Warum er sie zu überzeugen versuchte, statt sie zu irgendetwas zu zwingen – oder ihrem Job ein Ende zu setzen, indem er die Behörden informierte.

Er bemerkte den Moment, in dem sie sich vor ihm verschloss. Nicht dass sie je wirklich offen mit ihm gewesen wäre, doch jetzt bekam ihre Miene etwas Distanziertes und Kühles. »Vielleicht musst du genauer hinschauen.«

Kopfschüttelnd wandte er sich ab. Mit einem Mal schien das

Motelzimmer kleiner als zuvor zu sein, dabei brauchte er so dringend räumlichen Abstand von dieser Frau, die gerade jetzt und in diesem Kleid die Versuchung in Person für ihn darstellte. Am anderen Ende des Raumes blieb er stehen und atmete tief durch. »Ich muss gar nichts, außer den Kerl finden, der hinter mir her ist. Und der euch beauftragt hat, mich zu töten, falls du dich erinnerst.«

»Ich erinnere mich. Aber ich habe dir schon einmal gesagt, dass ich dir nichts dazu sagen kann oder will.«

Scheiß auf Sicherheitsabstand. Mit zwei Schritten war Garrett wieder bei ihr und widerstand gerade noch dem Drang, sie bei den Schultern zu packen und durchzuschütteln. »Warum nicht?«

»Ernsthaft?« Ihre schmalen Brauen schossen in die Höhe. »Warum um alles in der Welt sollte ich so dämlich sein, dir vertrauliche Informationen zu verraten? Erzählst du mir etwa bei einem Kaffee, was die letzte Mission der HUNTERS war, wer euch beauftragt hat und, oh, wo ich diese Person finden kann?«

»Das ist nicht dasselbe und das weißt du. Ich bin kein ...«

»Mörder?«, schlug sie mit einem süffisanten Lächeln vor. »Wolltest du das sagen?«

Wie die ersten Flammen eines beginnenden Feuers züngelte Wut in seinem Bauch auf. Dieser Frau gelang das, was kaum jemand außer ihr schaffte: ihn in Rage zu versetzen. An seiner Fassade aus Stein zu kratzen und seine Selbstbeherrschung gefährlich ins Wanken zu bringen.

»Nein«, knurrte er. »Das wollte ich nicht sagen.«

Sie wischte seinen Einwand mit einer Handbewegung beiseite, was ihn rasend machte. »Aber du könntest einer sein. Denn irgendwie bezweifle ich, dass du den Kerl nur finden willst, um ihm einen Strauß Blumen und eine Dankeskarte zu schicken.«

»Ich habe dich mehrmals gefragt, was du für diese Informationen haben willst«, erinnerte er sie mühsam beherrscht.

»Nichts! Ist das wirklich so schwer zu begreifen? Ich will nichts von dir, werde auch in Zukunft nichts von dir wollen und kann dir nicht weiterhelfen. Wie oft willst du es noch versuchen, bis das endlich in deinen Dickschädel reingeht?«

»Das ist nicht wahr. Jeder will irgendetwas, sogar du. Vor sechs Monaten hast du mir das Leben gerettet ...«

»Was ich inzwischen mehr als bereue«, warf sie trocken ein.

»... also stehe ich in deiner Schuld«, fuhr er unbeirrt fort. »Das ist nur fair. Inzwischen sollte ich dir aber oft genug geholfen haben, um diese Schuld zu sühnen. Also was kann ich tun, wie kann ich dir helfen, was kann ich dir besorgen, damit du mir diese eine verdammte Information gibst?«

»Gar nichts! Wie oft noch?« Ihre Stimme überschlug sich fast. »Hör endlich auf, einem Geist nachzujagen, denn die einzige Weise, auf die das enden wird, ist mit deinem Tod.«

»Wenn ich ihn nicht zuerst finde, wird er mich finden und dann bin ich sowieso tot.«

»Ach wirklich?« Das Knistern zwischen ihnen verwandelte sich in eine tödliche elektrische Spannung. Eine einzige Berührung, ein einziges falsches Wort und etwas würde in die Luft gehen. »Denkst du, dich erwartet irgendetwas anderes, wenn du ihn findest? Meinst du wirklich, du könntest den Spieß umdrehen und vom Jäger zum Gejagten werden?«

Innerlich zuckte er zusammen, weil sie einen wunden Punkt getroffen hatte. Eine alte Narbe, die bis heute nicht richtig verheilt war, weil er einfach nicht loslassen konnte. Weil er nicht so tun konnte, als hätte er seine Vergangenheit genauso hinter sich gelassen wie seinen alten Namen. Wie seine Identität und die Dinge, die er getan hatte. Die er verschuldet hatte.

»Das reicht«, knurrte er. Seine Selbstbeherrschung war so kurz davor, zu brechen, dass es ihm eine Scheißangst einjagte. Er musste hier raus. Weg von dieser Frau, die einfach nicht zu knacken war und dennoch genau wusste, welche Knöpfe sie bei ihm drücken musste. Weg von der Frau, deren Arbeit er verabscheute und zu der er sich so sehr hingezogen fühlte, dass es körperlich wehtat. Garrett ließ sie stehen, griff nach Jacke und der Schlüsselkarte und steuerte die Zimmertür an. Er brauchte Luft, bevor er endgültig den Verstand verlor und noch etwas tat, das er bereuen würde.

»Oh nein, ich habe gerade erst angefangen.« Scarlett folgte ihm quer durch den Raum. »Legst du es darauf an, draufzugehen? Denn wenn das so ist, gibt es eine Menge leichterer und schnellerer Methoden, diesem Wunsch nachzukommen.«

»Ich habe gesagt, das reicht, Karen!«

Garrett riss die Tür auf. Kalte Nachtluft strömte herein und strich mit eisigen Fingern über sein erhitztes Gesicht. Er rechnete mit einer Retourkutsche, mit weiteren Vorwürfen und Wahrheiten, die er nicht hören wollte – aber es kam nichts. Die plötzliche Stille zwischen ihnen brüllte ihn geradezu an. Langsam drehte er sich um. Scarlett stand nur einen Schritt von ihm entfernt in ihrem viel zu knappen schwarzen Kleid, die Lederjacke in der Hand und mit einem Ausdruck im Gesicht, den er nie dort hatte sehen wollen: Mitgefühl.

»Wer ist Karen?«, fragte sie leise.

Ein viel zu vertrauter Schmerz schoss durch seinen Körper. Bilder tauchten in seinen Gedanken auf, Erinnerungen, an die er nicht denken, die er nicht fühlen wollte, und in diesem Moment wurde ihm sein Fehler bewusst. Scarlett hatte ihn so in Rage gebracht, so lang an seiner Maske gerüttelt, bis sie ihm diese heruntergerissen und vor seinen Augen zertrampelt hatte. In seinem ganzen Leben hatte es nur eine einzige andere Person gegeben, die ihn genauso wütend machen konnte wie Scarlett.

Karen ...

»Niemand.« Dieses eine Wort legte sich wie ein Klumpen Eis in seinen Magen und um sein Herz. Denn er verleugnete damit nicht nur seine eigene Vergangenheit und seine Schuld, sondern auch das einzig Gute darin. *Es tut mir leid, Karen ...*

Scarlett reckte das Kinn vor. »Das glaube ich dir nicht.«

»Glaub, was du willst. Es geht dich nichts an«, erwiderte er um Ruhe bemüht. Doch sein kratziger Tonfall strafte sein Auftreten Lügen. Er war längst nicht so ruhig, wie er vorgab zu sein. »Genauso wenig wie meine Beweggründe. Sag mir endlich, wo ich den Kerl finden kann, dann bist du mich ein für alle Mal los.«

»Ich weiß es nicht, okay?« Sie atmete tief ein und wieder aus, als müsste sie um ihre eigene Selbstbeherrschung kämpfen. »Selbst wenn ich es dir erzählen wollte – was ich nicht will, glaub mir –, könnte ich es nicht. Ich weiß nicht, wo Karasov steckt. Das wolltest du doch die ganze Zeit von mir hören, oder? Ja, er hat uns damals den Auftrag gegeben, dich aus dem Weg zu räumen, und hat dafür eine ordentliche Summe vorgestreckt. Aber danach ist er untergetaucht, wie du sicher schon gemerkt hast, sonst würdest du mich nicht brauchen, um ihn zu finden. Ob du es glaubst oder nicht, aber nachdem wir dich am Leben gelassen haben, gehören wir nicht gerade zu seinen Lieblingsmenschen.«

Bis zu diesem Moment hatte er nicht gemerkt, dass er sich an einen Strohhalm geklammert hatte. Ein Strohhalm, der ihm jetzt entglitt, bis ihm nichts mehr blieb, woran er sich festhalten konnte.

»Warum hast du das nicht von Anfang an gesagt?«

Scarlett schnaubte, als läge die Antwort auf der Hand. »Weil ich nicht von seiner Mag-ich-nicht-Liste auf seiner Werde-ich-töten-Liste landen will, nur weil ich ihn verraten habe. Dir liegt vielleicht nicht viel an deinem Leben, mir an meinem aber sehr wohl.«

Und damit ließ sie ihn stehen. Sie marschierte an ihm vorbei zur Tür hinaus, stieg kurze Zeit später in ihren Jeep und verschwand in der Dunkelheit der Nacht, während er allein zurückblieb. Allein mit dem Nichts, das sie zurückgelassen hatte.

Aufgeben war nie eine Option gewesen. Das schuldete er Karen und Ben. Selbst nach ihrem Tod, Scheiße, sogar nachdem er ihre Leichen identifiziert und ihrer Beerdigung aus der Ferne beigewohnt hatte, hatte er nicht aufgegeben. In den vergangenen vier Jahren war er untergetaucht und hatte die Füße stillgehalten, aber im Geheimen hatte er weiter recherchiert, war in einer Sackgasse nach der anderen gelandet und wieder umgekehrt, um anderen Hinweisen nachzugehen. Er hatte immer weitergemacht, weil es stets etwas gegeben hatte, an dem er sich hatte festhalten können. Bis jetzt. Bis Scarlett ihm vor die Füße geworfen hatte, dass sie nichts wusste und keine Informationen über den Aufenthaltsort seines größten Feinds besaß. Der letzte Strohhalm war ihm durch die Finger geglitten und jetzt stand er vor nichts weiter als einer Wand voller Fotos, Informationsschnipseln und hingekritzelten Notizen, die allesamt ins Leere führten.

Sogar die Spur des zweiten Killers, der ihn in Seattle hätte töten sollen und geflüchtet war, endete in einer Sackgasse. Viel zu spät hatte Garrett herausgefunden, dass es sich dabei um denselben Mann handelte, der auch Karen und Ben auf dem Gewissen hatte. Ein amerikanischer Söldner, Exmilitär und dementsprechend ausgebildet. Garrett hätte alles dafür gegeben, den Wichser selbst zwischen die Finger zu kriegen, aber wenige Wochen nach dem missglückten Attentat auf ihn hatte man seine Leiche in der Wüste Nevadas gefunden. Natürlich gab es keine Beweise, aber da der Kerl durch einen Kopfschuss ums Leben gekommen war, lag die Vermutung nah, dass Karasov ihn eigenhändig aus seinen Diensten entlassen hatte.

Die einzige Spur, die ihm geblieben war, war Scarlett gewesen. Und jetzt hatte er auch diese verloren.

Er hatte versagt. Er konnte den Tod von Ben und Karen nicht sühnen und für Gerechtigkeit sorgen. Das einzige Ziel, das ihn angetrieben und am Leben erhalten hatte, war soeben in unerreichbare Ferne gerückt. Garrett starrte die Wand an, bis ihm die Sicht vor

Augen verschwamm und er sich fluchend abwandte. Ohne es selbst zu wissen, hatte er Scarlett belogen. Denn in Wahrheit war ihm jetzt nichts mehr geblieben. Davor war er so dumm gewesen, sich an eine Hoffnung zu klammern, die sich nie erfüllen würde. Hoffnung auf das Gesetz und darauf, dass der Mann, der ihm das Wichtigste im Leben genommen hatte, seine gerechte Strafe erhalten würde. Inzwischen war nichts mehr davon übrig.

»Fuck!« Er packte eine der beiden Bierflaschen und warf sie gegen die Wand. Klirrend zersplitterte sie und das Bier verteilte sich schäumend über seiner Recherche, tränkte die Fotos und Zeitungsausschnitte und machte seine Notizen unlesbar. Egal. Es spielte keine Rolle mehr. Nichts davon war noch wichtig.

Die zweite Flasche folgte. Die Lampe vom Nachttisch. Ein lächerliches Kissen. Bis ihm nichts mehr blieb, um seinem Zorn Ausdruck zu verleihen. Seiner Panik. Dem Gefühl des absoluten Verlusts. Jetzt könnte er sich genauso gut auf die Straße stellen, von Karasovs Männern finden und töten lassen. Stattdessen sank er am Fußende des Bettes in sich zusammen, die Ellbogen auf den angezogenen Knien, das Gesicht in den Händen vergraben, und wünschte sich zum millionsten Mal, dass er es hätte verhindern können.

Garrett sprang auf, als die Tür aufgerissen wurde, nur um im selben Moment zurückzusinken, da seine Beine unter ihm nachgaben. Verdammt. Wenigstens landete er auf dem Bett, statt mit dem Gesicht nach unten auf dem Fußboden. Nicht dass ihm das etwas ausgemacht hätte. Seine Muskeln schmerzten von der sitzenden Position, in der er stundenlang verharrt hatte, aber sein Instinkt war stärker. Er heftete den Blick auf den Eindringling und erkannte die Konturen eines Mannes im Türrahmen, die sich dunkel gegen den langsam heller werdenden Himmel abhoben.

War es schon so weit? Hatte Karasov ihn gefunden und würde seinem elenden Dasein jetzt ein Ende setzen? Hatte Scarlett ihn verraten? Im Grunde müsste er ihr dankbar dafür sein, denn so würde er nicht weiter mit dieser Schuld und seiner eigenen Unfähigkeit leben müssen.

Aber der vermeintliche Killer fluchte nur. Seine Schritte klangen seltsam knirschend, als er eintrat. Oh. Die Scherben, die überall auf dem Boden verteilt lagen. Die hatte er völlig vergessen.

»Da lässt man dich einmal allein ...« Logan schüttelte den Kopf. »Wie viel hast du intus?« Er deutete mit einem Kopfnicken auf die leeren Flaschen.

»Nicht genug«, erwiderte Garrett, brachte aber nur ein Krächzen hervor. Gleichzeitig stellte sich ein dröhnendes Pochen in seinem Kopf ein, als würden lauter kleine böse Zwerge mit ihren Spitzhacken auf ihn einhämmern. Na gut, vielleicht hatte er sich, nachdem er seine eigenen Gedanken nicht nur im Bier hatte ertränken können, noch etwas Härteres aus diesem Shop neben dem Motel geholt.

»Ich würde sagen, du hattest mehr als genug.« Logan bückte sich und hob eine der Flaschen auf, nur um sie in den einzigen kleinen Mülleimer unter dem Schreibtisch zu werfen. »Damit könntest du das gesamte Team lahmlegen.«

Seufzend ließ er den Kopf zurückfallen. Warum hatte er sich nicht gleich ins Bett gelegt? Ach ja, es war zu mühsam gewesen, extra aufzustehen. Und es war ihm schlichtweg egal gewesen. Ein paar glückselige Stunden lang hatte er vergessen, wer er war, was er getan und wie er versagt hatte. Er hatte einfach nur existiert. Doch mit Logans Auftauchen zu dieser gottlosen Stunde kehrten die Erinnerungen nach und nach in seinen schmerzenden Kopf zurück.

»Warum bist du überhaupt schon wach?«, brummte Garrett und rieb sich über das Gesicht. Normalerweise war sein Partner alles andere als ein Frühaufsteher. Musste er ausgerechnet jetzt eine Ausnahme machen?

»Wach? Kumpel, ich hab noch gar nicht geschlafen.«

Klirr. Das Geräusch bohrte sich wie eine Scherbe in Garretts Gehirnwindungen. Klirr. Und noch mal. Klirr.

»Scheiße, willst du mich umbringen?«

»Ich nicht, aber sie vielleicht.«

Sie? Von wem zum Teufel redete er da? Einen Moment lang überkam ihn die lächerliche Hoffnung, Scarlett wäre zurückgekehrt, aber sobald er den Kopf hob und zur offen stehenden Tür sah, zerfiel auch diese Hoffnung zu Staub. Natürlich würde sie nicht einfach zurückkommen. Garrett blinzelte, um das Bild vor seinen Augen zu klären, aber es blieb dasselbe. Zu jedem anderen Zeitpunkt wäre er froh gewesen, die hübsche Brünette mit dem legendären Sturkopf zu sehen. Aber nicht jetzt. Nicht hier. Und schon gar nicht, wenn Logan sie seinetwegen anschleppte.

»Du bist tot«, knurrte er seinem Partner zu, der auch noch die

Frechheit besaß, unbekümmert zu grinsen.

»Ich freue mich auch, dich zu sehen.« Valerie Reed stemmte die Hände in die Hüften und lenkte die Aufmerksamkeit damit unbewusst auf den funkelnden Verlobungsring an ihrem Ringfinger. Schlicht, robust und elegant, als hätte ihr Verlobter Adam Blackbourne Valeries Persönlichkeit in diesem Ring eingefangen. Wenn diese Frau sich etwas in den Kopf setzte, war sie durch nichts und niemanden auf der Welt davon abzubringen. Leider.

»Entschuldige.« Ächzend setzte sich Garrett auf und ließ sich von seiner Kollegin in eine kurze, aber feste Umarmung zerren.

Genauso schnell, wie sie ihn an sich gezogen hatte, schob sie ihn auf Armeslänge von sich. »Gott, du stinkst wie ein Penner.«

»Danke«, murmelte er trocken und rieb sich über die brennenden Augen. »Erzähl mir nicht, du bist bei dem da mitgefahren«, fügte er mit einem Nicken in Logans Richtung hinzu. Scheiße, selbst diese kleine Bewegung hinterließ ein schmerzhaftes Hämmern in seinem Kopf.

Valerie schnaubte. »Ich will die nächste Mission und meine Hochzeit noch erleben, danke schön.« Natürlich nannte sie die Mission zuerst und entlockte Garrett damit zumindest ein kleines Schmunzeln. Von allen Frauen und Männern bei den HUNTERS war es Valerie gewesen, zu der er sofort einen guten Draht gehabt hatte, allerdings hatte sie ihm in ihrer unnachgiebigen Art auch keine andere Wahl gelassen. Natürlich schleppte Logan ausgerechnet sie an, wenn sie schon in der Stadt war. Damit hätte er rechnen müssen.

»Geh erst mal duschen und werd wieder menschlich.« Logan pfefferte die nächste Flasche in den Mülleimer.

Das Klirren ließ Garrett zusammenzucken. So gern er seinem Partner eine entsprechende Antwort an den Kopf werfen würde, musste er doch zugeben, dass dieser recht hatte. Garrett war nicht er selbst, solang mehr Alkohol als Blut durch seine Adern floss. Wortlos stand er auf, holte ein paar Klamotten aus seiner Reisetasche und schleppte sich ins angrenzende Badezimmer.

Der kalte Wasserstrahl fühlte sich wie Himmel und Hölle zugleich an, weckte aber zumindest seine Sinne. Das Hämmern in seinem Kopf ließ hingegen nur geringfügig nach. Garrett zog sich um und warf seinem verkaterten Spiegelbild keinen zweiten Blick zu, bevor er den winzigen Raum wieder verließ. Er hatte nicht die geringste Ahnung, ob er fünf Minuten oder eine halbe Stunde unter der Dusche gestanden hatte, doch als er zurückkehrte, waren alle Scherben aufgesammelt und auf dem Schreibtisch standen ein Pappkarton mit drei Coffee-to-go-Bechern und ein weiterer Karton mit irgendeinem ungesunden süßen Zeug, das Logan Frühstück nannte.

Bevor er auch nur die Hand nach etwas davon ausstrecken konnte, hielt Valerie ihm ein Glas Wasser und zwei Tabletten hin. »Nimm erst mal das.« Ihr Ton duldete keinen Widerspruch, aber den hätte Garrett sowieso nicht geleistet. Er stürzte sich wie ein Verdurstender darauf und spülte das Aspirin mit dem Wasser hinunter. »Brav.« Valerie tätschelte ihm die Schulter, nur um ihm im nächsten Moment dagegen zu boxen.

»Hey, wofür ist das?« Er wich ihrer Faust aus und schnappte sich einen der drei Becher.

»Oh, ich weiß nicht? Dafür, dass du dich fast ins Koma säufst? Oder keine Hilfe annehmen willst? Such dir etwas aus.«

Sein Blick wanderte Hilfe suchend zu Logan, der sich in seinem giftgrünen Sherlock-Holmes-Shirt ebenfalls am Kaffee bediente. »Halt mich da raus. Das hast du dir selbst eingebrockt.«

»Wir sind ein Team, verdammt noch mal«, machte Valerie ungerührt weiter. »Geht das nach fast neun Monaten immer noch nicht in deinen Dickschädel rein?«

»Das hier ist keine Mission der HUNTERS«, wandte Garrett ein, doch seine Kollegin ließ ihn kaum zu Wort kommen.

»Wenn du aufgepasst hättest, wüsstest du, dass wir nicht nur miteinander arbeiten, sondern auch außerhalb der Arbeitszeiten füreinander einstehen.«

Das wusste er. Spätestens seit die HUNTERS ihn aus dieser verfluchten Bibliothek am Rande von Seattle geholt und zu Dr. Fox gebracht hatten. Aber er war es gewohnt, allein mit seinen Problemen klarzukommen. Abgesehen davon spielte es sowieso keine Rolle mehr.

»Ich war hinter ein paar Leuten her, aber wie es aussieht, habe ich letzte Nacht jede Spur zu ihnen verloren«, gab er widerwillig zu und setzte sich auf die Bettkante.

»So würde ich das nicht unbedingt sagen. Logan hat mir erzählt, was ihr bisher herausgefunden habt.«

Wieder sah Garrett zu seinem Partner, aber dieser schüttelte unmerklich den Kopf. Anscheinend hatte er Valerie nichts vom Zeugenschutzprogramm erzählt. Gott sei Dank. Er wollte nicht noch mehr Leute in Gefahr bringen und allein das Wissen darum konnte tödlich enden.

»... und Adam hat ein paar seiner Kontakte auf den Straßen angezapft«, beendete Valerie ihre kleine Rede darüber, dass sie sie sofort ins Vertrauen hätten ziehen sollen.

»Auf den Straßen?«, echote Logan ungläubig.

»Was denn, dachtest du etwa, nur Sherlock nutzt Obdachlose als Informationsquellen?«

Er zog einen Schmollmund, der Valerie kein bisschen erweichte, denn sie wandte sich direkt wieder an Garrett. »Sie nennen sich die Daughters of Darkness und sind eine organisierte Gruppe von Auftragskillerinnen, die seit Jahren ziemlich erfolgreich operiert.«

»Warum hat man sie nicht längst gestoppt?«, kam es von Logan.

»Weil sie nach einem Kodex arbeiten.«

»Sie töten keine Unschuldigen«, murmelte Garrett und wiederholte damit die Worte, die Scarlett ihm an den Kopf geworfen und denen er nicht geglaubt hatte.

»Richtig. Wenn ich sie also engagieren wollte, um Logan auszuschalten, würden sie mit ziemlicher Sicherheit ablehnen.«

»Hey! Vielen Dank auch.«

Valerie warf ihm ein unbekümmertes Lächeln zu. »Immer wieder gern. Dem FBI sind ihre Aktivitäten bekannt, aber Adam zufolge mischen sich seine Leute nicht in ihre Angelegenheiten ein. Anscheinend sind die DoD nicht besonders wählerisch, was ihre Auftraggeber angeht, und haben bereits die Drecksarbeit im Auftrag der einen oder anderen Agency übernommen, wenn es darum ging, einen Feind auszuschalten. Natürlich nur gegen die entsprechende Bezahlung.«

Logan stieß einen Fluch aus. »Also arbeiten wir jetzt mit Söldnerinnen zusammen? Das wird ja immer besser.«

»Nicht alle Söldner sind gleich. Darf ich?« Sie deutete auf die Wand. Seine Notizen waren sowieso schon zur Hälfte heruntergerissen und der Rest war von Bier durchtränkt und daher unbrauchbar, also nickte Garrett ihr zu. Valerie verschaffte sich mehr Platz, indem sie auch die restlichen Zettel abnahm und nach Block und Stift griff. »Leider ist nur wenig über die Gruppe bekannt. Die Gründerin heißt Lara. Sie finanziert die ganzen Operationen und ist der Kopf der Truppe.« Sie heftete ein Papier mit diesem Namen an die Wand. »Da sie größtenteils hinter den Kulissen arbeitet, ist über ihre Identität nichts weiter bekannt.« Ein zweiter Zettel landete schräg darunter, darauf abgebildet war allerdings nur ein großes Fragezeichen. »Wir gehen davon aus, dass sie mindestens einen Technikexperten im Team haben, der über ausgeprägte Hackerfähigkeiten verfügt.«

»Warte mal.« Logan hob die Hand. »Wir haben Garrett damals nur in dieser Bibliothek gefunden, weil sich jemand vorher in unser System gehackt hatte und Riley die Spur zurückverfolgen konnte.«

Überrascht sah Garrett zu ihm rüber. »Warum höre ich heute zum ersten Mal davon?«

»Weil kurz darauf alles in die Luft geflogen ist und wir ganz andere Sorgen hatten.«

Punkt für ihn. Dennoch weckte diese neue Information ein Brennen in Garretts Brust. Er bezweifelte, dass Scarlett die Zeit gehabt hatte, ihn vor dem Verbluten zu bewahren und sich gleichzeitig in die Zentrale der HUNTERS einzuhacken, also musste noch jemand dort gewesen sein. Jemand, den sie darum gebeten hatte, seine Kollegen zu alarmieren? Wieso nur hatte diese Frau ihm das Leben gerettet? Es war eine Sache, ihn nicht zu töten, wenn das gegen ihren Kodex verstieß. Aber ihn zu retten? Warum?

»Was ist mit den beiden, die wir schon getroffen haben?«, fragte Logan mit vollem Mund und deutete mit seinem Donut auf die Wand. »Sydney und die Rothaarige.«

»Scarlett«, warf Garrett automatisch ein.

Valerie schrieb beide Namen auf zwei Zettel und heftete sie an die Wand. »Wir gehen davon aus, dass es noch zwei bis drei weitere Teammitglieder gibt. Sie erledigen ihre Jobs sauber und ohne Spuren zu hinterlassen, darum ist ihnen bisher weder das SFPD noch eine andere Polizeieinheit auf die Schliche gekommen.«

»Was ist mit Senator Coldwell? Damit hatten sie etwas zu tun.«

Sie nickte. »Coldwell ist auf seiner eigenen Veranstaltung an einem Herzinfarkt gestorben. So lautet die offizielle Version. Die inoffizielle besagt, dass es ein Attentat war und er vermutlich vergiftet wurde, allerdings ermittelt die Polizei noch.«

Garrett rieb sich über die Stirn, hinter der es etwas weniger pochte. Als wären wenigstens ein paar der Zwerge mit ihren Spitzhacken aus seinem Kopf ausgezogen. Dennoch wirbelten seine Gedanken durcheinander und versuchten diese neuen Informationen zu verarbeiten. Leider ohne Ergebnis.

Er sah in die Runde. »Wie hilft uns das weiter?«

Zum ersten Mal schien Valerie zu zögern und nestelte an dem Block in ihren Händen herum. »Das hilft uns insofern weiter, dass deine Spur nicht ins Leere führt. Wenn die DoD etwas wissen, werden wir es erfahren.«

Er runzelte die Stirn. »Und wie?«

»Ich kenne eine von ihnen persönlich.«

»Was?«, rief Logan.

»Woher?«, kam es fast gleichzeitig von Garrett.

Valerie zog die Schultern hoch. »Aus einem anderen Leben. Sie hat mich aus der Hölle rausgeholt.«

7. KAPITEL

»Was weißt du über Sutton?« Scarlett stützte sich mit beiden Händen auf Laras Schreibtisch auf.

Es war über achtundvierzig Stunden her, seit sie diese Information von Carlos erhalten und auf eigene Faust recherchiert hatte. Leider nicht besonders erfolgreich. Wenn es darum ging, die besten Waffen, tödlichsten Gifte und neueste Ausrüstung für die Daughters of Darkness zu beschaffen, war Scarlett Ansprechpartner Nummer eins. Wenn es darum ging, Informationen über bestimmte Leute zu sammeln ... eher nicht.

Lara zog die Brauen in die Höhe und musterte sie über den Rand ihrer Lesebrille hinweg mit einem Blick, der sie bis in den hintersten Winkel ihrer nicht vorhandenen Seele zu durchbohren schien. »Was hast du angestellt?«

»Gar nichts!« Scarlett richtete sich wieder auf und setzte ihr bestes Pokerface auf. »Sein Name ist mir zufällig untergekommen.«

»Wenn es um Sutton geht, gibt es keine Zufälle.« Lara warf die Brille auf den Tisch und lehnte sich in ihrem Stuhl zurück. Wie immer war sie elegant gekleidet und trug heute einen schwarzen Jumpsuit, der direkt von der letzten New Yorker Fashion Week stammen könnte. Vermutlich tat er das auch.

Seufzend schloss Scarlett die Augen. Sie waren allein im Stützpunkt, also hatte sie die Chance genutzt, um Lara ein bisschen auszuhorchen. So zumindest der Plan. Die Realität sah leider etwas anders aus. Das Letzte, was sie wollte, war, ihre Kolleginnen in ihre persönliche Vendetta mit reinzuziehen. Andererseits waren sie nicht nur Kolleginnen, sondern auch Freundinnen. Lara hatte sie damals unter ihre Fittiche genommen, nur ein paar Jahre, nachdem Scarlett aus dem Jugendknast gekommen und nichts mit sich und der Welt anzufangen gewusst hatte. Vermutlich hatte sie deshalb auch so viel Respekt vor ihr. In gewisser Weise hatte Lara ihr das Leben gerettet.

»Erinnerst du dich, wie ich vor einer Woche diesen Anruf von meinem Erzeuger bekommen habe und hingefahren bin?«

Ein Nicken war die einzige Antwort darauf.

»Er ist tot. Ermordet. Ich sollte erleichtert darüber sein und dieses Kapitel damit abschließen können – aber ich kann es nicht. Ich muss rausfinden, wer es getan hat und warum. Nicht aus Rache, sondern ...

sondern ...«

»Ich weiß«, schaltete sich Lara ein, als Scarlett keine passende Erklärung einfallen wollte.

»Wirklich?«

»Jemand hat dir etwas genommen, was dir wichtig und was dein Recht war. Glaub mir, ich weiß genau, wie sich das anfühlt.« Sie stand auf. Mit wenigen Schritten war sie bei der Bar und goss ihnen beiden einen Fingerbreit Whiskey ein.

Erleichterung breitete sich in Scarlett aus, als sie ihr folgte, dennoch betrachtete sie das Glas skeptisch. »Es ist zehn Uhr morgens.«

»Irgendwo auf der Welt ist es immer nach fünf Uhr.« Lara nippte an ihrem Drink und musterte sie genau. »Sutton ist gefährlich, Scar. Sogar für unsere Verhältnisse.«

»Das ist mir egal. Ich will an ihn ran. Jemand hat die Mordwaffe mit seinem Geld gekauft. Ich muss wissen, was er damit zu tun hat.«

Nachdenklich schwenkte Lara ihr Whiskeyglas. »Bist du bereit, alles dafür zu riskieren? Ist es das wert?«

»Ja«, antwortete sie, ohne zu zögern. Ihr Leben lang hatte sie gegen diesen Mann gekämpft. Zuerst gegen ihn als Person, dann gegen ihre eigenen Erinnerungen. Jemand anderes hatte ihn getötet und ihr damit jede Möglichkeit genommen, die Sache selbst zu Ende zu bringen. Wenn sie nicht herausfand, wer es war, welches Motiv dahintersteckte und irgendeinen Abschluss fand, würde es nie enden. Dann hätte der Sheriff nicht nur während der letzten fünfundzwanzig Jahre Macht über sie gehabt, sondern für immer. Und dieser Gedanke jagte ihr mehr Angst ein als alles andere.

»Gut. Denn Sutton auszuschalten, wird nicht leicht werden.«

Scarlett runzelte die Stirn. »Warum sollte ich ihn ausschalten, wenn ich nur Informationen will?«

»Weil sein Tod schon lang zur Debatte steht«, gab Lara zu. »Bisher habe ich den Auftrag abgelehnt, weil ich keine Chance für uns gesehen habe, an ihn ranzukommen. Der Mann verlässt sein Casino bestenfalls zweimal im Jahr und wird von einer Truppe schwer bewaffneter und militärisch ausgebildeter Leibwächter beschützt. Aber da ich dich nicht aufhalten kann, liegen die Dinge jetzt anders. Also schlage ich vor, du quetschst vorher alle Infos aus ihm raus, bevor du ihm eine Kugel in den Kopf jagst.«

Wie war sie so schnell von einer persönlichen Vendetta in einen Job hineingeraten? Nicht dass Scarlett sich beschweren würde, es überraschte sie nur. Und es kam ihren Plänen entgegen, in dieser

Sache nun auf die Unterstützung ihrer Mitstreiterinnen zählen zu können.

»Alles klar. Wann und wo?« Sie stellte ihr Glas in dem Moment ab, in dem Sydney den Raum betrat.

Sie trug eine dunkelbraune Lederhose zu High Heels und ein Top, das eher einer frech geschnittenen Weste glich, während ihr Haar in scheinbar ungestylten Wellen über ihre Schultern fiel, als würde sie gerade von ihrer durchzechten Nacht aus einem Club kommen. Aber Scarlett wusste es besser. Sie erkannte den wachsamen Blick, der zwischen ihr und Lara hin- und herglitt, auch wenn sie das Gespräch, in das sie gerade hineingeplatzt war, unkommentiert ließ. Stattdessen schlenderte sie zum Kühlschrank hinüber, als wäre dies ein ganz normaler Morgen in einer WG voller mordender Frauen.

»Du musst erst mal rein und an ihn rankommen«, erklärte Lara, »aber das ist nicht das einzige Problem.«

»Sondern ...?«

»Sutton ist bekannt für seine morbiden Spielchen und er wird dir keine Informationen geben, ohne dass du dabei mitmachst.«

»Okay ...«, erwiderte Scarlett gedehnt. »Ich verstehe immer noch nicht, wo das Problem liegt. Ich war länger als jede von euch in Vegas, Monaco und allen anderen großen Spielhöllen dieser Welt. Ich kann mit Casinobesitzern umgehen. Und sie ausnehmen.«

»Nicht mit diesem hier. Nicht allein. Du brauchst jemanden, der dir den Rücken deckt und dich im Zweifelsfall da rausholt«, widersprach Lara sofort. »Und das Problem an der Sache ist, dass Sutton uns alle bereits kennt.«

»Wie bitte? Alle?«

Ihr Blick wanderte zu Sydney, die nur mit den Schultern zuckte. »Als du vor zehn Monaten das Quallengift in Australien besorgt hast, habe ich mich mit Suttons rechter Hand angelegt.«

»Du hast ihn wohl eher umgelegt.«

Sydney zwinkerte ihr zu. »Das auch.«

»Was ist mit ... Raiden?«, nannte sie die erste Person, die ihr einfiel und nicht anwesend war.

»Sie ist vor zwei Stunden zu einem Job in Mexico City aufgebrochen und wird frühestens in einer Woche zurück sein.« Lara hatte kaum ausgesprochen, als die Seitentür aufging und Catalina mit einem Tablett in den Händen den Raum betrat.

»Ich hoffe, sie sprengt diese ganze elende Stadt in die Luft«, fauchte sie mit einem markanten mexikanischen Akzent. Trotz des Hasses, der ihr Gesicht verzerrte, war Catalina auf die typisch lateinamerikanische Weise schön. Sie hatte eine naturgegebene gebräunte Haut, für die Scarlett mit ihrer Neigung zu Sonnenbränden morden würde. Dazu noch das lange schwarze Haar und das herzförmige Gesicht, das ihr etwas Weiches verlieh. Aber ihre braunen Augen erinnerten sie an die von Kiki, der Prostituierten vor Warners Haus – voller zerbrochener Träume und ohne einen Funken Hoffnung.

Dankend nahm Sydney die dampfende Tasse entgegen, die Catalina ihr hinhielt. »Das würde ich bei Raiden nicht ausschließen«, kommentierte sie trocken. Im Gegensatz zu Sydneys raffinierten Methoden, die sie bei der CIA gelernt hatte, waren die von Raiden eher unkonventionell. Und laut, weil sie nicht selten etwas dabei in die Luft jagte.

Scarlett seufzte tief. Sie konnte unmöglich eine Woche oder länger auf Raidens Rückkehr warten. Sutton würde ihr zwar nicht davonlaufen, aber die Warterei würde sie wahnsinnig machen. Nachdenklich beobachtete sie ihre Kolleginnen. Catalina fiel als Rückendeckung aus, dafür war sie noch zu untrainiert mit einer Waffe. Blieb nur Phoenix, aber sie würde einen Teufel tun und das jüngste Mitglied der DoD in die Höhle des Löwen schicken. Im besten Fall gab Phoenix ihr von einem der umstehenden Gebäude aus Feuerschutz, mehr nicht. Also blieb nur noch eine Option übrig.

»Ich mache es allein.«

»Das wäre ein Selbstmordkommando.« Lara schüttelte den Kopf. »Du brauchst einen Partner bei dieser Sache. Jemanden, den Sutton nicht kennt, der unauffällig ist und der sich anpassen kann.«

»Wie wär's mit Winter?«, warf Sydney ein.

»Garrett Winter? Der Undercoveragent der HUNTERS?«, hakte Lara nach. »Ich dachte, du hättest das Problem gelöst.«

»Habe ich auch!« Nach ihrem letzten Zusammentreffen würde sie vermutlich nie wieder etwas von ihm hören. Und das war auch besser so. Dass ihr Magen sich bei diesem Gedanken schmerzhaft verkrampfte, spielte überhaupt keine Rolle. Anklagend deutete sie mit dem Finger auf Sydney. »Auf keinen Fall. Wir werden ihn nicht als meine Rückendeckung anheuern. Vergiss es.«

»Warum nicht?« Sydney ließ sich in einen der Ledersessel fallen und schlug die Beine übereinander. »Ich habe vorhin einen interessanten Anruf von einer alten Kollegin bekommen. Valerie Reed. Wir waren beide bei der CIA, haben aber nie aktiv zusammen gearbeitet.«

Scarlett schmälerte die Augen. »Woher kennst du sie dann?«

»Vor ein paar Jahren war sie auf einer Undercovermission in Afghanistan und wurde von Terroristen gefangen genommen. Ihr Team hat sie zurückgelassen, um seine Tarnung nicht zu gefährden. Ich habe davon erfahren und war vor Ort stationiert, genau wie ein paar Militärtypen. Wir haben sie als Joint Task Force rausgeholt. Danach hat sie die CIA verlassen, aber bis eben wusste ich nicht, dass sie ausgerechnet für die HUNTERS arbeitet.« Ein zufriedenes Lächeln breitete sich auf Sydneys Gesicht aus. »Was uns sehr entgegenkommt, denn sie hat einen Handel vorgeschlagen. Winter ist ausgebildet und auf der Suche nach Informationen. Wenn er bei der Sache mit Sutton mitspielt, besorgen wir sie ihm. Es ist ein fairer Deal und außerdem deine beste Chance, Scar.«

Verdammt, sie hatte recht. Aber das bedeutete nicht, dass es ihr gefallen musste.

»Er wird sich niemals auf ein Tötungskommando einlassen«, murmelte sie.

»Dann erfährt er dieses Detail eben nicht.«

»Es ist trotzdem eine miese Idee.«

»Das sagst du nur, weil du scharf auf ihn bist«, kommentierte Sydney trocken und nippte an ihrem Kaffee.

Die Erinnerung an die Szene in seinem Motelzimmer schoss Scarlett durch den Kopf und ein kurzer Schmerz bohrte sich in ihre Brust. Sie war nur in ihrem Stolz verletzt, nichts weiter. Kein Grund, sich so zu fühlen. Sie verzog das Gesicht. »Das auch.«

»Für einen Agenten ist er wirklich scharf«, kam es von Catalina. Auf dem Beistelltisch neben Scarlett stellte sie eine weitere dampfende Tasse ab.

Scarlett unterdrückte ein Fauchen. »Du hast ihn ein einziges Mal gesehen, als du ihm Kaffee in diesem Coffeeshop serviert hast.«

»Das hat gereicht.«

»Siehst du?« Sydney deutete auf Catalina. »Sogar unsere mexikanische Männerhasserin findet ihn heiß.«

»Ich hasse nicht alle Männer«, wandte diese ein und warf das dichte schwarze Haar zurück. »Aber 99,9 Prozent von ihnen sind perverse Schweine, die an ihren Eiern aufgehängt werden sollten.«

Scarlett verschluckte sich an ihrem Kaffee und begann zu husten. »Wow, danke für dieses Bild in meinem Kopf.«

»Gern geschehen.« Catalina klopfte ihr dreimal kräftig auf den Rücken, dann murmelte sie etwas bezüglich der Kleiderwahl fürs Casino und verließ das Büro, um alles vorzubereiten.

Scarlett räusperte sich, um das Brennen in ihrer Kehle zu vertreiben, und trank noch einen Schluck Kaffee, bevor sie wieder sprach. »Ich knöpfe mir Sutton vor, aber ich werde *nicht* mit Winter zusammenarbeiten.«

»Du kannst ihm vertrauen«, kam es ausgerechnet von Sydney. »Ich weiß, du hasst alles, was eine Dienstmarke trägt, aber Fakt ist, dass uns keine andere Wahl bleibt. Raiden wird erst in einer Woche oder später zurück sein und das ist deine Chance, Antworten zu finden und Sutton auszuschalten. Außerdem können wir auf diese Weise zwei Fliegen mit einer Klappe schlagen. Du hast im Casino jemanden an deiner Seite, der dir im Zweifelsfall den Hintern retten kann, und wir besorgen Winter die Infos, die er haben will. Nach dieser Sache sind wir ihn endgültig los.«

»Ich hasse dich und deine Logik.«

Sydney warf ihr einen Luftkuss zu.

Von ihr war keine Hilfe zu erwarten, also wandte sich Scarlett wieder an Lara, die die Diskussion zwischen ihnen schweigend mitverfolgt hatte. »Verstößt es nicht gegen unsere Prinzipien, unsere Auftraggeber zu verraten?«

Lara wiegte den Kopf hin und her. »Wir haben uns Karasov bereits zum Feind gemacht, indem wir in letzter Sekunde abgesprungen sind und Winter nicht erledigt haben. Es kommt uns nur zugute, wenn er von der Bildfläche verschwindet, bevor er uns Ärger machen kann. Und ich gehe davon aus, dass Winter genau dafür sorgen wird.«

»Also drei Fliegen mit einer Klappe«, kam es von Sydney, die ihr Smartphone hervorzog. »Wunderbar. Ich gebe Val Bescheid, dass wir einen Deal haben, und setze Phoenix darauf an, Karasovs Standort herauszufinden.«

»Sehr gut.« Lara nickte zufrieden. »Dann ist es beschlossene Sache. Du arbeitest mit Winter zusammen.«

Fünf kleine Worte, die dieselbe Wirkung auf Scarlett hatten, als hätte sie einen von Warners Smoothies getrunken. Sie verzog das Gesicht zu einer Grimasse. Nach ihrem gescheiterten Verführungsversuch war sie froh gewesen, Garrett Winter nie wiedersehen zu müssen. Zumindest nicht in Person, denn ihr Unterbewusstsein schien eine masochistische Seite zu haben und hatte sie in den vergangenen zwei Nächten durchgängig gequält. Nicht alle Träume waren heiß und schmutzig und beinhalteten einen ganz bestimmten Agenten. Manchmal war sie auch wieder in dieser Bibliothek, mitten in einem Auftrag und mit Laras Stimme in ihrem Ohr, die ihr den

Rückzug befahl. Genau in dem Moment war ein Schuss gefallen, der Garrett getroffen und über die Brüstung ins Erdgeschoss geschleudert hatte. Scarlett hätte fliehen müssen, schließlich kannte sie diesen Kerl überhaupt nicht. Aber als sie dort oben am zerstörten Geländer stand und auf den blutenden Mann hinunterblickte, konnte sie sich nicht dazu überwinden, ihn sterben zu lassen. Also war sie zu ihm geeilt, hatte Erste Hilfe geleistet und das Gift in ihrer Ausrüstung dafür verwendet, sein Leben zu retten, statt es ihm zu nehmen.

Monatelang hatte sie sich gefragt, ob sie diese Entscheidung eines Tages bereuen oder dankbar dafür sein würde. Nun, die Antwort darauf würde sie bald erfahren.

Scarlett schob diesen Gedanken mit einem Kopfschütteln von sich, schnappte sich ihre Kaffeetasse und setzte sich damit an den Schreibtisch, der am seltensten benutzt wurde: ihren eigenen. Wenn sie sich schon mit einem der mächtigsten und gefährlichsten Casinobesitzer an der Westküste anlegte, wollte sie vorbereitet sein. Und dazu gehörte es, alles über ihn und sein Casino herauszufinden.

Als sich Phoenix wenige Stunden später zu ihnen gesellte, war Scarlett gerade mit ihren Recherchen fertig und zog den USB-Stick aus dem Rechner. Dann stand sie auf und ging zum Schreibtisch ihrer Kollegin hinüber. »Kannst du mir einen Gefallen tun?«

Phoenix zog die Brauen hoch. Im Gegensatz zu ihrem platinblonden Pixie-Cut waren diese deutlich dunkler und verliehen ihrem Gesicht etwas Exotisches. »Worum geht's?«

»Kannst du mehr über Winter herausfinden? Ich traue ihm nicht. Und ich glaube, es gibt eine Menge, was wir noch nicht über ihn wissen.« Stichwort Karen. Oder die Tatsache, dass er ein bisschen zu gut undercover war. Nicht überraschend als Agent in einer Spezialeinheit, die hauptsächlich verdeckt arbeitete, aber Garrett hatte etwas an sich, das nicht zur Rolle des Agenten passen wollte, die er spielte. Etwas Dunkles, Hartes und Gefährliches. Als hätte er mehr auf der Straße erlebt, als er zugeben wollte.

»Klar.« Phoenix wirkte irritiert, nachdem Scarlett ihr all diese kleinen Details genannt hatte, nickte jedoch. »Ich sehe, was ich rausfinden kann.«

»Du bist die Beste.«

»Ich hoffe, du denkst daran, wenn du das nächste Mal Karten für ein Spiel der 49ers hast!«, rief sie ihr nach, aber Scarlett hob nur die Hand zum Abschied.

Wenn Phoenix tatsächlich etwas über Garrett herausfand, das sie noch nicht wussten, hatte sie weit mehr verdient als Freikarten für ihre Lieblingsmannschaft.

☆

Garrett Winter hielt ihr die Tür zur Limousine wie ein Gentleman auf. Sie hasste es. Scarlett hasste es, ihn wiederzusehen, hasste jeden einzelnen Moment. Angefangen bei seinem Outfit, das aus einem schwarzen Smoking mit einem weißen Hemd und glänzenden Lederschuhen bestand, bis hin zu seinem unrasierten Gesicht und dem dunkelbraunen Haar, das gerade durcheinander genug war, um einen sexy Frisch-aus-dem-Bett-Eindruck zu erwecken. Aber am meisten hasste sie den durchdringenden Blick aus seinen eisblauen Augen, der über ihren Körper wanderte und ihre Haut in Brand setzte.

Mit jedem Atemzug lebte Scarlett für ihr Pokerface und für die Mauern, die sie in mühevoller Kleinstarbeit errichtet hatte. Es hatte sie Jahre gekostet, für andere Menschen unlesbar zu werden und stets die Kontrolle über eine Situation zu behalten – oder sich wenigstens so zu geben. Aber Garrett brachte genau diese Kontrolle ins Wanken.

»Was soll dieses Grinsen?«, zischte sie, während sie in den Wagen kletterte und ihr schwarzes Kleid glatt strich.

»Oh, ich erinnere mich nur daran, wie felsenfest du letztes Mal behauptet hast, nichts von mir zu wollen.« Garrett setzte sich ihr gegenüber in die Lederpolster und wirkte ziemlich zufrieden mit sich. »Niemals.«

Sie verdrehte die Augen und zückte ihren Taschenspiegel, um ihr Make-up zu überprüfen. Catalina hatte ganze Arbeit geleistet. Schwarzer Kajal und silberner Lidschatten gaben ihren Augen einen sexy Smokey-Eyes-Effekt, während auf ihren Lippen nur ein Hauch Gloss lag. Das Haar fiel ihr in sanften Wellen bis auf die Schultern und war auf der linken Kopfseite mit ein paar Klammern zurückgesteckt.

Scarlett klappte den Spiegel mit mehr Gewalt als nötig wieder zu. »Bringen wir es hinter uns, dann kriegen wir beide das, was wir wollen.«

»Und was genau ist es, das wir beide wollen?« Noch während er diese Frage stellte, lehnte sich Garrett vor, bis seine Ellbogen auf seinen Knien ruhten und er sie mit seinem Blick Stück für Stück sezieren konnte.

»Informationen. Wir gehen rein, ich hole mir meine und sobald wir draußen sind, bekommst du deine.« Die Lüge brannte wie ein Feuerball in ihrer Magengrube, aber sie ließ nichts davon nach außen dringen. Diese Mission war auch so schon brisant genug, da musste sie nicht auch noch die Person misstrauisch machen, die ihr den Rücken decken sollte. Hätte man ihr vor einem Monat, ach was, vor zwei Tagen erzählt, sie würde mit einem Bundesagenten zusammenarbeiten, hätte sie laut gelacht. Jetzt konnte sie nur noch den Kopf darüber schütteln.

Einen Moment lang musterte Garrett sie schweigend, als wollte er den Wahrheitsgehalt ihrer Worte in ihrem Gesicht ablesen, dann nickte er und lehnte sich zurück. Die restliche Fahrt verbrachten sie schweigend.

Als die Limousine anhielt, konnte Scarlett nicht anders, als das zweistöckige weiße Gebäude anzustarren, das einer Festung glich. Zu beiden Seiten führten Steinstufen auf eine Veranda, die von massiven Säulen begrenzt wurde. Kein Geblinke und keine bunten Lichter, wie sie es aus Las Vegas kannte. Dieses Gebäude erinnerte sie an die Casinos, die sie in Monaco besucht hatte, nur dass es statt auf Prunk auf eine schlichte Eleganz setzte, die nicht weniger atemberaubend war.

Garrett stieg als Erster aus und hielt ihr seine Hand hin. Ohne nachzudenken, ergriff Scarlett sie und ließ sich von ihm aus dem Wagen helfen. Sie konnte noch immer nicht glauben, dass er diesem Deal zugestimmt hatte. Er musste ziemlich verzweifelt sein – oder sicher, nicht anders an den Aufenthaltsort von Karasov zu kommen. Zumindest nicht, ohne vorher selbst von Karasovs Männern aufgespürt zu werden, was mit ziemlicher Sicherheit tödlich für ihn enden würde.

Kies knirschte unter ihren schwarzen High Heels, die ihr Lara erst ausgeliehen hatte, nachdem Scarlett auf das Leben ihres noch nicht einmal gezeugten ersten Kindes geschworen hatte, ihr die Schuhe unversehrt zurückzubringen. Von Kratzern oder Staub war allerdings nie die Rede gewesen.

Sie nahmen die breiten Stufen hinauf und Scarlett ließ ihren Blick über den Garten und die lange Auffahrt wandern. Perfekt getrimmte Buchsbäume, die die Sicherheitskameras verbargen, ragten neben gepflegten Rhododendren auf. Es juckte ihr förmlich in den Fingern, sich die Blüten und Blätter näher anzuschauen, um herauszufinden, um welche Arten es sich handelte. Die Toxine einiger Sorten waren dafür bekannt, Vergiftungen auszulösen, die bis zu Atemstillstand und Tod führen konnten. Leider war eine größere Menge nötig, um die erwünschte Wirkung zu erzielen, zumal sie etwas ganz anderes für Sutton geplant hatte.

Neben der imposanten Doppeltür standen zwei Men in Black und musterten sie mit finsterem Blick. Scarlett setzte ihr strahlendstes Lächeln auf. Doch bevor sie überhaupt den Mund aufmachen und sich vorstellen konnte, tippte sich einer der Kerle an sein Ohr, lauschte dem Befehl und nickte knapp. Niemand fragte nach ihren Namen oder durchsuchte sie nach möglichen Waffen. Sutton musste sich verdammt sicher fühlen – oder es gab noch mehr Überwachungskameras, die sie übersehen hatte. Laras Beschreibung nach war der Kerl ziemlich paranoid, also wäre das nicht weiter verwunderlich. Dennoch breitete sich ein ungutes Gefühl in ihrer Magengrube aus, als die beiden Männer die Doppeltür öffneten und sie eintreten ließen.

Showtime.

Ein breiter roter Teppich führte durch den Eingangsbereich zu einer weiteren Treppe, an dessen Ende ebenfalls Männer links und rechts neben der Doppeltür postiert waren. Diese trugen jedoch einen Smoking und blank polierte Schuhe, auf die sich nicht einmal ein Staubkorn wagen würde. Beim Näherkommen bemerkte Scarlett die Ausbuchtungen unter dem Jackett ebenso wie das diskret platzierte Headset mit Ohrhörer und transparentem Schallschlauch.

Sie nickte den Herren freundlich zu, als diese ihnen die Tür öffneten. An Garretts Seite betrat sie das Herz des Gebäudes – das Casino. Hatte ihr zuvor noch das Geblinke gefehlt, wurde sie jetzt geradezu davon erschlagen. An den Spielautomaten funkelte es bunt, die Roulettes glänzten im gedimmten Licht und die anwesenden Damen strahlten mit ihrem teuren Schmuck um die Wette. Die Kartentische waren voll besetzt, und während leise Musik im Hintergrund spielte, lag der Geruch von Alkohol und teuren Zigarren in der Luft. Eines wurde sofort klar: Hier spielte die Klientel nicht mal eben um fünf Dollar – sondern um fünfzigtausend und mehr.

»Kameras in jeder Ecke«, murmelte Garrett kaum hörbar neben ihr. »Dazu Security an jeder Tür.«

Scarlett drückte seinen Arm zum Zeichen dafür, dass sie verstanden hatte. Lara hatte nicht übertrieben, als sie sie vor den übermäßigen Sicherheitsvorkehrungen gewarnt hatte. Mit Gewalt kam man nicht an Sutton ran. Jeder Eindringling würde sterben, noch bevor er überhaupt einen Fuß ins Casino gesetzt hatte. Das vertraute Kitzeln von Gefahr stellte sich in ihrer Magengrube ein. Sutton wollte also mit ihnen spielen? Nur zu. Scarlett hatte schon immer gern mit dem Feuer gespielt.

Garretts Hand brannte auf ihrer Haut, als er sie auf ihren unteren Rücken legte. Ihr Abendkleid mochte mit dem seidenen schwarzen Stoff und den funkelnden Trägern, die kaum ein Dekolleté offen ließen, schlicht sein. Dafür präsentierte es ihre gesamte Rückseite bis hin zu der Stelle knapp über ihrem Hintern, wo der Stoff wieder zusammenfloss. Garretts Hand lag direkt darüber, warm und rau, und sandte ihre Gedanken in völlig falsche Richtungen, obwohl sie in dieser Situation doch jedes bisschen Verstand brauchte.

Wie selbstverständlich dirigierte er sie an den Spielautomaten vorbei zur Bar. »Ein Gin Tonic für mich und ein Glas Champagner für die Lady«, bestellte er beim Barkeeper.

Scarlett zog eine Braue in die Höhe, aber Garrett ließ sich Zeit mit seiner Antwort.

»Keine Sorge«, murmelte er nach einer Weile und wandte sich ihr zu. Doch sein Blick wanderte über die Anwesenden, als würde er jedes Detail in sich aufsaugen. »Ich komme dir schon nicht in die Quere. Ich bin nur hier, um dir den Hintern zu retten.«

»Ach?« Sie nahm die Champagnerflöte entgegen und führte sie an ihre Lippen. »Glaubst du etwa, ich müsste gerettet werden?«

Garrett nahm einen Schluck von seinem Gin Tonic. »Du arbeitest als Auftragsmörderin mit einer Gruppe anderer Killerinnen zusammen. Nenn mich einen Zyniker, aber ja, ich denke, du musst gerettet werden.«

Wenigstens senkte er seine Stimme bei dieser Aussage, dennoch fachte es eine heiße Wut in Scarletts Mitte an.

»Falsch. Vor zehn Jahren hätte ich einen Retter gebraucht, aber der Herr kam nicht auf seinem weißen Ross angeritten und hat mich aus dem Drecksloch rausgeholt, in dem ich aufgewachsen bin. Also musste ich die Sache selbst in die Hand nehmen.«

»Indem du zur Schule für Auftragskillerinnen gegangen bist?«

»Indem ich versucht habe, meinen Vater zu töten. Leider erfolglos.«

Sein Blick war nicht zu deuten, aber es war kein Mitleid oder Mitgefühl, das sie darin las. Gott sei Dank. Das war so ziemlich das Letzte, was sie dort sehen wollte. Stattdessen lag etwas Dunkles darin. Etwas Gefährliches. »Was hat er getan?«

Scarlett trank einen großen Schluck und genoss das Prickeln, das der Champagner auf ihrer Zunge und in ihrem Rachen hinterließ. Die Antwort auf Garretts Frage war ebenso simpel wie kompliziert. »Mir und meiner Mutter das Leben zur Hölle gemacht.«

Im selben Moment, in dem sie die Wahrheit aussprach, bereute sie es. Verdammt, warum erzählte sie ihm davon? Es war doch sonst nicht ihre Art, anderen Leuten ihre Lebensgeschichte auf die Nase zu binden, schon gar nicht einem beinah Fremden wie ihm. Als könnte sie ihre Erinnerungen damit fortspülen, kippte sie den Rest ihres Champagners hinunter und stellte das Glas auf dem Tresen ab.

Garrett runzelte die Stirn. »Was hast du vor?«

»Was schon? Wir sind in einem Casino, also will ich spielen.«

Etwas mehr als eine Stunde später saß Scarlett an einem der Pokertische und nippte an ihrem zweiten Glas Champagner. Der Einsatz war mit jeder Runde gestiegen und inzwischen waren zwei ihrer Mitspieler bereits ausgestiegen. Sie schnaubte innerlich. Schwächlinge. Garrett blieb in ihrer Nähe, mischte sich aber nicht in ihr Spiel ein. Um an Sutton heranzukommen, mussten sie seine Aufmerksamkeit erregen. Und wie zog man die Aufmerksamkeit eines Casinobesitzers besser auf sich, als bei einem Spiel nach dem anderen abzuräumen?

Scarlett legte ihr Blatt verdeckt auf dem Tisch ab, ohne eine Miene zu verziehen. Kein Muskelzucken verriet, was sie in der Hand hatte. Ein unlesbares Pokerface zu bewahren war das einzig Sinnvolle, was ihr Erzeuger sie gelehrt hatte. Ihn hatte sie als Erstes zu lesen gelernt. Wenn er einen schlechten Tag hatte, waren seine Bewegungen fahrig und eine Aura der Gefahr ging von ihm aus. Dann konnte jedes falsche Wort zu einer mittleren Katastrophe führen. An seinen wenigen guten Tagen scherzte er mit ihrer Mutter herum und lächelte sogar. Aber sein Lächeln erreichte nie seine Augen, die für immer so leblos bleiben würden wie in dem Moment, in dem er seinen letzten Atemzug getan hatte.

Mit Gewalt schob sie die Erinnerungen beiseite und konzentrierte sich auf das Hier und Jetzt. Es fehlte nicht mehr viel, bis sie dieses Spiel gewonnen hatte. Ihre Gegner waren gut, aber inzwischen wusste sie, wie sie sie zu lesen hatte. Der große dunkelhäutige Kerl neben ihr zum Beispiel, dem sie in Gedanken den Spitznamen Dicker gegeben hatte. Schweißperlen lagen auf seiner Stirn und er mied ihren Blick, doch wenn er diesem aus Versehen begegnete, erkannte Scarlett das siegessichere Funkeln darin. Der Dicke tat nur so, als hätte er schlechte Karten, um alle anderen in Sicherheit zu wiegen. Clever. Aber nicht clever genug.

Sosehr es darauf ankam, die Körpersprache der Spieler richtig zu deuten, kam es auch auf ihre Persönlichkeit an. Der Kerl im grauen Anzug schräg gegenüber, der lässig auf seinem Stuhl saß und seit Beginn des Spiels das Feuerzeug in seiner Hand hin und her gedreht hatte, rührte sich plötzlich nicht mehr. Der Tick kam nicht von seiner nervösen Spielweise, sondern vielmehr davon, dass er dringend eine Zigarette brauchte. Vermutlich hatte er erst vor Kurzem mit dem Rauchen aufgehört. Dass er diesen Tick jetzt völlig vergaß und auf seine Karten starrte, deutete darauf hin, wie gebannt er von seinem Blatt war und dass er alles daransetzte, seine Gegner nichts davon merken zu lassen.

Anders als der Mann direkt gegenüber, der seine wenigen verbliebenen Chips unruhig hin und her schob. Er trug einen eleganten, aber zweckmäßigen schwarzen Anzug. Keine Markenware, sondern von der Stange. Außerdem kannte er die Bewegungen des Dealers, der ihnen die Karten austeilte, praktisch auswendig. Entweder handelte es sich hierbei um einen Stammgast oder, was Scarlett eher vermutete, um einen Angestellten des Casinos, der sich öfter unter die Gäste mischte, um potenzielle Betrüger ausfindig zu machen. Denn jemand, der dieses Etablissement regelmäßig aufsuchte, würde das nicht in einem so billigen Anzug tun.

Scarlett spürte die Blicke ihrer Gegner auf sich, aber auch den von Garrett, obwohl sie ihn bei den neugierigen Zuschauern, die sich um den Pokertisch versammelt hatten, nicht sehen konnte. Aber sie kannte das Gefühl, denn es war das gleiche wie auf Coldwells Party. Auch dort hatte Garrett sie beobachtet, damals allerdings, um sie aufzugreifen. Heute, um ihr zu helfen. Scarlett musste sich dazu zwingen, sich nicht nach ihm umzusehen. Bei dieser Mission musste sie sich ganz auf Garrett verlassen und das fiel ihr nicht leicht. Es war eine Sache, mit jemandem ins Bett zu wollen, aber eine völlig andere, das eigene Leben in seine Hände zu legen.

Scarlett löste ihre überkreuzten Beine und schlug sie andersherum wieder übereinander, um ihre verspannten Muskeln zu lockern. Im selben Moment verfluchte sie sich für die Geste, die ihre Mitspieler sofort als Nervosität interpretieren würden. Wie selbstverständlich hielt sie ihre leere Champagnerflöte in die Höhe, um sich eine weitere zu bestellen. Es war ein alter Trick, aber vielleicht würde er über ihren kurzen Aussetzer hinwegtäuschen. Bei einem guten Pokerspiel konnte sie normalerweise stundenlang ausharren und jede Sekunde davon genießen. Doch hier ging es um mehr als den Nervenkitzel und sehr viel Geld. Es ging um Informationen. Um den Tod eines Mannes. Und darum, endlich Frieden finden zu können, wenn sie den Mörder des Sheriffs fand. Sie hatte nicht die geringste Ahnung, was sie mit ihm anstellen würde, wenn es so weit war. Vielleicht würde sie ihm eine einzige simple Frage stellen: Warum? Warum hatte er ihr jede Chance genommen, es selbst zu beenden?

Sie schob ihre Chips genauso nach vorn, wie sie ihre Erinnerungen von sich schob. »All in.«

»Ich bin raus.« Der Billiganzugträger warf seine Karten auf den Tisch und lehnte sich zurück. Was hatte er da? Scarlett erkannte eine Sieben, eine Sechs und eine Vier. Niedlich. Hatte er damit etwa eine Straße basteln wollen? Jetzt bestätigte sich ihr Verdacht. Der Kerl war kein Profispieler, sondern ein Angestellter aus dem Casino selbst.

Die anderen Spieler gingen mit und warfen oder schoben ihre Einsätze in die Mitte des Tisches.

»Ich will sehen«, kam es von dem Dicken. Sein bohrender Blick richtete sich auf Scarlett.

Das vertraute Prickeln meldete sich in ihrer Magengrube. Gefahr, Adrenalin und die Unwissenheit, was als Nächstes geschehen würde, waren die Dinge, für die sie lebte. Vor allem, wenn sie diese Unwissenheit mit einem gewissen Maß an Kontrolle ausbalancieren konnte. Ihr Blatt war gut. Sehr gut sogar. Jetzt mussten die der anderen nur schlechter sein.

Der Exraucher zeigte seine Karten als Erstes. Full House. Ein siegessicheres Lächeln breitete sich auf seinem Gesicht aus. *Freu dich nicht zu früh, Kumpel.* Die beiden anderen waren uninteressant. Ein Bluff mit miesen Karten und ein Drilling. Nichts, was sie beunruhigen sollte. Blieb nur noch der Dicke, der sich weigerte, sein Blatt vor ihr auf den Tisch zu legen. In Gedanken verwünschte Scarlett ihn, ließ jedoch nichts von ihrer schwelenden Wut nach außen dringen. Mit bewegungslosem Gesicht legte sie ihre Karten offen. Straight Flush im gleichen Blutrot wie ihre lackierten Fingernägel. *Nimm das!*

Alle am Tisch und rundherum hielten den Atem an, doch der Dicke zuckte nicht mal mit einem Muskel. Scarletts Herz begann zu hämmern, schnell und warnend. Hatte sie sich überschätzt? War sie ausgerechnet hier, in Suttons Casino, einem besseren Spieler als ihr selbst begegnet? War die ganze Aktion umsonst gewesen?

Wortlos legte er sein Blatt auf den Tisch. Die Leute um sie herum schnappten nach Luft. Gemurmel brach aus, aber Scarlett riss ihren Blick nicht von der Miene des Kerls fort. Erst als sich der Kartengeber mit einem Räuspern meldete, sah sie auf.

»Full House«, verkündete er. »Der Sieg geht an die Dame in Schwarz.«

Ein Lächeln breitete sich auf ihrem Gesicht aus, während die angestaute Anspannung über ihr hereinbrach wie ein warmes Sommergewitter. Sie hatte gewonnen. Zum Teufel, ja. Sie hatte es noch immer drauf.

»Entschuldigen Sie bitte. Miss?«, erklang eine tiefe Stimme auf einmal zu ihrer Rechten.

Scarlett drehte den Kopf und legte ihn anschließend in den Nacken, um zu der großen Gestalt hochsehen zu können. Der Mann war schlank und ragte in seinem schwarzen Smoking über ihr auf. Wie die beiden Kerle vor der Tür zum Casino trug er einen dezenten Ohrknopf mitsamt einem durchsichtigen Schallschlauch, was auf seinen Status als Teil der Security schließen ließ. Bei all den Men in Black schien es hier beinah mehr Sicherheitspersonal als Besucher zu geben, aber davon ließ sich Scarlett nicht einschüchtern.

»Ja?«, fragte sie.

Der Fremde setzte ein Lächeln auf, das seine stahlgrauen Augen nicht erreichte. »Wie wäre es mit einer Runde Roulette? Mr. Sutton lädt sie zu einer privaten Partie ein.«

Treffer. Genau deswegen waren sie hergekommen. Nur warum wanderte dann ein eisiger Schauder ihre Wirbelsäule hinab? Als wollte ihr Unterbewusstsein sie warnen. Wenn sich einmal die Türen zu den Hinterzimmern hinter ihr schließen würden, käme sie nicht mehr lebend dort raus. Unwillig wischte sie diese Sorgen beiseite. Sie war eine Daughter of Darkness. Wenn es etwas gab, das sie gut konnte – abgesehen davon, Leute umzulegen –, dann war es, unbeschadet aus jeder noch so aussichtslosen Lage herauszukommen. Das würde sich hier und heute nicht ändern.

»Sehr gern.« Sie schob ihren Stuhl zurück und stand auf. Die gewonnenen Chips ragten in der Mitte des Tisches in die Höhe. »Pass für mich darauf auf, ja?«, wandte sie sich an den Kartengeber und zwinkerte ihm zu. Der nickte wie selbstverständlich, aber ihr entging nicht die leichte Röte, die sich auf seinen Wangen ausbreitete. *Süß.*

Wie aus dem Nichts tauchte Garrett neben ihr auf und legte seine Hand auf ihren unteren Rücken. Die Geste war sowohl besitzergreifend als auch eindeutig. Er würde sie nicht allein dort reingehen lassen. Ein lächerliches Gefühl von Erleichterung breitete sich in ihr aus.

Der Security-Kerl betrachtete ihre Begleitung einen Moment lang mit gerunzelter Stirn, nickte dann jedoch. »Folgen Sie mir bitte.«

Gemeinsam durchquerten sie den großen Saal, marschierten an den Spielautomaten und der langen Bar vorbei bis zu einer Doppeltür aus dunklem Mahagoni. Auch hier waren zwei Sicherheitsleute postiert, die sie jedoch ohne mit der Wimper zu zucken durchließen. Nicht dass Scarlett ein Wimpernzucken hinter ihren verspiegelten dunklen Brillengläsern hätte sehen können.

Sobald sich die Türen hinter ihnen geschlossen hatten, senkte sich Stille über sie. Der Flur war lang und nur gedimmt beleuchtet. Rechts und links hingen Porträts und Landschaftsmalereien von irgendwelchen Künstlern. Es hätte Scarlett nicht überrascht, wenn es sich dabei um Originale gehandelt hätte. Allerdings blieb ihr keine Zeit, um sich die Pinselführung oder Farbgebung der einzelnen Gemälde näher anzuschauen, denn der Security-Kerl führte sie ohne Pause den Gang entlang. Ein teurer Teppich dämpfte ihre Schritte. Unwillkürlich fragte sich Scarlett, wie viele Menschen, die diesem Weg gefolgt waren, auf demselben wieder rausgekommen waren.

»Mr. Sutton erwartet Sie bereits.« Neben einer geschlossenen Tür blieb er stehen und deutete mit der ausgestreckten Hand darauf. Offenbar würde er nicht mit hineinkommen. Ob das beruhigend war oder nicht, hatte Scarlett noch nicht entschieden.

»Danke.« Sie setzte ihr bestes Lächeln auf und blickte ihm nach, wie er zurück in Richtung Casino ging.

»Ganz ruhig.« Garretts Hand lag noch immer auf ihrem unteren Rücken, doch jetzt strich er mit dem Daumen über ihre Haut, als versuchte er ihre flatternden Nerven zu beruhigen. Leider hatte seine Berührung die gegenteilige Wirkung auf sie, denn jetzt breitete sich eine Gänsehaut auf ihrem Rücken aus.

Scarlett atmete tief durch und nickte. Sie würde das hinkriegen. Es war nicht das erste Mal, dass sie ohne die Rückendeckung ihrer Kolleginnen in Aktion trat. Bisher war das zwar nur selten der Fall gewesen, aber es war schon vorgekommen. Und sie hatte es immer überlebt. Genau wie sie es heute überleben würde, zumal es hierbei um weit mehr als nur um einen Auftrag ging. Ihr Herz pochte schneller bei der Erinnerung an das, was Carlos ihr gestanden hatte. Sutton musste wissen, wer den Sheriff getötet hatte. Möglicherweise hatte er denjenigen selbst beauftragt. Waren es Spielschulden? Oder hatte sich Morrington ein einziges Mal in seinem Leben nicht schmieren lassen? Wer hatte ihr das Recht genommen, es selbst zu Ende zu bringen?

»Los geht's.« Scarletts Finger schlossen sich um die Türklinke.

Ohne weiteres Zögern öffnete sie die Tür und betrat eine Art Spielzimmer für Männer. Der würzige Geruch von Zigarren und Scotch lag schwer in der Luft. Teure Ledersofas und Sessel nahmen die linke Seite ein, wo sich bereits zwei Männer in Anzügen breitgemacht hatten. Dazu eine kleine, aber elegante private Bar. Auf der rechten Seite reichten Bücherregale bis an die Decke. Ihnen gegenüber direkt vor den Fenstern stand ein Billardtisch, an dem gerade gespielt wurde. Als sie eintraten, drehten sich mehrere Köpfe zu ihnen herum.

Scarlett erkannte Sutton nicht nur deshalb, weil sie ein älteres Foto von ihm gesehen hatte. Auch ohne das Wissen um seine Halbglatze, den penibel getrimmten Schnurrbart und die kalten braunen Augen hätte sie den Casinobesitzer erkannt. Als er sich aufrichtete, stellte er nicht nur seine große Statur mit den breiten Schultern und langen Beinen zur Schau, sondern strahlte Macht und Geld aus. Es haftete wie ein zweites Parfum an ihm, selbst dann noch, als sich ein zufriedenes Lächeln auf seinem Gesicht zeigte. Die veränderte Mimik ließ ihn jünger wirken als seine fünfundfünfzig Jahre. Vielleicht fünfundvierzig. Er gehörte definitiv zu den Männern, die mit zunehmendem Alter attraktiver wurden. Und gefährlicher.

»Da ist ja unsere glückliche Gewinnerin«, rief er in einem tiefen Bariton, während sein Blick weiter wanderte. Aber was auch immer er über Garretts Anwesenheit dachte, nichts davon spiegelte sich in seiner Miene wider. Dieser Mann hatte das Pokerface perfektioniert.

»Mr. Sutton.« Scarlett straffte die Schultern und lächelte ihn herzlich an. »Es ist mir eine Freude.«

»Oh nein, nein.« Er legte sein Queue am Rande des Billardtisches ab und kam mit großen Schritten auf sie zu. »Die Freude ist ganz meinerseits. So eine talentierte Pokerspielerin musste ich unbedingt persönlich kennenlernen.« Beherzt schüttelte er ihre Hand, bevor er die von Garrett ergriff und ebenfalls schüttelte.

Mit einem so warmen Empfang hatte Scarlett nicht gerechnet und es verunsicherte sie etwas. Vermutlich genau das, was Sutton damit erreichen wollte. Im Gegensatz zu ihm beobachteten die anderen anwesenden Männer sie misstrauisch. Sie alle wussten, dass diese Begrüßung nur aufgesetzt war. Höchste Zeit, zu dem wahren Grund zu kommen, aus dem Sutton sie herbestellt hatte.

»Ihr Mitarbeiter erwähnte etwas von einer Runde Roulette«, merkte Scarlett an und deutete um sich. »Aber ich sehe hier keinen

Roulettetisch.«

»Oh, keine Sorge. Wir spielen eine besondere Variante.«

Ein kaltes Prickeln krabbelte Scarletts Wirbelsäule hinunter. Ihr Instinkt schrie sie an, die Beine in die Hand zu nehmen und von hier zu verschwinden. Vielleicht hätte sie es getan, wenn es hierbei nur um Informationen gehen würde. Aber sie hatte auch einen Job zu erledigen. Dass Sutton schuldig war, stand außer Frage. Jeder in der Stadt, der sich auch nur ein kleines bisschen in der Unterwelt auskannte, wusste um Suttons Ruf. Er betrieb Geldwäsche unter dem Deckmantel seines Casinos und gehörte zu den Hintermännern, die aus dem Verborgenen die Fäden zogen. Waffenhandel. Auftragsmord. Gekaufte Cops. Die Liste ließe sich mit Sicherheit endlos fortsetzen, hätte Scarlett auch nur einen Funken Interesse daran, tiefer zu graben. Hatte sie aber nicht. Alles, was sie wissen musste, war, dass Sutton schuldig war und sie ihn erledigen sollte. Schlicht und einfach.

»Was für eine Variante?« Garrett ergriff erstmals das Wort. Obwohl er ruhig klang, verfestigte sich die Berührung seiner Hand an ihrem Rücken. Als wollte er ihr stumm Bescheid geben, auf alles gefasst zu sein. Sogar auf eine unerwartete Flucht.

Keine Chance. Sie war nicht so weit gekommen, um beim kleinsten Anzeichen von Gefahr abzuhauen.

Scarlett trat einen Schritt nach vorn, ohne auch nur eine Sekunde in ihrem Lächeln zu schwanken. »Dann sollten wir keine Zeit verschwenden.«

Sutton lachte auf. »Fordernd und ungeduldig. Das gefällt mir.« Ein gefährliches Blitzen trat in seine Augen. Er winkte einen seiner Mitarbeiter heran.

Wie auf Kommando setzten sich gleich mehrere Männer in Bewegung. Die beiden standen von der Couch auf und nahmen ihre Position hinter ihnen neben der Tür ein, als wollten sie Wache halten – oder verhindern, dass einer von ihnen zu fliehen versuchte. Hätte sich nicht schon zuvor eine dunkle Vorahnung in ihr ausgebreitet, wäre es spätestens jetzt so weit gewesen. Irgendetwas lief hier überhaupt nicht nach Plan. Sie sollte die Oberhand behalten, doch jetzt deutete alles darauf hin, dass sie der Spinne trotz all ihrer Vorkehrungen geradewegs ins Netz gegangen waren.

Einer der Männer trat mit einem silbernen Koffer an Sutton heran, hielt ihn mit einer Hand in die Höhe und öffnete ihn mit der anderen. Der bordeauxfarbene Samt schimmerte im Licht. In seiner Mitte lag ein Revolver gebettet. Klassisch. Antik. Colt. Und mit einem Mal wurde Scarlett die grausame Wahrheit bewusst. Sutton hatte sie tatsächlich zu einer Runde Roulette eingeladen. Russisches Roulette, das nur einer von ihnen überleben würde. Und da Sutton hier und heute vor ihr stand, würde er derjenige sein, der lebend aus diesem Spiel hervorging.

»Nein.« Garrett trat einen Schritt vor und baute sich neben ihr auf. »Das ist krank, Sutton.«

»Es ist ein Spiel. Wo wäre denn der Reiz, wenn es keinen hohen Einsatz gäbe?«

»Was ist der Einsatz?« Ohne den Blick von Sutton abzuwenden, reckte Scarlett das Kinn vor. »Abgesehen von meinem Leben natürlich.«

Überraschung weitete seine braunen Augen für den Hauch einer Sekunde, dann hatte er sich wieder im Griff. »Was könnte wichtiger und wertvoller sein als das?«

»Informationen. Für jede gewonnene Runde beantworten Sie mir einige Fragen.« Sie ignorierte den wütenden Blick, den Garrett ihr zuwarf. Die Sache mochte zwar nicht so laufen wie erhofft, aber sie wusste die Dinge zu ihrem Vorteil zu nutzen.

Scheinbar nachdenklich wiegte Sutton den Kopf hin und her. »Es hat schon lang niemand mehr mit mir zu verhandeln versucht. Nun gut. Ich beantworte Ihnen eine Frage, Miss Morrington.«

Die Kälte, die sie zuvor verspürt hatte, nahm mit einem Schlag ihren gesamten Körper ein. Ihr Puls schoss in die Höhe, noch bevor ihr Kopf begriffen hatte, was sie so beunruhigte. Und als es ihr dämmerte, hätte sie sich am liebsten übergeben. Sutton kannte ihren Namen. Ihren richtigen Nachnamen. Und er hatte ihn vor allen Anwesenden ausgesprochen, Garrett eingeschlossen. Schlimmer noch: Er hatte sie mit Sheriff Morrington in Verbindung gebracht, dem Mann, der möglicherweise auf seinen Auftrag hin gestorben war. Und das bedeutete nur eins: Er wusste genau, weshalb sie hier waren. Ihre sorgsam geplante Tarnung war dahin.

Obwohl ein Gedanke den anderen jagte, versuchte sich Scarlett nichts davon anmerken zu lassen. Sutton war ein Spieler und in diesem Spiel konnte ein einziges falsches Muskelzucken verheerende Konsequenzen nach sich ziehen. Sie hatte geglaubt, es beim Poker vorhin schwer gehabt zu haben? Das war der reinste Kindergarten im Vergleich zu dem gewesen, was sie jetzt erwartete. Das vielleicht wichtigste Spiel ihres Lebens – und mit Sicherheit das tödlichste.

»In Ordnung«, willigte sie ein.

Garrett schwieg, aber sie spürte ihn neben sich, spürte, wie er sich versteifte, und konnte förmlich vor sich sehen, wie der Muskel in seinem Kiefer pulsierte. Dabei sollte es doch keine Rolle für ihn spielen. Er war nur die Rückendeckung, ihr Plan B, falls etwas schiefging. Wenn er allein hier herausspazierte, hätte er zwar jede Chance darauf verloren, Informationen über Karasov von ihren Kolleginnen zu erhalten, aber er wäre zumindest am Leben.

»Sehr schön.« Beinah liebevoll streichelte Sutton über den silberfarbenen Colt, ehe er ihn aus dem Samt hob und die Munition überprüfte. Dabei hielt er die Waffe so, dass Scarlett die einzelne Patrone sah, die bereits eingelegt war. Dann drehte er die Trommel, bis niemand mehr wusste, an welcher Stelle sich die tödliche Munition befand.

Wie oft er dieses kranke Spielchen wohl schon gespielt hatte? Wie viele Menschenleben mochte er auf dem Gewissen haben, nur für diese perverse Art der Unterhaltung? Und wie hatte er unbeschadet davonkommen können?

»Da ich heute einen guten Tag habe, schlage ich Ihnen eine kleine Erweiterung vor.« Sutton sprach, als würden sie sich bei einem guten Drink am Kaminfeuer über das Tagesgeschehen unterhalten. »Jeder von uns hat die Möglichkeit, einen Ersatz zu wählen. Wenn Sie nicht auf sich selbst zielen wollen, zielen sie auf ihn. Nur um sicherzugehen, dass der Spaß nicht schon nach ein, zwei Versuchen endet«, fügte er mit einem Augenzwinkern hinzu.

Scheiße. Der Typ meinte es ernst.

Mit der freien Hand winkte er einen rothaarigen Kerl zu sich. Er war schmal und reichte Sutton gerade mal bis zur Schulter. Sommersprossen tanzten auf seinem Gesicht und ließen ihn jünger wirken, obwohl er gerade mal Anfang zwanzig sein konnte. Übelkeit krallte sich wie ein Raubtier in Scarletts Magengrube fest.

»Jimmy wird heute Abend mein Ersatzmann sein. Es ist seine Prüfung, damit wir sehen, ob er die Nerven hat, für mich zu arbeiten.« Väterlich schlug Sutton dem Jungen auf die Schulter. »Ihre Begleitung wird Ihr Ersatzmann sein, Miss Morrington.«

»Auf keinen Fall!«, rief sie.

»In Ordnung.« Garrett sprach die Worte im selben Moment wie Scarlett aus. Diesmal war es an ihr, ihn ungläubig anzustarren. Hatte er den Verstand verloren? Ein einziger Schuss könnte tödlich enden. Und wofür? Um an ein paar Informationen zu gelangen, die nichts mit ihm zu tun hatten? Um einen Auftrag zu Ende zu führen, von dem er nicht einmal etwas ahnte? Oh nein. Nicht mit ihr.

»Ich brauche keinen ...«

»Fantastisch«, unterbrach Sutton sie und wischte ihren Einwand mit einer Handbewegung beiseite, als wäre er nur eine lästige Fliege. »Dann können wir ja starten.«

Scarlett biss die Zähne zusammen, während sie diesem Mann in Gedanken die schlimmsten Krankheiten an den Hals wünschte. Hoffentlich bekam er Chlamydien oder Genitalherpes. Oder wurde impotent und litt Höllenqualen, bevor sie seinem armseligen Leben ein Ende setzte.

»Mylady.« Sutton hielt ihr den Revolver hin. »Erweisen Sie uns die Ehre, das Spiel zu eröffnen?« In seinen Worten lag mehr Befehl als Frage, dessen waren sich alle Anwesenden bewusst.

Scarlett ließ ihren Blick über die Männer wandern. Hinter ihnen standen die beiden an der Tür. Gegenüber und damit hinter Sutton hatten sich zwei weitere postiert, ebenfalls in schwarzen Anzügen, das Sakko leicht geöffnet, wodurch ihre Pistolen deutlich sichtbar hervortraten. Niemand in diesem Raum würde ein Nein als Antwort akzeptieren. Entweder sie spielte bei dieser makabren Show mit oder sie und Garrett würden beide sterben. Und dann wäre tatsächlich alles umsonst gewesen.

Ihre Hand zitterte nicht, als sie die Finger um den Kolben des Revolvers schloss und ihn an sich nahm. Sie wandte sich Garrett zu, der sie aus zusammengekniffenen Augen musterte. Rechnete er damit, dass sie auf ihn zielte? Hoffte er darauf? Oder zählte er bereits die Sekunden, bis er endlich hier rauskam, egal ob mit ihr oder ohne sie?

Eine seltsame Ruhe legte sich über sie. Ihre Entscheidung war längst gefallen. Sie hob die Waffe und drückte den Lauf gegen ihre Schläfe.

»Scarlett ...« Garretts Stimme klang messerscharf – und aufs Höchste angespannt. Hatte er Angst? Um sie? Um ihr Leben? Oder nur darum, dass sie eine Dummheit begehen könnte?

Ihr Herz begann zu hämmern, immer fester, immer schneller, als wollte es sie davon abhalten, das hier zu tun. Waren die Informationen es wert? Blieb ihr überhaupt eine Wahl? Sie entsicherte den Revolver mit dem Daumen und legte ihren Zeigefinger an den Abzug. Jetzt gab es kein Zurück mehr. Ein einziger Schuss entschied über Sieg oder Niederlage, Leben oder Sterben. Und sie erkannte, dass sie nie eine Wahl gehabt hatte. Sie konnte Garrett nicht für ihre

Mission sterben lassen, konnte diesen Mann nicht erschießen, der ihr durch mehrere Bundesstaaten bis hierher gefolgt war. Sie hatte ihm damals in Seattle nicht das Leben gerettet, um es ihm jetzt zu nehmen.

Also drückte sie den Abzug.

Klick.

Nichts. Kein Schuss. Keine Kugel, die sich in ihren Kopf bohrte. Kein kurzer Schmerz, bevor alles vorbei war. Wortlos senkte sie die Pistole und hielt sie Sutton hin, ohne den Blickkontakt zu Garrett abzubrechen. In seinen Augen schien ein Wirbelsturm voller Emotionen loszubrechen, während ihr Herz mit jeder Sekunde schneller schlug. War es Wut? Erleichterung? Hoffnung? Angst? Oder etwas völlig anderes? Erst als Sutton mit einem Räuspern auf sich aufmerksam machte, unterbrach Scarlett den Blickkontakt und drehte den Kopf in seine Richtung. Dem Mann schien es nicht zu gefallen, wenn sein Publikum abgelenkt war. Möglicherweise war das eine Schwäche, die sie sich zunutze machen konnte. Später. Wenn sie alles wusste, was sie aus ihm herauspressen konnte.

Entgegen ihrer Erwartung zielte Sutton nicht sofort auf den armen Jungen neben sich, sondern hielt sich wie Scarlett den Lauf an die Schläfe und drückte den Abzug durch. Kein Zögern. Kein Wimpernzucken. Und sie erkannte ihren Fehler. Denn hier hatte sie es nicht nur mit einem Profi zu tun, sondern mit einem Spieler, der besser war als sie selbst. Ganz besonders bei diesem Spiel.

Nichts passierte. Ein Aufatmen ging durch die Reihen der anwesenden Männer und sogar Jimmys Schultern sackten erleichtert herab, doch Sutton verzog noch immer keine Miene. Sein Gesicht schien aus Stein gemeißelt zu sein, sogar dann noch, als er den Revolver senkte und Scarlett zunickte. »Erste Frage.«

Tausende Fragen schwirrten ihr wie ein Schwarm wild gewordener Wespen durch den Kopf. Eine tödlicher als die andere und sie musste mitten hineingreifen und die richtige herausziehen. Denn vielleicht war das hier ihre letzte Chance dazu, die Wahrheit zu erfahren.

»Was wissen Sie über einen gewissen Sheriff Morrington aus Mono County?«

»Interessant.« Sutton schnalzte mit der Zunge. »Ehrlich gesagt hätte ich mit einer anderen Frage gerechnet, aber gut, ich bin ein Mann meines Wortes.« Wie um diese Aussage zu unterstreichen, breitete er die Arme aus. »Morrington kam einige Male in mein Casino, als er noch als Deputy gearbeitet hat. Schon da hat er sich Geld geliehen, das er bis zum heutigen Tag nicht zurückzahlen konnte. Er endete mit einem Miststück als Frau und hatte ein Balg am Bein, noch bevor er sich den Sheriffstern anstecken konnte. In seiner Amtszeit hat er nur wenige Fälle gelöst, wahrscheinlich nicht mal, weil er so inkompetent war. Es ist nur ziemlich schwierig, Fälle zu lösen, wenn man sich von den Beteiligten schmieren lässt, um wegzusehen und die Klappe zu halten. Vor ein paar Tagen – oder ist es schon eine Woche her? – wurde er tot in seinem Wohnzimmer aufgefunden, in seinem eigenen Blut schwimmend und mit einem Smileygesicht, das ihm jemand in die Kehle geritzt hat. Aber ich schätze, nichts davon ist neu für Sie, nicht wahr?«

Scarlett spürte erst, wie tief sich ihre Fingernägel bereits in ihre Handflächen gebohrt hatten, als sie ihre Fäuste langsam löste. Keine Schwäche zeigen. Keine Gefühle an die Oberfläche dringen lassen. Sie ließ zwei, drei Sekunden verstreichen, bis sie sicher sein konnte, dass ihre Stimme normal klang. »Richtig. Danach habe ich auch nicht gefragt.«

»Ah, dann hätten Sie Ihre Frage genauer formulieren sollen, meine Liebe.« Wie ein netter Onkel hob Sutton tadelnd den Zeigefinger. »Vielleicht klappt es beim nächsten Versuch besser.«

Mistkerl. Inzwischen waren Geschlechtskrankheiten nicht mehr gut genug für ihn. Scarlett hoffte, dass er auf ewig in der Hölle brennen würde. Dafür würde sie persönlich sorgen.

Mit einem Lächeln im Gesicht hielt ihr Sutton den Revolver ein weiteres Mal entgegen. Sie war wieder an der Reihe. Diesmal konnte sie ihr Zittern nicht unterdrücken, doch ob es von den Dingen herrührte, die Sutton erzählt hatte, oder davon, dem Tod erneut ins Auge blicken zu müssen, wusste sie nicht. Was es auch war – ein Deal war ein Deal.

»Scar ...« Garretts leise Stimme holte sie aus ihren Gedanken. Trotz allem, was zwischen ihnen geschehen war, obwohl sie sich gegenseitig bedroht und verflucht, sich das Leben schwer gemacht und um den Verstand geküsst hatten, nickte er ihr in diesem Moment zu. »Es ist okay.«

Nichts war okay, wenn er damit ausdrücken wollte, dass sie auf ihn statt auf sich selbst zielen sollte, wo doch die Chancen, durch eine einzige Kugel zu sterben, gerade massiv gestiegen waren. Wollte er wirklich sein Leben für sie aufs Spiel setzen? Aber warum? Er stand nicht länger in ihrer Schuld und sie bedeutete ihm nichts. Es gab keinen einzigen vernünftigen Grund für ihn, dieses Risiko einzugehen.

»Tu es.« Sutton war hinter sie getreten und säuselte ihr die Worte ins Ohr. »Wir wissen beide, wie sehr du Männer mit Dienstmarken verachtest. Egal, ob es sich dabei um einen Sheriff oder ...«, fügte er mit einem Nicken in Garretts Richtung hinzu, »... um den Agenten einer Spezialeinheit handelt.«

Ihr Herz blieb für einen Moment stehen und stolperte dann weiter. Woher wusste dieser Kerl so viel über sie? Über Garrett? Hatte Warner sie verraten? Seine Informationen über sie an Sutton verkauft? Die Gefahr, die von dem Casinobesitzer ausging, wurde von Sekunde zu Sekunde größer. Alarmierender. Er wusste zu viel. Egal, wie das hier ausging, dieser Mann durfte den heutigen Abend nicht überleben. Wenn sie nicht dafür sorgte, würden es die anderen Daughters of Darkness tun.

»Na los«, forderte er mit mehr Nachdruck. »Nutz deinen Ersatzmann.«

Allein durch seinen Blick schien Garrett sie dazu zwingen zu wollen, Sutton aus ihrem Bewusstsein auszublenden und sich nur auf ihn zu konzentrieren. Als könnten sie die Außenwelt noch einmal vollkommen vergessen wie in jener Nacht in dieser Gasse, als sie ihn geküsst hatte. War das wirklich erst drei Tage her? Wieder nickte er ihr zu, wie eine Aufforderung, es einfach zu tun. Ihn an ihrer Stelle sterben zu lassen, wenn die tödliche Kugel den Revolver verließ.

Die Versuchung war da und Scarlett ehrlich genug, es vor sich selbst zuzugeben. Wie einfach wäre es, die Hand zu heben und die Pistole auf diesen Mann zu richten, um ihren Job erledigen zu können und dabei ohne einen einzigen Kratzer davonzukommen? Doch an ihren Händen klebte bereits genug Blut. Sogar seines. Sie erinnerte sich genau an die endlosen Minuten, in denen sie geglaubt hatte, er würde den Kampf all ihren Bemühungen zum Trotz verlieren. Selbst in der Dunkelheit der Bibliothek hatte sie die Wärme seines Bluts auf ihren Fingern gespürt und gesehen, wie es aus seinem Körper rann und sich um sie beide herum sammelte. Damals hatte sie alles dafür getan, damit er überlebte.

Das Gleiche würde sie auch heute tun.

Morgen.

Immer.

»Nicht ...« Garrett klang so gequält, so bittend, dass etwas in ihrer Brust sich schmerzhaft zusammenzog. Sie konnte sein Leben nicht gefährden, nicht wenn er bereit war, sein eigenes für sie zu geben.

Ein weiteres Mal hob sie den Revolver und presste die Mündung an ihre Schläfe. Kalt bohrte sich das Metall in ihre Haut. Würde das ihre letzte Empfindung sein? Wären Garretts eisblaue Augen das Letzte, was sie sehen würde, bevor alles vorbei war? Das wäre sicher nicht die schlechteste Art zu sterben ...

Sie legte den Finger an den Abzug.

»Scarlett!« Er rief ihren Namen, versuchte, sich zu ihr zu kämpfen, und wurde von Suttons Männern gnadenlos zu Boden gestoßen. Gleich zwei von ihnen standen hinter ihm, je eine Hand auf seiner Schulter, und hielten ihn fest, damit er nicht eingreifen konnte. Damit er nur zusehen, aber nicht handeln konnte.

Ihr Sichtfeld verschwamm und sie musste blinzeln, um Garretts Blick festhalten zu können. Wenn diese Kugel wirklich ihr Ende bedeutete, wollte sie wenigstens ihn dabei ansehen. Sie schluckte den Kloß in ihrem Hals hinunter und atmete zittrig durch. Im Grunde war es ganz leicht. Sie musste nur den Zeigefinger bewegen. Wahrscheinlich würde sie nicht einmal etwas spüren. Und dann wäre es vorbei. Endgültig.

Sie drückte ab.

Klick.

Sekundenlang verharrte sie, ohne sich zu rühren. Wagte es nicht, sich zu bewegen, aus Angst, eine einzige Bewegung könnte die Illusion zerstören. Doch dann erkannte sie die Erleichterung in Garretts Gesicht und realisierte, dass das hier kein Traum war. Sie war noch immer hier, stand in diesem Hinterzimmer und hielt sich einen geladenen Revolver an den Kopf. Ihre eigene Erleichterung überkam sie so heftig, dass sie am ganzen Körper zu zittern begann. Mühsam streckte sie den Arm aus und hielt Sutton die Waffe hin.

Zum ersten Mal zeigte dieser Anzeichen von Unsicherheit – er zögerte. Für den Bruchteil einer Sekunde verharrten seine Finger in der Luft, bevor er sie um die Pistole schloss. Anders als Scarlett zielte er auf seinen Ersatzmann. Der arme Jimmy kniff vor Furcht die Augen zusammen, blieb jedoch, wo er war. Sutton sah nicht mal hin, als er den Abzug drückte.

Die Trommel drehte sich, aber es ertönte kein Schuss. Ungläubig öffnete Jimmy erst das eine, dann das andere Auge und starrte in die Runde. Scarlett starrte zurück. So ungern sie den Jungen sterben sehen wollte, wusste sie doch, was diese Entwicklung bedeutete. Die Chancen standen jetzt fünfzig zu fünfzig. Diesmal würde es keinen zweiten oder dritten Versuch geben. Die letzte Runde entschied über

Leben und Tod.

»Ich schlage vor, dass wir das Spiel in meinem Büro fortsetzen.« Mit ausgestreckter Hand deutete Sutton auf eine Nebentür auf der rechten Seite.

»Nur über meine Leiche.« Irgendwie schaffte Garrett es, wieder auf die Beine zu kommen. Doch bevor er auch nur einen Schritt auf sie zu machen konnte, traf ihn etwas am Kopf und er sank mit einem kaum unterdrückten Fluchen in sich zusammen. Als Scarlett aufblickte, erkannte sie einen der Security-Männer. In seiner Hand eine Pistole.

Übelkeit krampfte ihren Magen zusammen, aber sie unterdrückte ihr Würgen mit einem harten Schlucken. Die einzige Möglichkeit, Garrett zu retten, war, ihn hier zurückzulassen. Sie musste die Sache allein zu Ende bringen.

8. KAPITEL

Seine Schläfe brannte von dem Schlag, den er abgekriegt hatte, und seine Knie protestierten ächzend gegen die Position, in die man sie gezwungen hatte. Mit rasendem Herzen beobachtete Garrett, wie die Tür hinter Scarlett und Sutton zufiel. Ein letzter Blick in ihre Augen, ein letzter gestohlener Moment, dann war sie fort. Zurück blieb nur die dunkle Vorahnung, dass er sie nicht lebend wiedersehen würde. Alles in ihm bäumte sich gegen diese Vorstellung auf, tobte und wütete wie ein eingesperrtes Tier. Wie hatte ihm eine Frau, die er kaum kannte, in so kurzer Zeit nur so wichtig werden können?

Garrett zwang seine Emotionen zurück und konzentrierte sich auf seine Lage – und die war mehr als beschissen, um ehrlich zu sein. Sutton hatte nur einen seiner Leibwächter mitgenommen, was ihn mit drei bewaffneten, ausgebildeten Männern und dem jungen Jimmy zurückließ. Drei gegen einen, möglicherweise sogar vier. Keine guten Voraussetzungen, um hier rauszukommen. Aber er musste die Kerle so schnell er konnte loswerden, um zu Scarlett zu gelangen. Falls es nicht schon zu spät war. Karen und Ben hatte er nicht helfen können, doch Scarlett würde er retten. Er musste es einfach, und das nicht nur, weil sie gerade zweimal ihr eigenes Leben statt seines aufs Spiel gesetzt hatte.

Unauffällig ließ er seinen Blick durch den Raum gleiten. Eine Wache an der Tür, eine zweite hinter ihm mit gezogener Pistole, die er gerade erst zu spüren bekommen hatte. Leibwächter Nummer drei stand mit dem Rücken zu ihnen an der Fensterfront, während Jimmy von einem Fuß auf den anderen trat und nichts mit sich anzufangen zu wissen schien. Wenn Garrett schnell genug war, könnte er sie überwältigen. Erst den Mistkerl hinter ihm, dann den an der Tür und danach den ...

Ein Schuss ertönte aus dem Nebenraum.

Nein.

Nein, nein, nein!

Jeder Gedanke in seinem Kopf erlosch genauso wie das Leben, das gerade hinter dieser Wand ausgelöscht worden war.

Sein Herz setzte aus. Seine Atmung stoppte. Für den Bruchteil einer Sekunde schien jedes Molekül in seinem Körper innezuhalten – dann brach alles über ihn herein. Garrett dachte nicht länger nach, formte keine Pläne mehr, wie er es gelernt hatte, um zu überleben. Er ging direkt zum Handeln über.

Ohne Vorwarnung warf er sich mit seinem gesamten Gewicht nach hinten und riss den Leibwächter mit sich zu Boden. Ein Kinnhaken später war dieser k. o. und Garrett hielt dessen Pistole in der Hand. Er riss sie hoch und zielte auf den Kerl an der Tür, doch der tödliche Schuss verfehlte ihn um wenige Zentimeter. *Fuck*. Instinktiv hechtete Garrett hinter das Ledersofa, als ihm plötzlich die Kugeln um die Ohren flogen. Einen Gegner hatte er ausgeschaltet. Blieben noch zwei weitere.

Garrett prüfte die Munition, dann erhob er sich in dem Moment aus seiner Deckung, in dem der Kerl am Fenster nachladen musste. Ein einziger Schuss und er sackte in sich zusammen. Nur noch einer. Und Jimmy. In Garretts Kopf arbeitete es fieberhaft. Er erlaubte sich keine Emotion. Keinen Gedanken an das mögliche Szenario, das ihn in Suttons Büro erwarten würde. Sie musste dieses kranke Spiel gewonnen und überlebt haben. Sie musste einfach.

Vorsichtig spähte er an der Armlehne vorbei. Im ersten Moment konnte er niemanden entdecken, dann bemerkte er eine Bewegung hinter dem Ledersessel. Der letzte Security-Kerl musste dahinter Feuerschutz gesucht haben. Die Entfernung betrug nur ein paar Schritte. Bevor Garrett es sich anders überlegen konnte, verließ er seine Deckung und feuerte auf seinen Gegner, wodurch es diesem unmöglich wurde, selbst zu schießen.

Ein großer Schritt nach vorn. Ein zweiter. Dann sprang er um den Sessel herum und schlug dem Mann die Pistole aus der Hand.

»K-keine ... keine Bewegung!«, ertönte eine Stimme mitten im Raum.

Garretts erster Reflex war es nicht, aufzusehen, wie jeder andere Mensch es getan hätte. Diesen Instinkt hatte man ihm über die Jahre erfolgreich ausgetrieben. Seine erste Reaktion war es, den Kerl vor sich zu packen und ihm die Mündung seiner Pistole an die Schläfe zu drücken. Auf diese Weise hatte er eine menschliche Deckung und Geisel in einem. Erst danach hob er den Kopf und erkannte Jimmy. Obwohl dieser breitbeinig dastand, zitterten seine Hände, mit denen er die Waffe festhielt – und auf ihn zielte.

»Mach keine Dummheiten, Junge«, knurrte Garrett. Der Mann vor ihm versuchte sich mit einem Ellbogenhieb zu befreien, was Garrett dazu veranlasste, seine Kehle noch etwas fester zu umklammern, bis ein Röcheln seine einzige Gegenwehr war. Langsam stand er auf und zwang auch seine Geisel auf die Beine. »Wir können alle sterben oder wir gehen alle lebend hier raus. Die Entscheidung liegt bei dir, Jimmy.«

Auf keinen Fall würde er auf einen Knaben schießen, der kaum eine Pistole halten konnte, aber das wusste glücklicherweise keiner der Anwesenden. Genauso wenig wie die Tatsache, dass er seine Munition längst aufgebraucht hatte. Diese ganze Aktion war ein einziger Bluff mit einem gut aufgesetzten Pokerface. Kein Wunder, schließlich hatte er heute Abend von der Besten gelernt.

Der Gedanke an Scarlett war wie eine mit Eis überzogene Messerklinge, die sich in seine Brust bohrte. Für einen Moment blieb ihm die Luft weg, dann breitete sich die Kälte in seinem Körper aus. Sie konnte nicht tot sein. Sie konnte unmöglich tot sein. Je öfter er dieses Mantra wiederholte, desto verzweifelter klangen seine Gedanken, aber es war das Einzige, an dem er sich festhalten konnte. Das Einzige, was seinen Verstand noch beisammen hielt. Sie musste am Leben sein.

»I-ich kann Sie nicht gehen lassen«, brachte Jimmy hervor und folgte jeder seiner Bewegungen mit den Augen. Und mit der Pistole in seinen Händen.

»Doch, das kannst du.« Stück für Stück arbeitete sich Garrett zu der Seitentür, durch die Scarlett vor wenigen Minuten mit Sutton verschwunden war. Aus dem Büro war kein Laut zu hören und er wusste nicht, ob ihn das beruhigen oder alarmieren sollte. »Niemand zwingt dich hierzu, Jimmy«, redete er weiter auf den Jungen ein. »Du hast eine Wahl. Du musst das nicht tun. Statt in diesem Drecksloch zu sein, solltest du das College besuchen oder einer Arbeit nachgehen, bei der du keine Waffe in die Hand nehmen musst.«

Das Zittern sprang von Jimmys Händen auf seine Arme über. Sogar seine Schultern bebten, als würde er jeden Moment die Nerven verlieren. Verflucht. Er musste schneller sein. Die Tür war nur noch ein paar Meter entfernt. Ein paar Meter, die ihn von der Wahrheit trennten. Von Scarlett.

»Stehen bleiben!« Jimmy drehte sich so abrupt zu ihnen um, dass Garrett dem Befehl tatsächlich nachkam und innehielt. »B-bitte ...«

Ein Teil von ihm hatte Mitleid mit dem Jungen, der in diese Situation und an diesen Ort geraten war. Vermutlich, ohne es selbst zu wollen oder Schuld daran zu tragen. Aber entgegen dem, was man ihm eingetrichtert hatte, blieb Jimmy eine Wahl. Er konnte ihn weiter aufzuhalten versuchen oder die Waffe senken und zusehen, dass er von hier verschwand und nie mehr zurückkehrte. So oder so würde Garrett diese Tür erreichen.

»Lass die Waffe fallen«, forderte er Jimmy auf und drückte die Mündung seiner Pistole fester gegen den Kopf seiner Geisel. »Jetzt.«

»I-ich ...«

»Lass sie fallen oder keiner von uns kommt lebend hier raus. Willst du das?« Mit jedem Wort wurde seine Stimme lauter, bis Jimmy bei seiner Frage zusammenzuckte. »Fallen lassen, habe ich gesagt.«

Sekunden verstrichen. Wertvolle Sekunden, in denen er längst in diesem verdammten Büro sein und ein Leben retten könnte. Alles in ihm drängte danach, den Knaben an den Schultern zu packen und durchzuschütteln, bis er wieder Vernunft annahm. Er gehörte nicht hierher, das sah sogar ein Blinder. Jetzt musste es nur noch Jimmy selbst erkennen und den Mut aufbringen, Sutton und seinem Casino den Rücken zuzukehren.

Garrett biss die Zähne so fest zusammen, dass ein stechender Schmerz durch seinen Kiefer schoss, aber er zwang sich dazu, ruhig stehen zu bleiben. Eine unbedachte Bewegung und Jimmy könnte den Abzug betätigen, weil er die Nerven verlor. Es grenzte ohnehin schon an ein Wunder, dass nach dem Schusswechsel noch keine Verstärkung eingetroffen war, doch allzu lang könnte es nicht mehr dauern.

Die Pistole in Jimmys Händen zitterte, dann senkte er sie ruckartig. Ein entschlossener Ausdruck erschien auf seiner Miene und Garrett erkannte, dass aus dem Jungen soeben ein Mann geworden war, der seine eigenen Entscheidungen traf. Er nickte ihm zu und setzte sich wieder in Bewegung. Erst an der Tür ließ er seine Geisel los.

»Sie kommen nicht lebend hier raus«, knurrte der Mann. Dann traf ihn der Pistolenkolben ebenso im Gesicht, wie sein Kollege es vor wenigen Minuten an Garrett demonstriert hatte.

»Abwarten.« Er blieb nicht, um zu sehen, wie der Kerl bewusstlos zu Boden sackte oder wie Jimmy die Flucht ergriff. Für ihn gab es nur noch ein Ziel, nur einen Menschen, den er retten musste. Zuvor nahm er dem toten Leibwächter neben dem Fenster noch seine Pistole und das Ersatzmagazin ab, dann marschierte er auf die Seitentür zu.

Obwohl ihn all seine Instinkte zur Eile drängten, war seine Ausbildung tiefer in ihm verankert. Er öffnete die Tür behutsam und hielt die Waffe im Anschlag für den Fall, dass er gleich Sutton und seinen Sicherheitsleuten gegenüberstehen würde. Doch auf der anderen Seite erwartete ihn nur Stille.

Drei Menschen waren am Boden. Sutton lag ihm am nächsten, ein Loch in seiner Stirn, während sein Blut den teuren Perserteppich tränkte. Nur zwei Schritte entfernt kniete Scarlett vor dem Schreibtisch und riss den Kopf hoch. Der Wurfstern flog so schnell in seine Richtung, dass er kaum Zeit zum Ausweichen hatte. Mit einem dumpfen Laut blieb er im Türrahmen stecken. Einen Fingerbreit von seinem Ohr entfernt.

»Du lebst ...«, stieß sie hervor und kam auf die Beine.

»Nicht wenn es nach dir geht.« Erst als er sicher war, dass keine Gefahr drohte, senkte er die Pistole und trat zu ihr. Sie hatten keine Zeit zu verlieren. Jeden Moment könnten Suttons Leute hier hereinstürmen und anfangen, auf sie zu schießen. Doch das hielt Garrett nicht davon ab, seine Hand an ihr Gesicht zu legen und mit dem Daumen über ihre weiche Haut zu fahren. Als müsste er sie berühren, um sicherzugehen, dass sie tatsächlich lebendig vor ihm stand. »Bist du okay?«

Für einen winzigen Moment schien ihr ihre Maske zu entgleiten und er erkannte den Schock in ihren Augen. Die nackte Angst. Aber auch eine eiserne Willenskraft, die sie bis heute durch jede noch so gefährliche Situation gebracht hatte. Scarlett schluckte einmal, dann nickte sie. »Ich bin am Leben.« Sie wandte sich von ihm ab und gab den Blick auf den ganz in Schwarz gekleideten Sicherheitsmann frei. Auch er lag am Boden, die Augen starr und weit aufgerissen. »Was man von ihm nicht behaupten kann«, fügte sie murmelnd hinzu und ging neben ihm in die Hocke.

Garrett runzelte die Stirn. »Hast du gerade allen Ernstes deinen Schuh aus seiner Kehle gezogen?«

Sie zuckte mit den Schultern und schlüpfte wieder in ihren High Heel. »Wozu sollten Zehn-Zentimeter-Absätze sonst gut sein?«

Gegen seinen Willen wanderten seine Mundwinkel nach oben. Diese Frau war nicht kleinzukriegen und schaffte es von Mal zu Mal, ihm zu imponieren. Nicht nur, dass sie diesen Sutton bei seinem eigenen Spiel geschlagen hatte, zusätzlich hatte sie auch noch ihn und seinen Leibwächter ausgeschaltet. Ohne echte Waffen wohlgemerkt. Den Wurfstern, den sie bei sich getragen hatte, riss sie jetzt aus dem Türrahmen und schob ihn sich in das schwarze Strumpfband an ihrem rechten Oberschenkel.

»Wir sollten abhauen.«

Ihre Worte rissen Garrett aus seiner Trance und er nickte ihr zu.

»Gibt es einen Hinterausgang?« Er wollte ungern den Weg zurück durch das Casino nehmen und erklären müssen, warum sie es plötzlich so eilig hatten, von hier zu verschwinden. Oder warum Blut an Scarletts Schuhen klebte.

»Nein, wir müssen ... Scheiße.«

Er hörte es ebenfalls. Schritte. Stimmen. Dann wurde die Tür zum Nebenzimmer aufgestoßen und einige Sicherheitsleute stürmten herein. Verdammt. Irgendjemand musste den Alarm ausgelöst haben. Garrett deutete Scarlett an, in Deckung zu gehen, während er selbst neben dem Türrahmen Position bezog. So viel zu seinen Plänen, es unbemerkt hier rauszuschaffen.

Garrett zwang sich dazu, ruhig stehen zu bleiben und seine ganze Konzentration auf den angrenzenden Raum zu lenken. Dass Scarlett sehr gut auf sich selbst aufpassen konnte, wusste er inzwischen. Abgesehen davon hatte das Büro keine weiteren Türen. Von hier drohte also keine Gefahr.

Die Stimmen nebenan wurden lauter. Flüche mischten sich darunter. Offenbar hatten sie ihre beiden Kollegen inzwischen gefunden, der eine tot, der andere bewusstlos. Garrett wartete den exakten Moment ab, bis der erste Kerl durch die Tür marschierte, um ihn mit einem gezielten Hieb aus dem Konzept zu bringen. Dann packte er ihn in einen Würgegriff. Er japste nach Luft, strampelte und trat um sich, ohne Garrett zu treffen, aber es dauerte zu lang. Der zweite Mann war bereits reingekommen, aber seine Aufmerksamkeit war vom toten Sutton eingenommen.

Ohne Vorwarnung fiel er auf die Knie und dann zur Seite auf den Teppich und Garrett erkannte den Wurfstern, der in seiner Kehle steckte.

Der Wachmann in seinem Griff erschlaffte und Garrett ließ ihn zu Boden sinken. Gerade im richtigen Moment, um Angreifer Nummer drei mit einigen gezielten Schlägen auszuschalten und ihm die Pistole abzunehmen.

»Das war's schon?« Scarlett richtete sich hinter dem Schreibtisch auf.

Garrett schüttelte den Kopf. »Das muss eine von Suttons Vorkehrungen gewesen sein. Ein Sicherheitstrupp, der nach seinen kranken Spielen herkommt und sicherstellt, dass alles nach Plan läuft.«

»Es läuft alles nach Plan, aber nach unserem.« Auch Scarlett bediente sich an einer Pistole und schaffte es, sogar diese unter ihrem Kleid zu verstecken. Beeindruckend. Dann richtete sie sich wieder auf und strich den Stoff glatt. »Wir müssen durch das Casino zurück.«

Fragen begannen sich in seinem Kopf auszubreiten, aber dafür hatten sie auch später noch Zeit. Falls sie unversehrt hier rauskamen. Garrett räusperte sich und deutete auf seine Wange. »Du hast da ein bisschen ...«

»Verschmiertes Make-up?«

»Blut.«

»Oh.« Sie wischte es sich mit dem Handrücken fort, als würde es sich dabei nur um etwas Dreck handeln. Er war sich nicht sicher, ob er sie nach allem, was er an diesem Abend erlebt hatte, fürchten sollte oder sie ihm weiterhin ständig imponierte. Auch das war eine Frage, deren Antwort warten musste, bis sie in Sicherheit waren.

Garrett glättete sein Sakko, richtete seinen Hemdkragen und fuhr sich mit allen fünf Fingern durchs Haar.

»Perfekt.« Scarlett nickte ihm wohlwollend zu. »Niemand wird etwas merken. Und wenn doch, werden sie denken, wir hatten einen Quickie in einem der Hinterzimmer.«

»Ehrlich gesagt, wäre mir das lieber gewesen als eine Schießerei«, murmelte Garrett trocken.

»Mir auch.«

Ihr Blick brannte sich heiß in seinen und für einen winzigen Moment glaubte er, sie würde ihren Worten Taten folgen lassen. Scheiße, er sollte nicht so empfinden, nachdem er gerade so mit dem Leben davongekommen war, während andere in dieser Nacht hatten sterben müssen. Durch seine, aber vor allem durch ihre Hand.

Ein Knacken holte sie in die Realität zurück. Schallschlauch samt Ohrknopf von einem der Sicherheitsleute lag am Boden und gab ein Rauschen von sich. Dann ertönte eine Stimme, die nach der Lage fragte. Höchste Zeit, von hier zu verschwinden.

Gemeinsam gingen sie zurück in das Zimmer, in welchem Scarlett und Sutton russisches Roulette gespielt hatten. Es konnte nur wenige Minuten her sein, doch inzwischen kam es Garrett wie eine halbe Ewigkeit vor. Dennoch breitete sich ein eisiges Gefühl in seiner Magengrube aus, wenn er daran dachte, wie knapp es gewesen war. Beinah hätte er sie verloren ... Noch bevor er den Gedanken zu Ende geführt hatte, schüttelte er über sich selbst den Kopf. Scarlett gehörte nicht zu ihm. Sie war ...

»Bereit?« Vor der Tür, die zurück ins Casino führte, blieb sie stehen und sah zu ihm hoch. In ihren Augen lag etwas Lauerndes, Skeptisches, aber auch eine Spur von Unsicherheit, die er ihr niemals zugetraut hätte. Sie brauchte ihn ebenso wie er sie, um das hier durchziehen zu können.

Beruhigend legte er ihr die Hand auf den unteren Rücken. »Bereit.«

Die Wachen an der Tür musterten sie mit einem seltsamen Blick, ließen sie aber eintreten. Sofort umfing sie die lockere Atmosphäre des Casinos. Automaten klingelten und spuckten Münzen aus, an den Roulettetischen wurde gejubelt und gestöhnt und über den Pokertischen hing eine angespannte siegessichere Stimmung. Im Vorbeigehen schnappte sich Garrett zwei Champagnerflöten von einem Kellner, der mit einem Tablett voller Gläser herumging, und reichte Scarlett eins davon. Sie durften unter keinen Umständen auffallen.

Garrett musste sich regelrecht dazu zwingen, langsam zu gehen, um keine unerwünschte Aufmerksamkeit auf sie zu lenken. Innerhalb weniger Minuten würden weitere Sicherheitsleute nach Sutton sehen und Alarm schlagen. Spätestens dann mussten sie hier raus sein, um nicht mitten in einem Casino in eine Schießerei zu geraten. Sein eigenes Leben war die eine Sache, aber all die unschuldigen Leute in Gefahr zu bringen? Keine Chance. Dafür steckte noch zu viel Cop in ihm, um ein solches Risiko einzugehen. Dennoch kribbelte die Anspannung wie eine Schar von Ameisen auf seiner Haut und in seinen Fingern. Er wollte nach seiner Waffe greifen, behielt seine linke Hand jedoch auf Scarletts Rücken und seine rechte um das Champagnerglas gelegt.

Stück für Stück näherten sie sich der großen Doppeltür, durch die sie hereingekommen waren. Mit jedem Meter, den sie zurücklegten, hämmerte es schneller in seiner Brust und sein Körper pumpte noch etwas mehr Adrenalin durch seine Adern. Gleich hatten sie es geschafft. Er nickte den beiden Sicherheitsleuten in ihren schwarzen Smokings zu, als diese ihnen automatisch die Tür öffneten und ...

Kein Alarm und keine Schreie unterbrachen ihre Flucht, sondern ein schlichter Funkspruch. Garrett konnte es im Gesicht des Mannes lesen, der ihm am nächsten stand. Überraschung. Verwirrung. Erkenntnis.

Sie waren geliefert.

Er spürte, wie sich Scarlett neben ihm verspannte, und wusste, dass sie es ebenfalls bemerkt hatte. Es bedurfte keiner Worte, nicht mal eines kurzen Blickaustausches, damit sie beide die Wache auf ihrer Seite ausschalteten. Garrett duckte sich vor einem gut gezielten Hieb und ließ seine eigene Faust in die Eingeweide des Mannes krachen. Ein Wimpernschlag später traf ihn etwas Hartes in die Seite und raubte ihm für einen kurzen Moment den Atem. Verdammt. War der Kerl in seinem früheren Leben ein Wrestler gewesen? Garrett biss die Zähne zusammen, duckte sich erneut und packte den rechten Arm seines Gegners. In einer geübten Bewegung, die ihm selbst nach den vier Jahren, die der nicht mehr im Dienst war, noch im Blut lag, riss er den Arm des Mannes auf seinen Rücken und stieß ihn mit dem Gesicht voran gegen die Wand. Ein unschönes Knacken ertönte, dann ging er lautlos zu Boden.

Hinter ihnen erhoben sich die ersten Stimmen. Panische Schreie ertönten. Vermutlich kämpfte sich die Security bereits einen Weg an den Gästen vorbei, um zu ihnen zu gelangen. Garrett blieb keine Zeit, um nachzusehen. Sobald er sicher war, dass auch Scarlett ihren Gegner ausgeschaltet hatte, rannte er los. Die Wache hinter der Tür beförderte er mit einem Tritt in die Knie und einem festen Stoß die Treppe hinunter. Neben ihm erklangen Kampfgeräusche.

»Wäre ja auch zu schön gewesen, mal ganz normal aus einem Casino rauszuspazieren«, stieß Scarlett zwischen zusammengebissenen Zähnen hervor. Bevor er einschreiten konnte, zog sie ihre Pistole und verpasste dem Mann einen Schlag gegen den Kopf. Wenigstens war er noch am Leben.

Sie eilten die Stufen hinunter, als die ersten Schüsse ertönten. Leider nicht von draußen, sondern direkt hinter ihnen. Garrett fluchte innerlich. Er hatte gehofft, die Menschenmenge würde die Sicherheitsleute länger aufhalten. Vor ihnen schwang die Eingangstür auf. Abrupt bremste er ab und streckte die Hand nach Scarlett aus, um auch sie aufzuhalten. Sie sahen direkt in die Mündung zweier Pistolen. Sie waren eingekesselt.

»Keine Bewegung!«, brüllte jemand von hinten.

»Die Hände hinter den Kopf!«, befahl eine andere Stimme.

Fieberhaft überlegte Garrett, wie sie dieser Situation entkommen könnten. Wenn die Kerle nah genug waren, konnte er ein paar von ihnen möglicherweise überwältigen – aber sicher nicht alle gleichzeitig. Ein Fluchtversuch dieser Art würde nicht klappen und höchstens damit enden, dass sie beide angeschossen wurden. Oder, schlimmer noch, dass sie starben.

Er hatte den Gedanken kaum zu Ende gebracht, als der Mann rechts vor ihm in die Knie sackte und zu Boden ging. Dann hörte er das leise Pfeifen in der Luft. Schalldämpfer. Auch der zweite Kerl sackte leblos zu Boden, als sich von hinten eine Kugel in seinen Schädel bohrte. Irgendjemand gab ihnen Feuerschutz. Freund oder

Feind?

»Komm schon!« Ihm blieb keine Zeit zum Denken oder Zögern. Scarlett stürmte los und hastete vor ihm die Stufen hinunter.

Schüsse fielen. Kugeln sausten an ihnen vorbei. Garrett zog den Kopf ein und betete zu allen Göttern, an die er nie geglaubt hatte, dass sie es lebend von hier weg schafften.

Auf der Veranda holte er Scarlett ein, rannte Seite an Seite mit ihr die Stufen hinunter und packte ihren Ellbogen, als sie geradeaus über die Auffahrt stürmen wollte. Auf keinen Fall. Dort wären sie ein viel zu leichtes Ziel. Stattdessen schlug er einen Haken und zog sie mit sich um das Haus herum. Von parkenden Autos keine Spur. Verflucht. Darauf hatte er bei diesem halsbrecherischen Fluchtplan gesetzt.

Eine Kugel zischte an ihm vorbei und er zog instinktiv den Kopf ein und die Schultern hoch. Aus der anderen Richtung antwortete jemand mit Gegenfeuer.

»Wer ist das?«

»Phoenix.« Ein atemloses Lächeln breitete sich auf Scarletts Gesicht aus. »Sie gibt uns Deckung, aber wir müssen von diesem verdammten Grundstück runter.« Sie hatte kaum ausgesprochen, als sie ins Straucheln geriet. Blitzschnell packte er sie bei der Taille und fing sie auf.

»Alles okay?« Garrett sah von ihrem Gesicht hinunter zu ihrem Fuß. Sie war irgendwo hängen geblieben, aber der Absatz ihres Schuhs hatte sich nicht etwa in einem Strauch verfangen oder war im Kies abgebrochen, wie er vermutet hatte. Sie war abgerutscht, als sie über einen unscheinbaren Gullydeckel gerannt war.

»Jetzt ja.« Eilig löste sich Scarlett von ihm und ging neben dem Deckel in die Hocke. Ihre Finger gruben sich in die Löcher. »Hilf mir.«

Er stellte keine Fragen. Das musste er nicht, um zu wissen, was sie vorhatte. Wenn sie nicht mit einem Auto von hier wegkamen, mussten sie einen anderen Fluchtweg oder wenigstens eine Möglichkeit finden, sich zu verstecken. Mit vereinter Kraft schafften sie es, den Deckel hochzuhieven und beiseitezuschieben. Der Zugang führte so tief hinunter, dass Garrett nicht mal das Ende erkennen konnte, aber an einer Seite waren Eisensprossen in die Wand geschlagen worden.

Schüsse und Stimmen kamen näher. Ihnen blieb keine Zeit zum Überlegen, geschweige denn zum Zögern. Garrett stieg als Erster hinunter, setzte einen Fuß unter den anderen, aber die Sprossen waren aufgrund der Feuchtigkeit verdammt rutschig. Noch dazu waren die Sichtverhältnisse extrem schlecht, aber es wäre unklug, jetzt sein Handy einzuschalten, damit sie etwas sehen konnten. Nicht wenn dort oben noch Suttons Sicherheitsleute herumliefen und nach ihnen suchten.

Der Kanaldeckel war inzwischen wieder an seinem Platz, aber Scarlett rührte sich nicht vom Fleck. Irritiert blickte Garrett hinauf und verfluchte einmal mehr die Finsternis um sich herum. Ihr schwarzes Kleid machte sie fast unsichtbar in diesem engen Tunnel.

»Was ist los?«, zischte er, hoffentlich leise genug, damit nur sie ihn hören konnte. Wenn die Kerle sie hier fanden, bräuchte es nur ein paar gezielte Schüsse, um sie auszuschalten. Den Rest würde die Schwerkraft erledigen – und der harte Beton, der sie unweigerlich dort unten erwartete.

»Scarlett?«

Sie reagierte nicht, gab keinen Laut von sich, nicht einmal dann, als er noch einmal ihren Namen rief. Lauter diesmal. Keine Reaktion.

Garrett kletterte die Leiter wieder hinauf, bis er ihr Gesicht in der Dunkelheit erkennen konnte. Es wurde einzig von den durch die Löcher im Gullydeckel hereinfallenden Lichtstrahlen erhellt. Und es war starr vor Angst. Möglicherweise auch vor Schock. Verdammt. Litt sie etwa unter Klaustrophobie? Und wie zum Teufel kam sie dazu, hier hereinzuklettern, wenn das die Hölle auf Erden für sie bedeutete?

»Hey ...« Er versuchte seiner Stimme einen sanften Klang zu geben, um sie nicht noch mehr zu beunruhigen. Vorsichtig kletterte er weiter, bis er praktisch hinter ihr stand und er sie mit seinem Körper vor den erdrückenden Betonwänden schützen konnte. Zumindest hoffte er, dass sie es so empfand und nicht als zusätzliche Bedrohung sah. »Wir müssen weiter«, sprach er leise mit ihr. »Scarlett?«

Ihr Kopf ruckte hoch und sie zuckte so heftig zusammen, als hätte er sie aus dem Tiefschlaf gerissen. Automatisch griff er um sie herum und hielt sie fest, bevor sie das Gleichgewicht verlieren und abrutschen konnte.

»Bist du noch bei mir?«

Sie nickte und schluckte mehrmals, als müsste sie einen Kloß im Hals loswerden. Mitgefühl breitete sich wie ein warmer Luftstrom in seinem von Adrenalin und Konzentration angespannten Körper aus.

»Klaustrophobie?«, wisperte er.

Wieder ein Nicken. »Geht schon wieder.«

Sie klang nicht danach, als würde es ihr wieder gut gehen, aber in diesem Fall blieb ihm keine andere Wahl, als ihr zu vertrauen. Über ihnen erklangen noch immer die Stimmen und Schritte der Männer. Aus der Ferne hörte er das Bellen von Hunden und fluchte innerlich. Sie mussten von hier weg, bevor die Köter ihre Spur aufnahmen und die Kerle direkt zu ihnen führten.

Er richtete seine Aufmerksamkeit wieder auf Scarlett. »Kannst du runterklettern?«

»Nur wenn du mich loslässt ...«, erwiderte sie mit einem angedeuteten Lächeln.

Garrett war sich ihrer Nähe durchaus bewusst, so sah er auch, wie ihre Lippen trotz des aufgesetzten Lächelns zitterten. Wenn es nach ihm ging, würde er ihr hier wieder raushelfen, damit sie nicht länger an einem Ort bleiben musste, der sie in Panik versetzte. Leider fiel diese Möglichkeit aus. Das Einzige, was er tun konnte, war, für sie da zu sein.

»Ich gehe vor. Setz einfach einen Fuß nach dem anderen auf die Sprossen. Wenn du ausrutschst oder fällst, bin ich da.«

Beinah rechnete er mit einem sarkastischen oder belustigten Kommentar, doch der blieb aus. Es musste ihr wirklich mies gehen.

Schritt für Schritt kletterten sie nach unten. Garrett voraus, wobei er sich sowohl auf das konzentrieren musste, was dort unten auf sie wartete und wohin er seinen Fuß setzte, als auch auf Scarlett und dass sie nicht erneut in diese Schockstarre verfiel. Doch obwohl ihre Bewegungen linkisch und zögerlich waren, hielt sie kein weiteres Mal an, sondern folgte ihm in die Tiefe.

Mit einem Platschen landete er auf festem Boden – und in knöcheltiefem Abwasser. Umgehend fand es einen Weg durch seine Schuhe und Socken bis auf seine Haut und ließ ihn frösteln.

Neben ihm verzog Scarlett das Gesicht. »Lara wird mich umbringen, weil ich ihre Louboutins ruiniert habe.«

»Ihre was?«

Sie machte eine wegwerfende Handbewegung. »Nicht so wichtig.«

Bevor sie weitergehen konnte, griff er nach ihrem Arm und hielt sie fest. Garrett wartete, bis sie ihn wieder ansah, bevor er seine Frage stellte. »Alles in Ordnung?«

Sie zögerte nur eine Sekunde. »Ja«, behauptete sie. »Ich kann enge Räume einfach nur auf den Tod nicht ausstehen.«

Das hatte er gemerkt, genauso wie die Tatsache, dass mehr dahinterstecken musste als bloßes Unwohlsein. Sie war vor Angst förmlich erstarrt und im ersten Moment nicht ansprechbar gewesen. Es sollte ihm gleichgültig sein, schließlich hatte er mehr als genug andere Sorgen und Probleme. Stattdessen ertappte er sich dabei, dass er unbedingt herausfinden wollte, warum sie auf diese Weise reagiert hatte. Welche Geheimnisse verbarg sie noch hinter diesem Pokerface?

Doch um dies zu ergründen, war das hier weder die richtige Zeit noch der richtige Ort, also ließ Garrett sie los und deutete auf den Tunnel hinter ihr. »Dort müsste es zurück in die Stadt gehen.«

Scarlett folgte seiner Richtungsangabe, ohne Fragen zu stellen. Entweder dachte sie das Gleiche oder vertraute ihm inzwischen genug, um seine Worte nicht anzuzweifeln. Dabei schien diese Frau noch langsamer zu vertrauen als er selbst.

Schweigend gingen sie nebeneinander her, hielten sich am Rand, wenn es möglich war, und liefen durch das Abwasser, wenn ihnen keine andere Wahl blieb. Der Geruch war nicht schön, aber erträglich. Die Dunkelheit und die Ungewissheit machten Garrett mehr zu schaffen. Hatten ihre Verfolger aufgegeben? Oder hatten sie ihre Spur bereits aufgenommen und waren ihnen näher, als einer von ihnen vermutete? Ein Prickeln wie von glühenden Nadelspitzen machte sich in seinem Nacken breit. Es war ein warnendes Gefühl, das ihm schon das eine oder andere Mal den Hals gerettet hatte. Und in der Regel bedeutete es nichts Gutes.

»Verdammt!«, fluchte Scarlett nur einen halben Schritt hinter ihm und ließ ihr Smartphone sinken. »Immer noch kein Empfang.«

»Das heißt wohl, wir sind auf uns allein gestellt.« Ein Gedanke, der auch Garrett nicht gefiel. Trotz seiner Proteste war er sicher, dass Valerie und Logan sich in der Nähe des Casinos postiert hatten, um im Zweifelsfall eingreifen zu können. Dumm nur, dass sie nicht hier unten waren und er auch keinerlei Möglichkeit hatte, seine Kollegen zu kontaktieren.

Wenige Schritte später bestätigte sich sein ungutes Gefühl. Es war sein Instinkt, der ihn so schnell handeln ließ, nicht seine Vernunft oder sein Training. Er packte Scarlett, zog sie in eine kleine Nische abseits des Gangs und drückte seine Hand auf ihren Mund. Im ersten Moment verspannte sie sich und er konnte nur hoffen, dass sie nicht gleich zuschlug und sich freizukämpfen versuchte. Ein, zwei Herzschläge lang schien sie unentschlossen, aber sie blieb, wo sie war. Mit ihrer Rückseite an seine Brust gedrückt. Bewegungslos, während ihr stockender Atem seine Finger streifte.

Garretts Puls raste, obwohl er sich nicht einmal sicher war, etwas gehört zu haben, aber wenn es hart auf hart kam, vertraute er auf seinen Instinkt, auch wenn es auf den ersten Blick unlogisch erschien. Sekundenlang verharrten sie in dieser Position, dann hörte er es. Unregelmäßiges Plätschern, als würde jemand durch das Abwasser stapfen. Gedämpfte Stimmen aus der Richtung, aus der sie gekommen waren. Verdammt, gaben diese Leute denn nie auf? Dabei sollte doch ausgerechnet er es besser wissen. Karasov hatte auch nie damit aufgehört, ihn zu jagen, und das würde so weitergehen, bis einer von ihnen tot oder der Drecksack endlich hinter Gittern war.

Sie könnten in dieser Nische bleiben und abwarten, bis ihre Verfolger an ihnen vorbeimarschierten, doch dann wäre ihnen der Weg nach vorn versperrt. Sie könnten kämpfen, doch das wäre glatter Selbstmord in der Kanalisation, wo es so gut wie keinerlei Deckung gab und jede Kugel von den Wänden abprallen und zum Querschläger werden könnte. Zu gefährlich. Somit blieb ihnen nur noch eine Option: Flucht.

»Wenn ich *jetzt* sage, rennst du los, verstanden? Kein Zurückschauen, kein Anhalten und fang auf keinen Fall an zu schießen.« Er wisperte ihr die Worte direkt ins Ohr. Leider machte er den Fehler, den Blick dabei zu senken, denn jetzt sah er die Gänsehaut, die sich auf ihrem Hals und ihrem Nacken ausbreitete. Ob als Reaktion auf seinen Befehl und die damit einhergehende Gefahr oder auf seine unmittelbare Nähe wusste er nicht und leider blieb ihm auch nicht die Zeit, es herauszufinden. Ihre Verfolger näherten sich ihnen mit jeder Sekunde.

Scarlett nickte und er spürte, wie sich ihre Muskeln wie die einer Raubkatze vor dem Sprung anspannten. Langsam spähte er um die Ecke und entdeckte gleich zwei Lichtkegel, die über den Boden und die Wände wanderten. Möglicherweise war es schon zu spät für eine Flucht, aber sie mussten es versuchen. Die Kerle waren noch gut zwanzig, dreißig Meter von ihnen entfernt.

»Jetzt!«, raunte er und ließ sie los.

Scarlett verschwendete keine Zeit. Sie stürmte nach vorn. Wassertropfen spritzten auf, aber sie war klug genug, sich so nah an der Wand zu halten wie möglich. Garrett folgte ihr umgehend. Im Gegensatz zu ihr waren seine Schritte lauter, klangen wie ein Donner in diesem unterirdischen Gewölbe, und er sah zurück, um sicherzugehen, dass die Männer sie nicht bemerkt hatten.

Hatten sie doch.

Schreie ertönten, dann näherten sich die Lichtkegel, die mit Sicherheit zu Taschenlampen gehörten, deutlich schneller. Verdammt. Sie mussten so schnell wie möglich hier raus.

Er hetzte hinter Scarlett her, folgte ihr blindlings, auch dann noch, als sie an einer Abzweigung abbog und eine andere Richtung einschlug. Es war ihm scheißegal, wo sie rauskamen, solang sie dieses Drecksloch hinter sich lassen konnten. Auf den Straßen oder auch am Stadtrand waren ihre Überlebenschancen deutlich höher als hier unten.

Wieder bog er hinter Scarlett ab, diesmal nach rechts, dann wieder nach links. Sie lief im Zickzack, um ihre Verfolger abzuschütteln. Leider erfolglos. Die donnernden Schritte kamen immer näher. Ein Schuss ertönte und ließ Garrett automatisch zusammenzucken. Er erhöhte sein Tempo, schloss zu Scarlett auf und bog zusammen mit ihr ein weiteres Mal ab. Seine Brust brannte, als hätte dort jemand ein Feuer gelegt. Schweiß sammelte sich unter seinem Hemd und dem Sakko. Bilder tauchten vor seinem inneren Auge auf. Bilder einer anderen Flucht, einer anderen Zeit, als er um sein Leben gerannt war. Schüsse. Schreie. Ein scharfer Schmerz an seinen Rippen. Rennen. Weiter. Immer weiter. Wenn er stehen blieb, war er tot. Wenn er stehen blieb, war ...

»Garrett!«

Jemand packte ihn so plötzlich, dass er abrupt anhielt. Er blinzelte heftig, bis sich sein Sichtfeld klärte und er das blasse Gesicht mit den Sommersprossen auf der Nase vor sich sah. Scarletts Augen waren geweitet, aber sie stellte keine Fragen, machte ihm keine Vorwürfe.

»Hier lang.« Sie deutete nach links und er hätte vor Erleichterung beinah aufgeseufzt. Metallsprossen waren in die Wand geschlagen und führten einen schmalen Tunnel hinauf.

Ein Ausgang. Endlich.

Garrett warf einen schnellen Blick zurück. Noch hatten ihre Verfolger sie nicht eingeholt, aber die Schritte und Schreie waren näher gekommen. Sie mussten hier raus. Sofort.

Diesmal stieg er vor Scarlett die Leiter hinauf und drückte den Gullydeckel auf. Obwohl ihn jede Faser seines Körpers anschrie, sich zu beeilen, schob er den Deckel nur langsam beiseite. Auf der Flucht vor Suttons Männern wollte er nicht ebendiesen in die Arme laufen, falls sie oben bereits auf sie warteten. Aber er sah in keine Pistolenmündungen, sondern in den Nachthimmel über sich. Ein paar vereinzelte Sterne funkelten dort oben wie das Versprechen auf Freiheit.

Vielleicht waren es aber auch nur Flugzeuge.

Garrett hievte sich auf den Asphalt, rollte sich herum und streckte Scarlett seine Hand entgegen. Gleichzeitig ließ er seinen Blick über den Ort wandern, an dem sie gelandet waren. Eindeutig nicht am Union Square oder im Finanzviertel der Stadt. Sie befanden sich noch immer am Rande San Franciscos, denn das Bild war nicht geprägt von Wolkenkratzern oder viktorianischen Häusern. Stattdessen erkannte er Firmengebäude und Lagerhallen, blinkende Werbeschilder in der Ferne und hörte das Rauschen von vorbeifahrenden Autos.

Er zog Scarlett hoch und schob den Kanaldeckel zurück, auch wenn es ihre Verfolger nur kurzzeitig aufhalten würde.

»Mir nach!« Noch im Laufen zog sie ihre Schuhe aus, um sie in die Hand zu nehmen. Es grenzte an ein Wunder, dass sie in den Dingern überhaupt so lang und so schnell hatte rennen können. Mit der anderen Hand tippte sie auf ihrem Handy herum.

Von dem Parkplatz, auf dem sie rausgekommen waren, erkämpften sie sich einen Weg über vertrocknetes Gras und eine Böschung, die gefährlich steil hinunterging – und direkt auf eine mehrspurige Straße. Er war zwar nicht scharf darauf, von irgendwelchen übereifrigen Sicherheitsleuten erschossen zu werden, aber überfahren werden wollte er auch nicht.

»Warte!«, rief er, aber Scarlett war schon losgestürmt.

Garrett unterdrückte ein Fluchen und folgte ihr. Was auch immer sie tat, sie hatte hoffentlich einen guten Plan, der sie von hier wegbringen würde. Er hatte den Straßenrand kaum erreicht, als ein dunkelblauer Sportwagen mit quietschenden Reifen neben ihnen zum Stehen kam. Die Fahrertür ging auf und eine Frau sprang heraus. Dunkelblondes Haar, Lederjacke, lange Beine.

Sydney.

Ohne Vorwarnung warf sie ihm den Autoschlüssel zu, den er mit der rechten Hand auffing.

»Hey!«, protestierte Scarlett neben ihm. »Warum gibst du ihm die Schlüssel statt mir?«

Sydney grinste nur. »Weil ich dir mit diesem Baby nicht traue.«

»Aber ihm?«

Wäre diese Situation nicht so lebensgefährlich, dass ihnen jeden Moment wieder Kugeln um die Ohren fliegen könnten, hätte ihn diese Diskussion amüsiert. Leider hatten sie keine Zeit dafür.

»Ich weiß, wie du fährst. Bei ihm weiß ich es nicht, also ...« Sydney zuckte mit den Schultern, als würde das alles erklären. Vermutlich handelte sie auch nur so, weil sie ihm nicht gerade ihren Maserati anvertraute, sondern einen anderen Wagen. Aber im Moment hätte Garrett sogar mit einem Müllwagen oder einem Roller vorliebgenommen, solang das Ding Räder hatte.

In schnellen Schritten umrundete er den Wagen, blieb aber neben der Fahrertür stehen. »Was ist mit dir?«

»Keine Sorge.« Sydney winkte ab. »Die Kavallerie ist auf dem Weg. Verschwindet endlich.«

»Danke.« Er nickte ihr zu, dann stieg er ein und startete den Motor.

Sie folgten dem Freeway, der sie tiefer in die Stadt hineinführte, aber bevor sie die ersten Hochhäuser erreichten, hob Scarlett die Hand und deutete nach links. »Bieg dort ab.«

»Wohin fahren wir?« In den letzten Minuten hatte Garrett immer wieder in den Rückspiegel geblickt, um sicherzugehen, dass sie nicht verfolgt wurden. Aber von Suttons Männern war keine Spur zu sehen. Trotzdem wollte sich noch keine Erleichterung in ihm einstellen.

»An einen sicheren Ort« war alles, was sie auf seine Frage erwiderte. Und fürs Erste war das genug.

Garrett folgte ihren Anweisungen, bis sie in eine ruhige Gegend kamen. Ein bisschen erinnerte es ihn an den Mission District, allerdings ohne die Dealer und Prostituierten an jeder Ecke. Er bog in eine schmale Seitenstraße und dann auf einen Hinterhof ab, wo er den Motor abstellte. Ohne jede Erklärung stieg Scarlett aus, schlüpfte wieder in ihre High Heels und ging geradewegs auf den Hintereingang zu. Neben dem Türrahmen registrierte er ein Eingabefeld mit Zahlen, aber Scarlett verdeckte ihm die Sicht mit ihrem Körper, als sie den Code eingab. Ein Klicken ertönte, dann öffnete sie die Tür.

Im Treppenhaus roch es nach Putzmitteln und alles war so sauber und glänzend, als hätte jemand gerade eben noch hier durchgewischt. Anders als die äußere Fassade mit der verblassten Farbe und dem abblätternden Putz wies das Innere des Gebäudes keine Alterserscheinungen auf. Allerdings wirkte es auch nicht so, als würde hier jemand wohnen. Ihre Schritte auf den Stufen waren die einzigen Geräusche, die zu hören waren.

»Wo sind wir hier?«, fragte er, sobald sie im dritten Stock angekommen waren und Scarlett geradewegs auf die einzige Tür in dieser Etage zuging. »Ist das ein Safe House?«

»Nein.« Wieder gab sie einen Zugangscode ein und öffnete die

Tür.

Garrett folgte ihr, ohne zu zögern. Vor ihm erstreckte sich ein breiter Raum, so groß wie ein Loft, hätte die Zimmerdecke die entsprechende Höhe. Außerdem fehlte die dazugehörige Fensterfront. Hier sorgten nur zwei schmale bodenlange Fenster für ausreichend Licht. Zumindest würden sie das bei Tag, wenn die Vorhänge nicht zugezogen wären. Er ließ seinen Blick weiter wandern, allerdings gab es nicht viel zu entdecken. Ein breiter Schreibtisch ohne Stuhl, dafür mit vier Monitoren und einem Standrechner mitten im Raum. Mehr nicht.

Das Erste, was Scarlett tat, war, die High Heels von ihren Füßen zu kicken und barfuß weiterzulaufen. Sie ging direkt auf den Schreibtisch zu und tippte einen Befehl ein, wodurch die Monitore einer nach dem anderen aufflackerten. Auf jedem davon ein anderes Schwarz-Weiß-Bild mit Datum und Uhrzeit. Garrett erkannte den Eingangsbereich, das Treppenhaus und den Flur. Das letzte Bild zeigte einen Raum, den er bisher nicht gesehen hatte.

»Sieh es als eine Art Ghost House«, erklärte sie und richtete sich wieder auf. »Es existiert nämlich nicht.«

»Niemand weiß davon?«

»Wir nutzen es nur im absoluten Notfall. Heute Nacht sollten wir uns nirgendwo mehr blicken lassen, aber fürs Erste sind wir hier sicher.«

Die Erleichterung, die sich bisher nicht hatte einstellen wollen, breitete sich jetzt in ihm aus und ließ seine Schultern nach unten sacken. »Gut«, murmelte er und fuhr sich durch das Haar. Bis zu diesem Moment hatte er nicht gemerkt, wie viel Anspannung seine Muskeln verhärtet hatte. Doch jetzt, da das Adrenalin in seinem System nachließ, spürte er die Ereignisse des Abends, als hätten sie sich bis in seine Knochen gebrannt.

»Da drüben ist ein Badezimmer mit einer Dusche. Nicht besonders luxuriös, aber zweckmäßig.« Ohne hinzusehen, deutete Scarlett nach rechts auf die Tür am anderen Ende des Raumes. »Du wirkst, als könntest du eine gebrauchen.«

Und wie. Aber das hieß nicht, dass er sofort losstürmen würde, um sich die verdiente Entspannung in Form einer langen heißen Dusche zu holen. Stattdessen trat er einen Schritt auf Scarlett zu. »Was ist mit dir?«

Überraschung breitete sich auf ihrem Gesicht aus und sie zog die Brauen in die Höhe. »Mit mir?«

»Ja.«

Sie blinzelte. »Ich dusche nach dir.«

Oh nein. Er wusste genau, was sie vorhatte. Die Flucht war vorbei, sie befanden sich nicht länger in einer lebensbedrohlichen Situation, also zog sie sich vor ihm zurück. Stück für Stück setzte sie ihre Maske wieder zusammen, damit er nicht erkannte, was wirklich in ihr vorging, wie sie sich wirklich fühlte. Aber das würde er nicht zulassen. Nicht nach dem heutigen Abend. Nicht nachdem sie sich eine Knarre an den Kopf gehalten und abgedrückt hatte, statt auf ihn zu zielen.

»Warum?«

Ein Hauch von Verwirrung schlich sich in ihre Miene und verhinderte, dass sie wieder ihre Mauer aufbauen konnte. »Warum was?«

»Warum hast du nicht auf mich gezielt? Du hättest bei der Sache draufgehen können, ohne je an deine Informationen zu kommen.«

Scarlett zuckte mit den Schultern und wandte sich ab, um die Überwachungsvideos zu studieren. »Du hast einen Grund zu leben. Ein Ziel. Eine Aufgabe. Wenn ich draufgehe, werden mir nur wenige Leute nachweinen.« Sie warf ihm ein flüchtiges Lächeln zu. »Ich muss keine Details kennen, um zu wissen, dass deine Mission wesentlich wichtiger ist als meine.«

Sein Herz begann zu hämmern. Waren es ihre Worte? Die Ehrlichkeit darin? Oder das kurze Lächeln, das ihn so aus dem Konzept brachte?

Er räusperte sich. »Und in Seattle? Damals kanntest du mich nicht und hast nichts von irgendeiner Mission gewusst.«

Diesmal drehte sie sich wieder zu ihm um und sah ihn direkt an. »Du lagst auf einem Trümmerfeld, angeschossen, mit ausgekugelter Schulter und Kopfverletzung. Der andere Killer, den Karasov auf dich angesetzt hatte, war längst geflohen. Ich hätte dich zum Sterben dort zurücklassen oder dich erschießen sollen. Wahrscheinlich wäre das das Gnädigste gewesen. Aber ich konnte nicht.«

Seine Kehle war so trocken, dass er die Frage kaum herausbrachte. Da war sie. Die Erinnerung, die ihm von jener Nacht fehlte. Der Grund, aus dem er heute noch lebte. »Warum nicht?«

Etwas Seltsames trat in ihre grauen Augen. Mitgefühl? Anteilnahme? Er konnte es nicht entschlüsseln.

»Du hast mich darum gebeten«, flüsterte sie. »Du warst so gebrochen und trotzdem war da noch dieser Kampfgeist in dir, als würdest du niemals aufgeben. Alles, was du gesagt hast, war: *Bitte.* Ich konnte dich damals nicht sterben lassen und ich konnte es auch heute nicht.

Darum habe ich ...«

Er drängte sie zurück, bis sie gegen den Tisch stieß und verstummte. Garrett hatte nicht die geringste Ahnung, was er gerade tat. Alles, was er wusste, war, dass er sie berühren musste. Jetzt. Hier. Heute Nacht. Er neigte den Kopf und senkte seinen Mund auf ihren.

9. KAPITEL

Blut rauschte in ihren Ohren, untermalt vom Trommeln ihres Pulses. Dieser Abend hatte so viel verändert, dass ihr noch immer der Kopf schwirrte. Statt Antworten und Klarheit zu finden, war sie nur auf noch mehr Fragen gestoßen. Mehr Verwirrung. Mehr Herzrasen. Instinktiv legte sie die Arme um Garretts Hals und begann seinen Kuss zu erwidern. Aus einer langsamen Berührung wurde mehr. Ein Teil von ihr fühlte sich an den Moment im Mission District erinnert, als sie ihn zur Tarnung an sich gezogen und geküsst hatte. Auch damals war mehr daraus geworden als ursprünglich von ihr geplant – und doch unterschied sich das hier von damals. Es war tiefer, inniger und wurde von Sekunde zu Sekunde leidenschaftlicher.

Scarlett packte ihn an seinem Hinterkopf und öffnete die Lippen unter seinen. Sie musste mehr von ihm spüren. Der Drang war so heftig, dass er beinah körperlich schmerzte. Ohne zu zögern, gab Garrett ihr mehr, nippte an ihrer Unterlippe, bevor er seine Zunge in ihren Mund gleiten ließ. Die Berührung war elektrisierend und sandte kleine Schauer über ihre Haut. Viel zu schnell beendete Garrett den Kuss mit einem letzten Knabbern und hob den Kopf, woraufhin ihr ein erstickter protestierender Laut entschlüpfte.

Als sie die Augen aufschlug, bemerkte sie sein Lächeln als Erstes. Es war nur angedeutet, aber so warm und einnehmend, dass sich Hitze in ihrem Bauch ausbreitete. »Wofür war das?«, fragte sie nach einem Moment leise und räusperte sich, damit ihre Stimme nicht mehr so belegt klang. Oder so verträumt.

»Ich weiß es nicht«, gestand er. Seine Finger strichen ihr eine Haarsträhne hinters Ohr, ließen diese aber nicht sofort wieder los, sondern begannen damit zu spielen.

»Dann sollten wir es vielleicht herausfinden ...«

Sein Lächeln vertiefte sich und zeichnete ein Grübchen in seine rechte Wange. »Vielleicht.« Wieder neigte er den Kopf, bog aber knapp vor ihren Lippen ab und setzte einen Kuss auf ihren Hals. Sie atmete scharf ein. Wie von selbst fielen ihr die Augen zu, damit sie sich ganz den Gefühlen hingeben konnte, die dieser Mann in ihr auslöste. Es war das Knistern von Gefahr, das sie regelmäßig suchte. Das Prickeln der Aufregung wie kurz vor einem Abenteuer oder einem neuen Auftrag. Das Kribbeln im Bauch, wenn sie gerade eine lebensgefährliche Situation gemeistert hatte. Normalerweise hielten all diese Empfindungen nur kurz an. Sekunden, bestenfalls Minuten, bis der Rausch verebbte. Aber Garrett gelang es irgendwie, den Rausch mit jedem Kuss und jedem Knabbern an ihrem Hals in die Länge zu ziehen, bis sie sich regelrecht darin verlor. Die anfangs sanften Berührungen veränderten sich, wurden fester, ungeduldiger, fordernder. Seine Hände packten sie an der Taille und hoben sie auf den Tisch. Wie selbstverständlich spreizte sie die Beine, damit er dazwischen treten konnte. Mit einer quälenden Langsamkeit strich er über ihre Seiten bis zu ihren Brüsten hinauf und wieder hinunter, dann zog er sie ruckartig näher. Scarlett riss die Augen auf, als sie seine Erregung hart und heiß dort spüren konnte, wo sie ihn haben wollte. Wäre da nicht dieser störende Stoff ...

Ein kurzer Blickkontakt und sie hatte die Bestätigung, dass er das Gleiche wollte wie sie. Seine Augen hatten sich verdunkelt und wirkten jetzt so blau wie die tiefste Stelle eines Ozeans. Scarlett strich mit beiden Händen über seine Schultern und schob ihre Finger unter sein schwarzes Jackett. Weg damit. Es rutschte hinunter und Garrett löste sich nur lang genug von ihr, um seine Arme herauszuziehen, bevor es zu Boden fiel. Als Nächstes griff sie nach der Pistole in seinem Schulterholster. Zu jeder anderen Zeit hätte sie Marke, Stil und Bauweise bewundert, doch jetzt beachtete sie nichts davon, sondern legte sie neben sich auf dem Tisch ab.

Ohne ihren Blick loszulassen, packte Garrett sie an den Knien und strich mit seinen rauen Händen an den Außenseiten ihrer Beine bis zum Saum ihres Kleids hinauf – und darunter. Ihre Lippen teilten sich, als seine Finger auf das Strumpfband stießen. Als hätte er es schon unzählige Male getan, zog er einen Wurfstern nach dem anderen hervor und warf sie neben seiner Waffe auf den Tisch. Die Geste hatte etwas so Erotisches, dass Scarlett unwillkürlich erschauerte.

Nie zuvor war sie mit einem Mann zusammen gewesen, der so viel von ihr wusste. Von ihrem Job. Von ihrer Vergangenheit. Ihren echten Namen. Irgendwo hatte es immer Grenzen gegeben, Fassaden und Mauern zwischen ihnen. Nicht bei Garrett. Bei ihm hatte sie zum ersten Mal das Gefühl, ganz sie selbst sein und sich fallen lassen zu können. Und dieses Gefühl war unbeschreiblich. Berauschend. Süchtig machend. Sie riss ihm beinah das Schulterholster vom Leib und erntete ein heiseres Lachen von ihm. Dicht gefolgt von einem Biss in ihren Nacken, der sie aufstöhnen ließ. Gott, sie brauchte mehr. Garrett hatte gerade erst die Pistole von ihrem anderen Bein abgenommen, als sie schon an den Knöpfen seines Hemds nestelte. Sie öffnete nur die ersten, dann lehnte sie sich zurück und fixierte ihn.

»Ausziehen.«

Seine Mundwinkel wanderten in die Höhe, aber er befolgte ihren Befehl ohne das geringste Zögern. Scarlett zog ihn wieder an sich und setzte einen Kuss auf seine warme Haut, während sie die Arme um ihn legte. Diesmal war es an ihm, einen gedämpften tiefen Laut von sich zu geben, der sie zum Lächeln brachte. Oh nein, sie waren noch lang nicht fertig miteinander. Während sie mit ihren Lippen über seine Brust wanderte, zog sie mit ihren Fingernägeln eine Spur über seinen Rücken und erntete ein heiseres Fluchen dafür. Blind griff sie nach der zweiten Pistole, die hinten im Bund seiner Hose steckte, entfernte das Magazin und ließ beides zu Boden fallen.

»Wie war das mit der Dusche ...?«, raunte Garrett dicht an ihrem Ohr. Sein warmer Atem strich über ihren Hals und löste eine prickelnde Gänsehaut aus.

»Lass uns zusammen duschen.«

Verdammt, klang ihre Stimme wirklich so atemlos? Garretts tiefes Lachen bestätigte ihre Befürchtung, doch als er sie einfach packte und hochhob, löste sich diese in Luft auf. Instinktiv schlang sie die Beine um seine Hüften und legte die Arme um seinen Hals. Statt noch mal auf die richtige Tür zu deuten, lenkte sie ihn lieber ab, indem sie sich an seinem Hals zu schaffen machte. Scarlett verschwendete keine Zeit auf sanfte Küsse und Streicheleinheiten, sondern ging direkt dazu über, an ihm zu knabbern. Der heisere Fluch, den Garrett ausstieß, bestätigte sie in ihrem Vorgehen.

Vermutlich grenzte es an ein Wunder, dass sie das Bad tatsächlich erreichten, allerdings nicht ohne einen Zwischenstopp an der Wand neben der Tür. Hart stieß sie mit dem Rücken dagegen, doch der Schmerz währte nur kurz. Dafür sorgte der Kuss, den Garrett ihr in diesem Moment aufdrückte. Vorbei war jedes Herantasten, jetzt gab es nur noch Erkunden, Kämpfen, Anstacheln.

Irgendwie schafften sie es ins Bad, auch wenn keiner von ihnen daran dachte, den Lichtschalter zu suchen. Im Halbdunkel tasteten sie sich zur ebenerdigen Dusche mit der Glasfront vor. Ohne sie loszulassen, streckte Garrett die Hand in Richtung Armaturen aus.

Kaltes Wasser prasselte auf sie herab, fiel auf ihr Haar und durchtränkte Scarletts Abendkleid. Wahrscheinlich hatte es ein paar Tausend Dollar gekostet, aber das war es wert. Lara sollte es ihr einfach von ihrem Anteil abziehen. Der Gedanke verflüchtigte sich ebenso schnell, wie er in ihrem Kopf aufgetaucht war, nämlich in dem Moment, in dem Garretts Blick über ihren Körper wanderte und sich in ihre Haut brannte. Zur selben Zeit erwärmte sich das Wasser und erste Dampfwolken begannen sich im Badezimmer auszubreiten. Garrett packte sie an der Taille, selbst bereits völlig durchnässt, und wirbelte sie herum, bis sie mit dem Gesicht zu den kahlen Fliesen stand und sich mit beiden Händen daran abstützte. Dann presste er sich von hinten an sie und drängte seinen erhitzten Körper an ihren. Hätte sie nicht schon längst gewusst, wie sehr er das hier wollte, hätte sie es spätestens jetzt erfahren.

Jede Faser ihres Körpers sprach auf seine Nähe an, und als er seinen Mund auch noch auf ihren Nacken drückte, stöhnte sie erstickt auf. Ihre Hände ballten sich zu Fäusten, aber sie hielt still, auch wenn ihr das mehr Selbstbeherrschung abverlangte, als sie je für möglich gehalten hätte. Zentimeter um Zentimeter ihrer Haut nahm Garrett mit seinen Lippen, seiner Zunge und seinen Zähnen ein, als könnte er nicht genug von ihrem Geschmack bekommen. Mit einer Hand stützte er sich neben ihr ab, die andere wanderte quälend langsam über ihre Seite hinab und schlüpfte zwischen sie. Obwohl er sie mit seinem Mund geradezu verschlang, ging er mit einer Bedachtsamkeit vor, die sie schier wahnsinnig machte. Es fühlte sich wie eine Ewigkeit, gefangen in ein paar Sekunden, an, bis er den Reißverschluss ihres Kleides öffnete und den nassen Stoff beiseiteschob. Als Nächstes folgte der Träger ihres Kleides. Garrett schob ihn über ihre Schulter und nahm die frei gewordene Haut mit seinen Lippen ein. Erst auf der einen, dann auch auf der anderen Seite. Scarlett senkte die Arme. Der obere Teil des Kleids fiel herab und sammelte sich um ihre Hüften. Doch wenn sie geglaubt hatte, Garrett würde es ihr sofort vom Leib reißen, hatte sie sich geirrt. Er ließ seine Hände über ihren Bauch und ihre Rippenbögen hinauf gleiten, bis er ihre Brüste umfasste und sie mit einem Ruck an sich zog. Ein Stöhnen kam ihr über die Lippen. Gott, dieser Mann wusste genau, was er tat. Instinktiv drängte sie sich an ihn, weil sie mehr brauchte, mehr von ihm spüren wollte. So viel, dass sie beide vergaßen, wer und wo sie waren.

Sie legte einen Arm um seinen Hals und neigte den Kopf zur Seite, um ihm mehr Raum zu geben. Garrett fand jede einzelne sensible Stelle an ihrem Hals und Nacken, als hätte sie ihm eine Karte davon gemalt. Und während er an ihrer Haut knabberte, sandte er seine Hände wieder an ihr hinab. Beinah hätte sie protestiert, doch dann fiel ihr wieder ein, dass sie noch immer zu viel anhatten. Die Klamotten mussten weg. Sofort. Am besten schon vor einer Stunde. Allerdings schien Garrett andere Pläne zu haben. Zwar packte er sie an den Hüften, tat jedoch nichts, um ihr das verdammte Kleid auszuziehen.

Sie grub ihre Fingernägel in seinen Nacken. »Wenn du nicht sofort ...«

Seine Finger fanden einen Weg unter den Stoff und schlüpften gleich darauf auch unter den Bund ihres Slips. Sie stöhnte auf.

»Ja ...?«, raunte er an ihrem Ohr. Vom ersten Moment an hatte seine Stimme eine verheerende Wirkung auf sie gehabt. Aber jetzt? So nah und mit diesem heiseren Unterton darin? Jetzt war sie endgültig verloren. »Was wolltest du sagen?«

Selbst wenn sie eine Antwort darauf parat gehabt hätte, wäre ihr diese nicht über die Lippen gekommen. Nicht jetzt. Nicht, wenn Garretts Finger sich als genauso talentiert herausstellten wie sein Mund an ihrem Hals und sie Stück für Stück in den Wahnsinn trieben. Mal waren seine Bewegungen quälend langsam und federleicht, dann stieß er fest und schnell in sie, bis aus ihrem Stöhnen ein Wimmern wurde. Die Muskeln in ihrem Unterleib zogen sich erwartungsvoll zusammen, aber es war nicht genug. Noch nicht.

Mehr. Sie brauchte mehr.

Sie packte Garretts Handgelenk und hielt es fest. Langsam zog er seine Finger zurück, einen nach dem anderen. Und sie musste sich auf die Unterlippe beißen, um nicht doch noch schwach zu werden und ihn anzuflehen, weiterzumachen, weil sie sonst den Verstand verlor. Stattdessen drehte sie sich in seinen Armen um und suchte seinen Blick. Dampfwolken hingen in der Luft, während das heiße Wasser noch immer auf sie beide herabprasselte. Selbst in der Dunkelheit des Badezimmers konnte Scarlett das Verlangen in seinen Augen lesen. Die Zeit für Spielchen war vorbei. Im selben Moment, in dem sie nach dem Bund seiner Anzughose griff, zog er sie an sich und presste seinen Mund auf ihren. Dieser Kuss war anders. Leidenschaftlich, verschlingend, fast schon verzweifelt. Sie erwiderte ihn mit allem, was sie hatte, kam ihm entgegen und drückte sich so fest an ihn, dass nicht einmal die Wassertropfen einen Weg zwischen sie fanden. Hektisch zerrte sie an seiner Hose, während er das Gleiche mit ihrem Kleid machte. Allerdings hatte er es im Gegensatz zu ihr wesentlich leichter. Ein grobes Ziehen, schon sammelten sich Kleid und Slip um ihre Knöchel. Sie kickte beides mit einem ungeduldigen Tritt beiseite. Garretts Hose war da schon ein anderes Kaliber. Scarlett rüttelte und zerrte daran, aber es schien eine Ewigkeit zu dauern, bis sie den Reißverschluss gerade mal zur Hälfte geöffnet hatte.

»Brauchst du Hilfe dabei?« Garrett klang höchst amüsiert.

»Klappe«, fauchte sie.

»Zu Befehl, Ma'am.«

Am liebsten hätte sie ihm für seine freche Antwort in die Rippen geboxt, aber sie begnügte sich damit, seine Hose herunterzureißen, bis auch diese den Duschboden zierte. Als Nächstes folgte seine enge Boxershorts, dann waren sie endlich beide nackt.

Garrett ließ ihr nur kurz Zeit, ihn von oben bis unten zu betrachten. Das Spiel seiner Muskeln in sich aufzunehmen und dabei zuzusehen, wie Wassertropfen über seinen trainierten Bauch hinunterrollten und sich in dem dunklen Pfad aus Härchen verfingen, der von seinem Bauchnabel aus abwärts führte. Ihr Blick wanderte tiefer, gleichzeitig wurde ihr Mund trocken. Als sie vor rund einem halben Jahr in dieser leer stehenden Bibliothek gekniet und seine Schusswunde mit ihren Giften behandelt hatte, hätte sie nie geglaubt, eines Tages hier mit ihm zu stehen. Oder ihn überhaupt je wiederzusehen, wo seine Überlebenschancen doch verschwindend gering gewesen waren. Sie musste sich in Erinnerung rufen, dass er nicht ausschließlich ihretwegen hierhergekommen war, doch das änderte nichts an der Situation.

Sie waren hier, in dem Ghost House, das bisher nur eine einzige von ihren Kolleginnen im absoluten Notfall benutzt hatte. Sie waren allein. Es gab nichts und niemanden, der sie jetzt noch aufhalten könnte. Als hätte er den gleichen Gedanken gehabt, hob Garrett ihr Kinn mit seinen Fingern an. Ein letzter Moment, ein letzter Blick, der ihnen beiden bewusst machte, wie knapp sie heute Nacht dem Tod entkommen waren – dann gab es kein Halten mehr. Kein Zurück. Kein Ende.

Grob riss er sie an sich und senkte seinen Mund auf ihren. Scarlett schlang die Arme um seinen erhitzten feuchten Körper und presste sich an ihn. Hungrig erwiderte sie seine Küsse, grub ihre Fingernägel in seine Haut und zog an seinem Haar. Mit jeder Berührung seiner Lippen, jedem Streichen seiner Zunge, jeder Reibung ihrer Haut an seiner steigerte sich ihre Erregung, bis der Druck in ihrem Inneren kaum noch auszuhalten war.

»Verhütung ...«, murmelte sie erstickt, während Garrett sich wieder ihrem Hals widmete. Es widerstrebte ihr, das Thema ausgerechnet jetzt aufzubringen, aber wann hätte sie es sonst tun sollen? Bevor oder nachdem sie mit Sutton russisches Roulette gespielt und sich eine geladene Knarre an den Kopf gehalten hatte?

»Hintere Hosentasche.« Garrett biss in ihr Ohrläppchen und löste damit eine Gänsehaut aus, die sich von ihrem Hals aus über ihre gesamte linke Körperhälfte ausbreitete.

Ihre Mundwinkel wanderten in die Höhe. »Du musst dich schon mehr anstrengen, wenn du willst, dass ich vor dir auf die Knie gehe, Winter.«

Sein tiefes Lachen drang an ihr Ohr und brachte sie ebenfalls zum Lächeln. Statt einer Antwort packte er eine Handvoll ihres nassen Haars, bog ihren Kopf zurück und drückt seinen Mund erneut auf ihren. Scarlett stöhnte auf und klammerte sich an ihm fest. Sie merkte nicht einmal, wie er sie zurückdrängte, bis sie mit dem Rücken gegen die kühlen Fliesen stieß und ein Schauer ihren Körper erzittern ließ.

Garrett küsste sie, bis kein klarer Gedanke mehr in ihrem Kopf zurückblieb, und biss zum Abschluss in ihre Unterlippe. »Bleib, wo du bist«, befahl er rau.

Selbst wenn sie gewollt hätte, hätte sie ihm nicht widersprechen können. Oder sich bewegen. Ihr Blick klebte förmlich an diesem Mann, ganz besonders dann, als er sich von ihr löste und den Duschboden nach seiner Hose abtastete. Seine Bewegungen waren ungeduldig und sie meinte, ihn mehr als einmal über das Prasseln des Wassers hinweg fluchen zu hören. Ein zufriedenes Lächeln breitete sich auf ihrem Gesicht aus. Scheinbar war sie nicht die Einzige, die sich gerade selbst vergaß. Garrett schien es nicht anders zu ergehen.

Entgegen seinem Befehl stieß sich Scarlett von der Wand ab und war mit einem halben Schritt bei ihm. Was sollte sie auch sonst tun? Sie war schließlich eine Regelbrecherin. Immer gewesen. Bevor er protestieren konnte, nahm sie ihm das Plastikpäckchen aus der Hand und öffnete es. Der Blick aus seinen dunklen Augen wurde noch hitziger, als sie ihm das Kondom überstreifte. Langsam und so quälend, dass er einen erstickten Laut von sich gab, der wie eine Mischung aus Stöhnen und Knurren klang.

Diesmal war sie diejenige, die ihn zurückdrängte, bis er auf der gegenüberliegenden Seite des Badezimmers gegen die Wand stieß. Dann packte sie ihn im Nacken und erstickte sein Fluchen mit einem Kuss. Im Hintergrund rauschte noch immer die Dusche, während Garrett die Arme um sie legte und sie so hart an sich zog, als wollte er sie für immer festhalten. Als könnten sie diesen Moment bis in die Unendlichkeit hinauszögern, obwohl ihnen doch beiden jede Kontrolle entglitten war.

Seine Hände wanderten ihren Rücken hinab, packten sie an ihrem Hintern und hoben sie hoch. Instinktiv schlang sie die Beine um seine Hüften und ließ zu, dass er sie beide herumdrehte, bis sie mit dem Rücken gegen die glitschige Wand prallte. Ihr blieb keine Zeit, um nach Luft zu schnappen. Mit einem einzigen harten Stoß war er in ihr. Scarlett keuchte auf und grub ihre Fingernägel in seine Muskeln. Einen Moment lang verharrte er ganz still, suchte ihren Blick und hielt ihn so fest, als würde nicht nur sein Leben davon abhängen, sondern auch seine Seele. Dann begann er sich in ihr zu bewegen.

Sie stöhnten gleichzeitig auf.

Scarlett schloss die Augen und ließ sich fallen. Vermutlich hinterließ sie Striemen auf seinem Rücken, so fest krallte sie sich an ihn, aber das könnte sie im Moment nicht weniger kümmern. Und ihn schien es nicht zu stören, sondern eher noch anzuspornen. Schweiß mischte sich zu der Feuchtigkeit auf ihrer Haut, genau wie bei ihm. Sie leckte den salzigen Geschmack von seinem Hals und biss in den Übergang zum Nacken. Wie als direkte Reaktion darauf packte Garrett sie fester und stieß schneller in sie. Als könnte er nicht genug von ihr bekommen. Was gut war, denn ihr selbst ging es nicht anders.

Ohne Vorwarnung packte er sie an den Hüften und zog sie mit sich, weg von der Wand und auf den Boden. Ihr Körper erschauderte beim Kontakt mit den kalten Bodenfliesen, aber da war auch etwas Weiches unter ihr. Ein Badvorleger?

»Ich muss ...« Garrett brachte den Satz nicht zu Ende, aber das musste er auch gar nicht.

»Ich weiß.«

Mehr spüren. Tiefer. Intensiver. Schneller. Sie zeigte ihm ihre Zustimmung, indem sie ihm mit dem Becken entgegenkam und ihn zu einem neuen atemlosen Kuss heranzog. Das Liebesspiel an der Wand hatte seinen Reiz gehabt, doch jetzt fühlte sie sein Gewicht auf sich und konnte mit ansehen, wie er zunehmend die Kontrolle verlor. Jede noch so akribisch errichtete Mauer, die Garrett um sich herum aufgebaut hatte, fiel in sich zusammen, bis nichts mehr da war. Kein Schutz. Keine Verteidigungsmechanismen. Der Anblick bohrte sich wie eines ihrer Wurfmesser in ihre Brust und ließ ihre eigenen Schutzwälle gefährlich erzittern. Sie musste etwas tun, bevor diese ganz zusammenbrachen.

Scarlett drückte ihre Hände auf seine Schultern, verhakte ihr Bein mit seinem und wirbelte sie beide mit einer schnellen Drehung herum. Garrett ließ zu, dass sie die Zügel übernahm, doch etwas in seinem Blick verriet ihr, dass sie das nur konnte, weil er es zuließ. Weil er es ihr erlaubte. Dieser Gedanke sollte jede feministische Faser in ihrem Körper vor Protest aufschreien lassen, doch die waren schon längst ebenso geschmolzen wie ihre Gehirnzellen.

Jetzt war es an ihr, sich auf ihm zu bewegen und den Rhythmus zu bestimmen, mit dem sie sich beide der Erlösung – oder dem Wahnsinn? – näherten. Und der war schnell und gnadenlos. Wenn sie ihn nicht gerade küsste, spornte Garrett sie mit zusammenhangslosen Befehlen und festen Berührungen an, wodurch sie endgültig jeden Bezug zur Realität verlor. Der Druck in ihrem Inneren wurde stärker und stärker, bis es nicht länger auszuhalten war und sie mit einem erstickten Schrei auf ihm erschauerte. Er hielt ihre Hüften fest und stieß noch einige Male in sie, dann erreichte auch er seinen Höhepunkt.

Keuchend brach Scarlett auf ihm zusammen, absolut zufrieden damit, sich für den Rest ihres Lebens nicht mehr zu rühren. Ihr Herz raste noch immer, genau wie seines. Ihre Haut war feucht von Schweiß und Wasser und ihr Haar lag in langen Strähnen auf ihren Schultern und auf Garretts Brust. Die Dusche rauschte noch immer und heißes Wasser prasselte auf den Duschboden herab, nur dass keiner von ihnen noch darunter stand.

Nur langsam beruhigten sich ihr Herzschlag, ihr hämmernder Puls und ihre Atmung wieder, dennoch verspürte Scarlett nicht den brennenden Wunsch, sich von Garrett zu lösen. Nicht wie sonst, nachdem sie mit einem Mann geschlafen hatte. Und auch er schob sie nicht von sich. Im Gegenteil. Nach einer Weile spürte sie eine federleichte Berührung auf ihrem Rücken, kaum merkbar und dennoch vorhanden. Langsam, beinah zärtlich streichelte er mit den Fingerspitzen über ihre Wirbelsäule.

»Wohnt hier überhaupt jemand?« Seine Stimme war leise und noch immer rau.

Scarlett hob den Kopf und sah auf ihn hinunter. »Nein.«

»Gut.« Er lächelte langsam. »Sonst hätten wir gerade das ganze Haus aufgeweckt.«

Ein überraschtes Lachen kam ihr über die Lippen. »Wow, und dabei war ich mir bei unserer ersten Begegnung sicher, du wärst nicht humorvoll.«

»Bei unserer ersten? Wenn ich mich recht erinnere, war ich damals gerade am Verbluten. Ein schlechter Zeitpunkt, um Witze zu reißen.«

Sie machte seinen Einwand mit einer wegwerfenden Handbewegung zunichte. »Na gut, dann eben die zweite. In dieser Gasse war ich davon überzeugt, dass kein Funken Humor in dir steckt.«

»Und jetzt?« In seinen Augen funkelte es herausfordernd und seine Mundwinkel zuckten verdächtig. Er lag noch immer unter ihr, auf dem Badezimmerboden und hatte eine Hand hinter seinen Kopf gebettet, während er mit der anderen über ihren Rücken strich. Wenn sie ehrlich sein sollte, wirkte er wie ein völlig anderer Mensch. Oder vielmehr wie jemand, der seine unüberwindbaren Mauern herabgesenkt hatte. Für sie. Allein diese Tatsache machte sie einen Moment lang sprachlos.

Scarlett räusperte sich, um sich selbst zurück zur Besinnung zu rufen. »Jetzt könnte ich meine Meinung ändern.«

Langsam stand sie auf und verzog das Gesicht, als ihre Muskeln gegen die Bewegung protestierten. Aber es war die gute Art von Schmerz, deren Ursache unvergesslich bleiben würde. Hinter sich hörte sie Garrett ebenfalls aufstehen und das Kondom entsorgen. Sie stellte sich wieder unter den Wasserstrahl, erleichtert darüber, dass er noch immer heiß war und ihren Körper ein weiteres Mal entspannte.

Einen Moment lang überkam sie die lächerliche Befürchtung, dass die Dinge zwischen ihnen jetzt seltsam sein könnten, aber Garrett belehrte sie eines Besseren. Seine großen Hände packten sie von hinten und er setzte einen Kuss auf ihre Halsseite, als wäre es das Selbstverständlichste der Welt. War es nicht. Nicht für sie, die nur One-Night-Stands und lockere Affären kannte, bei denen nach dem Sex nicht geschmust wurde – oder zusammen geduscht. Doch als Garrett nach dem Schwamm griff, verbot sie sich jeden weiteren Gedanken in diese Richtung und beschloss, das hier einfach zu genießen.

Was auch immer es war.

10. KAPITEL

Wenige Stunden später saßen sie auf dem Fußboden neben dem Schreibtisch, waren in Decken eingewickelt und aßen aus Dosen, während um sie herum das Licht einiger Kerzen flackerte. Alles andere wäre zu auffällig gewesen. Sie sprachen über das Reisen, über Filme und Bücher, tranken billigen Wein aus Plastikbechern und ... lachten. Garrett hatte sich seit Jahren nicht mehr so lebendig gefühlt wie in dieser Nacht. Und das, obwohl auf ihn geschossen worden war. Mehrmals.

»Wie kommt es eigentlich, dass du deine Decknamen aus irgendwelchen Serien nimmst?«, fragte er nach einer Weile leise und zupfte an einer ihrer Haarsträhnen. Sie trug ihr Haar offen und inzwischen war es fast wieder trocken, wodurch es ihr in wilden Wellen auf die nackten Schultern fiel.

»Das sind nicht bloß irgendwelche Serien«, protestierte sie sofort. »Ich lebe dafür!«

»Ernsthaft? Teen Wolf? Once Upon a Time? Ist das nicht was für Kinder?«

Er mochte die Art, wie sie ihre Augenbrauen vor Entsetzen zusammenkniff und sich aufsetzte, als wollte sie ihm gleich ordentlich die Leviten lesen. Oder ihm gegen die Schulter boxen. Autsch.

»Ist es nicht!«, fauchte sie. »Es geht um Gut und Böse und darum, dass jeder Mensch beides sein kann. In Wirklichkeit gibt es so viele graue Facetten, in denen wir leben. Das zeigen diese Serien hervorragend.«

»Wirklich?« Er streckte die Hand aus und wickelte sich eine ihrer Haarsträhnen um den Finger. Sachte zog er daran, damit sie wieder näher kam. »Vielleicht sollte ich sie mir auch mal ansehen.«

»Das solltest du. Ich bin sicher, du kannst noch einiges lernen. Genau wie von Harry Potter. Diese Bücher sind nämlich auch nicht nur was für Kinder.«

Sie tat es schon wieder. Sie brachte ihn zum Lachen, ohne sich irgendeine Mühe geben zu müssen.

»Ich lese viel auf Reisen und schaue mir auch mal eine ganze Serienstaffel im Nachtzug an«, gab sie nach einigen Sekunden leise zu. »Sie sind so etwas wie meine ständigen Begleiter geworden.«

»Wohin reist du? Ich glaube, das Warum will ich lieber nicht wissen.«

Scarlett zog eine Grimasse, schmunzelte jedoch. »Ich besorge unsere Ausrüstung, dazu noch ein paar Spielereien und ... ungewöhnlichere Dinge.«

»Wie Giftpflanzen, die du ins Land schmuggelst?«

»Ganz genau. Ich hoffe, du hast noch nicht vergessen, dass diese Giftpflanzen dir das Leben gerettet haben.«

»Keine Sorge, das werde ich nie vergessen.« Trotz des schweren Themas lag ein leichter Ton in seinen Worten und er zupfte wieder an ihren Haarsträhnen. »Was war der schönste Ort, an dem du je warst?«

»Die Amalfiküste«, antwortete sie, ohne zu zögern.

»Italien? Interessant.«

Wieder etwas, womit sie ihn überraschte. Er hätte auf etwas Typisches wie Hawaii getippt, oder, wenn sie es abenteuerlicher mochte, irgendwo im Dschungel Südamerikas. Aber dass eine kleine Küste im Süden Italiens ihr Herz erobert hatte, damit hätte er nicht gerechnet. Doch wenn er genauer darüber nachdachte, passte es zu ihr. Scarlett war voller Gegensätze, voller Überraschungen. Wie konnte es sein, dass sie vor Kurzem noch gegeneinander gekämpft hatten, er ihr Peilsender untergejubelt und sie mit ihrer Pistole auf ihn gezielt hatte – und jetzt lagen sie hier in diesem Ghost House und hatten Spaß miteinander? Garrett konnte sich nicht daran zurückerinnern, wann er die Gegenwart und Nähe eines anderen Menschen so sehr genossen hatte wie die von Scarlett in dieser Nacht.

Wobei das nicht ganz richtig war. Er konnte sich daran erinnern, sehr genau sogar, aber es war in einem anderen Leben gewesen. Obwohl es nur ein paar Jahre her war, kam es Garrett beinah so vor, als hätte ein anderer Mann all das erlebt. Und vielleicht stimmte das sogar. Damals war er ein anderer Mensch gewesen als heute. Offener. Humorvoller. Es schien fast so, als würde Scarlett all diese Eigenschaften in ihm hervorlocken, die er zusammen mit Karen und Ben begraben hatte.

Er merkte erst, wie sehr er in Gedanken versunken gewesen war, als sie über das Tattoo an seinen Rippen strich. Es war unscheinbar, nur ein, zwei Zentimeter groß und bestand aus einer Reihe von römischen Ziffern. Der Tag, an dem er alles verloren hatte, und der einzige Grund, aus dem er heute noch am Leben war. Damit die Gerechtigkeit wiederhergestellt wurde. Scarlett musterte ihn nachdenklich, doch er beantwortete ihre stumme Frage nicht. Noch nicht. Vielleicht nie. Er war noch nicht bereit, darüber zu sprechen. Nicht mit ihr, nicht mit den Psychologen, die ihm das FBI ständig auf den Hals hetzte, und auch nicht mit seinen Teamkollegen bei den HUNTERS. Diese Bürde musste er allein tragen.

Um sie abzulenken und weil sie so verführerisch auf seinem Brustkorb lag, griff er nach Scarletts Hand und verteilte kleine Küsse und Knabbereien auf ihren Fingern. Einen nach dem anderen, bis sich das Grau in ihren Augen verdunkelte und sie nach Luft schnappte. Dass es hier drin kein Bett gab, war wirklich eine Schande, aber sie waren auf andere Weise kreativ geworden. Eigentlich sollte er längst völlig erledigt sein und schlafen, aber wieder mal überraschte Scarlett ihn, indem sie ihn auf Trab hielt. Und wenn es nur durch die Tatsache war, dass sie hier neben ihm lag und eine dünne Decke alles war, was ihren Körper vor seinen Blicken verbarg.

»Du weißt, dass ich eine verdammt gute Spielerin bin, oder?«, murmelte sie atemlos.

»Mhm ...« Er nahm ihren kleinen Finger zwischen die Lippen und saugte einmal kurz und fest daran. Sie erzitterte neben ihm.

»Dann weißt du auch, dass ich nicht auf Ablenkungsmanöver hereinfalle.«

Schmunzelnd entließ er ihren Finger und seufzte. »Ich weiß. Karasov wird bekommen, was er verdient.« Er wusste selbst nicht, warum er das sagte. Vielleicht, weil sie ihn so leicht durchschaut hatte. Sie musste nicht wissen, was sein Tattoo zu bedeuten hatte, um eins und eins zusammenzuzählen. Sie war klug genug, auch so auf die richtige Spur zu kommen.

»Und was ist das deiner Meinung nach?«, hakte sie sanft nach. »Tod oder Gefängnis?«

Bis vor Kurzem hätte er ohne Umschweife darauf geantwortet, doch jetzt zögerte er. Nach allem, was er gesehen und was Karasov getan hatte ... Nein. Garrett schüttelte den Kopf und schob diese Gedanken entschlossen beiseite. Er war kein Mörder.

»Gefängnis. Ich will Gerechtigkeit, nicht Rache.«

Nachdenklich betrachtete Scarlett ihn. Er konnte förmlich sehen, wie es hinter ihrer Stirn arbeitete, und er wüsste zu gern, was in ihrem Kopf vor sich ging. Auch das war ungewohnt. Karasov war immer sein Problem gewesen. Er hatte seine Gedanken und seine selbst auferlegte Mission nie mit jemandem geteilt, abgesehen von Scarlett und Logan. Doch keiner der beiden kannte das ganze Ausmaß seiner Vergangenheit.

»Wie nobel von dir.« Ein spöttischer Unterton mischte sich in ihre Stimme. »Ich weiß nicht, ob ich mit jemandem schlafen kann, der so gutherzig ist. Das rückt mich in ein ziemlich schlechtes Licht.«

Er lachte trocken auf. »Dafür ist es ein bisschen spät, meinst du nicht?«

»So würde ich das nicht sagen ...« Sie hatte kaum ausgesprochen, da beugte sie sich bereits wieder über ihn und strich mit ihren Lippen über seine.

Er war noch mal davongekommen, doch irgendetwas verriet ihm, dass sie es ihm beim nächsten Mal nicht so leicht machen würde. Sie trugen beide die Dämonen ihrer Vergangenheit mit sich herum. Sie, die Tochter eines korrupten Sheriffs, die zu einer Frau geworden war, die für Geld tötete. Und er, der Mann, der sich selbst verloren hatte und sich an seine neue Identität klammerte, obwohl er sein altes Leben nicht loslassen konnte. Ob es nun Rache oder Gerechtigkeit war, nach der sie strebten, im Grunde wollten sie doch genau das Gleiche: Frieden finden. Mit ihrer Vergangenheit abschließen und frei sein. Garrett konnte nur hoffen, dass dies eines Tages für sie beide möglich war.

☆

Garrett erwachte aufgrund der Kälte, die wie ein eisiger Atem über seine Haut strich, weil der warme Körper neben ihm fehlte. Im ersten Moment war er orientierungslos und verstand nicht, wieso seine Muskeln ächzten und warum zum Teufel er den Weg ins Bett nicht gefunden hatte. Dann kamen die Erinnerungen zurück, so langsam und sanft wie Schneeflocken, die auf ihn herabrieselten. Das Casino. Das russische Roulette, bei dem Scarlett ihr Leben aufs Spiel gesetzt hatte. Die Flucht durch die Kanalisation und dann das Ghost House. Sein Körper erwachte zu neuem Leben beim Gedanken daran, wie Scarlett und er die vergangenen Stunden genutzt hatten.

Langsam öffnete er die Augen. Der Geruch von abgebrannten Kerzen hing in der Luft, aber sie spendeten kein Licht mehr. Von draußen drangen nur zwei millimeterdünne helle Streifen herein, die einen Weg an den schweren Vorhängen vorbei gefunden hatten. Mühsam richtete sich Garrett auf und streckte seine verspannten Glieder. Bis auf ihn und die Bilder der Überwachungskameras war der Raum leer. Er erhob sich und ließ die Decke zurück. Seine Klamotten lagen zum Trocknen auf der Heizung. Als er nach seiner Hose griff, verzog er das Gesicht. Sie war zwar nicht mehr nass, aber noch klamm. Doch wenn er an letzte Nacht zurückdachte, musste er unweigerlich lächeln. Wer brauchte schon trockene Sachen?

Während er in seine Boxershorts und schwarze Anzughose stieg, sah er zu den Monitoren auf dem Schreibtisch. Die Anzeigen hatten sich seit letzter Nacht nicht verändert. Niemand war ihnen gefolgt und anscheinend wartete auch draußen niemand auf ihre Rückkehr, indem er in der Nähe der Eingangstür lauerte. Leider war auch von Scarlett nichts zu sehen. Ihr Kleid war ebenfalls verschwunden, aber ihre Schuhe lagen noch immer unbeachtet und vergessen neben der Tür. Er bezweifelte, dass sie barfuß rausgegangen war, also musste sie irgendwo im Gebäude sein. Vielleicht im Badezimmer?

Da das ebenfalls sein erstes Ziel war, bevor er sich nach etwas Essbarem und Koffeinhaltigen umsah, ging Garrett direkt darauf zu. Er rechnete mit Wasserrauschen, während er näher kam, aber nicht mit ihrer gedämpften Stimme. Führte da jemand Selbstgespräche vor dem Spiegel?

»Nein, jetzt hör mir doch mal zu.« Die Worte waren so ernst, so fordernd und bittend, dass Garrett unwillkürlich neben der verschlossenen Tür stehen blieb. »Es ist nicht ganz gelaufen, wie geplant. Sydney hat dir sicher schon Bericht erstattet.«

Mit wem redete sie da? Mit ihrer Chefin? Dieser Lara? Aber warum? Etwas Kaltes begann sich in seiner Magengrube auszubreiten, wie das Wissen um etwas, das er nicht wahrhaben wollte. Die Sache im Casino war privat gewesen. Es war nur um Informationen für Scarlett gegangen, und indem er ihr half, bekam er seine eigenen Informationen von ihren Leuten. Suttons Tod war ein Unfall gewesen. Eine Verkettung von unglücklichen Ereignissen und noch dazu seine eigene Schuld. Welcher normale Mann spielte schon freiwillig russisches Roulette? Irgendwann hatte es ihn erwischen müssen. Doch noch während Garrett sich das selbst versicherte, schlich sich das Bild von Suttons leblosem Körper in seine Gedanken. Der Mann war durch eine Kugel in den Kopf gestorben, allerdings hatte sie ihn nicht in der Schläfe getroffen. Dort, wo man sich den Lauf des Revolvers normalerweise hinhielt, wenn man diese Art von Roulette spielte. Aber Suttons Wunde war mitten in der Stirn gewesen.

Garretts Gedanken rasten, während er weitere Gesprächsfetzen aus dem angrenzenden Raum auffing. Der Schuss musste von vorn gekommen sein, aber über den genauen Winkel konnte er nichts sagen. Im Nachhinein verfluchte sich Garrett dafür, sich die Leiche des Casinobesitzers nicht genauer angesehen zu haben. Doch in jener Situation war Scarletts Sicherheit das Einzige gewesen, was für ihn gezählt hatte.

»Er ist tot«, hörte Garrett sie gerade sagen. Ihre Stimme klang dabei so ruhig und monoton, dass sich jeder Muskel in seinem Körper anspannte. Das war nicht die Frau, mit der er geschlafen, geredet und gelacht hatte. Die in seinen Armen eingeschlafen war. »Der Job ist erledigt.«

Aus der Vorahnung wurde Gewissheit. Eine dunkle, bitter schmeckende, alles versengende Gewissheit. Garrett blieb nicht einmal die Zeit, von der Tür wegzutreten, als sich diese öffnete, aber ihm war sowieso nicht danach, ihr irgendetwas vorzumachen. Es hatte schon genug falsche Spielchen zwischen ihnen gegeben.

Scarlett zuckte vor Schreck zusammen, als sie ihn neben der Tür entdeckte. Über ihr Gesicht wanderte eine ganze Reihe von Emotionen, bevor sie wieder ihr Pokerface aufsetzte. Überraschung, Verwirrung, Skepsis, Angst, Schock. All das geschah innerhalb weniger Sekunden, aber inzwischen kannte er sie gut genug, um jede einzelne davon wahrzunehmen.

»Oh, hey.« Sie lächelte, aber es erreichte ihre Augen nicht. Sie war noch immer ungeschminkt, trug dasselbe schwarze Kleid wie gestern Abend und hatte sich das Haar zurückgebürstet. »Du bist schon wach ...«

»Ich bin ein Frühaufsteher.« Garrett widerstand dem Drang, die Arme vor der Brust zu verschränken. Stattdessen blieb er, wo er war, und sah ihr nach, wie sie zurück zum Schreibtisch ging, als wären die Monitore das Spannendste, das es hier zu sehen gab. Oder als wollte sie ihr Smartphone möglichst unauffällig loswerden.

Als sie sich wieder zu ihm umdrehte, war der angespannte Ausdruck aus ihrer Miene verschwunden und er erkannte wieder die Frau, mit der er die letzten Stunden verbracht hatte. Der Anblick war so schneidend wie einer ihrer Wurfsterne, der sich in seine Brust bohrte, denn jetzt wusste er die Wahrheit. Die Frau, die er plötzlich zu kennen geglaubt hatte, war nur eine Farce. Eine Lüge.

»Gibt es irgendetwas, das du mir sagen willst?«, fragte er, bevor sie den Mund aufmachen und ihm irgendwelche Märchen auftischen konnte.

Scarlett zog die Brauen hoch, als hätte sie nicht die geringste Ahnung, wovon er da redete. Würde sie ihm wirklich ins Gesicht lügen? Nach allem, was sie schon zusammen durchgemacht hatten? Nach dieser Nacht?

»Du hast mich für einen Auftrag benutzt.« Es war mehr eine Feststellung als eine Frage, denn er kannte die Wahrheit bereits. Er hatte sie gehört und wollte jetzt die Bestätigung dafür haben. Oder hoffte ein winziger Teil in ihm vielleicht darauf, dass sie es verneinte? Dass sie eine gute Erklärung für dieses ominöse Telefonat hatte? Dass sie seine Hilfe nicht dafür benutzt hatte, einen Mann zu ermorden?

»Ja.«

Dieses eine Wort genügte, um alles, was er in den letzten vierundzwanzig Stunden erlebt, gesehen und gefühlt hatte, infrage zu stellen.

Er ballte die Hände zu Fäusten. »Warum?«

»Weil Sutton ein gefährliches Arschloch war, ich aber mit ihm reden musste. Das ist die Wahrheit. Ich habe meine Infos erhalten und du bekommst deine noch heute. Wir haben beide das bekommen, was wir wollten, genauso wie es abgemacht war.«

Mit drei großen Schritten war er bei ihr. »Es war nicht Teil des Deals, dass ich Beihilfe zum Mord leiste! Du hast mich angelogen.«

Scarlett schüttelte den Kopf, doch diesmal bekam ihre unnahbare Maske einen Riss. Vielleicht. Vielleicht wollte er das auch nur sehen, weil er nicht glauben konnte, tatsächlich so etwas wie Gefühle für eine eiskalte Mörderin entwickelt zu haben. Sie war nicht wie die Männer und Frauen, die er in seiner Berufslaufbahn immer verabscheut und gejagt hatte. Oder ...?

»Ich habe nie gesagt, ich würde ihn nicht töten.«

Da hatte er seine Antwort. Sutton hatte nicht beim russischen Roulette verloren. Scarlett hatte ihn getötet. Wahrscheinlich hatte sie den Revolver auf ihn gerichtet und abgedrückt. Einfach so. Kein Zögern. Kein Nachdenken. Kein Gefühl. Genauso wie sie Suttons Leibwächter erledigt hatte. Fuck, und er war auch noch besorgt um sie gewesen und hatte Todesängste ausgestanden, weil er die Vorstellung nicht hatte ertragen können, nur ihren leblosen Körper vorzufinden, wenn er in das Büro kam. Währenddessen war für sie alles exakt nach Plan gelaufen. Auftrag ausgeführt. Allein beim Gedanken daran könnte er kotzen.

»Du bist genau wie Karasov.« Garrett stieß ein ungläubiges Lachen aus, aber es war so kalt und hart, dass er selbst daran zu ersticken drohte. »Du lügst, betrügst und manipulierst, um deine Ziele zu erreichen. Ist dir ein Menschenleben überhaupt etwas wert? Abgesehen von dem Geld, das du daran verdienen kannst?« Er schüttelte den Kopf und hob die Hände, bevor sie antworten konnte. »Vergiss es, ich will die Antwort darauf gar nicht wissen.«

Er konnte nicht länger hierbleiben. Scheiß auf die Gefahr dort draußen. Suttons Männer waren *ihr* Problem. Sein Blut klebte an *ihren* Händen, nicht an seinen. Hatte er tatsächlich geglaubt, sie würden das Gleiche wollen? Er hatte sich geirrt. Er hatte sich so sehr geirrt wie nie zuvor in seinem Leben.

»Garrett!«

An der Tür blieb er mit dem Rücken zu ihr stehen. Er konnte sich nicht umdrehen, konnte sie nicht ansehen und sich noch einmal in diesen Augen verlieren. Nicht nachdem er die Wahrheit über sie erfahren hatte.

»Sag deinen Leuten, sie sollen mir die Infos noch heute zukommen lassen oder ich erzähle dem SFPD und dem FBI alles, was ich über euch weiß. Und das ist mehr als genug für lebenslänglich.« Er warf keinen Blick zurück, sondern riss die Tür auf und machte, dass er von hier verschwand.

Am späten Nachmittag desselben Tages raste Garretts Herz noch immer, diesmal aber nicht vor Wut und Enttäuschung. Es raste, weil er stundenlang gelaufen war. So lang, bis er keinen einzigen vernünftigen Gedanken mehr fassen konnte und endlich Ruhe in seinen Kopf einkehrte. Zumindest für ein paar selige Minuten. Denn schon als er in seinem Motelzimmer unter der Dusche stand, kamen sie zurück. Die Erinnerungen an letzte Nacht, das Gefühl von Scarlett unter sich, neben und vor sich, ihr Duft, ihr Lachen ... und ihr Streit. Fuck. Er schlug mit der Faust gegen die hässlichen Kacheln, doch alles, was er damit erreichte, war ein kurzer Schmerz, der durch seine Knöchel schoss. Die Fliesen hatten nicht mal einen Kratzer davongetragen. Garrett schnaubte bei dieser Ironie. Genauso fühlte er sich. Er kämpfte, schlug um sich, tat alles, um die Schuldigen zu finden und zur Rechenschaft zu ziehen, doch der Einzige, der mit Schrammen aus dieser Sache hervorging, war er selbst. Seine Gegner kamen ohne einen einzigen Kratzer davon, genau wie diese Fliesen.

Kopfschüttelnd stellte er das Wasser von warm auf kalt. Er musste seinen Kopf frei bekommen. Die Geschichte mit Scarlett durfte ihn nicht von seinem eigentlichen Ziel abbringen. Karasov würde für seine Taten bezahlen, dafür würde er sorgen. Koste es, was es wolle.

Garrett schaltete die Dusche ab und griff nach einem Handtuch. Ein Blick in den Spiegel genügte, um zu bestätigen, dass er genauso beschissen aussah, wie er sich fühlte. Er konnte nur hoffen, dass Logan und Valerie heute nicht mehr herkamen. Kurz nachdem er dieses Ghost House verlassen hatte, hatte er mit seinen Kollegen telefoniert und sie auf den neuesten Stand gebracht. Natürlich ohne die Details der letzten Nacht zu nennen, doch wenn die beiden ihn so sahen, würden sie sich auch diesen Teil zusammenreimen können. Ein Kreuzverhör war das Letzte, was er gerade gebrauchen konnte.

Er warf das Handtuch auf sein Bett und zog sich die letzten sauberen Klamotten an, die er noch hatte. Verdammt, war es wirklich so lang her, seit er in dieser Stadt war? Es mussten um die zehn Tage sein und bisher war er kaum einen Schritt weitergekommen und hatte auch keine Informationen erhalten. Er würde einen Teufel tun und Scarlett anrufen, um sie danach zu fragen, aber die einzige andere Person, die Kontakt zu den Daughters of Darkness hatte, war Valerie. Ihr und Sydney war es zu verdanken, dass dieser Deal überhaupt zustande gekommen war – obwohl Dank gerade das Letzte war, was Garrett empfand.

Ein Klopfen riss ihn aus seinen Gedanken. Es kam von der Tür her. Kurz und fest. Er zog sich das T-Shirt über den Kopf, dann griff er nach seiner Pistole und näherte sich damit langsam der Tür. Draußen brannte kein Licht, also musste die Person den Bewegungsmeldern ausgewichen sein. Scarlett, war sein erster Gedanke. Im nächsten Moment ärgerte er sich darüber. Zwischen ihnen gab es nichts mehr zu sagen, dennoch hoffte ein Teil von ihm darauf, dass sie es war, die auf der anderen Seite der Tür stand. Einen Spion gab es nicht, also musste er das Risiko eingehen. Mit der freien Hand griff Garrett nach dem Knauf und drehte ihn herum, dann öffnete er die Tür.

Es war Sydney, nicht Scarlett, die davorstand. Er machte sich nicht einmal die Mühe, seine Enttäuschung zu verbergen. Genauso wenig, wie sie so tat, als wüsste sie nicht genau, was zwischen ihm und Scarlett vorgefallen war. Ihr kalter Blick hätte sogar den härtesten Polizisten schaudern lassen.

»Hier.« Sie hielt ihm einen schmalen USB-Stick entgegen. »Darauf ist alles, was wir wissen.«

Garrett starrte auf das kleine Ding, ohne sich zu rühren. Die Informationen, wegen derer er hergekommen war, waren im wahrsten Sinne des Wortes zum Greifen nah, dennoch zögerte er.

Wenn er den Stick an sich nahm, war es vorbei. Dann gab es nichts mehr, das ihn noch in San Francisco halten würde. Es sei denn, Karasov hielt sich ausgerechnet hier versteckt, doch an so viel Glück glaubte Garrett nicht. Ganz sicher würde Scarlett ihn nicht davon abhalten, aus der Stadt zu verschwinden. Nach dem, wie sie auseinandergegangen waren, würde sie ihn eher noch mit einem Tritt über die Stadtgrenzen befördern. Was hielt ihn also auf?

Gar nichts. Die Logik gewann den Kampf gegen seine widersprüchlichen Gefühle. Doch bevor er nach dem Stick griff, suchte er Sydneys Blick und hielt ihn fest. »Sind wir quitt?«

»Ja. Wir wollen dich genauso loswerden wie du uns.«

Autsch. Da nahm jemand kein Blatt vor den Mund. Aber hatte sie nicht auch recht damit? Ein Teil in ihm schrie auf, brüllte regelrecht, aber er erstickte ihn genauso wie jeden seiner Zweifel. Er hatte genau das bekommen, was er wollte. So wie Scarlett es ihm versprochen hatte.

Garrett schluckte das bittere Gefühl in seinem Mund hinunter und nahm den USB-Stick an sich. »Danke.«

Sydney schüttelte den Kopf. »Bedank dich nicht bei mir.« Genauso wenig, wie sie ihn begrüßt hatte, verabschiedete sie sich jetzt, sondern machte auf dem Absatz kehrt und ließ ihn stehen.

Da ging sie. Seine letzte und einzige Verbindung zu Scarlett. Diesmal musste die Logik in ihm zurückstecken, denn Garrett trat aus dem Zimmer auf den offenen Flur.

»Sydney?«

»Ja?« Sie drehte sich zu ihm um. Er hatte mit Ungeduld gerechnet, erkannte jedoch nichts davon in ihrer Miene. Sie wirkte völlig neutral.

Vermutlich sollte er sie das nicht fragen, aber das hier könnte seine letzte Chance sein. »Wie geht es ihr?«

Sydney wirkte nicht überrascht, aber auch nicht übermäßig mitfühlend. »Gut«, erwiderte sie knapp. »Sie erledigt bereits einen neuen Auftrag.«

Bilder vom Casino und Sutton schossen ihm durch den Kopf und er machte einen Schritt vor. »Was für ein Auftrag?«

»Ich glaube nicht, dass dich das etwas angeht. Oder was Scarlett sonst so treibt. Du hast deinen Standpunkt ziemlich deutlich gemacht.«

Fuck. Also hatte ihn sein erster Eindruck nicht getäuscht. Sie wusste Bescheid – und sie war nicht auf seiner Seite. Natürlich nicht. Diese Frauen hielten ebenso zusammen, wie er es von den HUN-

TERS kannte. Vielleicht sogar noch unerbittlicher.

»Ich will nur wissen, dass sie in Sicherheit ist. Das ist alles.«

Sydney stieß ein hartes Lachen aus. »Keine von uns ist jemals sicher, aber keine Sorge. Scar kann auf sich aufpassen. Und wenn nicht, hat sie uns.«

Anders formuliert: Sie brauchte ihn nicht. Deutlicher hätte Sydney ihm das nur machen können, wenn sie es ihm direkt ins Gesicht gesagt hätte. Leider erzählte sie ihm damit nichts, was er nicht schon längst wusste, schließlich hatte er es mit eigenen Augen gesehen.

Garrett ignorierte das Rumoren in seinem Inneren und zwang sich zu einem Nicken. Er wollte sich schon abwenden, doch diesmal war es Sydney, die einen Schritt nach vorn und auf ihn zu trat. »Hast du die Narben an ihrem Körper gesehen?«

Er zog die Brauen in die Höhe. Nicht dass sie viel Licht in diesem Ghost House gehabt hatten, aber er hatte ein paar Narben auf Scarletts Körper entdeckt, hatte sie mit Lippen und Fingern nachgefahren. Aber was hatte das hiermit zu tun?

»Die hier«, Sydney tippte sich an den rechten Oberarm, »stammt von einer Schusswunde vom letzten Jahr. Dein Partner hat auf sie geschossen, nachdem sie dir in Seattle das Leben gerettet hat. Die an ihrem Bauch, an ihrer Schläfe und am unteren Rücken sind Erinnerungen an ihre Kindheit. Und die an ihren Rippen ist von einem Messer, das für mich bestimmt gewesen war. Scarlett hat mich im letzten Moment weggestoßen und es selbst abgekriegt. Sie wäre uns fast an Ort und Stelle verblutet. Das ist die Art von Mensch, die sie ist. Nur weil du glaubst, auf der richtigen Seite des Gesetzes zu stehen, macht dich das nicht zu etwas Besserem – oder uns zu etwas Schlechterem. Lass dir das von jemandem gesagt sein, der beide Seiten kennengelernt hat.«

Ein Ziehen machte sich bei der Vorstellung, wie Scarlett ein Messer für ihre Kollegin abfing, in seiner Brust bemerkbar. Sie besaß eindeutig Rückgrat, das musste er ihr lassen. Aber das änderte nichts an der Tatsache, dass sie ihn angelogen und zum Mittäter gemacht hatte.

»Und das gibt euch das Recht, Menschen willkürlich zu töten?«

»Wäre es dir lieber, wenn Scarlett statt Sutton draufgegangen wäre? Glaubst du wirklich, die Welt wäre ein besserer Ort, wenn er noch am Leben wäre und seine kranken Spielchen mit anderen Menschen treiben würde? In der Nacht, bevor ihr sein Casino betreten habt, hat er ein Mädchen auf die Straße geworfen, nachdem er mit ihr fertig war. Sie war nicht mal achtzehn und wird nie auf irgendwelche Collegepartys gehen und ihren Abschluss machen können. Und weißt du auch warum?«

Seine Kehle zog sich zusammen. »Sie ist tot.«

»Richtig. Allein dafür hat es sich gelohnt, diesen Wichser aus dem Verkehr zu ziehen. Das Geld ist nur der Bonus.«

»Das mag stimmen. Aber wenn sich alle über das Gesetz erheben würden, wäre das hier eine Anarchie, was noch viel mehr Menschenleben kosten würde.«

Sydney lachte. Es erreichte ihre Augen nicht, doch irgendetwas von dem, was er gesagt hatte, schien sie köstlich zu amüsieren. »Gott, muss sich das gut anfühlen, so selbstgerecht zu sein. Dir mag das Gesetz immer geholfen haben, aber ...«

Nein, das hatte es nicht. Die Erinnerung an den Moment im Büro des Chiefs, nachdem er alle Beweise vorgelegt hatte, all das, wofür er die letzten zehn Monate gekämpft hatte, tauchte wie ein Lichtblitz vor seinem inneren Auge auf.

Es reicht nicht für eine Anklage ...

Die Beweise würden vor keinem Gericht standhalten, insbesondere jetzt, da Ihre Tarnung aufgeflogen und Karasov untergetaucht ist ...

Wir kriegen ihn. Irgendwann kriegen wir ihn dran. Doch bis dahin sind uns leider die Hände gebunden ...

Wie er diese Floskeln hasste. Und was hatte es ihm gebracht, sich an die Vorschriften zu halten? Karen und Ben waren seinetwegen gestorben und Karasov war noch immer auf freiem Fuß. Garrett ballte die Hände zu Fäusten. Nein. So durfte er nicht denken. Er musste an Gerechtigkeit glauben und daran, dass Karasov die verdiente Strafe für seine Taten erhielt. Dafür würde er sorgen. Auf dem einzig richtigen Weg.

»Du hältst Scarlett und mich für die Bösen, weil wir uns nicht ans Gesetz halten?«, fuhr Sydney unerbittlich fort. »Vielleicht solltest du mal in den Spiegel schauen.«

Oh, das tat er und stellte sich jeden Tag dieselbe Frage. Hatte er die richtigen Entscheidungen getroffen? Garrett schüttelte den Kopf und vertrieb die nagende Frage aus seinem Bewusstsein.

»Bist du deshalb so beschützend, was sie angeht? Weil ihr auf derselben Seite steht? Oder weil sie dir das Leben gerettet hat?«

»Damit hat das nichts zu tun. Scarlett ist wie eine Schwester für mich. Das sind sie alle.« Etwas Drohendes mischte sich in Sydneys Stimme. »Also pass gut auf, was du als Nächstes tust, Garrett, denn legst du dich mit einer Daughter of Darkness an, legst du dich mit uns allen an.«

Damit machte sie auf dem Absatz kehrt. Er sah ihr nach, wie sie die Treppe hinunter nahm, über den Parkplatz marschierte und in ihren Sportwagen einstieg, ohne einen Blick zurückzuwerfen. Garrett blickte ihr auch dann noch nach, als sie auf dem Freeway aus seinem Sichtfeld verschwand. Genau wie Scarlett aus seinem Leben verschwunden war, weil er sie selbst hinausgestoßen hatte. Nachdenklich sah er auf den USB-Stick in seiner Hand hinab. Darauf war alles, wofür er jahrelang gekämpft hatte. Alles, wonach er gesucht und wofür er gelebt hatte.

Nur warum fühlte es sich dann so an, als hätte er gerade alles verloren?

11. KAPITEL

Der Alarm ging los. Scarlett bremste so abrupt ab, dass sie in ihren flachen Stiefeln auf dem Linoleumboden ausrutschte. Im letzten Moment fing sie sich, doch das Schrillen in ihren Ohren wollte nicht aufhören. Verdammt, wer hatte den Alarm ausgelöst? Es war unter der Woche und mitten in der Nacht. Sollten die Leute da nicht für gewöhnlich schlafen? Ihre Zielperson hatte es auf jeden Fall getan. Eigentlich konnte der Kerl froh sein. Die meisten Menschen starben nicht friedlich im Schlaf. Oder durch zwei Kugeln, aber das waren nebensächliche Details.

Scarlett hastete die Treppe hinunter und verfluchte sich gleichzeitig dafür, nicht den Fahrstuhl genommen zu haben. Aber in dem fünfzehnstöckigen Gebäude wäre das zu gefährlich gewesen. Abgesehen von den Sicherheitskameras, die sie umgehen musste, konnte sie es sich nicht leisten, aus Versehen einem Bewohner in die Arme zu laufen, der mitten in der Nacht nach Hause kam. Oder schlimmer noch: jemandem von der Security. Also mussten die Treppen herhalten und von der zehnten Etage aus waren es viele, viele Stufen. Zu viele, wenn die Alarmanlage das ganze Haus aufweckte.

Flackernd gingen die Lampen an und kaltes Licht durchströmte das Treppenhaus. Scarletts Puls schoss in die Höhe. Sie musste hier raus, bevor jemand sie entdeckte. Ein weiteres Schrillen mischte sich unter den Lärm im Gebäude. Sirenen. Irgendein Vollidiot hatte die Polizei verständigt. Scarlett stieß einen atemlosen Fluch aus. Hatten die Leute um diese Uhrzeit nichts Besseres zu tun, als die besorgten Bürger zu mimen? Schlafen? Sex? Meditieren? Irgendetwas, um ihr nicht die Arbeit zu ruinieren?

Offenbar nicht, denn aus den oberen Stockwerken hörte sie plötzlich Stimmen. Die Tür zum Treppenhaus wurde aufgestoßen. Scheiß auf die Stufen. Scarlett packte das Geländer und sprang eine halbe Etage tiefer. Sie landete auf den Füßen und riss den Kopf hoch. Keine Menschen um sie herum. Noch hatte niemand sie bemerkt. Wäre diese Situation nicht so verflucht ernst, hätte sie es vermutlich genossen, sich wie Black Widow zu fühlen. Fehlten nur die Kerle, die sie im Vorbeigehen erledigen konnte, aber auf die konnte sie gut und gern verzichten. Hauptsache, sie kam ungesehen hier raus.

Ihr Herz raste und jeder Atemzug bohrte sich wie ein glühendes

Eisen in ihren Brustkorb, aber sie hielt nicht an, gönnte sich keine Pause. Noch zwei Etagen. Wieder landete Scarlett auf den Beinen und hetzte weiter. Vom ersten Stock aus könnte sie springen. Auf keinen Fall wollte sie der herannahenden Polizei in die Arme laufen. Sie war einmal im Gefängnis gewesen und nicht scharf darauf, diese Erfahrung zu wiederholen. Oder zum Tode verurteilt zu werden und durch eine Giftspritze zu sterben. Wie ironisch wäre das, bitte?

Die Stimmen und Schritte kamen mit jeder Sekunde näher. Wieso hatte sie darauf bestanden, diesen Auftrag im Alleingang durchzuführen? Ein easy Job. Reingehen, den Clubbesitzer umlegen und wieder rausspazieren. Zum Teufel damit. Sie würde nie wieder so arrogant sein, auf die Hilfe ihrer Kolleginnen zu verzichten, egal wie einfach die Mission auf den ersten Blick aussah.

Sie stieß die Tür zur ersten Etage auf. Ihre Finger zuckten in dem Drang, nach einer Waffe zu greifen. Zwei Pistolen warteten in den Holstern an ihren Oberschenkeln nur darauf, wieder zum Einsatz zu kommen. Genau wie die Wurfmesser und Giftpfeile in ihrer Ausrüstung. Wenn es sein musste, würde sie sich ihren Weg freikämpfen, auch wenn sie nicht scharf darauf war, Unschuldige zu verletzen. Wenn ihr keine andere Wahl blieb, würde sie es tun.

Fürs Erste schien diese Etage jedoch leer zu sein. Scarlett stoppte an der Ecke und spähte in den Gang. Okay, fast leer. Vor den Wohnungstüren standen Menschen in Schlafanzügen, geweckt von diesem dämlichen Alarm. Sie biss die Zähne zusammen und zog sich zurück. Hier kam sie nicht weiter. Die Sirenen wurden lauter, was nur heißen konnte, dass die Polizei fast vor der Tür stand. Möglicherweise auch die Feuerwehr.

Moment mal.

Scarlett wirbelte herum und rannte den Weg zurück, den sie gekommen war. Das Schrillen gehörte zur Alarmanlage des Hauses, deswegen kamen die Leute auch aus ihren Wohnungen, statt sich darin zu verkriechen. Oder statt in Panik abzuhauen wie auf Coldwells Party. Das war es. Am Ende des Flurs kam Scarlett schlitternd zum Stehen und betätigte den Feueralarm. Ein neues Schrillen mischte sich in den Lärm um sie herum. Gleichzeitig gingen Wassersprinkler an, von deren Existenz sie nicht einmal etwas geahnt hatte.

Die Stimmen wurden lauter. Panische Schreie. Wenn schon das ganze Haus aufgeweckt werden sollte, dann richtig. Scarlett zog sich ihre Lederjacke aus und band sie sich um die Hüften, um ihre Schusswaffen zu verbergen. Als Nächstes folgten die fingerlosen

Handschuhe, die sie in ihren Taschen verstaute, dann löste sie ihr zusammengebundenes Haar, bis es ihr locker auf die Schultern fiel. Damit sah sie zwar noch immer wie ein Bikergirl aus, aber hoffentlich nicht mehr wie die Auftragskillerin, die gerade den Kerl im zehnten Stock erschossen hatte.

Als die ersten Bewohner an ihr vorbeistürmten, mischte sie sich unter sie und eilte Seite an Seite mit ihnen zum Treppenhaus. In der Masse unterzutauchen hatte ihr schon öfter den Hintern gerettet. Eisige Wassertropfen prickelten auf ihren nackten Armen und fraßen sich in ihre Kleidung. Nach nur drei Schritten war sie völlig durchnässt, genau wie die anderen Personen, die zusammen mit ihr die Stufen hinunterhasteten. Im Erdgeschoss spaltete sie sich von der Gruppe ab, die aufgeregt zum Haupteingang eilte. Genau dorthin, wo gerade zwei Streifenwagen zum Halten kamen. Oh nein. Eher würde sie sich vom Dach stürzen, als den Cops in die Arme zu laufen. Allein der Anblick der rot-blauen Lichter und der Uniformen genügte, dass sich alles in ihr zusammenzog. Ihr Herz hämmerte nicht mehr vor Anstrengung, sondern vor Panik. Kalter Schweiß brach auf ihrer Haut aus und vermischte sich mit dem herabrieselnden Wasser aus der Sprinkleranlage.

Scarlett zwang sich dazu, zurückzuweichen. Sie würde nie wieder in den Knast gehen. Nie wieder auch nur in die Nähe eines Polizisten kommen. Woher auch immer Sutton seine Informationen über sie bezogen hatte, mit einem hatte er recht gehabt. Sie hasste alles, was eine Dienstmarke trug, weil sie wusste, wie leicht es war, diese Macht zu missbrauchen. Weil sie es selbst erlebt hatte und diese Erinnerungen sie bis ins Erwachsenenalter verfolgten. Sogar über den Tod des Sheriffs hinaus.

Sie schob die Gedanken daran beiseite und steuerte den Hinterausgang an, schnell, aber ohne zu rennen. Das Letzte, was sie wollte, war, unerwünschte Aufmerksamkeit auf sich zu ziehen. Glücklicherweise hatten noch ein paar andere Bewohner diesen Weg gewählt und standen in der Seitenstraße neben dem Hochhaus. Ihr Stimmengemurmel mischte sich unter die Sirenen und den Alarm. Ihre Blicke waren nach oben gerichtet, auf der Suche nach Feuer und Rauch. Ein paar von ihnen hatten sich gegen den Regen untergestellt, doch die meisten waren wie Scarlett klatschnass. Keiner von ihnen hatte daran gedacht, einen Regenschirm mitzunehmen, als er um sein Leben gerannt war. Ein bisschen taten ihr diese Leute ja schon leid, aber hätte niemand die verfluchte Alarmanlage ausgelöst, hätten sie alle selig weiterschlafen können. Die Schuld an dem Chaos lag wirklich nicht bei ihr. Sie hatte nur einen Mann getötet – und keine Massenpanik ausgelöst.

In diesem Moment kamen zwei uniformierte Männer um die Ecke. »Bitte bleiben Sie ruhig. Sind Sie Bewohner dieses Hauses?«

Oh, verdammt.

Schritt für Schritt wich Scarlett zurück und wünschte sich dabei, mit der Dunkelheit verschmelzen zu können. Zunächst schien es so, als würde ihr die Flucht gelingen. Die Polizisten waren damit beschäftigt, die Aussagen der Bewohner aufzunehmen, während ihre Kollegen und die Jungs von der Feuerwehr gerade das Haus stürmten. Es war nur eine Frage der Zeit, bis sie die Leiche in der zehnten Etage finden würden, und dann würde aus dem falschen Alarm ganz schnell ein echter werden.

»Miss?« Die tiefe Stimme des Cops ließ sie erstarren.

In ihrem Kopf jagte ein Fluch den nächsten, aber keiner davon half ihr in diesem Augenblick weiter. Sie musste hier weg. Sofort. Sie konnte keine Aussage machen und so tun, als würde sie hier wohnen, aber sie konnte auch nicht einfach weglaufen. Damit würde sie sich sofort verdächtig machen. Blut rauschte in ihren Ohren. Unbewusst bohrte sie ihre kurzen Fingernägel in ihre Handflächen. Ein Plan. Sie brauchte einen Plan. Sie musste ...

»Miss.«

Lauter. Näher. Schwere Schritte.

Für den Bruchteil einer Sekunde stand Scarlett nicht mehr während dieser verregneten Nacht in dieser Gasse, sondern war im Trockenen. In einem Haus mit ungepflegtem Garten, in dem es nach Zigaretten, Bier und anderem Alkohol stank. Sie hörte seine Schritte, schleppend, weil er wieder mal getrunken hatte. Dann das surrende Geräusch, wenn er seinen Gürtel aus den Gürtelschlaufen zog. Oh Gott, nicht der Gürtel. Das Leder brannte noch heute auf ihrem Rücken. Sie sprintete los, rutschte auf dem Holzfußboden aus und sprang auf die Beine. In den Schrank. Das waren die einzigen Situationen, in denen sie freiwillig in den Schrank ging und stundenlang dort ausharrte. Sie musste es nur schaffen, bevor er sie erreichte, bevor sie den brennenden Schlag des Gürtels auf ihrer Haut spürte.

Sie schaffte es nicht. Hatte es nie geschafft.

»Sie gehört zu mir.«

Ruckartig wurde Scarlett aus ihrem Trip in die Vergangenheit gerissen und wirbelte herum. Neben ihr stand eine Frau, die sich dem

Polizisten entgegenstellte. Auch sie war klatschnass. Ihr dunkles Haar klebte an ihrem Kopf, an den Schläfen und der hohen Stirn. In der schwachen Beleuchtung um sie herum wirkte ihre Haut so durchscheinend wie die eines Geistes. Und vielleicht war sie auch ein Geist, denn Scarlett konnte nicht glauben, wen sie da vor sich sah. Diese Frau hätte ihre Schwester sein können. Sie musste um die vierzig sein, vielleicht auch Mitte dreißig. Sie war schlank mit den dazugehörigen Kurven und etwa einen halben Kopf kleiner als Scarlett selbst. Feine Sommersprossen leuchteten auf ihrem Nasenrücken. Sie hatte das Kinn gehoben und begegnete dem Polizisten ohne jede Furcht.

Dieser blieb vor ihr stehen und musterte sie beide abwechselnd. »Sie wohnen hier?«

Die Frau nickte. »Siebter Stock, Wohnung 702. Caroline Bell. Sie können es gern überprüfen, Officer.«

Lüge. Jedes Wort aus ihrem Mund schrie förmlich Lüge, aber der Mann nickte nur, scheinbar beruhigt. Warum bemerkte er nicht, dass sie ihm etwas vormachte?

»Das wird nicht nötig sein. Ich brauche Ihre Aussage.« Mit dem Handrücken wischte er sich die Regentropfen von der Stirn, dann zog er seinen Block hervor und begann das zu notieren, was er vermutlich schon von allen anderen Bewohnern gehört hatte. Sie hatte sich gerade fürs Bett fertig machen wollen, als der Alarm losging. Zuerst dachte sie, es wäre ein Einbrecher, bis der Feueralarm sie aus ihrer Wohnung geholt hatte.

»Wir sind sofort rausgelaufen«, beendete sie ihre Geschichte mit der dazu passenden zerknirschten Miene. »Wann dürfen wir wieder in unsere Wohnung?«

Der Officer klappte seinen Block zu. »Das wird noch etwas dauern, Mrs. Bell. Meine Kollegen und die Feuerwehr prüfen das Gebäude. Sobald alles sicher ist, geben wir Ihnen umgehend Bescheid.« Damit wanderte er weiter zu den nächsten Leuten, die in diesem Moment aus dem Haus auf die Seitenstraße gestürmt kamen.

Die Frau sah ihm nur kurz nach, dann drehte sie sich zu Scarlett um. Ein zögerliches Lächeln erschien auf ihrem Gesicht. »Alles in Ordnung?«

»Du wohnst nicht wirklich hier, oder?« Warum klang ihre Stimme auf einmal so mechanisch? So kalt? Und warum fühlte sie sich, als wäre sie gar nicht hier, sondern nur ein Zuschauer in dieser absurden Szene?

»Nein.« Ihr Lächeln vertiefte sich. Sie blickte nach links und rechts, als wollte sie sichergehen, dass niemand ihrem Gespräch lauschte, dann deutete sie in die entgegengesetzte Richtung der Gasse. »Wir sollten besser verschwinden, bevor er zurückkommt.«

Scarlett rührte sich nicht. Ihr Körper schien festgefroren und sie nicht in der Lage zu sein, einen Fuß vor den anderen zu setzen – und das, obwohl sie selbst am besten wusste, wie dringend sie abhauen musste. Aber sie konnte nicht. In dem einen Moment hatte sie noch das Gefühl gehabt, in ihren Erinnerungen gefangen zu sein, doch jetzt wusste sie, dass es genau andersherum war. Nicht sie hatte eine unfreiwillige Reise in die Vergangenheit unternommen. Ihre Vergangenheit hatte sie eingeholt und brach jetzt über sie herein.

Die Frau, die ihr viel zu ähnlich sah, blieb nach ein paar Schritten stehen und drehte sich zu Scarlett um. Irritation stand in großen Lettern auf ihrem Gesicht geschrieben, vermischt mit einer Unsicherheit, die sie dem Officer gegenüber nicht gezeigt hatte. Aber von ihm hatte sie auch nichts zu befürchten gehabt – von ihr schon.

Ein Vibrieren in ihrer Hosentasche riss Scarlett aus ihrer Starre. Vermutlich eine ihrer Kolleginnen. Sie ignorierte ihr Handy und setzte sich in Bewegung. Mit jedem Meter wurde ihr Pokerface undurchdringlicher, bis sie mit steinerner Miene neben der Frau stehen blieb und ihr direkt in die Augen sah.

»Danke für die Hilfe ... *Mom*.«

☆

Scarlett kam sich wie in einem schlechten Film vor. Sie saß mit der Frau, von der sie sechzehn Jahre lang weder etwas gesehen noch gehört hatte, um kurz nach zwei Uhr morgens in einem Diner. Bis auf ein paar Nachtschwärmer und verlorene Seelen war das Lokal leer. Sie saßen in einer Nische weit weg vom Fenster und starrten einander an, als würden sie sich zum ersten Mal sehen. Inzwischen hatte Scarlett ihre Lederjacke wieder angezogen, doch selbst das half nur wenig gegen die Feuchtigkeit in ihrer Kleidung oder das Zittern, das von ihrem Körper Besitz ergriffen hatte.

Anders als sie saß ihre Mutter ihr völlig regungslos gegenüber. Regentropfen lagen auf ihrer Haut, aber sie schien sie nicht einmal wahrzunehmen. Ihre grünen Augen hatte sie nicht an ihre Tochter weitervererbt. Dafür war ihre Haarfarbe hier drinnen deutlich besser zu erkennen. Es war das gleiche Rotbraun wie bei Scarlett selbst, nur dass ihre Mutter das Haar kürzer und glatter trug. Sie erkannte so viele Ähnlichkeiten in einer Frau, die ihr völlig fremd war, dass sich ein beißender Schmerz in ihrer Brust ausbreitete. Ein Brennen, das auch nicht von dem Kaffee gelöscht werden konnte, den sie jetzt in kleinen Schlucken trank. Sie erlaubte es sich nicht, in ihrem Gesicht irgendeine Gefühlsregung zuzulassen, aber sie umklammerte die dampfende Tasse, um etwas gegen die Kälte in ihrem Körper zu unternehmen. Und um sich an etwas festzuhalten, wenn ihre ganze Welt in sich zusammenfiel.

»Wie hast du mich gefunden?«, fragte sie schließlich nach schier endlosen Minuten des Schweigens. »Und erzähl mir nicht, das gerade war reiner Zufall.«

Ein Schatten huschte über das Gesicht ihrer Mutter. Reue? Bedauern? War diese Frau überhaupt dazu in der Lage, irgendetwas davon zu empfinden? Und was zum Teufel wollte sie hier? Warum tauchte sie nach sechzehn Jahren in San Francisco auf und wirbelte Scarletts Leben durcheinander? Als hätte sie nicht schon genug andere Probleme ...

Die Informationen, die sie aus Sutton herausgepresst hatte, bevor sie ihn mit seinem eigenen Revolver getötet hatte, waren nur zum Teil hilfreich gewesen. Er kannte den Mörder, hatte sich bei der zweiten Frage jedoch geweigert, seine Identität preiszugeben. Dennoch wusste sie, dass der Kerl für Sutton gearbeitet hatte – und kein Auftragskiller war. Zumindest kein richtiger. Anscheinend waren es kleinere Jobs gewesen, die Sutton ihm gegeben hatte, bis zu dem Tag, an dem er Morrington ermorden sollte. Den Sheriff, der Sutton selbst nach seinem Tod noch Geld schuldete. Zumindest wäre das so, wenn Scarlett den Casinobesitzer nicht selbst erschossen hätte. Im Nachhinein bereute sie es, nie die Identität des Mörders erfahren zu haben, aber das war ihr lieber, als selbst mit einer Kugel im Kopf im Grab zu liegen.

»Es war kein Zufall.« Endlich ließ sich ihre Mutter dazu herab, ihr zu antworten. »Ich weiß, dass ich einen Fehler gemacht habe, dich nicht mit mir zu nehmen, als ich vor deinem Vater geflohen bin ...«

Scarlett schnaubte. Das war die Untertreibung des Jahrhunderts.

»Aber ich konnte kaum für mich selbst sorgen. Wie hätte ich da auch noch ein kleines Mädchen durchbringen sollen? So hattest du wenigstens ein Dach über dem Kopf, etwas Warmes zu essen, die Schule und ...«

»Oh bitte«, unterbrach Scarlett sie scharf. »Tu nicht so, als hättest du mir einen Gefallen damit getan, mich zurückzulassen. Du hast nur an dich gedacht und mich im Stich gelassen. Steh wenigstens heute dazu.«

Sie presste die Lippen aufeinander, akzeptierte Scarletts Ausbruch jedoch mit einem knappen Nicken. Sie sprach erst weiter, nachdem sie einen großen Schluck von ihrem Kakao getrunken hatte. Niemals Kaffee. Scheinbar änderten sich manche Dinge tatsächlich nie.

»Du hast recht. Ich war egoistisch. Aber ich habe dich nie vergessen. Die ganze Zeit über habe ich aus der Ferne auf dich aufgepasst. Ich wusste immer, wo du warst und was du gerade getan hast.«

Scarlett stellte ihre Tasse mit einem Klirren ab. Heißer Kaffee schwappte über, benetzte den Metalltisch und verbrannte ihre Hand. Sie zuckte nicht mal zusammen. »Ach wirklich? Hast du mich all die Jahre über beobachtet, in denen dein ach so liebender Ehemann mich halb zu Tode geprügelt hat? Wo warst du, als ich versucht habe, dem Ganzen ein Ende zu setzen, und gescheitert bin? Wo warst du in dem Jahr, das ich im Jugendknast verbracht habe? Und danach? Als ich freikam und sie mich in eine Welt ausgespuckt haben, mit der ich nichts anzufangen wusste. Wo warst du?«

Mit jeder Silbe wurde ihre Stimme lauter, bis die Gespräche um sie herum verstummten und die wenigen Anwesenden sich zu ihnen umdrehten. Egal. Es war ihr völlig egal. Anders als ihrer Mutter, die sich unter den bohrenden Blicken auf der gepolsterten Sitzbank wand.

»Ich konnte nichts tun, Liebes. Du musst verstehen, dass ich ...«

»Nein. Ich muss überhaupt nichts verstehen. Ich habe mehr als die Hälfte meines Lebens ohne dich verbracht – und weißt du was?« Scarlett beugte sich vor, damit diese Frau sie auch ganz genau verstand. »Ich bin ohne dich klargekommen. Was willst du jetzt? Warum bist du wieder hier?«

Nervös nagte sie an ihrer Unterlippe. Ein Tick, den sie schon früher gehabt hatte. Sie grub ihre Zähne in ihre Lippen, bis sie blutig wurden. Den Sheriff hatte das nur noch wütender gemacht, aber sie hatte einfach nicht damit aufhören können. Aus Angst? Aus einer Zwangsstörung heraus? War es wichtig?

Nein, entschied Scarlett für sich. Es war sechzehn Jahre lang nicht wichtig gewesen, also würde es das auch jetzt nicht sein. Genauso wenig wie das Auftauchen dieser Person in ihrem Leben. Wenn es nach ihr ging, konnte diese Frau genauso schnell daraus verschwinden, wie sie hereingeplatzt war. Darin war sie doch besonders gut.

Abzuhauen und ihre eigene Haut zu retten.

»Ich habe mir Sorgen um dich gemacht«, gestand sie jetzt leise. Wären da nicht dieses feuchte Schimmern in ihren Augen und das Zittern ihrer Hände, hätte Scarlett bei dieser Aussage laut aufgelacht. Aber ... verdammt, war das ihr Ernst? Konnte es die Wahrheit sein?

»Warum? Oder besser gesagt: Warum jetzt?«

»Weil dein Vater tot ist.«

Die Antwort kam so schnell und abgeklärt, dass ihr die Kinnlade herunterfiel. Sie hasste es nach wie vor, wenn jemand dieses beschissene Exemplar Mensch ihren *Vater* nannte, weil er diese Bezeichnung nie verdient hatte. Aber darum ging es hier nicht.

Scarlett legte die Hände flach auf den Tisch. »Woher weißt du das?«

Natürlich war der Tod von Sheriff Morrington kein Geheimnis mehr. Seine Kollegen suchten mit Sicherheit noch immer fieberhaft nach dem Mörder. Und auch andere Leute wussten darüber Bescheid. Leute wie Warner, die mit Informationen handelten, allerdings konnte sie sich ihre Mutter nicht einmal mit Warner in einem Raum vorstellen, geschweige denn bei Verhandlungen mit ihm. Andererseits kannte sie die Frau, die ihr heute gegenübersaß, nicht. Genauso wenig, wie Scarlett noch das wehrlose, verängstigte Mädchen von damals war, war ihre Mutter noch dieselbe Person wie früher. Genau genommen sprach sie ziemlich abgeklärt und gefasst vom Tod ihres Exmannes. Beinah so, als würde es sie nicht berühren, dass der Kerl, der ihr Leben zerstört hatte, endlich unter der Erde lag.

Und plötzlich machte es *klick*. Sie konnte fast hören, wie die Puzzleteile in ihrem Kopf zusammenfanden und ein neues Bild ergaben. Eines, das sie niemals für möglich gehalten hätte.

»Du warst das ...«, flüsterte Scarlett. Es war mehr eine Feststellung als eine Frage, denn sie konnte die Antwort darauf in ihren Augen lesen. Ihre Mutter hatte den Mann umgebracht, der sie beide fast zugrunde gerichtet hätte. »Aber wie? Und warum? Wieso jetzt? Nach all der Zeit?«

»Ich hatte Angst«, gestand sie und blickte auf ihre zittrigen Hände hinab. Der rostrote Nagellack blätterte ab und Kratzer zierten ihre filigranen Finger. »Selbst als ich endlich weg war, hatte ich noch immer Angst vor ihm. Jeden Tag und jede Nacht habe ich damit gerechnet, dass er mich findet. Dass er die Tür öffnet und der Albtraum von vorn anfängt.«

Ein Teil von Scarlett hatte Mitleid mit dieser gebrochenen Frau, denn sie wusste genau, wie sich diese Angst anfühlte. Der ständige Terror, der dich nie zur Ruhe kommen ließ, weil jede Bewegung und jeder verdammte Atemzug eine erneute Bestrafung nach sich ziehen könnten. Der andere Teil von ihr wünschte sie in die Hölle. Welches Recht nahm sich diese Person heraus, ausgerechnet ihr etwas von Angst zu erzählen? *Sie* war Morrington entkommen – Scarlett nicht.

»Es hat Jahre gedauert, damit klarzukommen und diese Furcht zu überwinden.«

»Glückwunsch«, murmelte Scarlett trocken. Sie leerte ihre Tasse in einem Zug, um nicht in Versuchung zu geraten, ihrer Mutter den Inhalt ins Gesicht zu schütten.

»Irgendwann hatte ich es geschafft, hatte einen festen Job, eine Wohnung und habe einen Mann kennengelernt ...«

Wenn die Geschichte zu einem Märchen mit Happy End wurde, brauchte Scarlett weit mehr als einen Kaffee, um das zu ertragen. Einen Whiskey vielleicht. Oder eine Kotztüte.

Ihre Mutter knetete ihre Hände. »Ich war bereit, neu anzufangen, aber ich konnte mein kleines Mädchen nicht vergessen ...«

»Wie mitfühlend von dir, Mom. Ich bin gerührt.«

Etwas flackerte in ihrem Blick und Scarlett erkannte, dass sie verletzt war. Sie war schon früher immer so leicht zu verletzen gewesen, egal ob körperlich oder emotional. Anscheinend hatte sich auch daran nichts geändert und nun hatte ihre Tochter ihr auch noch ein Messer in die Brust gerammt. Scarlett versuchte Mitgefühl zu empfinden, aber es gelang ihr nicht. Bisher hatte sie nichts gehört, außer dem Selbstmitleid einer Frau, die nicht mit sich selbst und ihrer Vergangenheit klarkam.

»Ich wollte dich zu mir holen, das musst du mir glauben. Aber dann war diese Sache ...«

»Du meinst die Nacht, in der ich, nachdem er mich wieder geschlagen und stundenlang eingesperrt hatte, an seinen Waffenschrank gegangen bin? Es war eine SIG Sauer«, fuhr Scarlett gnadenlos fort. »Damals war ich zu jung und unerfahren, um zu bemerken, dass sie nicht geladen war. Aber was erwartet man schon von einer Vierzehnjährigen, die nur Gewalt kennengelernt hat? Ich habe auf ihn gezielt und abgedrückt. Umsonst. Er hat mich gegen den Tisch gestoßen, was mir diese hübsche Narbe eingebracht hat.« Sie deutete auf ihre Schläfe, die für gewöhnlich von ihrem Haar verdeckt war. »Ich bin in die Küche gerannt und habe ein Messer genommen. Diesmal konnte ich ihn erwischen, aber der Bastard hatte wohl einen klaren Moment und hat seine Kollegen im Revier angerufen. Denkst du, irgendjemand hat mir geglaubt? Denkst du, eine Mutter, die meine Aussagen bestätigt hätte, hätte in dieser Situation helfen können?« Kopfschüttelnd lehnte sich Scarlett zurück. »Das Jahr im Knast war nicht schön, aber ich habe es überlebt. Einen Tag länger in seinem Haus und ich wäre draufgegangen, ohne dass du einen Finger gerührt hättest.«

»Du verstehst das nicht!« Ihre Stimme überschlug sich. Tränen glänzten auf ihren blassen Wangen. »Ich wollte dich retten, aber ich konnte nicht. Ich wusste nicht, wie ...«

»Du hast es nicht mal versucht, weil du zu feige warst, etwas zu unternehmen«, schoss Scarlett zurück. »Du hast nie ein Wort gesagt und mir eingetrichtert, den Mund zu halten, weil Daddy sonst wieder böse wird. Selbst als du weg warst, hast du nichts getan. Während du irgendwo seelenruhig geschlafen hast, habe ich seine Wutausbrüche abbekommen.«

»Du hast recht, Scarlett.« Mit dem Handrücken wischte sie sich über das Gesicht. »Du hast recht. Aber ich wollte es wiedergutmachen, das musst du mir glauben. Ich habe gearbeitet und gelernt und dich aus der Ferne beobachtet. Tut mir leid, dass es sechzehn Jahre gedauert hat, bis ich endlich so weit war, es zu Ende zu bringen, aber ich ...« Sie presste sich die Finger auf die bebenden Lippen und schüttelte den Kopf. »Ich habe ihn gezwungen, dich anzurufen, aber du bist nicht ans Telefon gegangen. Er sollte sich entschuldigen. Er sollte sich für all die Grausamkeiten entschuldigen, die er dir angetan hat. Ich wollte, dass du die Worte hörst, die ich niemals von ihm zu hören bekommen habe.«

Der Anruf in jener Nacht, den sie nicht entgegengenommen hatte. Stattdessen hatte sie sich auf den Weg zurück an den Ort gemacht, der ihr Zuhause gewesen war, auch wenn er sich nie so angefühlt hatte. Scarlett konnte förmlich spüren, wie jedes bisschen Blut ihr Gesicht verließ. Also war es die Wahrheit. Sie hatte nicht einmal gemerkt, dass ein Teil von ihr nicht daran geglaubt hatte. Dass sie es für die Wunschvorstellung einer gebrochenen Frau gehalten hatte. Aber von dem Anruf wusste niemand, bis auf die anderen Daughters of Darkness.

Jetzt hatte sie ihre Antwort – und hätte sich am liebsten übergeben. Sie war nicht nur die Tochter eines korrupten, prügelnden Sheriffs, sondern auch die einer schwachen, verzweifelten Mörderin. Welche Ironie. Scheinbar fiel der Apfel tatsächlich nicht weit vom

Stamm. In ihrem Fall bedeutete das wohl, dass ihr die kriminelle Karriere bereits in die Wiege gelegt worden war.

Scarlett hob die Hand, um sich durch das feuchte Haar zu fahren, und senkte sie wieder, als sie das heftige Zittern bemerkte. Ihr Körper schien nicht mehr ihr zu gehören, denn ihre Muskeln bebten unkontrolliert. Sie wusste nicht, was sie sagen oder davon halten sollte. Sie war mit dieser Situation völlig überfordert. Eine winzig kleine Stimme meldete sich in ihr und erinnerte sie daran, dass sie das gleiche Ziel gehabt hatte wie ihre Mutter. Sich ihrer Vergangenheit stellen, wenn sie bereit war, und dem Albtraum ein Ende bereiten, indem sie dem Mistkerl, der ihr Erzeuger war, all das heimzahlte, was er ihr angetan hatte. Vielleicht, nur vielleicht waren sie und ihre Mutter gar nicht so verschieden. Doch dann fiel ihr Blick auf die in Tränen aufgelöste Frau vor sich und sie schüttelte den Kopf. Nein. Genauso wenig, wie sie auch nur eine einzige Gemeinsamkeit mit Morrington haben wollte, wollte sie wie diese Frau sein. Denn sie war noch immer ein Feigling. Der Mord an Morrington war über eine Woche her – und sie meldete sich erst jetzt? Nachdem Scarlett Himmel und Hölle in Bewegung gesetzt hatte, um herauszufinden, wer dahintersteckte? Warum?

Und dann kam ihr ein Gedanke, eine Vermutung, die so durchtrieben war, dass es unmöglich die Wahrheit sein konnte. Oder?

»Du hast den Alarm ausgelöst, nicht wahr? Damit du mich retten und die Heldin in dieser Geschichte spielen kannst.«

Sie erwiderte nichts darauf, doch ihre geweiteten Augen und der ertappte Ausdruck auf ihrem Gesicht waren Antwort genug. Das Pokerface hatte Scarlett eindeutig nicht von ihrer Mutter geerbt.

»Das dachte ich mir.« Sie schnaubte abfällig. »Du vergisst, dass ich sehr gut weiß, wie man Menschen manipuliert.«

Sie nickte bedächtig. »Ich auch.«

Bevor Scarlett die Frage in Gedanken formulieren, geschweige denn laut aussprechen konnte, ging die Tür des Diners auf. Zwei uniformierte Gestalten traten ein und sahen sich um. Instinktiv griff Scarlett nach dem Wurfmesser an ihrer Seite und schloss ihre Finger um das kühle Metall. »Was hast du getan?«

»Der Mann, den ich kennengelernt habe ...« Ihre Miene war auf einmal völlig leer, emotionslos, und Scarlett erkannte, dass sie keine gebrochene Person vor sich hatte. Diese Frau war nur noch eine leblose Hülle. »Sein Name war Richard Doyle Sutton. Du hast ihn vor vier Tagen getötet.«

Das Blut in ihren Adern gefror zu Eis. Ihre Gedanken rasten, dennoch konnte sie kaum einen davon festhalten. Deshalb war ihre Mutter erst heute aufgetaucht. Es war nie wirklich um Scarlett selbst gegangen, sondern nur um die verdrehte Vorstellung von Gerechtigkeit dieser Frau. Sie hatte sich neu verliebt und war schon wieder bei einem Mistkerl gelandet. Vermutlich war Sutton kultiviert genug gewesen, sie nie zu schlagen oder zum Sex zu zwingen, aber er hatte sie auf andere Weisen missbraucht. Indem er sie für sich hatte arbeiten lassen. Indem er eine Mörderin aus ihr gemacht hatte. Kein Wunder, dass er so viel über den Sheriff und Scarlett selbst gewusst hatte. Was sie selbst gern früher gewusst hätte, war diese Kettenreaktion, die sie mit dem Mord an ihm ausgelöst hatte.

Aus dem Augenwinkel beobachtete sie die beiden Polizisten, die sich suchend umsahen und damit viel zu nah kamen. Mit jedem Schritt, den sie in ihre Richtung machten, pochte ihr Herz schneller. »Du bist nicht besser als *er*. Kein bisschen. Du hast mich zwar nie geschlagen, aber du hast mich in der Hölle zurückgelassen. Und jetzt lieferst du mich aus?«

Ihre Mutter wurde so weiß wie die Wand hinter ihr, doch darauf konnte Scarlett keine Rücksicht nehmen. Warum auch? Diese Frau hatte nie auf sie Rücksicht genommen. Letzten Endes war es ihr immer nur um sich selbst gegangen. Sogar jetzt noch, nach dieser ganzen Aktion mit der Alarmanlage und all den geheuchelten Worten. Vermutlich wollte sie Scarlett nur hier festhalten, bis die Cops eintrafen, um sie festzunehmen. Dabei klebte an den Händen ihrer Mutter genauso viel Blut wie an ihren eigenen.

Scarlett sprang auf die Beine, bevor die beiden Polizisten ihren Tisch erreichten. Ihre Fingerspitzen kribbelten in dem Drang, das Wurfmesser einzusetzen und sich zu verteidigen, aber sie widerstand dem Impuls. Stattdessen stützte sie sich mit beiden Händen auf der Tischplatte ab und beugte sich zu ihrer Mutter.

»Halt dich von mir fern«, zischte sie. »Sonst könnte es dir genauso ergehen wie deinem ehemaligen Liebhaber.«

Sie richtete sich wieder auf und machte auf dem Absatz kehrt. Wenigstens war sie nicht so dumm gewesen, ihre Mutter in einen Diner zu begleiten, den sie nicht kannte. So wusste sie um den Hinterausgang bei den Toiletten und konnte fliehen, bevor die Polizisten auf die Idee kamen, sie tatsächlich festnehmen zu wollen.

»Scarlett!« Die Stimme ihrer Mutter folgte ihr bis in den Gang.

Sie reagierte nicht, sondern eilte weiter. Sie musste hier raus, musste frei atmen können, obwohl sich alles in ihr schmerzhaft zusammenzog und sie das Gefühl hatte, nie wieder richtig Luft holen zu können. Es wurde nicht besser, als sie nach draußen trat. Die Kälte der Nacht bohrte sich mit jedem Schritt in ihre Brust, aber sie blieb nicht stehen. Sie hastete weiter, bis ihre Schritte immer schneller wurden und sie zu rennen begann. Regen prasselte auf sie herab und durchnässte ihre kaum getrocknete Kleidung erneut. Egal. Sie musste weg, bevor die Cops sie erwischten, musste so viel Abstand wie möglich zwischen sich und dieser Frau bringen, die sich ihre Mutter nannte. Schlimm genug, jeden Tag in den Spiegel zu blicken und dabei *seine* Augen als ihre eigenen zu sehen. Aber jetzt auch noch das Wissen um ihre Mutter? Ihre Feigheit und die Opferrolle, die sie noch immer spielte. Wenn Scarlett es gekonnt hätte, dann hätte sie jedes einzelne Gen und jede Gemeinsamkeit mit ihren Erzeugern aus sich herausgeschnitten.

Zwei Straßen weiter erreichte sie ihren Jeep und blickte sich hektisch um. Keine Verfolger. Sie riss die Fahrertür auf und glitt hinters Steuer. Obwohl niemand hinter ihr her war, hatte sie sich nie zuvor so verfolgt gefühlt wie in dieser Nacht. Ihr Handy vibrierte erneut und diesmal zerrte sie es aus ihrer Tasche und starrte auf das Display hinab. Phoenix. Was konnte sie um diese Uhrzeit wollen? Kaum war die Frage in Scarletts Kopf aufgetaucht, folgte die Antwort. Natürlich. Sie hatte sich nach dem Auftrag nicht zurückgemeldet und durch den Alarm und die Polizei war die halbe Stadt aufgeweckt worden. Kein Wunder, dass Phoenix sie anrief, um die Lage zu klären. Sie hätte ihre Kolleginnen schon längst kontaktieren sollen.

»Ja?«, meldete sie sich und versuchte ihrer Stimme einen normalen Klang zu verleihen. Vergebens. Sie klang so atemlos und weinerlich, dass sie das Gesicht verzog.

»Alles klar?« Natürlich entging Phoenix ihr Zustand nicht, aber anders als Sydney war sie leichter abzuwimmeln.

»Bestens«, erwiderte Scarlett um Ruhe bemüht. Sie klemmte sich das Smartphone zwischen Ohr und Schulter und fummelte ihre Schlüssel hervor. Ihre Finger zitterten noch immer so sehr, dass sie kaum das Schlüsselloch traf. »Auftrag ausgeführt. Es gab ein paar Probleme, weil der Alarm losgegangen ist, aber der Job ist erledigt.«

»Super. Das gebe ich an Lara weiter. Aber da ist noch was ...«

»Ja?« Beim vierten Versuch schaffte sie es endlich, den Schlüssel einzustecken und den Motor zu starten. Die Scheinwerfer beleuchteten die leere Straße voller geparkter Autos vor ihr. Hier und da eine verlorene Gestalt, die durch die Nacht spazierte. Ein Fahrradfahrer. Nichts Auffälliges.

»Garrett Winter.«

Scarlett erstarrte. Allein der Name verursachte einen Stich in ihrer Magengrube. Als hätte jemand eines ihrer Wurfmesser genommen und es in ihren Körper gerammt. Scarlett verscheuchte das Bild von jenem Morgen danach im selben Moment, in dem es vor ihrem inneren Auge aufgetaucht war. Die Art, wie er sie angesehen hatte, als ihm klar geworden war, dass sie ihm ein wichtiges Detail bei der Sache mit Sutton verschwiegen hatte. Nicht wütend und auch nicht frustriert, sondern enttäuscht. Seine harschen Worte und wie recht er damit hatte. Sie hatte ihn angelogen und benutzt. All das war leicht beiseitezuschieben und zu verdrängen. Was sie jedoch nicht aus ihrem Gedächtnis verbannen konnte, waren die innigen Momente zwischen ihnen. Wie er mit den Fingerspitzen über ihren Rücken strich. Wie sein Lachen klang, wenn sie irgendetwas gesagt hatte, das ihn amüsierte. Wie leidenschaftlich sie sich geliebt hatten und wie eng aneinander geschmiegt sie auf dem harten Fußboden eingeschlafen waren.

Scarlett räusperte sich, aber es gelang ihr nicht, die Gedanken daran zu vertreiben. »Was ist mit ihm?«

»Du hattest recht mit deiner Vermutung. Garrett Winter existiert nicht. Um genau zu sein, hat er bis vor vier Jahren nicht existiert.«

»Was soll das heißen?« Sie verband das Smartphone mit der Freisprechanlage und legte den Rückwärtsgang ein. Bloß weg von hier. So weit und so schnell wie möglich. Doch eine leise Stimme flüsterte ihr zu, dass sie ihrer Vergangenheit genauso wenig entfliehen konnte wie ihrer Herkunft, ganz gleich wie weit und schnell sie rannte. Früher oder später würde beides sie wieder einholen.

»Das heißt, dass ich für diese Informationen wirklich tief graben musste. Tief genug für eine zehnjährige Haftstrafe vom Bundesstaat Kalifornien. Mindestens.«

Scarlett rollte mit den Augen. »Ich spendiere dir eine Dauerkarte für die 49ers.«

»Und ...?«

»Und ein neues Scharfschützengewehr.«

»Du bist so großzügig«, rief Phoenix überschwänglich. Vermutlich führte sie gerade einen kleinen Freudentanz auf – kurz bevor ihr Teufelshörner wuchsen. »Sein richtiger Name ist Gage Harper. Vergiss die ganze Air-Force-Geschichte und alles, was wir bisher über ihn gewusst haben. Er ist in einem Vorort von Los Angeles aufgewachsen und war auf der Police Academy, nach seinem Abschluss als einer der Besten seines Jahrgangs hat er ein Jobangebot vom FBI ausgeschlagen und ist stattdessen zum Los Angeles Police Department gegangen. Bis vor vier Jahren hat er als Detective beim LAPD gearbeitet. Seine Spezialität waren Undercoverjobs. Bei seinem letzten Fall war er fast zehn Monate undercover, bevor seine Tarnung aufgeflogen ist.«

Eine dunkle Vorahnung machte sich in Scarlett breit. War heute die Nacht der Enthüllungen? Der unliebsamen Wahrheiten? Oder warum wurde ihr sonst ein dunkles Geheimnis nach dem anderen präsentiert?

»Lass mich raten«, murmelte sie. »Er hat sich als Spion in Karasovs Reihen eingeschleust.«

»Korrekt. Allerdings muss irgendetwas schiefgegangen sein. Was genau, konnte ich leider nicht herausfinden. Garretts, ich meine natürlich Gages Tarnung flog auf, aber Karasov wurde nie der Prozess gemacht. Vermutlich hatten sie zu wenige Beweise oder konnten ihn nicht rechtzeitig aufgreifen, weil er untergetaucht ist. Das würde erklären, warum er jahrelang von der Bildfläche verschwunden ist und sich nun in Chicago ein neues Netzwerk aufbaut.«

»Und Gar... Gage?«

»Das FBI hat ihn ins Zeugenschutzprogramm aufgenommen. Aus Gage Harper, Detective beim LAPD, wurde Garrett Winter, ehemaliger Air-Force-Offizier und jetziger Agent bei den HUNTERS.«

Hunderte von Fragen tauchten in Scarletts Kopf auf, aber nur eine einzige davon war in diesem Moment wirklich wichtig: War Garrett noch in der Stadt? Oder hatte er seine Sachen gepackt, nachdem Sydney ihm die Informationen geliefert hatte, wegen derer er überhaupt erst hierhergekommen war? An seiner Stelle wäre Scarlett sofort geflohen. Sie würde sogar jetzt davonlaufen, wenn sie auch nur den Hauch einer Chance sehen würde, alles zurücklassen zu können. Für immer.

»Okay.« Sie brachte den Wagen an einer Ampel zum Stehen und lehnte sich zurück. »Danke.«

Phoenix zögerte. »Du klingst nicht begeistert ... Nicht mal interessiert.«

Seufzend rieb sie sich über das Gesicht und verschmierte damit vermutlich noch mehr von ihrem Make-up. Wenn es nicht ohnehin schon von der Sprinkleranlage im Gebäude und dem Regen da draußen abgewaschen worden war. »Es ist nicht mehr wichtig, Phoe.«

»Warum nicht?«

»Er ist fort.«

Vielleicht sollte sie das Gleiche tun. Einfach in den nächstbesten Flieger steigen und von hier verschwinden. Auf Dauer mochte sie vor ihrer Vergangenheit nicht davonlaufen können, aber im Moment würde sie alles für eine kurze Pause geben. Einen kleinen Atemzug. In ein paar Stunden könnte sie bereits Tausende von Meilen von San Francisco entfernt sein. Von ihrem Zuhause. Und von Garrett. Besser gesagt von Gage.

»Bist du dir da sicher?«, fragte Phoenix leise.

Nein, das war sie nicht. Aber welchen Grund hätte er, noch immer in der Stadt zu sein?

12. KAPITEL

Drei Tage. Seit drei Tagen hatte er den USB-Stick nun schon. Seit drei Tagen wusste er alles, was er über Karasov wissen musste. Der Feigling war in Chicago untergetaucht und arbeitete eifrig daran, sein Netzwerk neu aufzubauen. Der andere Auftragskiller, den er auf Garrett angesetzt hatte, war inzwischen tot. Exekutiert durch Karasovs Hand, aber das hatten seine eigenen Recherchen bereits ergeben. Jetzt hatte er die Bestätigung dafür. Der Mistkerl hatte Scheitern noch nie akzeptieren können. Es grenzte an ein Wunder, dass er noch nicht auf Scarlett und ihre Kolleginnen losgegangen war, aber vielleicht war auch das nur eine Frage der Zeit. Möglicherweise hatten sie sich auch deshalb dazu entschlossen, zu kooperieren und ihm die Informationen zu geben. Damit er Karasov aus dem Weg räumte.

Garrett warf ein Bündel sauberer T-Shirts in seine Reisetasche. Wenigstens hatte er die letzten Tage dazu genutzt, in einen Waschsalon zu gehen und dafür zu sorgen, dass er nicht mehr wie der letzte Penner herumlief. Abgesehen davon hatte er nur wenig getan. Recherchiert. Pläne geschmiedet. Das Unausweichliche aufgeschoben. Er hätte die Stadt längst verlassen sollen, aber aus irgendeinem Grund kam er nicht von San Francisco los. Nein. Das war gelogen. Er kannte den Grund genau, denn dieser war rothaarig, konnte mit einem Lächeln bezaubern und mit einem High Heel töten. Sydneys Worte hatten noch lang in ihm nachgehallt und verfolgten ihn bis heute, dennoch hatte er sich nicht dazu durchringen können, noch einmal den Kontakt zu Scarlett zu suchen. Er wusste ja selbst nicht, was er über all das denken sollte, und im Grunde ging es ihn auch nichts an. Sie war ein freier Mensch und konnte tun und lassen, was sie wollte. Wer war er, der seit Jahren auf Rache aus war, um sie zu verurteilen?

Gerechtigkeit, korrigierte er sich in Gedanken selbst. Sein Ziel war es nicht, Karasov bluten zu lassen, sondern ihn hinter Gitter zu bringen. Aber – verdammt – wenn es nicht guttun würde, den Wichser leiden zu sehen. Ihn all das spüren zu lassen, was er seinen Opfern antat. Die Erinnerungen an die Gräueltaten, die er während seiner Zeit undercover miterlebt hatte, verfolgten ihn bis heute. Unschuldige Frauen und Kinder, die mit Karasovs Drogenexperimenten vollgepumpt wurden, bis sie wahnsinnig wurden, ihren Kopf so oft gegen die Mauern schlugen, dass ihr Gesicht nur noch eine blutige Masse war. Panische Schreie. Angstzustände. Und das waren nur die psychischen Nebenwirkungen. Die physischen waren genauso schlimm. Ihnen fielen die Haare aus, ihre Zähne verfaulten und ihre Organe verkümmerten. Garrett hasste jede einzelne Sekunde, in der er all das hatte mit ansehen müssen, ohne eingreifen zu können. Er hasste die unzähligen Diskussionen, die er mit dem Chief darüber geführt hatte. Aber sie kämpften für das große Ganze – nicht dafür, eine Handvoll Menschen zu retten, wenn das Leben von unzähligen auf dem Spiel stand. Das machte es allerdings nicht leichter, dieser Handvoll beim Leiden und letztlich beim Sterben zuzusehen.

Und Karasov? Dank Garrett würde dieser Kerl für den Rest seines Lebens einen kuscheligen Platz zum Schlafen, kostenloses Fernsehen und warmes Essen auf dem Tisch haben. Mit etwas Glück sogar Freigang oder eine vorzeitige Entlassung wegen guter Führung und irgendwelchen beschissenen Rehabilitierungsprogrammen. Oh ja, an manchen Tagen fühlte es sich wirklich gut an, auf der richtigen Seite des Gesetzes zu stehen.

Er pfefferte seine Jeans mit mehr Gewalt als nötig in seine Reisetasche. Sie geriet ins Schwanken und fiel vom Bett runter. Der gesamte Inhalt verteilte sich auf dem Boden. Klamotten, das Paar Lederschuhe, das er im Casino getragen hatte, seine ganzen Notizen und der Gebäudeplan von Karasovs neuem Hauptquartier. Alles lag vor ihm ausgebreitet, als wollte irgendjemand da oben, dass er noch mal einen genauen Blick auf sein Leben warf. Auf seine Entscheidungen und die daraus resultierenden Konsequenzen.

Mit einem Fluch auf den Lippen ging Garrett in die Hocke und begann, alles wieder in die Tasche zu stopfen. Er hatte keine Zeit für einen Selbstfindungstrip. Diesen Luxus konnte er sich frühestens dann leisten, wenn Karasov hinter Gittern war. Wenn er dann überhaupt noch lebte.

Das ausgedruckte Foto von Scarlett fiel ihm in die Hände. Es war von der Videoüberwachung am Flughafen, als sie die Giftpflanzen ins Land eingeführt hatte, die ihm das Leben gerettet hatten. Auf dem Bild wirkte sie anders. Kein Wunder in ihrer Verkleidung als Wissenschaftlerin, doch selbst damals und trotz seiner verschwommenen Erinnerung an jene Nacht in Seattle hatte er sie wiedererkannt. So wie er sie überall wiedererkennen würde.

Entschlossen schob er den Ausdruck zurück in seine Reisetasche.

Seine Zeit in San Francisco war zu Ende und es gab keinen Grund mehr, die Abreise noch länger hinauszuzögern. Doch auch wenn er ihr Foto wegpackte, wurde er damit nicht automatisch die Bilder vor seinem inneren Auge los. Sie hatte ihm das Leben gerettet, hatte darum gekämpft, dass er nicht verblutete, sondern eine Chance bekam. Eine Chance, das einzige Ziel in seinem armseligen Leben zu erreichen. Selbst im Casino hatte sie sich den Revolver an ihren eigenen Kopf gehalten, statt auf ihn zu zielen – und das, obwohl er es ihr erlaubt hatte. Scheiße, er hatte sie sogar regelrecht dazu aufgefordert. Trotzdem hatte sie es nicht getan. Sie mochte ihm nichts von ihrem Auftrag, Sutton zu töten, gesagt haben, aber sie hatte sein Leben nie in Gefahr gebracht. Ihr eigenes schon, sogar ständig, aber niemals seins.

Die Tür wurde aufgestoßen. Reflexartig zog Garrett seine Pistole und wirbelte herum. Aber es war kein maskierter Einbrecher und auch keiner von Suttons Männern, die ihn für den Tod ihres Bosses drankriegen wollten. Es war Logan.

»Scheiße, nimm das Ding runter, bevor du dir damit wehtust.«

Jepp. Eindeutig sein Partner, wie er leibt und lebt.

Eine zweite Person trat durch die Tür und stemmte die Hände in die Hüften. »Hört auf zu spielen, Jungs, und packt eure Sachen.« Valerie sah von einem zum anderen.

Garrett biss die Zähne zusammen und senkte seine Waffe. »Was wollt ihr hier?«

»Sag bloß, du warst so in deinen Recherchen vertieft, dass du die Nachricht aus der Zentrale übersehen hast?« Mit drei großen Schritten durchquerte Logan den Raum und schmiss ein paar herumliegende Sachen in seine eigene Reisetasche. »Wir wurden zurückbeordert. Anscheinend gibt es einen neuen Fall für uns.«

Natürlich wusste er davon. Zwar hatte Garrett den Anruf ignoriert, aber Riley hatte ihn mit so vielen Nachrichten bombardiert, bis ihm nichts anderes übrig geblieben war, als irgendwie zu reagieren. Andernfalls hätte sich ihre Computerspezialistin noch in sein Handy gehackt und sonst was damit angestellt. Nein, da antwortete er lieber mit einem knappen *Verstanden.* Was nicht gleichbedeutend damit war, diesem Befehl auch Folge zu leisten.

»Los geht's, Winter.« Logan hob seine Tasche auf und marschierte aus dem Motelzimmer, ohne sich nach Garrett umzusehen.

»Nein.«

An der Tür blieb sein Partner so abrupt stehen, als wäre er gegen eine Wand gelaufen. Langsam drehte sich Logan zu ihm um. Die Stirn gerunzelt, den Kopf fragend schief gelegt. »Was meinst du mit Nein? Ich weiß, du bist auf einem Rachetrip, aber jetzt hast du deine Informationen doch.«

»Tyler würde uns nicht ohne guten Grund zurückbeordern«, schaltete sich jetzt auch Valerie ein. »Wir haben einen Job zu erledigen.«

»Ich komme nicht mit.« Erst als er die Worte aussprach, wurde er sich selbst darüber bewusst, diesen Entschluss gefasst zu haben. Irgendwann zwischen Sydneys Tirade, seinen Nachforschungen zu Karasovs Aufenthaltsort und dem Moment, in dem ihm Scarletts Bild wieder in die Hände gefallen war. Er würde San Francisco nicht verlassen. Noch nicht.

Logan wechselte einen Blick mit Valerie, dann trat er einen Schritt vor. »Mach keinen Scheiß, Mann. Wir brauchen dich da draußen.«

»Ihr habt mehr als genug fähige Agenten für diesen Job. Wäre es ein Notfall, hätte Riley uns das mitgeteilt.«

»Okay.« Abwehrend hob Valerie die Hände. »Ich verstehe dich. Diese Sache ist persönlich und du hast das Gefühl, sie zu Ende bringen zu müssen. Aber wir lassen unsere Leute nicht im Stich. Gerade du solltest das wissen, Garrett.«

Ja, das wusste er. Denn trotz Scarletts Hilfe in jener Nacht hätte er nicht überleben können, wenn Logan und Leeroy, Exagent und Berater der HUNTERS, ihn nicht da rausgeschafft und zu dieser Ärztin gebracht hätten. Wenn sie nicht nach ihm gesucht, ihn aufgegeben oder nicht zu Dr. Fox gebracht hätten, würde er heute nicht hier stehen.

Er wandte sich an Logan. »Ich stehe in deiner Schuld und daran wird sich nichts ändern. Aber ich kann nicht mit euch zurück nach New York fliegen. Diese Sache ist alles, wofür ich in den letzten Jahren gekämpft habe. Ich muss es beenden.«

»Und wie?«, hakte Logan nach. Seine humorvolle lockere Seite war verschwunden und an ihre Stelle eine Ernsthaftigkeit getreten, die man nur selten an ihm sah. »Indem du eine Selbstmordaktion startest? Das wird Tyler nicht genehmigen. Scheiße, nicht mal ich würde das zulassen, und ich bin dein Partner, nicht dein Vorgesetzter bei den HUNTERS.«

»Du würdest gegen einen direkten Befehl verstoßen«, erinnerte Valerie ihn. »Das ist es nicht wert. Du kannst zurückkommen und was auch immer beenden, wenn der Fall in New York abgeschlossen ist. Du bist einer von uns und wir brauchen dich.«

Er schüttelte den Kopf. Mit einem Mal lag die Antwort so klar vor ihm, dass er sich wunderte, sie nicht schon längst erkannt zu haben. Mechanisch zog er seine Dienstwaffe aus dem Holster und legte sie flach auf den Tisch. »In dem Fall bin ich keiner mehr von euch.« Als Nächstes folgten das Smartphone, das er erhalten hatte, als er bei den HUNTERS angefangen hatte, sowie die Schlüssel für die Garagen, die Haus- und Hintertür. »Der Rest ist in meinem Zimmer in der Zentrale.«

»Das meinst du nicht ernst ...« Fassungslos schüttelte Valerie den Kopf.

»Sogar todernst.«

»Garrett ...«

»Lass ihn.« Logan trat auf ihn zu. Im ersten Moment wusste Garrett nicht, ob sein nun ehemaliger Partner ihm eine reinhauen oder ihn einfach kopfschüttelnd stehen lassen würde. Stattdessen hielt Logan ihm die Hand hin und Garrett ergriff sie zögerlich. »Du wirst immer einer von uns sein, egal, ob du das Zeug bei dir trägst oder nicht. Einmal HUNTERS, immer HUNTERS. Melde dich, wenn du deine Dämonen erledigt hast und bereit für einen Neuanfang bist.«

Erleichterung breitete sich in ihm aus und nahm etwas von dem Druck auf seiner Brust. »Danke.«

Logan deutete mit einem Nicken auf Garretts Dienstwaffe, Schlüssel und Smartphone. »Behalt den Kram. Du wirst ihn brauchen.« Ein letztes Schulterklopfen, dann hob er seine Reisetasche auf und verschwand aus der Tür.

Valerie zögerte. In ihrem Gesicht spiegelten sich eine Reihe von Emotionen wider, doch schließlich trat sie auf ihn zu und zog ihn in eine kurze, aber feste Umarmung. »Wehe, du gehst uns wieder verloren ...«

Er lächelte matt bei der Erinnerung. »Keine Sorge. Einmal hat mir gereicht.«

»Gut. Viel Erfolg bei was auch immer du vorhast.«

»Danke.« Er sah ihr nach, bis auch sie das Zimmer verlassen hatte. Wenige Minuten später hörte er das Röhren von Logans Sportwagen, als sie davonfuhren. Zurück in die Zentrale. Zurück nach Hause.

Garrett packte seine letzten Sachen, zog den Reißverschluss seiner Tasche mit einem Surren zu, dann machte er sich auf den Weg.

Regen prasselte gegen das einzige Fenster seines Zimmers, aber es war nicht das gleichmäßige Trommeln, das Garrett wach hielt, sondern seine umherkreisenden Gedanken. Offiziell mochte er noch zu den HUNTERS gehören, aber sie wussten alle, dass er die Truppe in Wirklichkeit verlassen hatte. Vielleicht war er nie ein echter Teil des Teams gewesen, weil er mit seinen Gedanken ständig in seiner Vergangenheit festhing. Seine Schuld hielt ihn mit eisernen Klauen gefangen und es gab nur einen Weg, dem Ganzen ein Ende zu setzen. Er musste Karasov schnappen. Er hatte sein einziges Ziel stets klar vor Augen gehabt, bis zu jener Nacht, in der ihn sein altes Leben beinah getötet hätte. Oder vielmehr die Auftragskiller, die Karasov auf ihn gehetzt hatte, nachdem dieser ihn in Seattle aufgespürt hatte. Aber in diesen endlosen Minuten, in denen er immer schwächer geworden war, hatte sich noch mehr verändert. Scarlett war in sein Leben getreten und hatte es nicht nur gerettet, sondern völlig auf den Kopf gestellt.

Jetzt lag er in diesem unbequemen Motelbett, statt längst in Chicago zu sein und das zu tun, was er schon vor Jahren hätte tun sollen. Morgen, hatte er sich selbst gesagt, nachdem er stundenlang vor Scarletts Haus ausgeharrt und auf sie gewartet hatte. Erfolglos. Sie war nie aufgetaucht. Morgen würde er mit ihr sprechen und dann den ersten Flieger nach Chicago nehmen. Sehr viel länger konnte er es nicht aufschieben. Er hatte bereits mehrere Tage damit verschwendet, die Füße stillzuhalten und die Informationen der Daughters of Darkness mehrfach zu überprüfen. Wenn er weiter wartete, wären all die wertvollen Details zu Karasovs Aufenthaltsort nicht mehr aktuell und er müsste seine Suche von vorn beginnen. Das kam auf keinen Fall infrage. Jetzt oder nie. Und er war schon immer der Typ Mann gewesen, der das Jetzt bevorzugt hatte.

Das Klopfen an seiner Tür war so leise, dass es sich unter das Prasseln des Regens mischte und er es fast überhört hätte. Garrett starrte in die Richtung, ohne sich zu rühren. Von einer Sekunde auf die andere war er in Alarmbereitschaft und jeder Muskel in seinem Körper spannte sich wie vor dem Sprung von einer Klippe an.

Da. Wieder klopfte es, diesmal eine Spur zögerlicher. Automatisch tastete er nach seiner Pistole auf dem Nachttisch, schob die Decke beiseite und stand auf. Nur in Boxershorts bekleidet näherte er sich der Tür und entsicherte gleichzeitig seine Schusswaffe. Irgendwie bezweifelte er, dass einer von Karasovs Killern erst mal anklopfte und freundlich Hallo sagte, bevor er ihn erschoss, aber man konnte nie wissen. Er musste auf alles gefasst sein.

Garrett tastete nach dem Knauf, atmete tief ein und riss die Tür auf.

Kein Auftragskiller. Zumindest keiner, der ihn töten wollte. Da stand sie. Völlig durchnässt wie in der einzigen Nacht, die sie zusammen verbracht hatten. Das Haar klebte genauso an ihrem Kopf wie die schwarze Kleidung an ihrem Körper. Sogar auf ihrer Nasenspitze lagen feine Regentropfen, klebten an ihren Wimpern und rollten über ihre Haut. Ihre Augen waren gerötet, als hätte sie geweint oder zumindest mit den Tränen gekämpft. Ihre Schultern hingen herab und ihre Lippen zitterten.

So fühlte es sich also an, wenn man ihm das Herz herausriss und es binnen Sekunden zerquetschte. Alles in ihm schrie danach, sie in seine Arme zu ziehen und demjenigen, der sie in diesen Zustand versetzt hatte, das Leben zur Hölle zu machen. Völlig egal, was zuvor zwischen ihnen vorgefallen war.

Ohne den Blick von ihr lösen, sicherte Garrett seine Pistole und schob sie in den hinteren Bund seiner Shorts. Dann zog er sie an sich. Ihr kalter Körper presste sich an seine warme Haut und brachte ihn zum Schaudern, aber er ließ sie nicht los. Er würde sie nie mehr loslassen. Im ersten Moment reagierte sie nicht, schien wie erstarrt zu sein, doch dann kam Leben in sie. Langsam, als hätte sie Angst, er würde gleich wieder verschwinden, legte sie die Arme um ihn und vergrub das Gesicht an seiner Brust.

Er wusste nicht, wie lang sie so zwischen Tür und Angel standen, während er ihr beruhigend über den Rücken streichelte. Eine Minute? Zehn? Zwanzig? Seine Gänsehaut war längst verschwunden, aber Scarlett zitterte noch immer in seinen Armen und schien es nicht einmal zu merken. Nach einer Weile löste er sich von ihr, suchte ihren Blick und hielt die Tür für sie auf. Eine stumme Einladung, für den Fall, dass sie nicht nur hergekommen war, um sicherzugehen, dass er tatsächlich aus ihrem Leben verschwunden war. Wenn sie allerdings wollte, dass er ging und nie mehr zurückkehrte, würde er das tun. Für sie. Für sich selbst. Weil es die richtige Entscheidung wäre, noch dazu die einzig mögliche. Was auch immer sich da zwischen ihnen entwickelt hatte, sie wussten beide, dass es keinen Bestand hatte. Vielleicht reichte es für eine Nacht, für ein paar Stunden, aber nicht für den nächsten Morgen.

Scarlett zögerte, als würde sie gerade einen inneren Kampf ausfechten. Welche Seite auch immer gewann, sie machte einen Schritt nach vorn und betrat das Motelzimmer. Es war wie ein seltsames Déjà-vu zur ersten Nacht, in der er sie hierher gebracht hatte. Kurz nachdem sie ihn in dieser Gasse geküsst hatte. Heute wie damals wusste Garrett nicht, was ihn dazu brachte, sie in sein Zimmer und in sein Leben zu bitten. Es schien beinah so, als würde sie irgendwie immer einen Weg hinein finden.

Leise drückte er die Tür hinter ihr zu und drehte sich zu ihr um. Sie stand mitten im Raum, zwischen Bett und Schreibtisch, und wirkte so verloren, dass sich etwas in seiner Brust zusammenzog. Langsam, um sie nicht zu verschrecken, näherte er sich ihr und blieb vor ihr stehen.

»Warum bist du hergekommen ...?«, fragte er rau.

»Warum bist du hiergeblieben?«, gab sie leise zurück und legte den Kopf in den Nacken. Obwohl sie wie ein Häufchen Elend vor ihm stand, reckte sie das Kinn vor wie eine Königin, die eine Antwort auf ihre Frage verlangte. Stolz und stur und nicht zu brechen. Auch wenn sie glaubte, längst zerbrochen zu sein.

»Ich konnte nicht gehen.« Er lächelte hilflos. »Ich hätte es tun sollen, hätte meine Sachen packen und von hier verschwinden sollen, nachdem Sydney mir den Stick mit den Informationen gegeben hat. Ich bin nur hergekommen, um Karasovs Aufenthaltsort in Erfahrung zu bringen und herauszufinden, warum du mir das Leben gerettet hast.«

»Jetzt weißt du beides.«

»Ja ...«, gab er zu und legte seine Hände auf ihre Arme. Stück für Stück schob er seine Finger hinauf, bis er ihr die feuchte Lederjacke von den Schultern streifen konnte. Sie landete mit einem dumpfen Laut auf dem Boden. Seine Intention dabei war lediglich, ihr aus der nassen Kleidung zu helfen und etwas Trockenes zum Anziehen zu geben, bevor sie sich noch den Tod holte. Doch jetzt schien sich die Stimmung zwischen ihnen zu verändern, wurde dichter, intensiver, knisternder. »Trotzdem konnte ich nicht einfach gehen. Nicht noch mal.«

»Warum nicht ...?« Ihre Worte waren nicht mehr als ein ersticktes Flüstern.

Genau hier, an derselben Stelle, an der er sie vor über einer Woche zurückgewiesen hatte, beugte er sich zu ihr hinunter und gab ihr die einzig mögliche Antwort auf ihre Frage. Dieser Kuss war anders als alle vorangegangenen. Nicht so überraschend und leidenschaftlich wie der ungeplante Kuss in dieser Gasse neben dem Stripclub, nicht so tief und innig wie der im Ghost House. Dieses langsame Herantasten, das sachte Reiben von Lippen auf Lippen waren völlig neu. Hätten sie sich jemals unter normalen Umständen kennengelernt, wäre dies ihr erster Kuss gewesen.

Mit beiden Händen strich Garrett über ihre Seiten hinunter, ertastete die Rundungen ihrer Brüste, fühlte ihren Rippenbögen nach, bis er den Saum ihres schwarzen Oberteils erreichte. Es gab kein Zögern. Kein Nachfragen. Seine Finger fanden den Weg unter den Stoff und schoben ihn behutsam nach oben. Er spürte die Gänsehaut darunter ebenso wie das Frösteln, das von ihr Besitz ergriffen hatte. Erst als er nicht weiterkam, löste Garrett seine Lippen von ihren und sah ihr in die Augen. Ein kurzer Blickaustausch, ein stummes Einverständnis, dann hob sie die Arme und erteilte ihm so die Erlaubnis, ihr das Oberteil auszuziehen. Es fiel genauso unbeachtet auf den Fußboden wie ihre Jacke zuvor.

Jetzt stand sie nur noch in ihrer schwarzen Hose und dem gleichfarbigen BH vor ihm. Ihre Brust hob und senkte sich so schnell, als wäre sie den ganzen Weg hierher gerannt, aber sie versteckte sich nicht vor ihm, sondern stellte sich seiner Musterung. Stolz und selbstbewusst, wie er sie kennengelernt hatte. Doch jetzt zeigte sie noch mehr von sich, ließ ihn hinter die Maske sehen, die sie ständig trug. Vielleicht, ohne sich selbst darüber bewusst zu sein. Er erkannte die Frau in ihr wieder, mit der er die Nacht nach den Erlebnissen im Casino verbracht hatte, aber da war noch so viel mehr. Diesmal hielt sie nichts von sich zurück. Keine noch so hässliche Emotion, kein noch so abwegiger oder unpassender Gedanke. Scarlett zeigte sich ihm genauso, wie sie war. Voller Gegensätze. Voller dunkler und heller Seiten. Unvollkommen. Verletzlich.

Garrett legte seine Hände an ihre Taille und strich mit dem Daumen über ihre Haut. Die sanfte Geste entlockte ihr ein Seufzen. Als würde plötzlich Leben in sie kommen, legte Scarlett ihre Arme um seinen Hals, schmiegte sich an ihn und zog ihn für einen neuen Kuss zu sich hinunter. Wieder war da ein sachtes Herantasten, doch diesmal endete es nicht bei ihren Lippen. Garrett erkundete ihren Mund, als würde er sie zum ersten Mal auf diese Weise spüren und schmecken können. Und in gewisser Weise war es auch ihr erstes Mal – und ihr letztes. Sie mussten es nicht erst aussprechen, damit sie sich beide darüber bewusst waren.

Mit den Fingerspitzen strich er ihren Rücken hinauf, fand den Verschluss ihres BHs und öffnete ihn. Nur langsam löste er seinen Mund von ihrem und setzte einen Kuss auf die weiche Haut unter ihrem Ohr. Wieder ein leises Seufzen. Ihre vor Kälte starren Muskeln entspannten sich unter seinen Berührungen, wurden weich und geschmeidig. Zentimeter für Zentimeter wanderte er weiter, nahm ihren Hals ein, bis er den Träger ihres BHs an ihrer Schulter erreichte und beiseiteschob, um auch dort einen Kuss zu platzieren. Dann macht er das Gleiche auf ihrer anderen Seite. Er liebkoste sie, als hätten sie alle Zeit der Welt, obwohl ihnen nur diese eine Nacht blieb.

Scarletts BH landete neben ihrem Shirt und ihrer Lederjacke auf dem Boden. Jede Berührung, jedes Reiben von Haut an Haut ließ seinen Puls weiter in die Höhe schießen. Garrett hob den Kopf und suchte ihren Blick. Eine letzte Frage, eine letzte Chance, einen Rückzieher zu machen. Aber er las nichts davon in ihrem Gesicht. Sie wollte das hier genauso sehr wie er. Erleichtert schob er seine Hände wieder über ihren Rücken bis zum Bund ihrer Hose hinunter, umfasste ihren Hintern und hob sie in einer fließenden Bewegung hoch. Scarlett schlang ihre Beine um seine Hüften und ließ sich von ihm die zwei Schritte bis zum Bett hinübertragen.

War ihr erstes Liebesspiel in diesem verlassenen Haus wild und leidenschaftlich gewesen, ging er jetzt sanft vor. Er wollte jede Sekunde mit ihr genießen, solang er noch die Chance dazu hatte. In dieser Nacht zählte nicht, wer sie waren, was sie getan hatten oder was dort draußen auf sie lauerte. Hier und jetzt ging es nur um sie beide. Der Rest der Welt konnte zur Hölle fahren.

Sanft bettete er sie auf die zerwühlten Laken, aus denen er erst vor wenigen Minuten aufgestanden war, und drückte ihre Handgelenke neben ihrem Kopf ins Kissen, bevor er seine Finger mit ihren verschränkte. Garrett spürte den exakten Moment, in dem sich der Kuss veränderte und inniger wurde. Sehnsüchtiger. Hatte er sich zuvor noch auf den Unterarmen abgestützt, ließ er sich jetzt mit dem Großteil seines Gewichts auf sie sinken. Hitze schoss durch seinen Körper, als er sich an ihre weichen Rundungen schmiegte – und seine Boxershorts schien mit einem Mal viel zu eng zu sein. Obwohl es nur ein paar Tage her war, seit sie das letzte Mal Sex gehabt hatten, war sein Verlangen nach ihr nicht weniger geworden. Im Gegenteil. Seit jener Nacht schien es nur noch gestiegen zu sein. Mühsam riss er sich von ihren Lippen los und senkte seinen Mund auf ihren Hals.

Er ließ sich Zeit, während er langsam an ihrem Körper herunterwanderte und ihre Haut mit seinen Lippen und seiner Zunge erkundete. An besonders sensiblen Stellen folterte er sie mit einem Knabbern oder Saugen, nur um dann noch tiefer zu wandern. Im Gegensatz zu ihrem Körper waren seine Hände warm, als er sie um ihre Brüste schloss und ihr ein erstes Stöhnen entlockte.

»Garrett ...«

Oh nein, er war noch lang nicht fertig mit ihr. Nach allem, was geschehen war, kämpften die widersprüchlichsten Emotionen in ihm um die Oberhand. Er war noch immer wütend auf sie. Enttäuscht. Besorgt. Süchtig. Verrückt nach ihr und ihrem Geschmack. Nach den kleinen Geräuschen, die sie, ohne es zu merken, von sich gab, nach ihrem würzig-frischen Geruch und der Wärme ihrer Haut. Nach ihrem Lächeln und ihrem besonderen Humor. Nie zuvor hatte ihn eine Frau so herausgefordert, aufgeregt, um den Verstand gebracht und beschäftigt wie sie.

Fuck. Er war geliefert.

Garrett richtete sich auf den Ellbogen auf, um ihre Hose zu öffnen. Gleichzeitig streckte sie ihm ihre Hüften entgegen und vergrub ihre Finger ins Laken.

»Beeil dich«, forderte sie mit dieser heiseren Stimme, die jeden Funken klaren Verstands in seinem Kopf auslöschte.

»Schh ...« Er zog die Mundwinkel hoch und ihren Reißverschluss hinunter. »Wir haben Zeit.«

»Nicht wenn ich dich mehr als nur ein oder zwei Mal will.«

Jedes bisschen Blut in seinem Körper schoss gen Süden. Sie tat es schon wieder, machte ihn sprachlos und vernebelte ihm die Sinne, bis er nur noch daran denken konnte, wie es war, in ihr zu sein und jeden Zentimeter von ihr zu spüren.

Mit einem Ruck riss er ihre Hose hinunter und den Slip gleich dazu. Sie half ihm, indem sie die Hüften anhob. Als er bei ihren Knöcheln ankam, dankte er in Gedanken ihrer Vorliebe für praktische Kleidung. Denn ihre verschnürten Stiefel besaßen einen Reißverschluss, sodass er sie ihr umgehend ausziehen und ans andere Ende des Raumes werfen konnte. Dann folgte der Rest, bis sie nackt vor ihm lag und ihn mit dem Blick aus ihren dunkelgrauen Augen bannte.

Er wollte jeden Zentimeter ihrer Haut liebkosen und sie langsam, aber stetig zum Höhepunkt bringen. Doch die Wahrheit war, dass er unmöglich so lang warten konnte. Selbstbeherrschung hin oder her, er brauchte sie. Jetzt. Als würde sie ihm sein Verlangen im Gesicht ablesen können, streckte sie die Hand nach ihm aus und kam ihm für den nächsten Kuss entgegen. Irgendwie fand er in der Dunkelheit seine Brieftasche und das Kondom darin, streifte es sich über und nahm den Platz zwischen ihren Schenkeln ein. *Seinen* Platz.

Beim letzten Mal hatten sie sich wild, hart und schnell geliebt. Jetzt klammerte er sich an das letzte bisschen seiner Selbstbeherrschung, um langsam in sie einzudringen und dabei zuzusehen, wie sich ihre Augen verschleierten. Er fing ihr Stöhnen auf, erstickte es mit dem nächsten Kuss und ließ sich in ihren Armen gehen. Scarlett drängte sich ihm entgegen und erwiderte jede seiner Bewegungen wie eine einstudierte Choreografie, als hätten sie das hier schon Hunderte Male getan.

Garrett vergaß alles um sich herum. Wo sie waren. Was sie hierher geführt hatte. Das Einzige, was noch einen Platz in seinem Kopf hatte, war ihr Name, der ihm immer wieder über die Lippen kam. Vermutlich hinterließ er Druckstellen und blaue Flecken auf ihrem Körper, genauso wie sie Kratzer auf seinem Rücken, aber all das spornte ihn nur noch weiter an, sie beide zum Höhepunkt zu bringen. Er liebte sie mit einer Heftigkeit, als würde es kein Morgen geben. Nicht für sie beide.

Später, sehr viel später lagen sie nackt und eng umschlungen in dem schmalen Motelbett. Ihre rasenden Herzen hatten sich längst beruhigt, ihre schnelle Atmung hatte sich gelegt und der Schweiß war von ihren Körpern getrocknet. Tief atmete Garrett den Duft von Scarletts Haar ein und malte träge Kreis auf ihre helle Haut.

»Es tut mir leid«, flüsterte Scarlett auf einmal in die Stille. Er spürte, wie sie sich verspannte, dann drehte sie sich in seinen Armen um und suchte seinen Blick. Fest. Entschlossen. »Tut mir leid, dass ich dir nichts von dem Auftrag erzählt habe, Sutton aus dem Weg zu räumen.«

Er nutzte den Moment, um sie zu betrachten. Ihre Schultern waren gestrafft, soweit es ihre Position ermöglichte, ihre Stimme war klar und sie sah ihm geradewegs in die Augen. Kein Pokerface, um die hässlichen Erlebnisse zu verbergen. Keine Mauern, um die unliebsamen Gefühle zu verstecken. Keine Maske, um ihm etwas vorzuspielen. Sie war ganz sie selbst. Die Frau, die er im Zugang zur Kanalisation kennengelernt hatte, als sie sich vor der Enge gefürchtet hatte. Die Frau, die er geliebt und mit der er gelacht hatte, bevor er mit ihr in seinen Armen eingeschlafen war. Die Frau, die ihm das Leben gerettet hatte, obwohl sie ihn hätte töten sollen.

»Du hättest nicht mitgespielt, wenn du davon gewusst hättest«, fuhr sie leise fort.

»Richtig.« Zwar hatte er ihr gegenüber behauptet, alles zu tun, was notwendig war, um an Karasov ranzukommen, aber Beihilfe zum Mord an einem Mann zu leisten, mit dem er nichts zu tun hatte, gehörte eindeutig nicht in diese Kategorie. Auch wenn er nicht leugnen konnte, dass Sutton es nach seinem kranken Spielchen verdient hatte. Garrett wusste nicht, was er getan hätte, wenn die Dinge anders gelaufen wären und die Kugel im Revolver Scarlett getroffen hätte. Wahrscheinlich hätte er den Dreckskerl selbst erledigt.

Und mit einem Mal begriff er. Sie hatte recht. Es gab kein Schwarz und Weiß, kein Gut und Böse. Manche Menschen hatten die besten Absichten, aber ihre Taten spiegelten nichts davon wider. Andersherum waren nicht alle Menschen, die kriminell waren, automatisch auch böse. Scarlett und ihre Kolleginnen waren das beste Beispiel dafür. Aus Sicht des Gesetzes würde Garrett ihre Taten nie tolerieren können – aber er konnte sie zumindest verstehen.

Wortlos streckte er die Hand aus und strich über ihre Wange. Verblüffung zeichnete ihre Miene, gemischt mit einer Spur Skepsis, die ihm und seiner Reaktion galt und die sie anscheinend nicht völlig ablegen konnte.

»Ich bin nicht glücklich darüber, dass du mir nichts von dem Auftrag erzählt und Sutton umgelegt hast«, sagte er und strich über ihren Hals. »Aber ich verstehe es. Versprich mir nur eins.«

»Was?«

Seine Finger waren an ihrer Schulter angelangt und er begann wieder damit, kleine Kreise auf ihre Haut zu malen. »Keine Lügen mehr. Keine Geheimnisse.«

Sie griff nach seiner Hand und drückte ihre Lippen auf die Innenfläche, ohne seinen Blick loszulassen. »Okay.«

Diese kleine und doch so süße Geste entlockte ihm ein Lächeln. »Okay.«

Er atmete tief durch. So viele Lügen und Geheimnisse hatten sein Leben in den letzten Jahren ausgemacht, dass es ihm schwerfiel, die Wahrheit herauszufiltern. Aber er wusste, dass er ihr davon erzählen musste. Jetzt. Hier. Für den Fall, dass sein Zusammentreffen mit Karasov anders verlief als erhofft und er sie nie mehr wiedersah.

»Karen war meine Frau.« Vier kleine Worte, die die Macht hatten, sein blutiges zerfetztes Inneres nach außen zu kehren.

»Ich weiß ...«, wisperte sie und beeilte sich, auf seinen fragenden Blick hin noch etwas hinzuzufügen. »Ich habe Phoenix darauf angesetzt, mehr über dich herauszufinden.«

Langsam zog er die Brauen in die Höhe. »Du hast mir die Agentenstory nicht abgekauft?«

»Die schon, zumal deine HUNTERS-Kollegen ja hier waren, aber nicht die Geschichte vom ehemaligen Air-Force-Offizier. Dafür bist du ein bisschen zu gut undercover und auf den Straßen.«

Scharfsinnig. Eine weitere Eigenschaft von Scarlett, die er zu seiner langen Liste hinzufügen konnte. Er zuckte mit den Mundwinkeln. »Ich war ein Undercovercop in Los Angeles. Karen und ich waren seit der Highschool zusammen und haben früh geheiratet. Keine Kinder«, fügte er hinzu. Während er weitersprach, strich er nachdenklich über Scarletts nackten Arm. »Sie hatte ständig Angst um mich und vielleicht war das sogar berechtigt, aber ich habe es immer abgetan und darüber gelacht. Doch als ich mich bei Karasov eingeschleust habe, musste ich erkennen, dass sie recht hatte.«

»Wie schlimm war es?«

»Zehn Monate in der Hölle.« Er schüttelte den Kopf. »Wenn man nur lang genug so tut, als wäre man jemand anderes, verliert man irgendwann den Bezug zur Realität. Oder zu sich selbst.«

»Aber du hast ihn nicht verloren«, wandte sie ein. Ihre Finger malten Muster auf seine Brust, ohne dass sie auch nur den Hauch einer Ahnung hatte, wie gut ihm diese kleine Berührung tat. Wie sehr sie ihn erdete und an das Hier und Jetzt band, wenn er kurz davor war, sich in der Vergangenheit zu verlieren.

»Nicht ganz«, gab er zu. »Aber es war verdammt knapp, Scar.« Wie selbstverständlich griff er nach ihrer Hand und setzte einen Kuss auf ihre Knöchel. »Zu der Zeit war Karasov so etwas wie der ungekrönte Drogenbaron in L.A. Monatelang habe ich dabei zugesehen, wie er Drogen hat mischen lassen und sie an unschuldigen Menschen ausprobiert hat, nur um sie dann gewinnbringend zu verkaufen. Ich habe die Klappe gehalten und mitgemacht, habe mich bis ganz nach oben in den inneren Kreis gearbeitet, um sein Vertrauen zu gewinnen. Aber du hast keine Ahnung, was ich alles dafür tun musste. Ich hatte es so satt, Karasovs Marionette zu spielen und einfach nur zuzusehen, wenn ich hätte eingreifen sollen. Deshalb bin ich zur Polizei gegangen – um eingreifen zu können und diejenigen zu schützen, die sich nicht selbst schützen können. Nicht um jemandem wie Karasov dabei zu helfen, sein Imperium weiter aufzubauen, während ich händeringend nach Beweisen suche, die vor einem Gericht Bestand haben.«

Sie blieb ganz ruhig, malte lediglich weiter kleine Kreise auf seine

Brust. Scarlett drängte ihn nicht dazu, weiterzusprechen, obwohl er die Fragen in ihren Augen bemerkte.

Er seufzte tief. »Irgendwann konnte ich nicht mehr. Jemand anderen zu spielen nagt an dir. Es nagt so sehr an dir, bis du unvorsichtig wirst und dumme Entscheidungen triffst. Beliebte Opfer für Karasovs Drogenversuche waren Frauen und Kinder, aber inzwischen hatte er sein Geschäft erweitert. Eine junge Frau, gerade mal achtzehn oder neunzehn, sollte in die Prostitution geschickt werden, nachdem Karasovs Männer mit ihr fertig waren. Und ihr kleiner Sohn ... du willst nicht wissen, was sie mit dem Jungen vorhatten. Ich konnte es nicht länger mit ansehen, also habe ich gehandelt. Ich habe alles riskiert, um die beiden in Sicherheit zu bringen, aber ich hatte nicht bedacht, wie genau der Mistkerl seine Mitarbeiter kontrollierte. Meine Tarnung flog auf und ich musste untertauchen. Tagelang. Wochenlang. Ich dachte, ich würde durchdrehen, weil ich nicht zu meinem Job zurückkehren konnte, während meine Kollegen die Beweise auswerteten, die ich über Karasovs kriminelle Machenschaften gesammelt hatte. Und dann fand er mich. Oder zumindest dachte er das.«

Die Erinnerungen an jenen Tag waren wie ein Strick, der sich um seinen Hals legte und langsam zuzog. Das Atmen fiel ihm schwer und er hatte das Gefühl, gleich würgen zu müssen.

»Ben war nur zwei Jahre älter als ich und sah mir verdammt ähnlich. Er war bei der US Army und gerade auf Heimaturlaub. Karen wollte ihm dabei helfen, seine neue Wohnung einzurichten. Eigentlich wäre das meine Aufgabe gewesen, aber ich wurde kurzfristig auf die Polizeiwache berufen. Der Chief wollte mich davon überzeugen in ein Zeugenschutzprogramm zu gehen, da Karasovs Männer meine Spur wieder aufgenommen hatten und es nur noch eine Frage der Zeit war, bis sie mich finden würden. Aber es war schon zu spät. Es gab einen Anschlag auf den Baumarkt, in dem mein Bruder und meine Frau gerade einkauften. Das Gebäude flog in die Luft. Einundzwanzig Tote und vierundfünfzig Verletzte. Ich habe Karen und Ben nie wieder gesehen.«

»Es tut mir so leid ...«, flüsterte Scarlett. In ihren Augen konnte er lesen, wie ernst es ihr war, aber sie hatte noch immer keine Ahnung, wie viel es ihm bedeutete, ihr all das erzählen zu können.

Garrett griff nach ihrer Hand und hielt sie fest. »Abgesehen von irgendwelchen Psychologen, zu denen sie mich geschickt haben, habe ich nie mit jemandem darüber geredet.«

Sie lehnte sich vor und strich mit ihren Lippen über seine. Es war ein sanfter, tröstender Kuss, der das stete Hämmern in seiner Brust verdreifachte. »Ich bin froh, dass du es mir gesagt hast.«

»Ich bin nicht der Mann, den du in mir zu sehen glaubst«, gestand er heiser. »Der Anschlag hat mir gegolten. Es ist meine Schuld, dass Karen und Ben tot sind.«

Scarlett schüttelte den Kopf. »Du konntest nicht wissen, was passieren würde. Du hast ihnen das Leben gerettet. Dieser Frau und ihrem Sohn ...«

»Und ich habe mit dem Leben meiner eigenen Frau und meines Bruders dafür bezahlt. Gott, weißt du eigentlich, wie krank das ist?« In dem Moment, in dem er die Frage ausgesprochen hatte, bereute er sie bereits. Ja, sie wusste es. Sie kannte die Dunkelheit dort draußen besser als jeder andere. Er hatte es von Anfang an in ihren Augen gesehen, doch erst jetzt erkannte er, wie tief die Finsternis, die sie erlebt hatte, tatsächlich ging.

»Als ich klein war, hat mich mein Vater in den Wandschrank gesperrt und ein Schloss davorgehängt.« Sie stieß ein gebrochenes Lachen aus. »Glaub mir, ich weiß, wie krank die Welt sein kann.«

Alles in ihm erstarrte. Zorn raste wie ein eisiges Gift durch seine Adern. Wäre dieses Arschloch nicht schon längst tot, hätte Garrett mit eigenen Händen dafür gesorgt. Doch damit half er Scarlett nicht weiter, also schluckte er seine Wut mühsam hinunter.

»Deshalb die Klaustrophobie?« Es war mehr eine Feststellung als eine Frage, aber sie nickte trotzdem.

»Er hielt es für die einzig richtige Erziehungsmethode. Wenn ich ungehorsam war, gab es Prügel, und wenn ich zu laut war, mir etwas runterfiel oder ich es einfach nur wagte, zu laut zu atmen, hat er mich in den Schrank gezerrt.«

Was musste das für eine Kindheit gewesen sein? Falsche Frage. Es war überhaupt keine Kindheit. Sie hatte nie erlebt, was es hieß, beschützt und geborgen zu sein, zu spielen, zu lernen und die Welt zu entdecken, sondern war in ständiger Angst vor dem Temperament ihres Vaters aufgewachsen.

»Scarlett, hat er dich je ...?« Er räusperte sich, brachte das Wort nicht über die Lippen, weil er es sich nicht einmal vorstellen wollte.

»Missbraucht?« Sie schüttelte den Kopf und Erleichterung durchflutete ihn. »Dafür hatte er meine Mutter. Irgendwann konnte sie nicht mehr, also ist sie abgehauen. Mich hat sie bei ihm zurückgelassen ...«

Die Erleichterung, die er gerade eben gespürt hatte, verwandelte sich zu Eis. Welche Mutter tat so etwas? Das eigene Kind bei einem gewalttätigen Vater zurücklassen? Instinktiv zog er sie näher an sich, weil der Drang, sie zu beschützen, übermächtig wurde.

»Mit vierzehn habe ich versucht, ihn zu töten«, sprach sie weiter und verzog das Gesicht. »Leider erfolglos. Niemand wollte mir glauben. Er war der Sheriff und ich nur ein mutterloses Kind, das Lügenmärchen erzählte. Ich bin für ein Jahr in den Jugendknast gekommen. Dort habe ich mir geschworen, nie mehr zurückzukehren. Nicht ins Gefängnis und nicht zu *ihm*. Als ich ihn das nächste Mal wiedergesehen habe, lag er in einer Blutlache und ist an seinem eigenen Blut erstickt.«

»Du wolltest mit deiner Vergangenheit abschließen«, murmelte Garrett, während er ihr gedankenverloren über den Rücken streichelte. Vielleicht hatte er unrecht gehabt. Vielleicht hatte er nur das in Scarlett gesehen, was er sehen wollte, statt tiefer zu schauen und herauszufinden, was unter der Oberfläche verborgen lag. Denn im Grunde waren sie sich tatsächlich sehr viel ähnlicher, als er je für möglich gehalten hätte. Sie hatten völlig Unterschiedliches erlebt, kämpften dennoch beide gegen die Dämonen ihrer Vergangenheit und wurden immer wieder davon eingeholt.

»Das wollen wir beide«, bestätigte sie seine Gedanken mit einem angedeuteten Lächeln.

»Kannst du es jetzt? Nach den Informationen, die du von Sutton bekommen hast?«

Sie zögerte, schien nachzudenken, dann schüttelte sie den Kopf. »Nicht wirklich. Ich weiß nicht, wie ich damit aufhören soll, wütend zu sein. Ich hatte mir immer vorgestellt, eines Tages bringe ich es selbst zu Ende und er wird für alles büßen, was er mir angetan hat. Jetzt ist er tot und ich ... ich fühle mich kein bisschen freier. Ergibt das Sinn?«

Oh ja, und wie es das tat. Gleichzeitig meldete sich eine leise Stimme in ihm, die ihn davor warnte, dass es ihm genauso ergehen könnte. Wie würde sein Leben weitergehen, wenn Karasov das bekommen hatte, was er verdiente? Würde Garrett dann überhaupt noch leben?

»Das tut es«, murmelte er und drückte ihr einen Kuss auf die Stirn. »Vielleicht brauchen wir beide Zeit, um zu lernen, was es heißt, frei zu sein.«

Diese Möglichkeit schien sie zu beruhigen. Ein müdes Lächeln zeigte sich auf ihren Lippen und sie bettete den Kopf auf seiner Brust. Vor ihrem Auftauchen war nicht mal an Schlaf zu denken gewesen, weil so viele Gedanken durch seinen Kopf gerast waren. Doch jetzt waren sie verstummt. Als hätte Scarlett eine Ruhe in ihm geweckt, von der sie nicht einmal etwas ahnte. Garrett schloss die Augen, atmete tief ihren Duft ein und ließ sich von ihrer Nähe und dem Geräusch des prasselnden Regens einlullen, bis er endlich einschlief.

☆

Der nächste Morgen kam viel zu früh. Einzelne Sonnenstrahlen kämpften sich an der Wolkenfront vorbei und fanden einen Weg durch die Jalousien des Motelzimmers. Garrett blinzelte gegen die Helligkeit und wollte automatisch die Hand heben, um sich davor zu schützen, aber irgendetwas hinderte ihn daran. Er brauchte ein paar Sekunden, um die Frau in seinen Armen zu erkennen und sich daran zu erinnern, wie sie dorthin gekommen war. *Scarlett.* Sie hatten sich geliebt und miteinander geredet. Wieder und wieder, bis sie beide vor Erschöpfung eingeschlafen waren. Nicht wie zwei Menschen, die einander so gut wie fremd waren, sondern die so viel mehr füreinander waren.

Garrett vergrub das Gesicht in ihrem dichten Haar, um der blendenden Helligkeit zu entkommen, aber auch um ihren Duft ein letztes Mal einzuatmen. Sie roch so kühl und würzig wie ein Oktobermorgen nach einer verregneten Nacht. Natürlich und doch so eindringlich. Aber es war auch sein Geruch, der an ihr haftete und ihn mit einem seltsamen Stolz erfüllte. Als würde sie zu ihm gehören, obwohl sie beide wussten, dass das unmöglich war.

Nach und nach kam Leben in sie. Ein erstes Muskelzucken, dann bewegte sie die Beine und verfestigte den Griff ihrer Hand auf seinem Arm. Obwohl er ihr Gesicht nicht sehen konnte, da er hinter ihr lag, spürte er den Moment, in dem sie die Augen aufschlug und die Erinnerungen an die vergangene Nacht zurückkehrten. Zuerst versteifte sie sich, als könnte sie nicht glauben, was geschehen war, doch dann entspannten sich ihre Glieder und sie schmiegte sich wieder an ihn.

»Guten Morgen«, murmelte er heiser.

Ein Schauer ließ ihren Körper erzittern. »Morgen ...«, flüsterte sie.

Anders als ihr erster gemeinsamer Morgen wachten sie diesmal zusammen auf. Ohne Geheimnisse zwischen ihnen. Vorsichtig zog Garrett seinen Arm unter ihr hervor, richtete sich auf dem Ellbogen auf und stützte das Kinn in seine Hand. Gleichzeitig drehte sie sich, bis sie auf dem Rücken lag und zu ihm hochblickte. Ihm gefiel, was er sah. Ihr Haar war zerzaust, ihr Make-up verschmiert und auf ihren Wangen lag eine gesunde Farbe. Dazu ihre helle Haut, die Spuren der letzten Nacht aufwies. Hier eine kleine Rötung von seinen Bartstoppeln, dort ein winziger blauer Fleck. So wie sein Rücken brannte, trug auch er die Male der letzten Nacht, und zwar mit Stolz.

Einen Moment lang war er versucht, all seine Pläne zu verwerfen und mit ihr im Bett zu bleiben. Sie könnten sich etwas zu essen bestellen, sich weiter lieben und über alles reden, was sie bewegte, als würde die Welt dort draußen nicht existieren. Doch leider tat sie das und würde sie früher oder später unerbittlich aus ihrer kleinen Seifenblase herausreißen. Abgesehen davon hatten sie keine Kondome mehr.

Garrett beugte sich vor und drückte ihr einen sanften Kuss auf die Lippen. »Mein Flieger nach Chicago geht in zwei Stunden. Ich muss los«, wisperte er rau. »Ich muss es endlich zu Ende bringen.« Er hob den Kopf nur so weit an, um sie ansehen zu können, blieb ihr jedoch ganz nah.

»Ich weiß ...« Mit den Fingerspitzen zeichnete sie seine Gesichtszüge nach.

Natürlich wusste sie es. Von allen Menschen dort draußen war sie diejenige, die ihn am besten verstand. Auch wenn sie unterschiedliche Beweggründe für ihr Handeln gehabt hatten, waren ihre Ziele doch gar nicht so verschieden gewesen. Sie wollten beide einen schmerzhaften Abschnitt ihres Lebens ein für alle Mal abschließen. Sie waren beide auf der Suche nach der Wahrheit. Nach Freiheit. Gerechtigkeit. Rache. Die Frage war nur, ob sie all das finden oder auf der Suche danach auf der Strecke bleiben würden.

Ein letztes Mal küsste Garrett sie, dann zwang er sich dazu, sich von ihr zu lösen und aufzustehen. Wenn er es nicht jetzt tat, wäre er nicht mehr dazu in der Lage, das wussten sie beide. Ohne einen Blick zurückzuwerfen, ging er ins angrenzende Badezimmer und schaltete die Dusche ein. Der kalte Wasserstrahl weckte ihn besser als jeder Kaffee und machte ihm gleichzeitig seine schmerzenden Muskeln und die brennenden Kratzer auf seinem Rücken bewusst. Gegen seinen Willen musste er lächeln. Auch wenn er San Francisco heute verließ, würde er mehr als nur seine Erinnerungen mit sich nehmen. Sein Körper würde ihn noch mindestens ein, zwei Tage an die letzte Nacht mit Scarlett erinnern. Und daran, dass er sie wiederfinden könnte, wenn all das vorbei war.

Als er mit einem Handtuch um die Hüften ins Zimmer zurückkehrte, war sie bereits vollständig bekleidet und zog sich gerade ihre Lederjacke über. Während er in seine eigenen Klamotten schlüpfte, bemerkte er, wie sie bei der Bewegung das Gesicht verzog, als hätte sie Schmerzen. Er konnte nicht anders, als zu grinsen.

»Habe ich dich zu hart rangenommen?«, neckte er sie leise.

Scarlett lachte auf und drehte sich zu ihm um. »Wenn wir die Zeit hätten, würde ich dir zeigen, was ich unter *hart* verstehe.«

Er streifte sich ein T-Shirt über, dann zog er die Brauen interessiert hoch. »Ach wirklich?«

»Allerdings.« Sie kam zu ihm herüber und schlang die Arme um seinen Hals, während er seine Hände wie selbstverständlich an ihre Seiten legte. Wie hatte er sich nur so schnell an diese Frau und ihre einzigartige humorvolle Art gewöhnen können?

Er hatte keine Antwort darauf, aber die brauchte er auch nicht. Stattdessen zog er sie an sich und vergrub das Gesicht an ihrem Hals.

Scarlett erwiderte die Umarmung, klammerte sich so sehr an ihm fest, dass die roten Striemen, die sie auf seinem Rücken hinterlassen hatte, wieder zu brennen begannen. »Pass auf dich auf«, flüsterte sie erstickt.

Er lächelte an ihrer Haut. Ihre Sorge rührte ihn, aber vor allem ehrte sie ihn. Es schien nicht viele Menschen zu geben, um die sich diese Frau sorgte. Dass er einer davon sein durfte, würde er niemals vergessen. »Du auch auf dich.«

Er hob den Kopf und betrachtete ihr schönes Gesicht ein letztes Mal. Die grauen Augen, die ihn an den Nebel in San Francisco erinnerten, die hohe Stirn, die von ihrem gewellten rotbraunen Haar eingeschlossen wurde. Die feinen Sommersprossen auf ihrem Nasenrücken, von denen er wohl nie erfahren würde, ob sie im Sommer mehr wurden oder im Winter ganz verschwanden. Mit dem Daumen strich er über die schmale Narbe an ihrer Schläfe, von der er jetzt wusste, woher sie stammte. Scarlett war eine noch größere Kämpferin als er. Sie würde alles durchstehen, was sich ihr entgegenstellte. Dennoch konnte er die leise Sorge nicht verhindern, die sich genau wie eine nie da gewesene Sehnsucht in ihm aufbaute. Vielleicht würde er sie wiedersehen. Eines Tages. Irgendwo.

Vielleicht auch nicht.

Ein letztes Mal beugte er sich zu ihr hinunter und drückte seine Lippen auf ihre. Dann löste er sich von ihr, hob seine gepackte Reisetasche vom Boden auf und verließ das Motel, ohne zurückzusehen.

13. KAPITEL

Die Sonne ging gerade unter, aber selbst die warmen rotgoldenen Strahlen konnten dem Haus vor Scarlett keine Schönheit verleihen. Es sah noch immer so aus wie früher. Sogar schlimmer. Niemand hatte sich um die abblätternde graue Farbe der Fassade gekümmert, der Garten dahinter wirkte wie eine Miniaturkopie des südamerikanischen Dschungels und es grenzte an ein Wunder, dass man durch die staubigen Fenster überhaupt hindurchsehen konnte. Dafür stach das gelb-schwarze Absperrband umso mehr hervor, das an der Hintertür ebenso angebracht war wie an der Vordertür.

Scarlett nahm einen Schluck von ihrem Coffee to go und verzog das Gesicht, als sie feststellte, dass ihr Kaffee nur noch lauwarm war. Wie lang saß sie schon in ihrem Jeep vor ihrem Elternhaus? Wie lang grübelte sie schon vor sich hin, obwohl es tausend andere Dinge gab, die sie jetzt tun könnte? Garrett hatte sie gefragt, ob sie jetzt, da ihr Erzeuger tot war und sie wusste, wer sein Mörder war, mit ihrer Vergangenheit abschließen konnte. Aber wie sollte sie? Da waren noch so viele Fragen, auf die sie keine Antworten hatte. Es gab so vieles, das sie nicht wusste. So viele Dinge, die sie nie verstehen würde. Das Warum zum Beispiel. Warum hatte ihre Mutter diesen Mann geheiratet? Warum war ihre Ehe eine solche Katastrophe gewesen? Warum hatte er seine Wut ständig an ihr und ihrer Mutter ausgelassen? Warum hatte sie Scarlett allein bei ihm zurückgelassen?

Die Fragen waren unendlich und jede davon bohrte sich wie eine glühende Nadel in ihre Brust. Würde es sich immer so anfühlen? Würde dieser brennende Schmerz sie für den Rest ihres Lebens begleiten? Hatte der Sheriff letzten Endes doch gewonnen?

Nein. Sie schüttelte den Kopf so heftig, dass die Strähnen ihres Haares hin und her flogen. Sie würde nicht zulassen, dass er weiterhin Macht über sie hatte, über jeden Gedanken in ihrem Kopf, jede noch so gut getarnte Angst und jede Entscheidung, die sie traf. Es war genug. Sie wollte nicht auch noch die nächsten fünfundzwanzig Jahre eine Gefangene ihrer Vergangenheit sein. Vielleicht würde sie die Wut in ihrem Bauch niemals loswerden, möglicherweise würde sie für immer ein Teil von ihr sein, aber das war in Ordnung. Wut machte sie stark. Es war die Angst, die sie lähmte und zurückhielt. Eine Angst, die sie nicht länger empfinden wollte.

Scarlett warf einen letzten Blick auf das Haus. Es war vorbei. Er würde nie wieder die Hand gegen sie erheben, sie nie wieder anbrüllen und in einen winzigen Schrank sperren können. Zwar mochte nicht sie diejenige gewesen sein, die dem Ganzen ein Ende gesetzt hatte, doch dafür hatte ihre Mutter es getan. Selbst wenn sie jahrelang nur an sich selbst gedacht hatte und es noch immer tat, so hatte sie zum Schluss doch noch so etwas wie mütterliche Fürsorge gezeigt. Scarlett wusste nicht, wie anders alles verlaufen wäre, hätte sie den Anruf in jener Nacht entgegengenommen, aber das spielte keine Rolle mehr. Sie war hier gewesen, hatte zusehen können, wie er die letzten Minuten seines Lebens in panischer Angst verbrachte – und das war Rache genug. Es musste genug sein.

Sie tastete nach dem Sheriffstern auf dem Beifahrersitz und betrachtete ihn einen Moment lang. Inzwischen war die Sonne untergegangen und das Licht der wenigen Straßenlaternen spiegelte sich im Metall wider. Es war, als würde sie all ihre Erinnerungen in dieser verdammten Dienstmarke sehen, die sie mit ihrer bloßen Existenz verhöhnte. Sie sollte das Ding aus dem Fenster werfen, wegfahren und nie wieder zurückkehren.

Doch sie konnte nicht.

Ihr Verstand schrie vor Protest auf, als sie die Tür öffnete und ausstieg, aber sie ignorierte die Stimme der Vernunft. Sie musste es tun, musste noch einmal in das Haus, das sie bis in ihre Träume verfolgte. Es war ihr egal, wie unlogisch oder gefährlich es war oder welche Konsequenzen es möglicherweise nach sich ziehen würde. Sobald Scarlett sicher war, unbeobachtet zu sein, überquerte sie die Straße im Schutze der Dunkelheit und marschierte durch das kniehohe Gras hinter dem Haus. Sie machte sich nicht die Mühe, das Schloss zu knacken, sondern trat mit einem gezielten Kick gegen die Hintertür. Knarrend schwang sie auf, als hätte sie nur auf Scarletts Rückkehr gewartet, damit die dahinterliegende Finsternis sie verschlingen konnte. Aber selbst wenn es so gewesen wäre – Scarlett hatte keine Angst mehr vor diesem Haus. Oder vor ihrer Vergangenheit. Sie würde nie wieder Angst davor haben.

Entschlossen schob sie das Absperrband beiseite und betrat das leere Gebäude. Ein miefiger Geruch lag in der Luft, vermischt mit Staub und dem Gestank nach Zigarettenasche. Sie ging weiter, ließ die Küche hinter sich und blieb im Durchgang zum Wohnzimmer stehen, das noch genauso aussah wie bei ihrem letzten Besuch. Nur lag diesmal nicht der Sheriff auf dem Boden und hauchte seinen letzten Atemzug aus. Genauso wenig raste ihr Herz vor Panik oder brach ihr der kalte Schweiß aus. Innerlich war sie völlig ruhig, beinah taub – bis sie die einzelne Träne spürte, die ihr brennend über die Wange rollte. Ärgerlich wischte Scarlett sie beiseite und starrte weiterhin auf den riesigen dunklen Fleck, wo das Blut in den Holzboden gesickert war. Sie wollte nicht schwach sein, aber sie war so unglaublich wütend. Als hätte der Zorn all die Jahre in ihr gebrodelt und nur darauf gewartet, endlich ausbrechen zu dürfen, schoss er jetzt wie eine giftige Injektion durch ihre Adern und breitete sich in ihrem Körper aus.

Zittrig stieß sie den Atem aus und klammerte sich so sehr an die Dienstmarke in ihrer Hand, dass sich die Ecken des Sterns in ihre Handfläche bohrten. Ruhig. Sie musste ruhig bleiben. Es war vorbei. Ihr würde nichts mehr geschehen. Nie wieder. Doch sosehr sie sich das auch einredete, der Tumult in ihrem Inneren wollte sich nicht beruhigen. Er wuchs zu einem Sturm heran, bis sie ihm nicht anders Einhalt gebieten konnte als damit, ihn ausbrechen zu lassen.

Die Vase auf der Kommode im Flur musste als Erstes dran glauben. Mit einer einzigen Bewegung schleuderte Scarlett sie beiseite, bis sie zu ihren Füßen in tausend Scherben zersprang. Das Klirren war wie Balsam auf ihren entzündeten Nerven. Der Spiegel war als Nächstes dran. Sie riss ihn von der Wand, bis auch er nur noch in Trümmern vor ihr lag. Nicht genug. Es war noch lang nicht genug. Mit drei Schritten war sie mitten im Wohnzimmer und stieß den Couchtisch mit seinem überquellenden Aschenbecher, den leeren Bierflaschen und Zeitschriften darauf um, dann trat sie so fest gegen den Ledersessel, bis dieser zur Seite umkippte. Blind fand sie den Feuerlöscher neben dem Kamin, den sie vor so langer Zeit schon einmal benutzt hatte, um das Schloss zum Waffenschrank aufzubrechen. Diesmal schlug sie damit die Scheibe ein. Splitter regneten herab und bedeckten den Fußboden, aber sie war noch längst nicht fertig. Nicht bis sie dieses ganze verdammte Haus in Schutt und Asche gelegt hatte.

Nach dem Wohnzimmer folgte das Schlafzimmer. Mit ihrem Dolch ritzte sie die Matratze auf und warf sie gegen die Wand, trat und schlug gegen den dreckigen Spiegel, bis Blut ihre Knöchel benetzte. In der Garage neben der Treppe fand sie einen Benzinkanister und verteilte den Inhalt im gesamten Haus. Den letzten Rest kippte sie in den Wandschrank, der zu ihrer ganz persönlichen Hölle geworden war. Er stand in dem, was von ihrem Kinderzimmer noch übrig geblieben war.

Mit jedem Gegenstand, den sie zerstörte, und jedem Raum, den sie demolierte, schien ein kleines Gewicht von ihren Schultern zu fallen. Inzwischen war sie blutig, zerkratzt und atmete schwer, aber sie fühlte sich besser. Als würde ihre Vergangenheit sie nicht länger zu Boden drücken und mit jeder Erinnerung und jedem Albtraum zu ersticken versuchen.

Scarlett lief in die Küche zurück und legte den Sheriffstern auf dem Herd ab. Dann drehte sie das Gas auf. Die Schachtel mit den Streichhölzern lag direkt neben dem alten Ofen. Scarlett nahm sie an sich und holte eines davon aus der Packung, während sie zur Hintertür marschierte. Mit jedem Schritt fühlte sie sich ein Stückchen freier, aber erst als sie das Streichholz entzündete und in die Küche hineinwarf, überkam sie das Gefühl grenzenloser Freiheit.

Sie schloss die Tür hinter sich und durchquerte den Garten in großen Schritten. Es dauerte exakt vier Sekunden, bis das Haus hinter ihr explodierte. Hitze erfasste ihren Körper und der beißende Geruch von Verbranntem stieg ihr in die Nase, aber sie sah nicht zurück. Sie war fertig damit. Endgültig.

Im schwarzen Lack und in den Fensterscheiben ihres Jeeps spiegelten sich die Flammen und der Rauch wider. Der Anblick entlockte ihr ein Lächeln. Scarlett öffnete die Tür, glitt hinters Steuer und fuhr los. Und mit jeder Meile, die sie zwischen das brennende Haus und sich selbst brachte, ließ sie ein weiteres Stück ihrer Vergangenheit zurück.

☆

Wenige Stunden später parkte sie ihren Jeep und stieg aus. Im Parkhaus neben dem Flughafen roch es nach Abgasen und Benzin, aber es lag auch eine freudige Aufregung in der Luft, die diesen Orten überall auf der Welt anhaftete. Scarlett nahm ihre Cargojacke vom Rücksitz und schlüpfte hinein, dann hängte sie sich ihre prall gefüllte Tasche um. Zurück in San Francisco hatte sie nur einen kurzen Stopp bei sich zu Hause eingelegt, sich umgezogen und mit Sydney telefoniert. Eine ihrer Kolleginnen würde ihren Wagen abholen und zurückbringen, während Scarlett fort war. Sie hatte keine Ahnung, wohin ihre nächste Reise sie führen würde. Das Einzige, was sie wusste, war, dass sie für eine Weile wegmusste. Vielleicht war es der

Neuanfang, der in ihren Fingerspitzen kribbelte, vielleicht wollte sie auch nur herausfinden, wer sie ohne die Dämonen ihrer Vergangenheit war. So oder so gab es nichts mehr, das sie noch in der Stadt hielt.

Die rege Betriebsamkeit auf dem Flughafen war eine willkommene Abwechslung zur Stille im Auto. Selbst mitten in der Woche gegen elf Uhr nachts wuselten überall Leute herum. Manche zerrten ihre Koffer hinter sich her, andere schoben einen Gepäckwagen vor sich her und wieder andere kamen, genau wie Scarlett, mit einer Umhängetasche als Handgepäck aus. Die Schlangen vor den Ticketschaltern waren lang, aber das war okay. So hatte sie die Gelegenheit, die Anzeigetafel mit den Flugzeiten zu studieren und sich für ein Ziel zu entscheiden. Chicago stand ganz oben, aber sie ignorierte den kurzen Stich in ihrer Magengrube und zwang sich dazu, weiterzulesen. New York. Los Angeles. Vancouver. Denver.

Inzwischen dürfte Garretts Flieger längst gelandet sein. Vielleicht hatte er sogar schon Karasov aufgespürt. Sie hatte die Nachrichten auf ihrem Handy verfolgt, aber bisher nichts über eine mögliche Festnahme in Erfahrung bringen können. Gut möglich, dass Garrett weitere Beweise fehlten. Nicht dass sie eine Ahnung davon hätte, wie die andere Seite des Gesetzes vorging, um Kriminelle dingfest zu machen. Möglicherweise hatte er auch ...

Stopp.

Scarlett gab sich in Gedanken selbst einen Tritt und verbannte diesen Mann aus ihrem Kopf. Er hatte seine Entscheidung gefällt, genau wie sie. Es war ja nicht so, als hätte er sich Hals über Kopf in sie verliebt und würde ihretwegen jede Chance auf Rache sausen lassen. Oh nein. Das würde sie nie von ihm verlangen und könnte es an seiner Stelle genauso wenig. Nur warum hatte sie dann dieses elende Gefühl im Bauch, als hätte sie etwas Schlechtes gegessen? Wie damals in Spanien, als sie kurz nach einem Waffendeal diese Krabben in dem Sternelokal gegessen und eine Lebensmittelvergiftung davon bekommen hatte. Doch diesmal waren keine Meerestiere schuld an dem Rumoren in ihrer Magengrube.

Die Schlange bewegte sich vorwärts und Scarlett folgte ihr. Bei der Bewegung drang ihr Rauch in die Nase. Ihr Haar roch noch immer danach, obwohl sie es zu Hause gewaschen und anschließend zusammengebunden hatte. Wer hätte auch damit rechnen können, dass der Gestank eines Hauses, das man in die Luft jagte, noch Stunden später an einem haftete? Die Erinnerung an das brennende

Gebäude, die zerspringenden Fensterscheiben und den Sheriffstern, der nun nur noch ein Klumpen geschmolzenes Metall sein dürfte, entlockte ihr ein Lächeln. Sie war endlich frei. Frei von dem Terror ihrer Vergangenheit, frei von den Dingen, die sie bis in ihre Albträume heimsuchten. Nur warum fühlte es sich dann nicht so an?

Scarlett machte einen weiteren Schritt nach vorn. Vor ihr standen nur noch drei Personen. So langsam musste sie sich ein Ziel aussuchen, um wenigstens aus der Stadt rauszukommen. Wohin es danach ging, konnte sie immer noch vor Ort entscheiden, solang sie ...

Jemand rempelte sie im Vorbeigehen an. Scarlett öffnete den Mund, um zu protestieren, als sie die schlanke Gestalt bemerkte, die ganz in Schwarz gekleidet und mit einem weiten Hut davonging. Sie kannte diese Bewegungen, kannte diese leicht gebeugte Haltung, als würde das Gewicht der ganzen Welt auf ihren Schultern lasten.

»Das ist doch ein schlechter Scherz«, murmelte sie und sah zwischen der Frau, die sie angerempelt hatte, und dem Ticketschalter hin und her. Nur noch zwei Menschen vor ihr, aber dort hinten verschwand die Frau bereits im nächsten Gang. Scarlett stieß einen Fluch aus, dann verließ sie die Schlange und rannte los.

Mit einem Mal hasste sie die vielen Menschen um sich herum, die ihr den Blick versperrten und überall im Weg herumstanden. Mit einer Hand hielt sie ihre Tasche fest, die mit jedem Schritt gegen ihre Hüfte prallte, und lief im Zickzack an den Leuten vorbei. Wenn das nur ein Trick war oder sie sich schon Dinge einzubilden begann, wäre sie mächtig angepisst. Immerhin hatte sie nach einer halben Stunde Warten ihren Posten in der Schlange aufgegeben.

Aber es war keine Einbildung. Als Scarlett um die Ecke in den Gang bog, der zum nächsten Terminal führte, bremste sie abrupt ab. Dort stand sie, dicht an der Wand, als wollte sie von niemandem erkannt und erst recht nicht von der Videoüberwachung erfasst werden.

Scarlett atmete tief ein, dann ging sie hinüber. »Was willst du hier?« Keine Begrüßung, keine Wiedersehensfreude. Nach der Aktion mit der Alarmanlage und im Diner hatte ihre Mutter das nicht verdient.

»Dich warnen.« Sie hob den Kopf. Äußerlich teilten sie so viele Gemeinsamkeiten, dass es schmerzte, ihr ins Gesicht zu sehen. Das gleiche ungezähmte rotbraune Haar. Die gleiche schmale Nase mit den Sommersprossen darauf. Der gleiche kleine Mund mit der volleren Unterlippe. Die gleiche hohe Stirn mit den tief liegenden Brauen. Ihre Mutter hob das Kinn an, als rechnete sie mit einem Schlag und wollte ihn geradewegs herausfordern.

»Ich brauche keine Warnungen von dir«, fauchte Scarlett. »Was passiert diesmal? Löst du wieder irgendeinen Alarm aus, um mich zu ›retten‹?« Beim letzten Wort malte sie Anführungszeichen in die Luft. Sie hatte nicht erst vor wenigen Stunden mit ihrer Vergangenheit abgeschlossen, nur um sich jetzt mit den verqueren Ansichten dieser Frau herumzuschlagen. »Mach's gut, Mom.« Sie machte auf dem Absatz kehrt.

»Karasov weiß, dass er kommt«, rief sie.

Scarlett blieb wie versteinert stehen. Das schlechte Gefühl in ihrem Magen breitete sich so schnell in ihrem restlichen Körper aus, dass ihr schwindelig davon wurde. Und kalt. So kalt. Langsam drehte sie sich zu ihrer Mutter um. Deren Miene war ruhig, der Blick entschlossen und ... besorgt? Nein. Scarlett schüttelte den Kopf. Das konnte nicht sein. Das war nur wieder einer ihrer Tricks. Aber woher kannte sie dann Karasovs Namen? Woher wusste sie, dass Garrett auf dem Weg zu ihm war?

Mit klopfendem Herzen kehrte Scarlett zu ihr zurück. »Wovon redest du da?«

»Du weißt genau, wovon ich rede. Ich wollte es dir schon im Diner sagen, aber du bist weggelaufen.«

»Weil du die Cops gerufen hast!«, zischte Scarlett, doch in Wirklichkeit war sie nicht mal halb so überzeugt davon, wie sie klang.

»Wirklich?«, hakte jetzt auch ihre Mutter nach.

Die beiden Polizisten hatten den Diner betreten und sich umgesehen. Sie hatten in ihre Richtung geschaut, daran erinnerte sich Scarlett noch genau. Aber danach ...? Alles, was danach passiert war, schien in einem von San Franciscos typischen Nebeln versunken zu sein. Sie war geflohen, ohne darauf zu warten, festgenommen zu werden, immerhin hatte sie den Liebhaber ihrer Mutter getötet. Aber niemand war ihr gefolgt.

»Ich habe die Cops nicht gerufen«, sprach sie weiter, senkte ihre Stimme jedoch, als eine Familie mit quengelndem Kleinkind an ihnen vorbeiging. »Denkst du wirklich, nach einer Ehe mit einem Sheriff würde ich noch der Polizei vertrauen?«

Nein. Vermutlich traute sie ihnen genauso wenig wie Scarlett selbst. Seufzend rieb sie sich über das Gesicht. Alles war so verdreht, dass ihr der Kopf schwirrte. Nur eine einzige Sache war klar und an diese klammerte sie sich. »Was weißt du über Karasov?«

»Ich habe dir schon gesagt, dass ich dich die ganzen Jahre über beobachtet habe, Scarlett«, flüsterte sie. »Ich war immer bei dir, auch wenn du mich nicht gesehen hast.«

»Erspar mir die Mitleidsnummer! Sag mir endlich, was du weißt.«

Sie zuckte unter dem harschen Befehl zusammen, als würde sie gleich einen Schlag erwarten. Doch dann presste sie die Lippen aufeinander und nickte hektisch. »Der Senator, den ihr aus dem Weg geräumt habt. Coldwell ...«, begann sie.

»Was ist mit ihm?« Die Aktion war sauber geplant gewesen und ohne Zwischenfälle durchgeführt worden. Der Dreckskerl hatte bekommen, was er verdient hatte, und Scarletts Konto hatte sich über ihren Anteil am Verdienst ebenso gefreut wie sie selbst.

»Er war ein persönlicher Freund und Kunde von Karasov. Dieser hat seine eigenen Leute darauf angesetzt, herauszufinden, wer Coldwell getötet hat, und die sind auf euch gestoßen. Und damit auch auf ...«

»Garrett«, beendete Scarlett den Satz tonlos. Konnte das wirklich sein? Hatte sie Garrett unwissentlich ins Visier des Mannes gebracht, der ihn seit Jahren tot sehen wollte? Und das nur, weil er in ihrer Nähe gewesen war? Trug sie die Schuld daran, wenn er geradewegs in eine Falle lief?

»Meinem Informanten zufolge hat er bereits einige Söldner angeheuert, die es auf den Mann abgesehen haben, den du liebst.«

»Ich liebe Garrett nicht«, erwiderte sie automatisch, doch die Lüge brannte auf ihren Lippen.

»Wirklich nicht? Warum bist du dann noch hier und nicht längst in deinen Flieger gestiegen?«

Verdammt. Seit wann war sie so leicht zu durchschauen?

»Du lügst«, stieß sie hervor. Es musste eine Lüge sein. Eine Farce, um sie dazu zu bringen, ihrer Mutter wieder zu vertrauen, ihr eine zweite Chance zu geben. Doch sie erkannte die Wahrheit in ihren Augen, in ihrer ruhigen Miene und dem fast schon mitleidvollen Blick.

»Es tut mir leid, Scarlett«, flüsterte sie. »Du solltest jetzt besser gehen. Ihn warnen.«

Warnen? Wie denn? In ihrem Kopf arbeitete es auf Hochtouren, ohne dass ein vernünftiger Gedanke dabei herauskam. Sie hatte Garretts Nummer nicht, verdammt, sie wusste ja nicht mal, wohin genau er wollte. Oder wie sie ihn je rechtzeitig aufspüren sollte. Sie fühlte sich so hilflos, als wäre sie wieder das kleine Mädchen, das die heranrasende Faust nicht kommen sah.

Nein. Sie war nicht mehr diese Person. Sie war nicht hilflos. Es gab Menschen da draußen, die ihr helfen konnten, und wenn es auch nur den Hauch einer Chance gab, Garrett davor zu bewahren, geradewegs in eine Falle zu laufen, würde Scarlett sie ergreifen. Egal, was sie damit riskierte.

»Danke.« Sie drückte die Hand ihrer Mutter. »Danke, Mom.«

Scarlett wartete nicht auf die Antwort, sondern machte auf dem Absatz kehrt und stürmte los. Zurück zum Ticketschalter, vorbei an den wartenden Menschen an der Schlange.

»Wann geht der nächste Flug nach Chicago?«, rief sie, ohne die Proteste der Leute hinter ihr zu beachten. Gleichzeitig friemelte sie ihr Handy hervor und rief die Daughter of Darkness an, die Garrett alle Informationen zu Karasov gegeben hatte. Sydney.

»In sechsundfünfzig Minuten.« Die Frau hinter der Glasscheibe wirkte so gelangweilt, dass Scarlett sie am liebsten an ihrem hässlichen Halstuch gepackt und erwürgt hätte. »Sie haben Glück. Ein Platz ist noch frei.«

»Ich nehme ihn.« Sie knallte die Geldscheine und ihren gefälschten Pass auf den Tresen. Im selben Moment hörte das Tuten an ihrem Ohr auf und Sydney ging ans Telefon. »Ich brauche alle Infos, die du Garrett gegeben hast«, sagte sie ohne Begrüßung oder Erklärung. Und das musste sie zum Glück auch nicht. Sydney kannte sie gut genug, um keine Fragen zu stellen.

Sie konnte nur hoffen, dass es noch nicht zu spät war.

☆

Scarlett duckte sich vor den Scheinwerfern eines vorbeifahrenden Autos, die die Finsternis durchdrangen, und presste sich gegen den rauen Stein. Ihr Herz hämmerte und ihr Puls lag seit geraumer Zeit bei ungesunden hundertachtzig. Sobald das Motorengeräusch verklang, hob sie wieder den Kopf und spähte über den Rand der niedrigen Mauer, hinter der sie sich verschanzt hatten. Auf der anderen Straßenseite stand ein großes Fabrikgebäude aus altem Backstein. Karasovs Stützpunkt.

»Wie lautet der Plan?« Raiden setzte sich neben ihr auf und schob die Munition in ihre Pistole. Vor rund einer Stunde hatte sie Scarlett am Chicago O'Hare International Airport abgefangen und sich ihr angeschlossen. Anscheinend war sie nach ihrem Job in Mexiko ohne

Zwischenstopp zu einem zweiten in Indianapolis weitergeflogen. Sydney musste sie über Scarletts Vorhaben informiert haben. Natürlich hatte Raiden keine Sekunde gezögert, ihr dabei zu Hilfe zu kommen. So waren sie. Die Daughters of Darkness. Kolleginnen. Freundinnen. Schwestern.

»Reingehen, alles abknallen, was sich uns entgegenstellt und Garrett unversehrt da rausholen.«

»Toller Plan«, murmelte Raiden trocken. »Vielleicht solltest du den Part hinzufügen, wo wir alle lebend wieder rauskommen.«

»Der ist selbstverständlich.« Scarlett fixierte ihre Kollegin. »Du musst das nicht tun, Rai. Du kannst mir genauso gut von draußen Deckung geben. Das hier ist keine Mission.«

»Und mir den ganzen Spaß entgehen lassen?« Sie entsicherte ihre Pistole mit einem hörbaren Klicken. »Keine Chance.«

Scarlett lächelte erleichtert. Es war typisch für Raiden, die Gefahr zu suchen, aber das hier war etwas anderes. Ihnen blieb keine Zeit für eine gründliche Recherche, für eine Sondierung der Gegend und die Ausarbeitung eines wasserdichten Plans. Wenn sie da reingingen, waren sie ganz auf sich allein gestellt. Kein Back-up. Kein gewiefter Fluchtplan.

Ein letztes Mal hielt sich Scarlett das Fernglas vor die Augen und prüfte die Umgebung. Mit Sydneys Informationen war es ein Leichtes gewesen, Karasov in einem der schlimmsten Bezirke Chicagos aufzuspüren: Fuller Park. Die Kriminalität stieg kontinuierlich, während die Bevölkerungsdichte mit jedem Jahr weiter sank. Kein Wunder. Scarlett würde auch nicht hier wohnen wollen. Umgeben von heruntergekommenen ebenerdigen bis einstöckigen Gebäuden, kaum Läden und verlassenen Häusern. Ein paar Backsteingebäude stachen aus der Masse heraus, aber auch diese wirkten von der Sonne verblichen und von den Menschen vergessen. Auf dem Weg zu Karasovs Hauptquartier hatte sie eine Handvoll gepflegter Vorgärten entdeckt – aber auch beobachtet, wie zwei Männer ein Auto knackten und damit wegfuhren. *Trostlos* war der erste Begriff, der ihr zu dieser Gegend einfiel. Hier würde niemand einen Menschen vermissen. Schon gar nicht einen ehemaligen Undercovercop.

Beim Gedanken an Garrett biss sie die Zähne zusammen. Er musste bereits im Gebäude sein. Aber wo? Im ersten Stock brannte Licht hinter dem Fenster auf der rechten Seite, vermutlich der Ort, an dem sich Karasov aufhielt. Ansonsten schien es in dieser Etage ruhig zu sein. Keine Scharfschützen auf dem Dach. Vor dem Haupteingang patrouillierten zwei Wachen, ausgerüstet mit kugelsicheren Westen und Maschinengewehren. Auch die Hintertür war viel zu gut geschützt, um eindringen zu können, ohne unerwünschte Aufmerksamkeit zu erregen. Karasov wusste genau, wie er seine Basis absicherte. Allerdings gab es da noch die unscheinbare Seitentür, die auf einen kleinen Parkplatz führte, der schlecht geteert war und auf dem kaum Autos standen. Vermutlich ein Lieferanteneingang. Genau hier, an der schwächsten Stelle von Karasovs Sicherheitssystem, würden sie zuschlagen.

Ein letztes Mal sah sich Scarlett um, dann rannte sie zusammen mit Raiden über die Straße, drückte sich gegen die kühle Hauswand und arbeitete sich daran entlang, bis sie den Seiteneingang erreicht hatte. Scarlett deutete ihrer Kollegin an, stehen zu bleiben, und spähte um die Ecke. Ein einzelner Mann stand in der Nähe der Tür. Er hatte ihnen den Rücken zugewandt und rauchte eine Zigarette. Auf den ersten Blick wirkte er wie ein ganz normaler Mitarbeiter, möglicherweise ein Lagerarbeiter oder Lieferant. Auf den zweiten bemerkte Scarlett die Ausbuchtung unter seiner braunen Bomberjacke. Er war bewaffnet und stand sicher nicht nur zum Spaß hier draußen herum.

»Lass mich das übernehmen«, flüsterte Raiden hinter ihr. »Ich kann ihn weglotsen oder von hinten k. o. schlagen oder ...«

Scarlett zog eine Ampulle aus ihrem Gürtel, visierte ihr Ziel an und warf. Keine zwei Sekunden später bohrte sich die Pfeilspitze in den Hals des Mannes. Reflexartig tastete er nach dem Giftpfeil, dann gaben seine Knie nach und er sackte zu Boden.

»Oder du schaltest ihn mit einem Betäubungspfeil aus«, beendete Raiden ihre Aufzählung.

»Keine Sorge, du kommst schon noch zum Zug.« Scarlett zog ihre flachen Wurfsterne hervor. Obwohl jeder Funke gesunden Menschenverstands sie zur Eile antrieb, nahm sie sich die Zeit, sich noch einen Moment lang umzusehen. Sie war sich der drängenden Lage durchaus bewusst, aber tot würden sie Garrett nichts nützen. Sie mussten umsichtig vorgehen und unsichtbar sein.

Aus dem Inneren des Gebäudes ertönten Schüsse.

Scheiß auf vorsichtig. Scarlett rannte los. Über den Parkplatz, vorbei an der bewusstlosen Wache und direkt auf die Tür zu. Hinter sich hörte sie Schritte und wusste, dass Raiden ihr dicht auf war. Sie nickte ihr zu, während diese mitsamt Pistole in Angriffsstellung ging, dann riss Scarlett die Tür auf.

»Hey, was ...?« Die Kugel aus Raidens mit Schalldämpfer versehenen Waffe brachte den Mann zum Schweigen, bevor er weitersprechen konnte.

Scarlett stellte keine Fragen, sondern folgte ihr ins Innere. Neben der Tür lag die zweite Wache, ein junger Mann, aus dessen Schusswunde Blut sickerte. Wenn ihn jemand rechtzeitig fand, hätte er eine Chance zu überleben. Wenn nicht, hatte er Pech gehabt.

Seite an Seite eilten sie den Gang entlang. Das grelle Licht der Leuchtstoffröhren an der Decke brannte in Scarletts Augen, aber sie traute sich kaum zu blinzeln. Eine einzige unaufmerksame Sekunde konnte über Sieg oder Niederlage entscheiden, über Leben oder Tod. Diese Lektion hatte sie bereits als Kind gelernt.

Mit jedem Schritt hämmerte ihr Herz härter. Schneller. Sie mussten schneller sein. Diesmal führten keine Schüsse sie in die richtige Richtung, sondern die gedämpften ächzenden Laute eines Kampfes. Irgendwie bezweifelte Scarlett, dass die Geräusche zum normalen Alltag in Karasovs Stützpunkt gehörten, was nur einen Schluss zuließ: Garrett war aufgeflogen. Nicht weiter überraschend, wenn Karasov ihn bereits erwartete, doch sie hatte gehofft, dass ihnen mehr Zeit blieb.

Zeit, ihn zu warnen.

Jetzt betete sie darum, dass ihnen genug Zeit blieb, um ihn zu retten.

14. KAPITEL

Er hatte versagt. Garrett fiel auf die Knie und unterdrückte ein Stöhnen, als sich ein dumpfer Schmerz in seinem Körper ausbreitete. Seine rechte Schläfe brannte und er musste immer wieder gegen das Blut anblinzeln, das ihm in den Augenwinkel lief. Vermutlich hatte er mehr als genug Blutergüsse, um einem Boxer nach einem Kampf Konkurrenz zu machen, dazu noch ein paar geprellte, vielleicht auch gebrochene Rippen. Doch der schlimmste Schmerz war das Wissen darum, dass er seine einzige Chance vergeudet hatte, den Mann auszuschalten, der seine Frau und seinen Bruder auf dem Gewissen hatte.

Karasov nickte seinen Wachen zu. »Lasst uns allein.«

Zwar konnte Garrett die Männer hinter sich nicht sehen, aber er wusste genau, welchen Blick die beiden gerade austauschten. Welches Zögern und welche Unsicherheit sie verbanden. Und welche Furcht vor Karasovs unnachahmlichem Zorn.

»Sir ...?«

»Raus.« Karasovs Stimme blieb völlig ruhig. Er musste nicht laut werden, um seinen Befehl zu verdeutlichen. Ihn umgab eine Aura der Gefahr und Macht, der sich niemand widersetzen konnte.

Schritte wurden hinter Garrett laut, dann öffnete sich die Tür und wurde mit einem Klicken wieder geschlossen. Ein leises Geräusch, das dennoch in seinen Ohren widerhallte, weil es so endgültig klang. Er blieb allein mit seinem Erzfeind zurück. In einem Raum, der ihn so sehr an seine Zeit undercover erinnerte, dass es fast schon körperlich wehtat. Die schweren Vorhänge vor den vergitterten Fenstern, der antike Schreibtisch aus Massivholz mit dem luxuriösen Ledersessel dahinter. Die Gemälde an den Wänden. All das schrie Geld und Beständigkeit. Karasov hatte nicht vor, schnell Kohle zu machen. Er wollte sein Imperium von hier aus neu aufbauen, erweitern und regieren.

Oh nein. Nicht wenn Garrett das verhindern konnte. Er würde nicht dabei zusehen, wie weitere unschuldige Menschen den Weg dieses Mannes zur absoluten Macht pflasterten. Selbst wenn das bedeutete, dass er nicht lebend hier rauskam. Aber wenn er unterging, würde er Karasov mit sich reißen. Er hatte Karen und Ben nicht retten können, aber diese unschuldigen Menschen ein Stockwerk unter ihnen? Die gezwungen waren, in den Laboren zu arbeiten, als Versuchskaninchen herzuhalten oder die Unmengen an Drogen zu verpacken? Für sie lohnte es sich zu kämpfen. Sie hatten noch eine Chance, heil hier rauszukommen.

Der Kabelbinder schnitt in seine Handgelenke, bis etwas Warmes auf seine Finger tropfte. Garrett ignorierte das Brennen und bewegte seine Hände weiter, unauffällig, damit Karasov nichts von seinem Befreiungsversuch mitbekam. Seine Männer waren zu dämlich, um misstrauisch zu sein, als sie seine zu Fäusten geballten Hände verbunden hatten. Jetzt blieben ihm ein paar Millimeter Spielraum und dank des Blutes war es nur noch eine Frage von Sekunden, bis er sich endgültig befreit hatte.

Karasov hatte ihm den Rücken zugewandt und schenkte sich gerade ein Glas Scotch ein. Seine Haltung war lässig und absolut berechnend, denn sie demonstrierte nicht nur seine Macht, sondern führte ihm auch deutlich vor Augen, dass dieser Mann keine Angst vor ihm hatte. Einer potenziellen Gefahr würde man schließlich nicht den Rücken zuwenden.

Garretts Gedanken arbeiteten fieberhaft. Man hatte ihm die Pistole und das Messer weggenommen, aber in diesem Raum gab es genügend Gegenstände, die er als Waffe benutzen konnte. Auf dem Schreibtisch lag eine Beretta, mit Sicherheit geladen und so offen dorthin gelegt, als wollte Karasov ihn mit dieser potenziellen Chance verhöhnen. Nein, an die Pistole würde Garrett nie schnell genug rankommen. Er musste etwas anderes versuchen. Er ließ seinen Blick weiter wandern, registrierte jede Information und speicherte sie ab, solang Karasov noch anderweitig beschäftigt war. Ein Brieföffner, Kugelschreiber, Tacker, eine kleine Bronzestatue, Zeitschriften, Papiere ...

Karasov drehte sich wieder um, schwenkte die goldgelbe Flüssigkeit in seinem Glas und musterte Garrett aus wachsamen Augen. »Um ehrlich zu sein, hätte ich nicht gedacht, dass wir uns so schnell schon wiedersehen würden, Detective Harper.« Er kehrte zu seinem Schreibtisch zurück und lehnte sich dagegen. »Oder ist es jetzt Agent Winter?«

Regungslos beobachtete Garrett den Mann, der sein Leben in die Hölle auf Erden verwandelt hatte. Die letzten vier Jahre waren auch an Karasov nicht spurlos vorübergegangen. Weiße Strähnen hatten sich in sein braunes Haar gemischt, das er noch immer mit Gel zurückgekämmt trug, und in sein Gesicht hatten sich die Falten tiefer hineingegraben. Karasov war immer ein Mann gewesen, der auf sein äußeres Erscheinungsbild Wert legte, ohne dabei eitel zu sein. So selten er sich selbst die Hände schmutzig machte, so brutal und tödlich war er, wenn er es ausnahmsweise doch tat. Jetzt war Garrett derjenige, der seiner Gnade ausgeliefert war. Schon witzig. Früher hatte er geglaubt, er würde bei einer Schießerei oder während eines Einsatzes sterben, vielleicht auch bei einem dummen Unfall, der sein Leben beendete. Ganz sicher hatte er nicht damit gerechnet, dass ihn ein Drogenboss in schwarzer Anzughose und lilafarbenem Seidenhemd umlegen würde. Wenn er Glück hatte, würde es schnell gehen, doch so wie er Karasov kannte, würde dieser ihn leiden sehen wollen. Lang und gnadenlos.

»Zu schade, dass du dich so an Regeln und Gesetze klammerst«, sprach Karasov weiter. Ein bedauernder Tonfall tränkte seine Worte. »Wir beide waren mal ein gutes Team. Du warst gut als einer von uns. Du könntest es wieder sein.«

Garrett lachte trocken auf. »Nur über meine Leiche.« Der Kabelbinder rieb über seine aufgeschrammten Knöchel, als er zuerst seine rechte Hand daraus befreite, dann die andere. Karasov gegenüber verzog er keine Miene.

»Genauso wird es kommen, mein Freund. Das mit deiner Frau und deinem Kind tut mir übrigens leid. Sie waren ... Wie sagt man? Ach ja, ein Kollateralschaden.«

Kind? Jeder Muskel in Garretts Körper verkrampfte sich. Sein Herz polterte los und Übelkeit breitete sich in seiner Magengrube aus. Wovon zum Teufel redete der Kerl da?

»Oh, du wusstest es nicht?« Die zur Schau getragene Überraschung war nur vorgetäuscht. Karasov genoss dieses Spiel, genoss es, ihn leiden zu sehen. »Kurz bevor sie in den Baumarkt gefahren ist, kam Karen von ihrer Frauenärztin.«

»Du lügst«, knurrte Garrett. Es kostete ihn all seine Selbstbeherrschung, um nicht aufzuspringen und Karasov anzugreifen. Ihn mit eigenen Händen zu erwürgen.

»Tue ich das?« Wieder schwenkte er sein Glas und trank einen Schluck von seinem Scotch. Er wirkte wie die Ruhe selbst, doch Garrett bemerkte die heftig pochende Vene auf seiner Stirn. In Wirklichkeit brodelte es gewaltig in diesem Mann. »Seltsam. Und ich dachte, meine Quellen wären zuverlässig. Anscheinend haben sie mir Unsinn erzählt, als sie sagten, sie hätte schon eine Weile unter Übelkeit gelitten.«

Tausende Gedanken schossen Garrett durch den Kopf und lenkten ihn von seinem eigentlichen Ziel ab. Genau das war Karasovs Plan. Er wollte ihn brechen. Ihn vergessen lassen, warum er überhaupt hergekommen war. Garrett schüttelte den Kopf, konnte den Wirbelsturm in seinem Inneren aber nicht vertreiben. Oder die Erinnerungen. Karen hatte sich tatsächlich nicht wohlgefühlt, aber sie hatten es beide auf den Stress geschoben, da seine Tarnung aufgeflogen und sein Leben in Gefahr war. Ihre gemeinsame Zukunft. Niemals hätte er geglaubt, Karasov könnte auch seine Frau beobachten lassen – geschweige denn von ihrer Existenz wissen. Aber ein Kind? Sein Kind, von dem er nie auch nur etwas geahnt hatte? Das musste eine Lüge sein. Das konnte einfach nicht wahr sein.

»Sie hatte es deinem Bruder erzählt, kurz bevor die Bombe hochging«, sprach Karasov weiter, als würden sie über irgendein gottverdammtes Footballspiel reden und nicht über das Leben seiner Familie. »Natürlich dachten wir damals noch, dass du derjenige warst, der dort mit ihr einkaufen war. Geschwister sind eine Pest, nicht wahr? Ein Glück, dass du keine mehr hast.«

Garrett sprang auf die Beine, um sich auf ihn zu stürzen, doch im letzten Moment schaltete sich sein Verstand ein. Er behielt die Hände hinter dem Rücken und klammerte sich so fest an den Kabelbinder, als würde sein Leben davon abhängen. Sein Atem ging schwer. Gnadenloser Zorn raste durch seine Adern, vermischt mit Adrenalin und der Entschlossenheit eines Mannes, der nichts mehr zu verlieren hatte.

»Ah, da ist es ja. Das Temperament, das ich viel zu lang schon nicht mehr an dir gesehen habe.« Karasov prostete ihm zu und trank sein Glas in einem Zug aus, dann stellte er es hinter sich auf den Schreibtisch. »Gut zu wissen, dass du es noch nicht ganz verloren hast.«

Er würde diesen Mann umbringen. Eine Gefängnisstrafe reichte nicht mehr. Karasov hatte es nicht verdient, sein Leben hinter Gittern zu verbringen. Das Einzige, was er verdiente, war der Tod. Ein grausamer, qualvoller und langsamer Tod. Dennoch hielt sich Garrett zurück. Er musste den richtigen Moment abpassen. Karasovs Jungs mochten vielleicht die Scheiße aus ihm geprügelt, ihn gefesselt und vor ihrem Boss auf die Knie gezwungen haben, aber er war kein gebrochener Mann. Im Gegenteil. Je mehr ihm Karasov erzählte, desto größer wurden sein Kampfgeist und sein Hass auf ihn. Heute Nacht würde einer von ihnen beiden sterben und Garrett würde alles daransetzen, dass es Karasov war, den man in einem Leichensack hier heraustragen würde. Die Konsequenzen für dieses Handeln spielten schon längst keine Rolle mehr.

»Weißt du, warum ich Jagd auf dich gemacht habe?« Karasov verschränkte die Arme vor der Brust und betrachtete ihn wie ein enttäuschter Vater seinen ungezogenen Sohn.

»Lass mich raten. Weil du ein Arschloch bist?«

Sein rechter Mundwinkel wanderte in die Höhe, als würde ihn diese Antwort zutiefst belustigen. »Das auch. Aber das meine ich nicht. Der wahre Grund ist, dass du mir etwas sehr Wichtiges genommen hast.«

»Was? Deine Menschlichkeit? Die ist dir schon vorher abhandengekommen.«

Karasov deutete mit dem Finger auf ihn, während ein Lächeln seine Lippen umspielte. »Ich mag dich, Garrett. Du hast Kampfgeist und Esprit. Es ist ein Jammer, dass wir jetzt auf verschiedenen Seiten stehen.«

Garrett schnaubte. »Wir standen nie auf derselben Seite.«

»Details.« Er winkte so lässig ab, als würde er eine nervige Fliege verscheuchen. »Du hast mir die Frau genommen, die ich geliebt habe. Und ich habe deine Frau töten lassen.« Sein Lächeln verwandelte sich in ein Zähnefletschen. »So schließt sich der Kreis.«

Garrett biss die Zähne zusammen. »Das Einzige, was ich getan habe, war, einer Frau und ihrem Sohn zu einem neuen Leben zu verhelfen. Weit weg von dir und deinen Männern.«

»Ich habe Natasha geliebt!« Zum ersten Mal zeigte sich ein Riss in Karasovs blank polierter Maske. Wut kam darunter zum Vorschein, aber auch Schmerz. Unmöglich. Das Einzige, was diesen Mann interessierte, war Macht – und wie er diese vergrößern konnte. Wer sich ihm dabei in den Weg stellte, musste leiden. Es war undenkbar, dass ein Mensch wie er einen anderen lieben könnte.

»Sie hatte Angst vor dir. Du hast sie von deinen Leuten zusammenschlagen lassen und dann wolltest du sie als Prostituierte verkaufen.«

Wie um sich selbst wieder zur Ordnung zu rufen, fuhr Karasov sich durch das Haar und strich imaginäre Staubkörner von seinem Seidenhemd. Dann sah er auf. »Ich musste ihr eine Lektion erteilen. Sie hatte versucht, mit diesem Bastard von Jungen zu fliehen. Aber glaub mir, wenn ich dir sage, dass ich sie geliebt habe. Sie sollte meine Königin werden und was hat sie getan? Auf mich und alles, was ich aufgebaut habe, gespuckt! Ein paar Wochen auf den Straßen und sie wäre freiwillig zu mir zurückgekehrt, aber du musstest das ja verhindern.«

Garrett starrte den mühsam beherrschten Mann vor sich an. Er war krank. Das war die einzig logische Erklärung für dieses verdrehte Denken. Karasov war krank im Kopf. Natasha war eine von vielen jungen Mädchen gewesen, die dieser Wichser um sich geschart hatte. Kaum achtzehn und doch erwachsener als so mancher von Karasovs Männern. Sie hatte alle Grauen dieser Welt erlebt, bevor sie die Schönheiten genießen konnte. In jener Nacht hatte Garrett sie blutend in einer Ecke vorgefunden. Zusammengekrümmt und lautlos schluchzend. Ihr Sohn sah genauso übel zugerichtet aus, dennoch klammerte er sich an seine Mutter und strich ihr mit seiner kleinen Hand immer wieder tröstend über das Haar. In diesem Moment war etwas in Garrett zerbrochen. Was nützte ihm das große Ganze, wenn er nicht die Menschen retten konnte, die es verdient hatten? Innerhalb von Sekunden hatte er einen Entschluss gefasst und einen wahnsinnigen Plan ins Leben gerufen. Er hatte Natasha und ihren Sohn dort rausgeholt und sie unter Polizeischutz gestellt. Er hatte alles riskiert, um eine Fremde und ihr Kind zu retten – und dabei seine eigene Frau und sein Kind verloren.

Karasov erwiderte nichts, doch der Hass in seinen Augen war nicht zu übersehen. Endlich kam sein wahres Gesicht zutage und strafte die vorher zur Schau gestellte Freundlichkeit Lügen. Dieser Mann hasste ihn mindestens ebenso sehr wie Garrett ihn. Hätte er anders gehandelt, wenn er gewusst hätte, dass Karasov diese Frau liebte? Zum Teufel, nein. Und wenn er gewusst hätte, welche Konsequenzen sein Handeln nach sich ziehen und wen er selbst verlieren würde? Nein. Auch dann hätte Garrett dieses Mädchen und ihren Jungen gerettet, aber zusätzlich dafür gesorgt, dass Karen und Ben in Sicherheit waren.

Etwas Eisiges breitete sich zwischen ihnen aus. Keine Kälte, die er körperlich spürte oder die ihn erschaudern ließ. Stattdessen legte sie sich wie ein schwerer Mantel auf ihn und drang in jede einzelne seiner Poren. Gewalt. Rachsucht. Gnadenlosigkeit.

»Es ist an der Zeit, es zu Ende zu bringen«, sagte Karasov, als hätte er seine Gedanken gelesen. Er richtete sich auf und nahm die griffbereite Pistole von seinem Tisch.

Garrett krallte sich in den Kabelbinder zwischen seinen Fingern und trat einen Schritt vor. Dann noch einen. Sein Puls schoss in die

Höhe. Er musste näher ran, um seinen Gegner auszuschalten. Auf die Entfernung hatte er nicht die geringste Chance – schon gar nicht, wenn Karasov mit einer geladenen und entsicherten Beretta auf ihn zielte.

»Und jetzt erschießt du mich?«, stieß er rau hervor. »Einfach so?«

Karasov schien seinen Einwand abzuwägen, dann bewegte er seinen Arm ein Stück weiter nach rechts und zielte auf jemanden hinter Garrett. »Ich könnte auch sie erschießen. Wie wäre das?«

Sie? Scarlett? Garretts Herz setzte einen Schlag lang aus, nur um dann so schnell weiterzuhämmern, als versuchte es sich einen Weg aus seiner Brust zu graben. Nein, das konnte nicht sein. Was zum Teufel machte sie hier? Bis eben hatte Garrett keinen einzigen Laut gehört, doch jetzt spürte er ihre Präsenz hinter sich. Sie konnte höchstens ein paar Schritte von ihm entfernt sein. Er würde nicht zulassen, dass Karasov auch ihr etwas antat. Niemals.

Ohne nachzudenken, ohne zu zögern oder zu zweifeln, stellte er sich in die Schusslinie. »Nein.«

»Oh, sieh mal einer an.« Karasov zuckte mit den Mundwinkeln. »Sie bedeutet dir etwas? Dabei dachte ich, sie wäre nur ein schneller Fick gewesen.«

Garrett biss die Zähne so fest zusammen, dass ein scharfer Schmerz durch seinen Kiefer bis hinunter in seinen Nacken schoss. Er würde sich nicht von diesem Wichser provozieren lassen. Er musste ruhig und bedacht vorgehen. Aus dem Augenwinkel nahm er eine Bewegung rechts hinter Karasov wahr. Die unscheinbare Tür wies dieselbe Holzvertäfelung auf wie der Rest der Wand, deshalb war sie ihm bisher nicht aufgefallen. Jetzt ging sie auf und eine schlanke, ganz in Schwarz gekleidete Frau kam hindurch. Garrett hatte die Frau nie zuvor gesehen, wusste aber instinktiv, dass sie zu Scarlett gehörte. Sie war eine Daughter of Darkness.

Ein Funken Hoffnung glomm in ihm auf und nahm den Kampf gegen die Schatten auf, die sich in seinem Inneren ausgebreitet hatten. Er hatte nicht damit gerechnet, lebend hier rauszukommen. Doch jetzt hatten sie eine reelle Chance, Karasov gemeinsam auszuschalten, ohne dass einer von ihnen dafür mit seinem Leben bezahlen müsste.

»Ich bin derjenige, den du tot sehen willst, nicht sie.« Garrett machte einen Schritt nach vorn. »Halt sie da raus.«

»Wie du willst.« Karasov bewegte sich blitzschnell – und schoss.

Garrett rechnete mit Schmerz, aber er spürte nichts. Ruckartig blickte er an sich hinunter, in der Erwartung, eine Schusswunde zu sehen, doch da war nichts. Bis es ihm dämmerte ...

»Nein!« Ruckartig drehte sich Garrett um.

Scarlett stand neben der Tür. Breitbeinig, unbeweglich, den Arm noch ausgestreckt, als hätte sie gerade einen ihrer Wurfsterne geworfen. Aber ihr Gesicht war so blass wie das Papier auf Karasovs Schreibtisch. Fieberhaft musterte Garrett sie von oben bis unten, auf der Suche nach einer Wunde, konnte aber aufgrund ihrer schwarzen Kleidung nichts erkennen. Dann brach sie zusammen, fiel vor seinen Augen auf die Knie und seitlich auf den Boden. Blut, so rot wie ihr Haar, begann sich auf dem dunklen Holz auszubreiten.

Garrett war sofort bei ihr, ungeachtet der Gefahr, die Karasov noch immer darstellte. Der Schuss hatte Scarlett in den Bauch getroffen. Fieberhaft ertastete er die Eintritts- und auch die Austrittswunde an ihrem Rücken. Die Kugel befand sich nicht mehr in ihrem Körper, aber er musste die verdammte Blutung stoppen. Viel zu viel davon klebte bereits an seinen Händen.

Hinter ihm brüllte Karasov auf. Garrett riss den Kopf herum. Ein Stück Metall ragte aus Karasovs rechtem Auge. Einer von Scarletts Wurfsternen. Mit einem zornigen Schrei riss er es sich heraus und starrte sie beide aus dem noch funktionierenden Auge mordlüstern an. Aus dem anderen quoll Blut, als wären es Tränen.

In der nächsten Sekunde passierten zwei Dinge gleichzeitig: Scarletts Kollegin kam schlitternd neben ihr zum Stehen und Karasov riss seine Pistole hoch.

Jeder klare Gedanke verschwand aus Garretts Kopf. Seine Vernunft verstummte. Sein Gerechtigkeitssinn zerfiel zu Staub. Es gab nur noch ein Ziel, nur eine einzige Sache, zu der er fähig war. Er stürzte sich auf Karasov, schlug ihm die Pistole aus der Hand und rammte ihm seine Faust ins Gesicht. Die Wucht riss ihn zurück und ließ ihn mit dem Rücken voran auf seinen Schreibtisch krachen. Garrett griff nach dem erstbesten Gegenstand, der sich als ein Kugelschreiber erwies, und rammte ihn in den Körper seines Gegners. Verfehlt. Karasov reagierte zu schnell und rollte sich zur Seite. Statt in seiner Brust steckte der Kugelschreiber nun seitlich in seinem Oberschenkel. Fluchend trat Karasov nach ihm. Garrett blockte den Angriff ab, doch ein Kick traf ihn direkt in die Magengrube. Er strauchelte, stolperte zurück, hielt sich jedoch aufrecht. Aufgeben kam nicht infrage. Niemals. Nicht nachdem, was er gerade hatte mit ansehen müssen.

Die ganze Zeit über hatte er geglaubt, Scarlett müsste gerettet werden, doch in Wahrheit war er derjenige gewesen, der gerettet werden musste. Von ihr. Stattdessen hatte er sie in Gefahr gebracht und zugelassen, dass dieses Dreckschwein auf sie schoss.

Wieder warf er sich auf seinen Gegner, packte Karasov an seinem teuren Hemd und rammte den Kopf gegen seine Nase. Ein hässliches Knacken drang an sein Ohr, aber es war nicht genug. Es konnte gar nicht genug sein für all die Menschen, die dieses Schwein auf dem Gewissen hatte. Karen. Ben. Sein ungeborenes Kind. Und jetzt auch noch Scarlett?

Eine Faust traf ihn in die Seite, genau in seine geprellten Rippen. Garrett verlor das Gleichgewicht und landete hart auf dem Boden. Ein heißer Schmerz schoss von seinem Hinterkopf seinen Rücken hinunter, aber ihm blieb keine Zeit, um wehleidig zu sein. Karasovs Fuß raste direkt auf ihn zu. Im letzten Moment rollte sich Garrett zur Seite weg, packte seinen Angreifer am Knöchel und riss ihn ebenfalls zu Boden. Dann war er über ihm, kniete über dem Mann, der ihn durch die Hölle geschickt hatte und es noch immer tat. Wieder und wieder krachte Garretts Faust in sein Gesicht, doch die lang ersehnte Befriedigung wollte sich nicht einstellen. Stattdessen waren da nur Schmerz und ein Zorn, so gewaltig, dass er das Gefühl hatte, restlos verschlungen zu werden.

Karasov streckte die Hand aus. Aus dem Augenwinkel sah Garrett etwas Dunkles auf sich zurasen, aber er war zu langsam. Etwas Hartes erwischte ihn mit voller Wucht. Er fiel zur Seite, während die Platzwunde an seiner Schläfe erneut aufging und frisches Blut über seine Wange floss. Er hob die Arme, um sich vor Karasovs Hieben zu schützen, dennoch trafen ihn mehrere, bevor er den älteren Mann von sich runterwerfen konnte. Garrett sprang auf die Beine. Schwindel breitete sich in derselben Geschwindigkeit in seinem Körper aus wie der metallene Geschmack in seinem Mund. Er spuckte aus und wischte sich mit dem Handrücken über den Mund, ohne seinen Gegner aus den Augen zu lassen.

Nur weil Karasovs Blick nach links huschte, bemerkte Garrett sie auch. Die Pistole, die er vorhin noch auf ihn gerichtet hatte. Die Pistole, mit der er auf Scarlett geschossen hatte. Sie stürzten sich gleichzeitig darauf. Karasov erreichte sie zuerst. Garrett rammte ihm seinen Ellbogen ins Gesicht und schnappte sich die Waffe. Kaum hatten seine Finger das kühle Metall erfasst, wirbelte er herum, visierte sein Ziel an – und schoss. Die Kugel bohrte sich in Karasovs Brust und warf ihn zurück auf den Boden.

Nicht genug. Es war noch immer nicht genug. Keuchend rappelte sich Garrett auf und machte einen schwerfälligen Schritt auf seinen Feind zu. Er verspürte weder Reue noch Befriedigung, als er den Abzug ein zweites Mal durchdrückte. Und ein drittes. Viertes. Fünftes. Er schoss so oft auf diesen Bastard, bis nur noch ein Klicken zu hören war, weil das Magazin leer war. So oft, bis sich Karasov nicht mehr rührte. Seine geweiteten Augen starrten ihn noch immer an, aber darin war kein Leben mehr.

Karasov war tot.

Garrett ließ die Waffe fallen, als hätte er sich daran verbrannt. Alles in ihm ächzte danach, auf die Knie zu sinken und für einen winzigen Moment durchzuatmen. Dann fiel sein Blick auf Scarlett und frisches Adrenalin jagte durch seine Adern. Mit wenigen Schritten war er bei ihr.

Die andere Daughter of Darkness kniete neben ihr und presste ihre Lederjacke auf Scarletts Schusswunde. Inzwischen hatte sich eine rote Lache um ihren Körper gebildet. So viel Blut. Viel zu viel. Garrett blieb keine Zeit, diesen Gedanken weiterzuverfolgen oder etwas zu tun oder zu sagen. Schritte näherten sich dem Büro. Laute Stimmen, die Befehle riefen. Verdammt. Er hatte Karasovs Männer ganz vergessen.

»Bring sie hier raus«, befahl die Schwarzhaarige und zog zwei Pistolen hervor. »Ich kümmere mich um Karasovs Leute. Los!«

Das ließ sich Garrett nicht zweimal sagen. Er nahm Scarletts Hand und legte sie auf die zusammengeknüllte Jacke, die ihre Schusswunde bedeckte. »Drück so fest drauf, wie du kannst, verstanden?« Sie nickte zittrig. Er ignorierte, wie blass sie war und wie viel von ihrem Blut bereits den Boden tränkte, schob seine Arme unter ihren Rücken und ihre Knie und hob sie hoch. Sie verzog das Gesicht, gab jedoch keinen Ton von sich.

Mit großen Schritten steuerte Garrett die Seitentür an, durch die Scarletts Kollegin hier eingedrungen war, und schob sie mit der Schulter auf. Jede Faser seines Körpers war angespannt. Sein Herz hämmerte und in seinen Ohren rauschte es, dennoch gab er alles, um einen kühlen Kopf zu bewahren. Er musste Scarlett in Sicherheit bringen. Nur das zählte. Alles andere war egal.

Aus dem hinteren Teil des Gebäudes ertönten Schüsse. Weitere Schritte. Schreie. Vermutlich stürzten sich gerade alle Wachhabenden auf die verbliebene Daughter of Darkness. Garrett konnte nur hoffen, dass sie gut genug war, um das hier zu überstehen, während er im Gang in einen Laufschritt verfiel. Niemand stellte sich ihnen in den Weg, niemand feuerte eine Kugel in ihre Richtung ab, dafür fand er zwei bewusstlose oder vielleicht auch tote Kerle auf dem Boden liegend vor. Garrett erreichte die Hintertür und stieß sie mit dem Fuß auf.

Kalte Nachtluft peitschte ihnen entgegen, doch auch hier war von Karasovs Leuten nichts zu sehen. Entweder waren sie bereits geflüchtet oder alle im anderen Teil des Hauses. Eine Explosion erschütterte das Backsteingebäude hinter ihm. Instinktiv zog Garrett den Kopf ein, ging mit Scarlett hinter einem parkenden Auto in Deckung und schützte sie mit seinem Körper. Schreie ertönten und der Geruch von Rauch fand einen Weg in seine Nase. Vorsichtig legte er Scarlett auf dem geteerten Boden ab. Er hätte es nicht für möglich gehalten, aber inzwischen war sie noch blasser geworden als ohnehin schon. Tiefe Ringe lagen unter ihren Augen, kalter Schweiß klebte an ihrer Haut und ihre Lippen hatten einen gräulichen Farbton angenommen. *Fuck*. Sie mussten dringend hier weg. Er zerrte an den Türgriffen, aber der Wagen war abgeschlossen. Natürlich.

Neben ihm gab Scarlett ein Keuchen von sich. Garrett war sofort wieder bei ihr.

»Bleib bei mir«, flüsterte er und legte seine Hand an ihr Gesicht. »Was kann ich tun? Sag mir, was ich tun kann. Ich lasse dich nicht einfach sterben. Nicht so. Nicht meinetwegen.«

»Gürtel«, brachte Scarlett heiser hervor und tastete danach. »Agrostemma ... githago. Und ... Senecio ...«

»Senecio Nemorensis.« Die Erkenntnis traf ihn so hart, dass er auf die Knie sank. Gleichzeitig schüttelte er den Kopf. »Ich habe keine Ahnung von dem Zeug. Wenn ich es in der falschen Menge dosiere, töte ich dich.«

Sie lächelte matt. »Wenn du es nicht tust, bin ich ... so oder so ... tot.«

Sie hatte recht. Jeder nur erdenkliche Fluch raste durch seinen Kopf, aber Garrett zwang sich zur Ruhe. »Okay ... okay.« Er nickte und löste die drei Phiolen von ihrem Gürtel. Bis auf eine leere waren die anderen beiden mit unterschiedlichen Farbmarkierungen versehen und mit einer klaren Flüssigkeit gefüllt, die irgendwelche winzigen Pflanzenteile enthielt.

»Was jetzt?« Garrett hielt die Ampullen in die Höhe. Seine Hände zitterten und waren blutverschmiert, aber er blendete das ebenso aus wie das Chaos um sie herum.

Sie reagierte nicht. Panik explodierte in seinem Bauch.

»Bleib bei mir, Scar!« Er tätschelte ihre Wange. »Du musst mir helfen. Ich schaffe das nicht ohne dich.«

Sie riss die Augen wieder auf und schnappte so keuchend nach Luft, als wäre sie aus tiefstem Gewässer aufgetaucht. Einen qualvollen Moment lang schien sie desorientiert zu sein, dann fokussierte sich ihr Blick auf die Phiolen. »Du musst ... sie mischen. Zwei zu drei.« Sie atmete tief durch und verzog sofort das Gesicht. Obwohl es offensichtlich war, dass sie Schmerzen hatte, fuhr sie mit der Erklärung fort und endete mit: »Vier Tropfen auf ... auf die Wunde.«

Er tat wie befohlen. Beim ersten Versuch zitterten seine Finger so sehr, dass er die Hälfte verschüttete. Garrett stieß einen Fluch aus und kratzte alles an Kontrolle zusammen, was er noch hatte. Dann vermengte er die beiden Flüssigkeiten in der dritten Phiole so, wie sie ihn angewiesen hatte. Scarlett führte ihn durch das ganze Prozedere, als würde sie neben ihm stehen und es ihm beibringen wollen, statt vor ihm zu liegen und zu ... sterben.

Als er etwas von dem Gift auf ihre Wunde gab und sekundenlang nichts passierte, verlor er beinah den Verstand. Er war so kurz davor, die Ampullen gegen die Hausmauer zu schmettern, dass er sie fast zerbrach, weil er sie so fest umklammert hielt. Stattdessen konzentrierte er sich wieder auf Scarletts Gesicht. Gott, sie sah bereits halb tot aus. Ihre Lippen waren so weiß wie ihr restliches Gesicht und die Schatten unter ihren Augen wirkten wie zwei dunkle Höhlen.

»Schon okay ...«, wisperte sie, als wüsste sie genau, dass ihre Schusswunde nicht aufhören wollte zu bluten. Irgendwie brachte sie ein Lächeln zustande, auch wenn Tränen in ihren Augen schimmerten. »Es ist okay ...«

»Nichts ist okay«, stieß er gebrochen hervor. »Es ... es tut mir so leid, Scar ...«

»Ich weiß ...«

Sirenen erklangen. Irgendjemand musste die Polizei verständigt haben. Verdammt. Sie mussten von hier verschwinden, bevor die Cops eintrafen. Noch im selben Moment, in dem ihm dieser Gedanke durch den Kopf schoss, wurde er sich der grausamen Wahrheit bewusst. In ihrem Zustand würde Scarlett eine Flucht nicht überleben.

Garrett übte weiter Druck auf ihre Wunde aus, betete und fluchte gleichermaßen, aber ihm wollte kein Plan einfallen. Nichts, das sie beide hier lebend rausschaffte.

Scarlett tastete nach seiner Hand. »Du musst gehen.«

Mit zusammengebissenen Zähnen schüttelte er den Kopf. Er würde sie nicht zurücklassen. Nicht in so einer Situation. Niemals. Doch er schien die Fähigkeit verloren zu haben, diese Worte zu formulieren. Also beugte er sich zu ihr hinunter und drückte seinen Mund zu einem verzweifelten Kuss auf ihren. Er würde nicht von Scarletts Seite weichen, würde sie genauso wenig allein lassen, wie sie ihn damals in dieser leer stehenden Bibliothek in Seattle allein gelassen hatte. Er würde sie genauso wenig aufgeben wie sie ihn.

»Verschwinde endlich ...«, flüsterte sie, kaum dass er sich von ihr gelöst hatte.

»Ich bleibe. Du wirst es durchstehen. Wir beide werden das.«

Ihr Lächeln traf ihn mitten ins Herz. Es war so weich und warm und voller grausamer Wahrheit. Denn sie wussten beide, wie schlimm es um sie stand. Sie hatte schon zu viel Blut verloren und es grenzte an ein Wunder, dass sie überhaupt noch bei Bewusstsein war. Sie mochte das Ausmaß ihrer Verletzung vielleicht nicht sehen, aber sie wusste darüber Bescheid.

Schüsse hallten durch die Nacht. Schritte. Dann tauchte jemand neben ihnen auf. Garrett riss seine Pistole hoch, den Finger bereits am Abzug, doch im letzten Moment erkannte er Scarletts Kollegin.

»Wir müssen weg«, stieß sie hervor, dann fiel ihr Blick auf Scarlett und sie wurde schlagartig blass. »Fuck.«

Kaum ausgesprochen prallte eine Kugel von der Motorhaube des Wagens neben ihnen ab. Dann noch eine. Reflexartig zog Garrett den Kopf ein und lehnte sich über Scarlett, um sie zu schützen.

»Karasovs Leute sind gleich da«, drängte die Schwarzhaarige und schob neue Munition in ihre Pistole.

»Und die Cops«, fügte Garrett hinzu, doch seine Stimme ging beinah in den kreischenden Sirenen unter.

Scarlett nickte ihm zu. Tränen rollten aus ihren Augenwinkeln und verschwanden in ihrem Haar. »Geh schon ...«

Sie lag im Sterben und hatte dennoch Angst um ihn. Um seine Sicherheit. Wenn die Polizei ihn hier fand, mit einem geradezu exekutierten Karasov, würden sie sofort handeln und sich die Fragen für später aufsparen. Doch angesichts seiner gemeinsamen Vergangenheit mit diesem Mann und der Tatsache, dass ihn gleich mehrere Kugeln tödlich getroffen hatten, würde ihm niemand glauben, dass er aus Notwehr heraus gehandelt hatte. Und das hatte er auch nicht. Er hatte diesen Mann eiskalt erschossen. Genauso eiskalt wie Karasov auf Scarlett gezielt und den Abzug gedrückt hatte.

»Verschwinde. Bitte, Garrett.« Ihre Stimme klang belegt und ihre Lippen bebten. Trotzdem war es noch immer er, um den ihre Gedanken kreisten. Um den sie sich sorgte. Wie hätte er sich nicht in diese kämpferische, mitfühlende, kecke und einzigartige Frau verlieben können?

Sein Herz begann zu hämmern, als ihn diese Erkenntnis traf. Zu spät. Zu langsam. Wenn er es doch nur früher begriffen hätte ... aber das hatte er nicht. Und jetzt blieb ihm nur noch eine Wahl, nur ein Weg, den er gehen konnte. Garrett legte seine Hand an ihre Wange, ungeachtet der Tatsache, dass er sie damit erneut mit ihrem eigenen Blut beschmierte, und beugte sich über sie, um einen Kuss auf ihre Stirn zu drücken.

»Wir sehen uns wieder.« Es war ebenso ein Versprechen wie eine Bitte. Ein Flehen darum, dass sie durchhielt, dass sie überlebte und sie sich eines Tages irgendwie irgendwo wiedersehen konnten.

Scarlett lächelte zittrig. »Natürlich werden wir das ...«

Garrett nickte der anderen Frau zu. »Ich kümmere mich um die Cops und Karasovs Leute. Bring sie von hier weg, sobald ihr Zustand es zulässt.« Dann rannte er aus seiner Deckung.

Es war die schwerste Entscheidung, die er je in seinem Leben hatte treffen müssen. Nicht die, Natasha und ihren Sohn vor Karasov zu retten. Nicht die, nach Karens und Bens Tod die Hände in den Schoß zu legen und abzuwarten, bis seine Kollegen endlich genügend Beweise gesammelt hatten, um Karasov das Handwerk zu legen. Nicht die, sein altes Leben und seine Identität hinter sich zu lassen und ins Zeugenschutzprogramm zu gehen. Sondern das hier. Aufzustehen und Scarlett zurückzulassen, wenn sie im Sterben lag.

Karasov hatte ihm zum zweiten Mal die Frau genommen, die er liebte – und diesmal gab es nichts, was er tun konnte, um sich zu rächen.

15. KAPITEL

Grelles Licht fiel auf ihr Gesicht, bohrte sich in ihre geschlossenen Lider und zwang sie dazu, aufzuwachen. Dennoch brauchte Scarlett mehrere Anläufe, bis sie zu sich kam – und dann noch etwas länger, bis sie dazu in der Lage war, die Augen zu öffnen. Die Helligkeit war wie ein Blitzeinschlag. Ein raues Stöhnen kam ihr über die Lippen und sie kniff die Augen zusammen. Zu grell. Zu schmerzhaft.

Minutenlang blieb sie einfach liegen, ohne sich zu rühren. Ohne an etwas zu denken. Draußen zwitscherten ein paar Vögel. Ein Auto fuhr vorbei. Dann noch eines. Irgendwo im Haus tickte eine schwere Uhr. Wo war sie? War sie tot? Das Letzte, an das sie sich erinnerte, war der Moment, in dem Karasov auf sie gezielt und abgedrückt hatte. Alles, was danach folgte, war verschwommen. Raiden war da gewesen und hatte auf sie eingeredet. Und dann war da noch ... Garrett.

Mit einem Mal war sie hellwach und setzte sich ruckartig auf. Ein dumpfer Schmerz breitete sich in ihrem Bauch aus und erinnerte sie an die Schusswunde in ihrem Körper. Autsch. Doch nicht tot. Ächzend sank Scarlett zurück ins Kissen und versuchte ruhig zu atmen, bis das Pochen nachließ. Sie begann zu zählen, und als sie bei achtzehn angekommen war, konnte sie wieder einen klaren Gedanken fassen.

Garrett ... Was war mit ihm passiert? Hatte er fliehen können, bevor die Polizei eingetroffen war? Sie meinte, sich an Sirenen erinnern zu können. Und Schüsse. Karasovs Leute hatten auf sie geschossen und Garrett war aus der Deckung gegangen, um Raiden und ihr zu helfen. Was hatte er sich nur dabei gedacht? Die Fragen tummelten sich hinter ihrer Stirn, bis sie das Gefühl hatte, gleich Migräne zu bekommen.

Das Quietschen einer Tür bohrte sich schmerzhaft in ihren Kopf. Mühsam richtete sich Scarlett auf den Ellbogen auf. Erst jetzt wurde ihr bewusst, dass sie das Zimmer erkannte, in dem sie sich befand. Hellblau gestrichene Wände, weiße Möbel im typischen Shabby-Chic-Look, ein elegant geschwungener Wandspiegel und Blumen in einer Vase auf der Kommode neben der Tür. Sie war nicht länger in Chicago. Sie war in San Francisco. Sie war zu Hause.

»Ich dachte schon, du würdest nie mehr aufwachen.« Sydney lehnte mit vor der Brust verschränkten Armen im Türrahmen. Ein Lächeln erhellte ihr Gesicht, aber Scarlett entging der prüfende Blick nicht, mit dem ihre Freundin sie maß. »Wie fühlst du dich?«

»Als hätte mich ein perverses Arschloch kaltblütig angeschossen.«

Sydneys Mundwinkel wanderten höher. »Sehr gut. Du bist wieder ganz die Alte.«

Scarlett schnaubte, setzte sich vollständig auf und rieb sich über das Gesicht, um die bleierne Müdigkeit zu vertreiben, die von ihr Besitz ergriffen hatte. Erst jetzt fiel ihr die mit einem weißen Pflaster gesicherte Injektionskanüle auf, die samt Nadel noch in ihrer Ellenbeuge steckte.

Sie sah von Sydney zu dem Ding in ihrem Körper und zurück. »Was ist passiert?«

»Wir hätten dich fast verloren.« Sydney stieß sich vom Türrahmen ab und betrat das kleine Schlafzimmer. Sie ging zum Nachttisch neben dem Bett und drückte ihr zwei Tabletten und ein Glas Wasser in die Hand. Erst nachdem Scarlett die Medizin geschluckt und das Glas ausgetrunken hatte, sprach Sydney weiter. »Woran erinnerst du dich?«

»Ich weiß noch, wie ich angeschossen wurde.« Vorsichtig lehnte sie sich gegen die vielen Kissen in ihrem Rücken. »Ist gar nicht so cool, wie alle behaupten. Auf die Erfahrung hätte ich verzichten können.«

Sichtlich belustigt schüttelte Sydney den Kopf. »Das ist Berufsrisiko. Rai kann dir die Details vermutlich besser erklären. Sie müsste jeden Moment wieder hier auftauchen.«

»Wieder? Sie war schon hier?«

»Wir alle waren es. Dich hat es ziemlich erwischt. Kurz nachdem Garrett weg war, sind Lara und ich aufgetaucht, doch da hattest du schon das Bewusstsein verloren. Aber deine Giftmischung hat gewirkt und die Blutung gestoppt. Wir haben dich ins Auto gehievt und von dort weggebracht. Eine Zeit lang dachten wir sogar, du würdest es nicht schaffen. Lara hat Himmel und Hölle in Bewegung gesetzt, um Dr. Fox so schnell wie möglich einfliegen zu lassen. Zuerst nach Chicago und dann ist sie mit uns zurück nach San Francisco geflogen, weil dein Zustand noch immer kritisch war.«

Scarlett schluckte hart in dem Versuch, die plötzliche Enge in ihrer Kehle zu vertreiben. »Ich weiß nicht, was ich sagen soll ...«

Sydney stützte sich mit den Unterarmen auf das Bettgestell am Fußende auf. »Wie wär's mit *danke*?«

»Danke.«

»Braves Mädchen. Jetzt stell endlich die Frage, die du schon die ganze Zeit stellen willst.«

War sie nun schon so leicht zu durchschauen? War ihr geschwächter Zustand der Grund dafür, dass sie kein ordentliches Pokerface aufsetzen konnte? Oder kannte Sydney sie inzwischen einfach zu gut, um hinter jede Maske schauen zu können, die sie aufsetzte?

Alles in Scarlett drängte danach, die Frage zu stellen, die Sydney ihr bereits angesehen hatte. Gleichzeitig hatte sie Angst vor der Antwort. Nach und nach kehrten ihre Erinnerungen zurück wie Puzzleteile, die sich zu einem ganzen Bild zusammensetzten. Ein Bild, bei dem Garrett nicht auf sie gehört und geflohen war. Stattdessen hatte er sich Karasovs Leuten und der Polizei entgegengestellt. Wie hätte er das überleben sollen?

Scarlett schluckte die beginnende Übelkeit hinunter und zwang die Worte über ihre trockenen Lippen. »Hat er es geschafft?«

Sydneys Nicken entlockte ihr ein erleichtertes Seufzen. Gott sei Dank. Scarlett hatte nicht den blassesten Schimmer, wie Garrett es gegen eine solche Überzahl aufgenommen hatte, aber das spielte auch keine Rolle. Er war entkommen. Es ging ihm gut. Nur das zählte.

»Wo ist er?«

»Fort.« Sydney musterte sie mitfühlend. »Er hat vor zwei Tagen das Land verlassen.«

»Vor zwei Tagen?«

»Du hast sehr viel Blut verloren, Scar. Davon erholt sich der Körper nicht so schnell. Zwischenzeitlich warst du zwar bei Bewusstsein, aber nicht ansprechbar.«

»Was soll das heißen?« Irritiert schmälerte sie die Augen. »Wie lang war ich bewusstlos?«

»Es ist fünf Tage her, seit du nach Chicago geflogen bist.«

Fünf Tage? Sie starrte Sydney an, wartete auf das Grinsen, das ihre Worte Lügen strafte. Aber ihre Freundin machte keine Scherze. Diese verdammte Schusswunde hatte sie fünf Tage lang aus dem Verkehr gezogen. Vermutlich sollte sie dankbar sein, dass sie nicht tot war, stattdessen überwog ihre Wut.

»Was ist mit Karasov?«, fragte sie ausdruckslos.

Sydneys Gesichtszüge verhärteten sich. »Tot.«

Erleichterung breitete sich in ihr aus und vermischte sich mit ihrer Müdigkeit. Aber die Erleichterung galt nicht ihr selbst, sondern *ihm*. Garrett. Endlich hatte er den Tod seiner Frau und seines Bruders sühnen können. Jetzt konnte sie nur hoffen, dass er auch Frieden finden würde. Mit der Vergangenheit und mit sich selbst und dem, was er hatte tun müssen, um für Gerechtigkeit zu sorgen.

»Da komme ich ja genau richtig«, ertönte plötzliche eine Stimme von der Tür her. Raiden betrat den Raum und ließ sich auf den Stuhl neben Scarletts Bett fallen. »Tote Arschlöcher. Mein Lieblingsthema.«

Scarlett konnte nicht anders, als den Kopf zu schütteln. Das war Raiden, wie sie leibt und lebt. Scarlett rutschte tiefer in die Kissen und unterdrückte nur mit Mühe ein Gähnen. Dennoch sah sie zu ihrer Kollegin zurück und lächelte. »Danke, Rai. Für alles.«

»Jederzeit. Außerdem muss ich mich bei dir bedanken.« Ein spitzbübisches Grinsen erhellte ihre Miene. »Deinetwegen hat Lara mich freigestellt und ich konnte endlich die ganzen Folgen von Game of Thrones nachholen, die ich in den letzten Wochen verpasst habe.«

Sydney und Scarlett sahen sich an, dann lachten sie beide los und auch Raiden fiel mit ein. Der Hauch von Normalität, der gerade in ihrem Krankenzimmer Einzug hielt, tat gut. Genauso das Wissen darum, dass sich manche Dinge wohl nie ändern würden.

Scarlett rieb sich über das Gesicht, in dem Versuch, wach zu bleiben. Sie hatte fünf Tage lang geschlafen, da konnte sie doch nicht schon wieder müde sein, oder? Es gab noch so viel, das sie fragen und herausfinden musste. So viel, das sie insbesondere Garrett sagen musste. Doch die Schusswunde in ihrem Bauch forderte ihren Tribut. Vielleicht waren es auch die Schmerzmittel, die sie so schläfrig machten. Was es auch war, Scarlett konnte kaum noch die Augen offen halten.

»Ruh dich aus. Raiden wird bei dir bleiben.« Fast schon mütterlich zog Sydney die Decke höher, bevor sie sich aufrichtete und Richtung Tür ging. Scarlett sah ihr nach und bemerkte erst jetzt die fertig gepackte Reisetasche auf dem Boden.

»Gehst du fort?«

Sydney nickte. »Ich muss da noch etwas mit jemandem klären.«

Sie wussten beide, wer dieser Jemand war. Oder vielmehr was. Die Central Intelligence Agency. Sydney hatte ihr nie erzählt, was sie damals dazu gebracht hatte, den Geheimdienst zu verlassen. Aber was es auch sein mochte, es musste wichtig sein. Und dem Ausdruck auf Sydneys Gesicht nach zu urteilen – persönlich. Sehr persönlich.

Ein Funken Panik tauchte in Scarletts Innerem auf und ließ ihren Puls in die Höhe schießen. »Kommst du wieder?«

Sydney wechselte einen Blick mit Raiden, dann wandte sie sich wieder an Scarlett. »Du kennst mich. Ich komme immer zurück.« Wie um ihre Worte zu bestätigen, kehrte sie an ihr Krankenlager zurück und setzte sich auf die Bettkante. »Die viel wichtigere Frage ist doch, wo *du* jetzt hinwillst.«

16. KAPITEL

Sechs Wochen später

Das Geräusch von Wellen, die sich gegen die Klippen brachen, weckte ihn. Garrett hielt die Augen geschlossen, um den Moment zwischen Schlafen und Wachen länger auszukosten. Die Ruhe in seinen Gedanken, wenn er sich an nichts mehr erinnerte. Erfahrungsgemäß hielt dieser Zustand nur wenige Sekunden an, aber er war, so traurig das auch sein mochte, das Highlight seiner Tage. Garrett öffnete die Augen und mit dem Tageslicht kehrten all seine Erinnerungen zurück. An sein altes Leben als Detective in Los Angeles. An seine Zeit als Agent der HUNTERS. An Scarlett. Und an die vergangenen Wochen, in denen er ohne Ziel und ohne Daseinsberechtigung durch die Welt gezogen war.

Seufzend setzte er sich auf und rieb sich über die Augen. Er hatte nicht die geringste Ahnung, wie spät es war, doch angesichts der Sonnenstrahlen, die ein Muster auf dem dunklen Holzfußboden malten, müsste es bereits später Vormittag sein. Die Matratze quietschte und die leeren Flaschen neben dem Bett klirrten, als Garrett aufstand. Das Zimmer, das er gemietet hatte, war so winzig, dass gerade mal ein Bett, ein eintüriger Schrank und ein schmaler Esstisch reinpassten. Dafür war der Balkon umso größer. Garrett kochte sich einen Kaffee und trat damit nach draußen. Die Terrakottafliesen waren angenehm warm unter seinen Füßen. Die vielen Blumentöpfe auf dem Balkon bestanden aus demselben Material und beherbergten mehr Grünzeug, als er je namentlich benennen könnte. Aber es war das tiefe Blau des Meeres vor ihm, das ihm jeden Morgen den Atem raubte. Scarlett hatte nicht übertrieben. Die Amalfiküste war einer der schönsten Orte, die er je gesehen hatte.

Scarlett. Wieder infiltrierte sie seine Gedanken und wieder einmal fragte er sich, wie es ihr ergangen sein mochte. Garrett hasste sich noch immer dafür, sie damals in Chicago zurückgelassen zu haben, auch wenn sie ihn dazu aufgefordert und er keine andere Wahl gehabt hatte. Aber er war in der Nähe geblieben, solang, bis ihn die Entwarnung erreicht hatte. Kopfschüttelnd wandte er sich von dem paradiesischen Anblick ab und kehrte ins Zimmer zurück. Auf dem Boden neben dem Bett lag sein Handy. Das Smartphone, das er an seinem ersten Tag bei den HUNTERS bekommen hatte. Er hätte es loswerden sollen, als er die Staaten verlassen hatte, aber er hatte es nicht über sich gebracht. Und das, obwohl Valerie ihm versichert hatte, dass es Scarlett gut ging. Inoffiziell selbstverständlich. Erst nach dieser Meldung war Garrett dazu in der Lage gewesen, in den Flieger zu steigen, der ihn zuerst nach Südamerika brachte und zwei Wochen später nach Europa.

Die Nachrichten explodierten mit Mutmaßungen über Karasovs Tod. Seine Aktivitäten wurden in zahlreichen Enthüllungsberichten in den Medien dargestellt. Das Chicago Police Department hatte seinen Stützpunkt gestürmt und Unmengen Drogen sichergestellt. Die Mitarbeiter waren befragt, manche von ihnen sogar festgenommen worden. Die Versuchspersonen befanden sich in Krankenhäusern, Entzugskliniken und Psychiatrien. Garrett hatte jede Meldung mitverfolgt und erleichtert festgestellt, dass inzwischen so gut wie jeder von Karasovs Männern im Gefängnis saß. Ein paar von ihnen war jedoch die Flucht gelungen, was nur ein weiterer Grund für ihn war, sich bedeckt zu halten. Sogar sein Name war in den Medien gefallen, besser gesagt der Name seines alten Ichs. Detective Gage Harper, der bereits vor vier Jahren versucht hatte, die Aktivitäten von Karasov ans Licht zu bringen. Inzwischen kam ihm das ewig her vor. Wie ein anderes Leben. Und das war es auch. Er war nicht länger Gage Harper, aber auch nicht mehr Garrett Winter. Blieb nur die Frage, wer er jetzt war. Was aus ihm geworden war. Ehemaliger Undercovercop, Exagent und ... Mörder?

Ein Klopfen an der Tür riss ihn aus seinen Gedanken. Stirnrunzelnd starrte Garrett auf die Holztür. Er erwartete keinen Besuch. Niemand kannte ihn hier. Die Einheimischen hielten ihn für einen Schriftsteller, der sich hierher zurückgezogen hatte, um an seinem Manuskript zu arbeiten. Die Tarnung war nicht schwer aufrechtzuerhalten, da er sich fast den ganzen Tag in seinem Zimmer verkroch, und wenn er doch mal rausging, trug er einen Bart und tiefe Ringe unter den Augen.

Lautlos stellte Garrett seine Kaffeetasse auf dem Tisch ab und griff sich die Pistole, die er vor wenigen Wochen auf dem Schwarzmarkt gekauft hatte. Dann näherte er sich der Tür von der Seite. Er war auf unwillkommene Überraschungen vorbereitet, aber er hätte nicht damit gerechnet, dass sie ihn so schnell schon finden würden. Karasovs Männer. Die Polizei. Das FBI. Wer auch immer hinter ihm her war und ihn entweder tot oder lebendig schnappen wollte.

Garrett hielt die Pistole außer Sichtweite und öffnete die Tür. Er hatte sie nur einen Spalt weit aufmachen wollen, doch als er sah, wer davorstand, fiel seine Hand herab und die Tür schwang ganz auf.

Sie war *hier*. All die schlaflosen Nächte, die er ihretwegen gehabt hatte, als er noch nicht gewusst hatte, wie es ihr ergangen war. Ob sie überlebt hatte oder ... Er wagte es nicht mal in Gedanken, diese Möglichkeit auszusprechen. Er hatte gewartet. Stundenlang. Tagelang. Bis endlich die erlösende Nachricht gekommen war, dass es Scarlett den Umständen entsprechend gut ging. Er hatte das Land verlassen, hatte sein altes Leben hinter sich gelassen, aber sie konnte er nicht aus seinen Gedanken verbannen.

Jetzt stand sie vor ihm in einem weißen Sommerkleid und mit einer Sonnenbrille im Haar, als wäre sie nur eine von vielen Touristen. Aber er hätte sie überall erkannt. Das dichte rotbraune Haar, das ihr bei diesen Temperaturen in Wellen auf die Schultern fiel. Die durchdringenden grauen Augen. Die Sommersprossen auf ihrer Nase.

Etwas setzte in ihm aus. Sein Herzschlag. Sein Verstand. Die Stimme der Vernunft. Er wusste es nicht und es spielte auch keine Rolle. Ohne ein Wort überbrückte er die Distanz zwischen ihnen, legte seine Hände an ihr Gesicht und küsste sie.

Scarlett reagierte sofort. Ohne Fragen zu stellen, schlang sie die Arme um seinen Hals und presste sich an ihn. Ihr Geruch und ihr Geschmack hüllten Garrett ein wie eine Droge, der er zwar abgeschworen, von der er aber nie völlig losgekommen war. Fordernd biss er in ihre Unterlippe und merkte, wie sie in den Kuss hineinlächelte, bevor sie die Lippen unter seinen öffnete. Sofort erkundete er ihren Mund und focht einen Kampf mit ihrer Zunge aus, als wäre dies ihr erster Kuss, damals in jener Nacht in San Francisco. Währenddessen schienen seine Hände ein Eigenleben entwickelt zu haben. Ziellos wanderten sie über Scarletts Körper, packten fest zu, zogen sie näher heran und strichen auf der Suche nach weicher nackter Haut weiter.

Irgendwo tief in seinem Bewusstsein musste noch ein Funken gesunder Menschenverstand sein, denn Garrett machte einen Schritt zurück und zog Scarlett mit sich ins Innere. Dann stieß er die Tür zu und drängte sie dagegen, um seinen Mund erneut auf ihren zu pressen. Jede Faser seines Körpers schmerzte vor Verlangen nach ihr. Die Zeit ohne einander war länger gewesen als die Zeit, die sie miteinander verbracht hatten. Dennoch waren ihm die letzten Wochen wie ein einziger zäher Traum vorgekommen, während er jetzt das Gefühl hatte, wieder frei atmen zu können. Weil sie vor ihm stand. Weil er sie endlich wieder spüren und lächeln sehen konnte. Trotz der Nachricht, dass es ihr den Umständen entsprechend ging, war ein Teil seiner Sorge, seiner Angst um diese Frau immer geblieben, hatte sich in seiner Brust eingenistet und an ihm genagt. Die Erinnerung daran, wie sie in ihrem eigenen Blut gelegen hatte, blass und mehr tot als lebendig, hatte ihn jede Nacht und jeden Tag verfolgt.

Das Bild in seinem Kopf wirkte wie ein Kübel Eiswasser und brachte ihn umgehend wieder zur Vernunft. Mühsam löste sich Garrett von ihr und sah schwer atmend auf sie hinunter. Ihre Augen schienen dunkler, die Pupillen waren geweitet. Ihre Lippen waren etwas geschwollen und feucht von seinen Küssen. Bei diesem Anblick verlor er seine Selbstbeherrschung beinah ein zweites Mal. Im letzten Moment riss er sich zusammen und löste sich von ihr.

»Verdammt, das wollte ich nicht.« Garrett fuhr sich mit beiden Händen durch das Haar und nahm seine Worte sofort zurück, als er den überraschten, fast schon panischen Ausdruck auf ihrem Gesicht bemerkte. »Doch, natürlich wollte ich. Ich will es immer noch.«

Scarlett stieß sich von der Tür ab und kam langsam auf ihn zu. »Warum haben wir dann aufgehört?«

Gute Frage. Verdammt gute Frage. Irgendwo in ihm musste wohl doch noch ein Funke Ehrgefühl oder so etwas stecken.

»Wir sollten reden. Außerdem wurdest du angeschossen und musst ...«

»Mit dir ins Bett«, unterbrach sie ihn und legte ihre Arme erneut um seinen Hals. Ein amüsiertes Funkeln trat in ihre Augen. »Das wolltest du doch gerade sagen, oder? Wobei diese Tür auch etwas hat.«

Fast hätte er aufgelacht, zwang den Impuls jedoch im letzten Moment zurück. »Die Schusswunde?«

»Sauber verheilt. Können wir jetzt zum wichtigen Part übergehen? Ich bin nicht Tausende von Meilen hierhergeflogen, um mit dir zu reden. Zumindest nicht nur«, fügte sie mit einem frechen Lächeln hinzu.

Wäre er dieser Frau nicht schon längst verfallen, hätte sie ihn spätestens jetzt völlig für sich eingenommen. Garrett sparte sich eine Antwort darauf und senkte seinen Mund wieder auf ihren. Worte waren in den nächsten Stunden überflüssig.

Die Sonne ging bereits unter, als sie gemeinsam auf dem Balkon seines gemieteten Zimmers saßen und auf das weite Meer hinausblickten. Die Wärme des Tages lag noch immer in der Luft, genau wie die lebensfrohen Klänge italienischer Musik und die Stimmen der Menschen in der Nähe. Garrett hatte sich auf einem der Stühle zurückgelehnt, während Scarlett es sich auf seinem Schoß bequem gemacht und die langen Beine auf dem Geländer hochgelegt hatte.

»Du hast dich daran erinnert«, murmelte sie und hob den Kopf. »Der schönste Ort der Welt.«

»Ich hatte gehofft, dass du mich hier finden würdest, sobald es dir besser geht«, gestand er, ohne ihren Blick loszulassen. Er liebte das Strahlen darin, das Funkeln in ihren Augen, wenn sie ihn auf diese Weise ansah. So warm und offen, als wäre er der wichtigste Mensch auf der Welt für sie.

»Oh!« Ohne Vorwarnung richtete sie sich auf. »Das hätte ich fast vergessen. Ich soll dich von Jimmy grüßen.«

»Jimmy aus Suttons Casino?« Freude, Überraschung und Misstrauen lieferten sich ein Duell in seinem Inneren.

Scarlett nickte, hob aber gleichzeitig die Hand in einer abwehrenden Geste. »Keine Sorge, er hat sich nicht wieder in irgendwelche dubiosen Machenschaften verstrickt. Ich habe ihn zufällig getroffen und er hat mir eine Nachricht für dich mitgegeben.«

»Welche?«

»Danke.«

Die Freude überwog alle anderen Gefühle. Garrett spürte, wie seine Mundwinkel in die Höhe wanderten, und verbarg sein Lächeln, indem er Scarlett einen Kuss auf den Kopf gab. In seinem Leben mochte er viele Fehler gemacht und unzählige falsche Entscheidungen getroffen haben, aber dem Jungen ins Gewissen zu reden, war keine davon gewesen.

Wieder schmiegte sich Scarlett an ihn und lehnte ihren Kopf an seinen, während er mit den Fingern über ihre Seite strich. Genau dort, wo sich zwischen ihrem Shirt und den Hotpants ein Stück freie Haut auftat, da der Stoff hochgerutscht war. Garrett kannte die einlullende Wirkung des Meeresrauschens und der Musik nur zu gut und gönnte Scarlett diesen Moment der Ruhe. Abgesehen davon hatte er sie stundenlang auf Trab gehalten, nachdem sie einen langen Flug hinter sich hatte. Sie musste völlig fertig sein. Dennoch wollte sich sein schlechtes Gewissen nicht einstellen. Stattdessen erwischte er sich dabei, wie er lächelte.

»Wie geht es jetzt weiter?«, fragte sie nach einer Weile leise und ohne ihn anzusehen.

Er unterdrückte ein Seufzen. »Ich weiß es nicht. Ich habe einen Mann erschossen.«

»Du hast mir das Leben gerettet.«

»So sehen Logan und die anderen es auch. Trotz der Scheiße, die ich fabriziert habe, wollen sie mich zurück im Team haben.«

»Das dachte ich mir schon.«

»Woher ...?« Er hatte die Frage kaum ausgesprochen, als ihm die Antwort darauf selbst klar wurde. Natürlich. Das Smartphone, das er bis heute bei sich trug. Für die HUNTERS war es eine Sache von Minuten, ihn darüber aufzuspüren, und über Sydney hatte Scarlett einen mehr oder weniger direkten Kontakt zu seiner alten Einheit. Er hätte es wissen müssen. »Logan. Irgendwann bringe ich diesen Kerl noch um.«

Scarlett lachte leise. »Sei nicht so hart zu ihm. Er macht sich Sorgen um dich.«

»Ich weiß ...«

Wieder hob Scarlett den Kopf und suchte seinen Blick. Trotz der beginnenden Dunkelheit um sie herum erkannte er jedes Detail in ihrem Gesicht. Vielleicht auch, weil er sich jedes davon schon vor einer gefühlten Ewigkeit eingeprägt hatte. »Was hält dich davon ab, zurückzukehren?«

Er zögerte kurz, entschied sich dann jedoch für die Wahrheit. »Du.«

Einen Moment lang starrte sie ihn an und er wusste nicht, mit welcher Reaktion er rechnen sollte. Wut? Fassungslosigkeit? Vorwürfe? Oder war sie glücklich darüber, wenn er nicht zu seiner alten Einheit zurückging? Immerhin standen sie auf verschiedenen Seiten. Mehr oder weniger zumindest.

Scarlett schüttelte den Kopf, als könnte sie ihm seine Gedanken ansehen und vielleicht war es inzwischen tatsächlich so. Zwischen ihnen gab es keine Mauern mehr, keine Masken und kein Pokerface. Sie beugte sich vor und strich mit ihren Lippen für einen viel zu kurzen Kuss über seine. »Ich werde überall dort sein, wo du bist. Das heißt, solang mich deine Leute nicht festnehmen wollen.«

Er schnaubte. »Ich denke, das werde ich gerade so noch verhindern können.«

»Gut«, flüsterte sie, bevor sie ihre Lippen endgültig auf seine senkte. Doch dann hob sie den Kopf so schnell wieder, dass er beinah vor

Frustration geknurrt hätte. »Eins noch.«

»Du hast drei Sekunden, dann werfe ich dich über meine Schulter und bringe dich zurück ins Bett.«

Sie grinste, sichtlich angetan von seiner Drohung. »Wie soll ich dich ab jetzt nennen? Garrett? Gage? Etwas anderes mit G?«

Er lachte auf und zum ersten Mal konnte er diese Frage vollkommen ehrlich, ohne Schuldgefühle und ohne Bedauern beantworten. Denn sie hatte ihm gezeigt, was es hieß, seine Vergangenheit zu überwinden und neu anzufangen.

»Garrett«, antwortete er leise, aber fest. »Mein Name ist Garrett.«

Und dann machte er seine Drohung wahr. Scarlett quietschte auf, als er aufstand und sie sich über die Schulter warf. Lachend hämmerte sie gegen seinen Rücken und entlockte ihm damit ein Lächeln, das nicht mehr von seinem Gesicht zu weichen schien, seit sie hier aufgetaucht war.

Als er nach San Francisco gegangen war, hatte er nach seiner Vergangenheit gesucht, aber was er gefunden hatte, war ein neuer Anfang.

SOUNDTRACK ZU DAUGHTERS OF DARKNESS – SCARLETT

1. Massive Attack – Angel
2. Halestorm – Daughters of Darkness
3. Muse – Map of the problematique
4. Demi Lovato – Confident
5. Jessie J feat. Ariana Grande & Nicki Minaj – Bang Bang
6. Like A Storm – Gangster's Paradise (Coolio Cover)
7. Jessie J – Do It Like A Dude
8. Rihanna – Russian Roulette
9. Fugees – Killing Me Softly
10. Major Lazer feat. Wild Belle – Be Together
11. Skylar Grey – Love The Way You Lie
12. Rihanna – Run This Town (Battlefield Remix)
13. Kelly Clarkson – Because Of You
14. One Direction – Love You Goodbye
15. James Morrison – I Won't Let You Go
16. Christina Aguilera – Fighter
17. Imagine Dragons – Battle Cry
18. Placebo – Running Up That Hill
19. Sua feat. Jiggy Drama – Con Locura

DANKSAGUNG

Es gibt Bücher, die machen dem Autor von Anfang bis Ende Schwierigkeiten, und es gibt solche, die sich praktisch von selbst schreiben. Die Geschichte von Scarlett und Garrett ist so ein Buch. Nach ein paar Anfangsschwierigkeiten (Anfänge und ich, wir mögen uns nicht besonders) hat sich dieser Roman fast von selbst geschrieben. Ich war nur die staunende Zuschauerin, die dabei zusehen und mit den Fingern auf die Tastatur einhämmern durfte. Von daher: Danke, Scarlett und Garrett, dass ihr es mir so leicht gemacht und eure Geschichte selbst erzählt habt!

Wie immer gilt mein größter Dank meiner wunderbaren Verlegerin Eva Leitold. Danke für dein Vertrauen und deine Begeisterung für meine Daughters of Darkness. Ohne dich wäre all das nicht möglich geworden.

Natürlich auch ein großes Dankeschön an Rebecca für das fantastische Cover, das sie meinen Mädels gezaubert hat!

Ganz besonders bedanken möchte ich mich bei Melanie, die diese Geschichte super schnell gelesen und so wenig daran kritisiert hat, dass wir uns beide schon Sorgen gemacht haben. Du bist der erste Fan von Scarlett und Garrett und ich bin sooo dankbar, dich als Betaleserin zu haben. Danke für alles!

Ein großes Danke geht auch an Nadine, die meinen Anfang zerfetzt und damit gerettet hat! Cheers to you!

Meinen wunderbaren Schreibschwestern Kim und Mona gebührt ebenfalls ein riesiges Dankeschön! Danke, dass ihr mir stets mit Rat und Tat zur Seite steht, danke für ausgiebige Diskussionen, Bollywood-Mojis-Abende, Plotting Sessions, intertwined Momente, ganze Tage im Café mit Kuchen essen, die Regalplätze für unsere Bücher in Buchhandlungen aussuchen und, und, und. Ich freue mich schon auf unsere nächsten Schreibdates und Schreibpartys!

Danke an Steffi, die mir erlaubt hat, mir Samira für eine kurze Erwähnung auszuleihen. Ich wette, sie und Garrett sind über zig Ecken doch irgendwie miteinander verwandt. Ganz bestimmt.

Danke an alle, die es mit meinen Schreibhochs und -tiefs aufnehmen, die mir gut zureden, mich auch mal aus meinen Fantasiewelten rausholen und einfach immer da sind. Ihr wisst genau, wer damit gemeint ist.

Und zu guter Letzt noch ein riesiges Dankeschön an meine Leser:

Danke für eure Begeisterung für die HUNTERS und eure Vorfreude auf die neue Reihe. Ohne euch wäre all das nicht möglich! Ich hoffe, ich konnte euren Erwartungen gerecht werden.

Und wenn euch dieses Buch gefallen hat, empfehlt es gerne weiter! Auch über eine Rezension freue ich mich sehr. Oder berichtet mir per E-Mail, auf Facebook oder Twitter davon. Ich liebe es, von euch zu hören!

HUNTERS – Special Unit
VERGESSEN

Teil 1 der Serie von Bianca Iosivoni

ISBN-Paperback: 978-3-902972-17-0
ISBN-EPUB: 978-3-902972-27-9

Gejagt und auf der Flucht vor ihrer Vergangenheit, trifft Valerie auf den undurchschaubaren wie anziehenden FBI-Agenten Adam Blackbourne. Adam behauptet, dass sie sich schon einmal begegnet sind – und Val ihn angeschossen hat, doch ihr fehlen jegliche Erinnerungen. Als sie einen ihrer Verfolger ohne zu zögern tötet, wird Val klar, dass ihr keine Zeit bleibt und sie sich erinnern muss. Denn jetzt ist nicht nur ihr Leben in Gefahr, sondern auch das von Adam.

TEAM ZERO
Heisskaltes Spiel

Teil 1 von Eva Isabella Leitold

ISBN-Paperback: 978-3-902972-87-3
ISBN-EPUB: 978-3-902972-88-0

Team Zero – Special Agents mit außergewöhnlichen Fähigkeiten

Detective Josephine Silvers Gabe, in den Geist anderer einzudringen, hat schon oft dazu beigetragen, dass ihr SWAT-Team brutale Killer stellen konnte. Ihre überraschende Versetzung in eine andere Stadt schreibt sie ihrem jüngsten Fall zu, bei dem nicht alles nach Plan lief und der sie vor ein unerklärliches Rätsel stellt.

Als Special Agent William Turner, Leiter des Team Zero, auf seine neue Mitarbeiterin trifft, sprühen sofort die Funken. Josy bringt eine Seite in ihm hervor, die er zu unterdrücken gelernt hat, um seine Gabe zu kontrollieren. Sie wirft ihn nicht nur als Vorgesetzten aus der Bahn, sondern auch als Mann. Doch das ist nicht sein einziges Problem, denn ein Serienkiller ist Josy auf den Fersen. Und dieser ist noch weitaus gefährlicher, als jeder andere Verbrecher, dem Josy und William je entgegen getreten sind.

TEAM ZERO
Heisskaltes Verlangen

Teil 2 von Eva Isabella Leitold

ISBN-Paperback: 978-3-902972-89-7
ISBN-EPUB: 978-3-902972-90-3

Team Zero – Special Agents mit außergewöhnlichen Fähigkeiten

Mit ihrer Gabe, in die Seelen der Menschen zu sehen, hilft Dr Cassandra Hart Patienten einer psychiatrischen Klinik, das Leben wieder in den Griff zu bekommen. Als sie eines Nachts während ihres Dienstes einem entsetzlichen Geheimnis auf die Spur kommt, ist es bereits zu spät, den Warnungen des schizophrenen Ned zu folgen. Ein Wettlauf um Leben und Tod beginnt.

Jeff Macintosh, Kampftrainer des Team Zero und überzeugter Single, hat keine Ahnung, warum er vom Todeskampf einer unbekannten, aber äußerst attraktiven Blondine geträumt hat. Als er sie in den Nachrichten wiedersieht und vom Ausmaß der nächtlichen Tragödie erfährt, steht jedoch fest, diese Frau braucht seine Hilfe. Er ahnt nicht, dass Cass sein Leben auf eine Art verändern wird, die er niemals für möglich gehalten hätte. Aber das Glück ist nur von kurzer Dauer, denn Cass wird zur Gejagten eines Jägers, der nicht gern verliert …

TEAM ZERO
Heisskaltes Geheimnis

Teil 3 von Eva Isabella Leitold

ISBN-Paperback: 978-3-902972-91-0
ISBN-EPUB: 978-3-902972-92-7

Team Zero – Special Agents mit außergewöhnlichen Fähigkeiten

Nach zwei qualvollen Jahren gelingt es Paige Prescott, sich mit ihrem fünfjährigen Sohn Dean aus den Fängen des Herzchirurgen Jim Hendriks zu befreien. Dieser rettete einst ihrem Sohn das Leben und verlangte im Gegenzug ihre Zuneigung und ihren Körper. Paige ahnt nicht, dass auch ihre Gabe dafür verantwortlich war, dass sich ihre Wege kreuzten. Sie ist ein Lichtbringer – ein Mensch der reine Liebe in sich trägt und das zieht die Dunkelheit magisch an.

Lieutenant Chogan Stafford hat genug von den Menschen und möchte seine leidvolle Vergangenheit hinter sich lassen. Seine seelischen Wunden sind tief und so zögert er zunächst, als Paige und ihr Sohn seine Hilfe brauchen. Als er jedoch erkennt, dass Paige Narben in sich trägt, die in ihm ein Echo hervorrufen, ändert er seine Meinung – und setzt somit eine Lawine an Geschehnissen frei, die ihm abermals alles abverlangen.